بلاؤز

کلیاتِ منٹو ۔ 2/9

افسانے

سعادت حسن منٹو

Copyrights

TITLE: Blouse
FORMAT: Paperback
SERIES: Kulliyat e Manto
PART: Part 2 of 9
AUTHOR: Saadat Hasan Manto
PUBLISHED BY: GhazalSara Dot Org, LLC
PUBLISHED: May 2023
ISBN: 978-1-957756-49-3

CONTACT: ghazalsara.org@outlook.com

Scan this QR Code with your phone now!

<u>Printed and bound in the U.S.A.</u>

کلیاتِ منٹو

منٹو کے تمام افسانوں کو نو کتابوں کی صورت میں شائع کیا جا رہا ہے۔ یہ کتب امریکہ میں غزل سرا کے آن لائن سٹور اور باقی تمام دنیا میں ایمازون اور ایسے ہی دوسرے سٹورز پر بآسانی دستیاب ہیں۔ اس کے علاوہ یہ کتب ای بک فارمیٹ میں ایپل بک سٹور، گوگل پلے بکس اور دوسرے ای بک پلیٹ فارمز پر دستیاب ہیں۔

فارمیٹ	آئی ایس بی این	ٹائٹل	#
ہارڈ کور	978-1-957756-71-4	ایک زاہدہ، ایک فاحشہ	1
پیپر بیک	978-1-957756-48-6		
ای بک	978-1-957756-57-8		
ہارڈ کور	978-1-957756-72-1	بلاوَز	2
پیپر بیک	978-1-957756-49-3		
ای بک	978-1-957756-58-5		
ہارڈ کور	978-1-957756-73-8	ٹھنڈا گوشت	3
پیپر بیک	978-1-957756-50-9		
ای بک	978-1-957756-59-2		
ہارڈ کور	978-1-957756-79-0	دھواں	4
پیپر بیک	978-1-957756-51-6		
ای بک	978-1-957756-60-8		
ہارڈ کور	978-1-957756-74-5	سودا بیچنے والی	5
پیپر بیک	978-1-957756-52-3		
ای بک	978-1-957756-61-5		
ہارڈ کور	978-1-957756-66-0	شہید ساز	6
پیپر بیک	978-1-957756-53-0		
ای بک	978-1-957756-62-2		
ہارڈ کور	978-1-957756-46-2	کھول دو	7
پیپر بیک	978-1-957756-54-7		
ای بک	978-1-957756-63-9		
ہارڈ کور	978-1-957756-77-6	موذیل	8
پیپر بیک	978-1-957756-55-4		
ای بک	978-1-957756-64-6		
ہارڈ کور	978-1-957756-78-3	ہتک	9
پیپر بیک	978-1-957756-56-1		
ای بک	978-1-957756-65-3		

فہرست

بائے بائے

نام اس کا فاطمہ تھا، پر سب اسے پھاتو کہتے تھے، بانہال کے درّے کے اس طرف اس کے باپ کی پن چکی تھی جو بڑا سادہ لوح معمر آدمی تھا۔

دن بھر وہ اس پن چکی کے پاس بیٹھی رہتی۔ پہاڑ کے دامن میں چھوٹی سی جگہ تھی جس میں یہ پن چکی لگائی گئی تھی۔ پھاتو کے باپ کو دو تین روپے روزانہ مل جاتے جو اس کے لیے کافی تھے۔ پھاتو البتہ ان کو نا کافی سمجھتی تھی اس لیے کہ اس کو بناؤ سنگھار کا شوق تھا۔ وہ چاہتی تھی کہ امیروں کی طرح زندگی بسر کرے۔ کام کاج کچھ نہیں کرتی تھی، بس کبھی کبھی اپنے بوڑھے باپ کا ہاتھ بٹا دیتی تھی۔ اس کو آٹے سے نفرت تھی۔ اس لیے کہ وہ اڑ اڑ کر اس کی ناک میں گھس جاتا تھا۔ وہ بہت جھنجھلاتی اور باہر نکل کر کھلی ہوا میں گھومنا شروع کر دیتی، یا چناب کے کنارے جاکر اپنا ننگا ہاتھ دھوتی اور عجیب قسم کی ٹھنڈک محسوس کرتی۔

اس کو چناب سے پیار تھا، اس نے اپنی سہیلیوں سے سن رکھا تھا کہ یہ دریا عشق کا دریا ہے جہاں سوہنی مہینوال، ہیر رانجھا کا عشق مشہور ہوا۔ بہت خوبصورت تھی اور بڑے مضبوط جسم کی جوان لڑکی۔ ایک پن چکی والے کی بیٹی شان دار لباس تو پہن نہیں سکتی، میلی شلوار اوپر، ـــ کرتہ ' پھرن ' کرتہ ـــ دوپٹہ ندارد۔

نذیر سچیت گڑھ سے لے کر بانہال تک اور بھدروا سے کشتواڑ تک خوب گھوما پھرا تھا۔ اس نے جب پہلی بار پھاتو کو دیکھا تو اسے کوئی حیرت نہ ہوئی۔ جب اس نے دیکھا کہ پھاتو کے کرتے کے نچلے تین بٹن نہیں ہیں اور اس کی جوان چھاتیاں باہر جھانک رہی ہیں۔ نذیر نے اس علاقے میں ایک خاص بات نوٹ کی تھی کہ وہاں کی عورتیں ایسی قمیضیں یا کرتے پہنتی ہیں جن کے نچلے بٹن غائب ہوتے ہیں، اس کی سمجھ میں نہیں آتا تھا کہ آیا یہ دانستہ ہٹا دیئے جاتے ہیں یا وہاں کے دھوبی ہی ایسے ہیں جوان کو اتار لیتے ہیں۔

نذیر نے جب پہلی بار سیر کرتے ہوئے پھاتو کو اپنی تین کم بٹنوں والی قمیض میں دیکھا تو اس پر فریفتہ ہو گیا۔ وہ حسین تھی، ناک نقشہ بہت اچھا تھا، تعجب ہے کہ وہ میلی ہونے کے باوجود چمکتی تھی، اس کا لباس بہت گندا تھا مگر نذیر کو ایسا محسوس ہوا کہ یہی اس کی خوبصورتی کو نکھار رہا ہے۔

نذیر وہاں ایک آوارہ گرد کی حیثیت رکھتا تھا، وہ صرف کشمیر کے دیہات دیکھنے اور ان کی سیاحت کرنے آیا تھا اور قریب قریب تین مہینے سے اِدھر اُدھر گھوم پھر رہا تھا۔ اس نے کشتواڑ دیکھا، بھدرواہ دیکھا، کد اور بٹوت میں کئی مہینے گزارے مگر اسے ایسا حسن کہیں نظر نہیں آیا تھا۔ بانہال میں پن چکی کے باہر جب اس نے پھاتو کو تین بٹنوں سے بے نیاز کرتے میں دیکھا تو اس کے جی میں آیا کہ اپنی قمیض کے سارے بٹن علیحدہ کر دے اور اس کی قمیض اور پھاتو کا کرتہ آپس میں خلط ملط ہو جائیں۔ کچھ اس طرح کہ دونوں کی سمجھ میں کچھ بھی نہ آئے۔

اس سے ملنا نذیر کے لیے مشکل نہیں تھا، اس لیے کہ اس کا باپ دن بھر گندم، مکئی اور جوار پیسنے میں مشغول رہتا تھا اور وہ تھی ہنس مکھ، ہر آدمی سے کھل کر بات کرنے والی۔ بہت جلد گھلو مٹھو ہو جاتی تھی۔ چنانچہ نذیر کو اس کی قربت حاصل کرنے میں کوئی دِقّت محسوس نہ ہوئی۔ چند ہی دنوں میں اس نے اس سے راہ و رسم پیدا کر لی۔

یہ راہ و رسم تھوڑی دیر میں محبت میں تبدیل ہو گئی، پاس ہی چناب جسے عشق کا دریا کہتے ہیں اور جس کے پانی سے پھاتو کے باپ کی پن چکی چلتی تھی، اس دریا کے کنارے بیٹھ کر نذیر اس کو اپنا دل نکال کر دکھاتا تھا جس میں سوائے محبت کے اور کچھ بھی نہیں تھا۔ پھاتو سنتی۔ اس لیے کہ وہ اس کے جذبات کا مذاق اڑانا چاہتی تھی۔۔۔۔ اصل میں وہ تھی ہی ہنسوڑ۔ ساری زندگی وہ کبھی روئی نہ تھی، اس کے ماں باپ بڑے فخر سے کہا کرتے تھے کہ ہماری بچی بچپن میں کبھی نہیں روئی۔

نذیر اور پھاتو میں محبت کی پینگیں بڑھتی گئیں۔ نذیر پھاتو کو دیکھتا تو اسے یوں محسوس ہوتا کہ اس نے اپنی روح کا عکس آئینے میں دیکھ لیا ہے اور پھاتو اس کی گرویدہ تھی اس لیے کہ وہ اس کی بڑی خاطر داری کرتا تھا۔ اس کو یہ چیز۔۔۔۔۔ جسے محبت کہتے ہیں پہلے کبھی نصیب نہیں ہوئی تھی، اس لیے وہ خوش تھی۔

بانہال میں تو کوئی اخبار ملتا نہیں تھا اس لیے نذیر کو بٹوت جانا پڑتا تھا۔ وہاں وہ دیر تک ڈاک خانہ کے اندر بیٹھا رہتا، ڈاک آتی تو اخبار پڑھ کے پن چکی پر چلا آتا۔ قریب قریب چھ میل کا فاصلہ تھا مگر نذیر اس کا کوئی خیال نہ کرتا، یہ سمجھتا کہ چلو ورزش ہی ہو گئی ہے۔ جب وہ پن چکی کے پاس پہنچتا تو پھاتو کسی

نہ کسی بہانے سے باہر نکل آتی اور دونوں چناب کے پاس پہنچ جاتے اور پتھروں پر بیٹھ جاتے۔ پھاتو اس سے کہتی، ''بخیر ۔ آج کی خبریں سناؤ!''

اس کو خبریں سننے کا خبط تھا۔ نذیر اخبار کھولتا اور اس کو خبریں سنانا شروع کر دیتا۔ ان دنوں فرقہ وارانہ فسادات تھے۔ امرتسر سے یہ قصہ شروع ہوا تھا جہاں سکھوں نے مسلمانوں کے کئی محلے جلا کر راکھ کر دیئے تھے۔ وہ یہ سب خبریں اس کو سناتا، وہ سکھوں کو اپنی گنوار زبان میں برا بھلا کہتی۔ نذیر خاموش رہتا۔

ایک دن اچانک یہ خبر آئی کہ پاکستان قائم ہو گیا ہے اور ہندوستان علیحدہ ہو گیا ہے۔ نذیر کو تمام واقعات کا علم تھا مگر جب اس نے پڑھا کہ ہندوستان نے ریاست مانگرول اور ماناوادر پر زبردستی قبضہ کر لیا ہے تو وہ بہت پریشان ہوا مگر اس نے اپنی اس پریشانی کو پھاتو پر ظاہر نہ ہونے دیا۔ دونوں کا عشق اب بہت استوار ہو چکا تھا، اس کا علم پھاتو کے باپ کو بھی ہو گیا تھا۔ وہ خوش تھا کہ میری لڑکی ایک معزز اور شریف گھرانے میں جائے گی مگر وہ چاہتا تھا کہ اس کی بیٹی سیالکوٹ نہ جائے جہاں کا نذیر رہنے والا تھا۔ اس کی یہ خواہش تھی کہ نذیر اس کے پاس رہے۔

دولت مند کا بیٹا ہے۔ پن چکی کے پاس کافی زمین پڑی ہے، اس پر ایک چھوٹا سا مکان بنوا لے اور دونوں میاں بیوی اس میں رہیں، جب چاہا پلک جھپکتے سری نگر پہنچ گئے، وہاں ایک دو مہینے رہے، پھر واپس آ گئے، کبھی کبھار سیالکوٹ بھی چلے گئے کہ وہ بھی اتنی دور نہیں۔ پھاتو نے باپ سے مفصل گفتگو کی، وہ اس سے بہت متاثر ہوا اور اس نے اپنی رضامندی کا اظہار کر دیا۔ نذیر اور پھاتو بہت خوش ہوئے، اس روز پہلی مرتبہ نذیر نے اس کے ہونٹوں کو چوما اور خود اپنے ہاتھ سے اس کے کرتے میں تین بٹن لگائے۔

دوسرے دن نذیر نے اپنے والدین کو لکھ دیا کہ وہ شادی کر رہا ہے۔ کشمیر کی ایک دیہاتی لڑکی ہے جس سے اس کو محبت ہو گئی ہے، ایک ماہ تک خط و کتابت ہوتی رہی، آدمی روشن خیال تھے، اس لیے وہ مان گئے۔ حالانکہ وہ اپنے بیٹے کی شادی اپنے خاندان میں کرنا چاہتے تھے۔

اس کے والد نے جو آخری خط لکھا اس میں اس خواہش کا اظہار کیا گیا تھا کہ نذیر فاطمہ کا فوٹو بھیجے تا کہ وہ اپنے رشتہ داروں کو دکھائیں۔ اس لیے کہ وہ اس کے حسن کی بڑی تعریفیں کر چکا تھا۔ لیکن بانہال جیسے دور افتادہ علاقے میں وہ پھاتو کی تصویر کیسے حاصل کرتا۔ اس کے پاس کوئی کیمرا نہیں تھا، نہ وہاں کوئی فوٹو گرافر، بٹوت اور رام گڈ میں بھی ان کا نام و نشان نہیں تھا۔

اتفاق سے ایک دن سری نگر سے موٹر آئی، نذیر سڑک پر کھڑا تھا۔ اس نے دیکھا کہ اس کا دوست رنبیر سنگھ

ڈرائیو کر رہا ہے، اس نے بلند آواز میں کہا:

’’رنبیر یار، ٹھہرو!‘‘

موٹر ٹھہر گئی، دونوں دوست ایک دوسرے سے گلے ملے۔ نذیر نے دیکھا کہ اس کی موٹر میں کیمرا پڑا ہے، رولی فلیکس۔ نذیر نے اس سے کچھ دیر باتیں کیں، پھر پوچھا، ’’تمہارے کیمرے میں فلم ہے؟‘‘، رنبیر نے ہنس کر کہا، ’’خالی کیمرا اور خالی بندوق کس کام کی ہوتی ہے، میرے کیمرے میں سولہ ایکسپوزیر موجود ہیں۔‘‘

نذیر نے فوراً اپنا تو کو ٹھہرایا اور اپنے دوست رنبیر سے کہا، ’’یار اس کے تین چار اچھے پوز لے لو اور تم میرا خیال ہے سیالکوٹ جا رہے ہو، وہاں سے ڈیویلپ اور پرنٹ کرا کے مجھے دو دو کاپیاں بہوت کے ڈاک خانے کی معرفت بھجوا دینا۔‘‘

رنبیر نے بڑے غور اور دلچسپی سے اپنا تو کو دیکھا۔ اس کی موٹر میں ڈوگرہ فوج کے تین چار سپاہی تھے، تھری ناٹ تھری بندوقیں لیے۔ رنبیر جو مقام فوٹو لینے کے لیے پسند کرتا یہ مسلح فوجی اس کے پیچھے پیچھے ہوتے۔ نذیر اس کے ہم راہ ہونا چاہتا تو یہ ڈوگرے اسے روک دیتے۔ کشمیر میں ہلڑ مچ رہا تھا، اس کے متعلق نذیر کو اچھی طرح معلوم تھا کہ ہندوستان اس پر قابض ہونا چاہتا ہے مگر پاکستانی اس کی مدافعت کر رہے ہیں۔ فوٹو لے کر جب نذیر کا دوست رنبیر اپنی موٹر کے پاس آیا تو اس نے نذیر کی طرف آنکھ اُٹھا کر بھی نہ دیکھا، اپنا تو ڈوگرے فوجیوں کی گرفت میں تھی، انہوں نے زبردستی موٹر میں ڈالا، وہ چیخی چلائی۔ نذیر کو اپنی مدد کے لیے پکارا مگر وہ عاجز تھا۔ ڈوگرے فوجی سنگینیں تانے کھڑے تھے۔

جب موٹر اسٹارٹ ہوئی تو نذیر نے اپنے دوست رنبیر سے بڑے عاجزانہ لہجے میں کہا، ’’یار رنبیر! یہ کیا ہو رہا ہے؟‘‘

رنبیر سنگھ نے جو کہ موٹر چلا رہا تھا، نذیر کے پاس سے گزرتے ہوئے ہاتھ ہلا کر صرف اتنا کہا:

’’بائے بائے‘‘

بجلی پہلوان

بجلی پہلوان کے متعلق بہت سے قصے مشہور ہیں، کہتے ہیں کہ وہ برق رفتار تھا۔ بجلی کے ماند اپنے دشمنوں پر گرتا تھا اور انہیں بھسم کر دیتا تھا لیکن جب میں نے اسے مغل بازار میں دیکھا تو وہ مجھے بے ضر رکدو کے ماند نظر آیا، بڑا پھسپھس سا، توند باہر نکلی ہوئی، بند بند ڈھیلے، گال لٹکے ہوئے، البتہ اس کا رنگ سرخ و سفید تھا۔

وہ مغل بازار میں ایک بزاز کی دکان پر آلتی پالتی مارے بیٹھا تھا، میں نے اس کو غور سے دیکھا، مجھے اس میں کوئی غنڈہ پن نظر نہ آیا، حالانکہ اس کے متعلق مشہور یہی تھا کہ ہندوؤں کا وہ سب سے بڑا غنڈہ ہے۔ وہ غنڈہ ہو ہی نہیں سکتا تھا، اس لیے کہ اس کے خدوخال اس کی نفی کرتے تھے۔ میں تھوڑی دیر سامنے والی کتابوں کی دکان کے پاس کھڑا اس کو دیکھتا رہا۔ اتنے میں ایک مسلمان عورت جو بڑی مفلس دکھائی دیتی تھی، بزاز کی دکان کے پاس پہنچی، بجلی پہلوان سے اس نے کہا، ‘‘مجھے بجلی پہلوان سے ملنا ہے۔’’

بجلی پہلوان نے ہاتھ جوڑ کر اسے پرنام کیا، ‘‘ماتا، میں ہی بجلی پہلوان ہوں۔’’

اس عورت نے اس کو سلام کیا، ‘‘خدا تمہیں سلامت رکھے۔۔۔ میں نے سنا ہے کہ تم بڑے دیالو ہو۔’’

بجلی نے بڑے انکسار سے کہا، ‘‘ماتا، دیالو پرمیشور ہے۔۔۔ میں کیا دیا کر سکتا ہوں، لیکن مجھے بتاؤ کہ میں کیا سیوا کر سکتا ہوں؟’’

‘‘بیٹا، مجھے اپنی جوان لڑکی کا بیاہ کرنا ہے۔۔۔ تم اگر میری کچھ مدد کر سکو تو میں ساری عمر تمہیں دعائیں دوں گی۔’’

بجلی نے اس عورت سے پوچھا، ‘‘کتنے روپوں میں کام چل جائے گا؟’’

عورت نے جواب دیا، ‘‘بیٹا! تم خود ہی سمجھ لو۔۔۔ میں تو ایک بھکارن بن کر تمہارے پاس آئی ہوں۔’’

بجلی نے کہا، ''بھکاران نہ کہو۔۔۔میرا فرض ہے کہ میں تمہاری مدد کروں۔'' اس کے بعد اس نے بزاز سے جو تھان تہہ کر رہا تھا کہا، ''لالہ جی۔۔۔دو ہزار روپے نکالیے۔''

لالہ جی نے دو ہزار روپے فوراً اپنی صندوقچی سے نکالے اور گن کر بجلی کو دے دیئے۔ یہ روپے اس نے اس عورت کو پیش کر دیئے، ''ماتا۔۔۔بھگوان کرے کہ تمہاری بیٹی کے بھاگ اچھے ہوں۔''

وہ عورت چند لمحات کے لیے نوٹ ہاتھ میں لیے بنی بت کھڑی رہی۔ غالباً اس کو اتنے روپے ایک دم مل جانے کی توقع ہی نہیں تھی۔ جب وہ سنبھلی تو اس نے بجلی پہلوان پر دعاؤں کی بوچھار کر دی، میں نے دیکھا کہ پہلوان بڑی الجھن محسوس کر رہا تھا، آخر اس نے اس عورت سے کہا، ''ماتا، مجھے شرمندہ نہ کرو۔۔۔۔۔ جاؤ، اپنی بیٹی کے دان، جہیز کا انتظام کرو۔۔۔اس کو میری آشیرباد دینا۔''

میں سوچ رہا تھا کہ یہ کس قسم کا غنڈہ اور بدمعاش ہے جو ایک ایسی عورت کو جو مسلمان ہے اور جسے وہ جانتا بھی نہیں، دو ہزار روپے پکڑا دیتا ہے لیکن بعد میں مجھے معلوم ہوا کہ وہ بڑا خیّر ہے، ہر مہینے ہزاروں روپے دان کے طور پر دیتا ہے۔

مجھے چونکہ اس کی شخصیت سے دلچسپی پیدا ہو گئی تھی، اس لیے میں نے کافی چھان بین کے بعد بجلی پہلوان کے متعلق کئی معلومات حاصل کیں۔

مغل بازار کی اکثر دکانیں اس کی تھیں، حلوائی کی دکان ہے، بزاز کی دکان ہے، شربت بیچنے والا ہے، شیشے فروخت کرنے والا ہے، پنساری ہے۔ غرضیکہ اِس سرے سے اس سرے تک جہاں وہ بزاز کی دکان میں بیٹھا تھا اس نے ایک ''لائن آف کمیو نیکیشن'' قائم کر رکھی تھی تا کہ اگر پولس چھاپا مارنے کی غرض سے آئے تو اسے فوراً اطلاع مل جائے۔

دراصل اس کی دو بیٹھکوں میں جو بزاز کی دکان کے بالکل سامنے تھیں، بہت بھاری جُوا ہوتا تھا، ہر روز ہزاروں روپے نال کی صورت میں اسے وصول ہو جاتے تھے۔ وہ خود جُوا نہیں کھیلتا تھا، نہ شراب پیتا تھا مگر اس کی بیٹھکوں میں شراب ہر وقت مل سکتی تھی، اس سے بھی اس کی آمدن کافی تھی۔

شہر کے جتنے بڑے بڑے غنڈے تھے، ان کو اس نے ہفتہ مقرر کر رکھا تھا، یعنی ہفتہ وار انہیں ان کے مرتبے کے مطابق تنخواہ مل جاتی تھی۔ میرا خیال ہے اس نے یہ سلسلہ بطور حفظِ ماتقدم شروع کیا تھا کہ وہ غنڈے بڑی خطرناک قسم کے تھے۔ جہاں تک مجھے یاد ہے کہ یہ غنڈے سب کے سب مسلمان تھے، زیادہ تر ہاتھی دروازے کے تھے۔ ہر ہفتے بجلی پہلوان کے پاس جاتے اور اپنی تنخواہ وصول کر لیتے۔۔۔وہ ان کو کبھی نا

امید نہ لوٹاتا۔اس لیے کہ اس کے پاس روپیہ عام تھا۔

میں نے سنا کہ ایک دن وہ بزاز کی دکان پر حسبِ معمول بیٹھا تھا کہ ایک ہندو بنیا جو کافی مالدار تھا، اس کی خدمت میں حاضر ہوا اور عرض کی، ''پہلوان جی! میرا لڑکا خراب ہو گیا ہے۔۔۔اس کو ٹھیک کر دیجیے۔'' پہلوان نے مسکرا کر اس سے کہا، ''میرے دو لڑکے ہیں۔۔۔بہت شریف، لوگ مجھے غنڈہ اور بدمعاش کہتے ہیں لیکن میں نے انہیں اس طرح پالا پوسا ہے کہ وہ کوئی بری حرکت کر ہی نہیں سکتے۔ مہاشہ جی یہ آپ کا قصور ہے، آپ کے بڑے لڑکے کا نہیں۔'' بنیے نے ہاتھ جوڑ کر کہا، ''پہلوان جی۔۔۔میں نے بھی اس کو اچھی طرح پالا پوسا ہے، پر اس نے اب چوری چوری بہت برے کام شروع کر دیئے ہیں۔'' بجلی نے اپنا فیصلہ سنا دیا، ''اس کی شادی کر دو۔''

اس واقعے کو دس روز گزرے تھے کہ بجلی پہلوان ایک نوجوان لڑکی کی محبت میں گرفتار ہو گیا حالانکہ اس سے اس قسم کی کوئی توقع نہیں ہو سکتی تھی۔ لڑکی کی عمر سولہ سترہ برس کے لگ بھگ ہو گی اور بجلی پچاس سے اوپر ہو گا۔ آدمی با اثر اور مالدار تھا۔ لڑکی کے والدین راضی ہو گئے، چنانچہ شادی ہو گئی۔

اس نے شہر کے باہر ایک عالی شان کوٹھی بنائی تھی، دلہن کو وہ جب اس میں سے کر گیا تو اسے محسوس ہوا کہ تمام جھالر اور فانوس ماند پڑ گئے ہیں۔

لڑکی بہت خوبصورت تھی، پہلی رات بجلی پہلوان نے کسرت کرنا چاہی مگر نہ کر سکا۔اس لیے کہ اس کے دماغ میں اپنی پہلی بیوی کا خیال کروٹیں لے رہا تھا، اس کے دو جوان لڑکے تھے جو اسی کوٹھی کے ایک کمرے میں سو رہے تھے یا جاگ رہے تھے۔اس نے اپنی پہلی بیوی کو کہیں باہر بھیج دیا تھا، اس کو اس کا قطعاً علم نہیں تھا کہ اس کے پتی نے دوسری شادی کر لی ہے۔ بجلی پہلوان سوچتا تھا کہ اسے اور کچھ نہیں تو اپنی پہلی بیوی کو مطلع کر دینا چاہیے تھا۔

ساری رات نئی نویلی دلہن، جس کی عمر سولہ سترہ برس کے قریب تھی، چوڑے چکلے پلنگ پر بیٹھی بجلی پہلوان کی اوٹ پٹانگ باتیں سنتی رہی۔اس کی سمجھ میں نہیں آتا تھا کہ یہ شادی کیا ہے، کیا اسے ہر روز اسی قسم کی باتیں سنا ہوں گی۔

''کل میں تمہارے لیے دس ہزار کے زیور اور لاؤں گا۔''

''تم بڑی سندر ہو۔''

''برفی کھاؤ گی یا پیڑے۔''

''یہ سارا شہر سمجھو کہ تمہارا ہے۔''

''یہ کوٹھی میں تمہارے نام لکھ دوں گا۔''

''کتنے نوکر چاہئیں تمہیں۔۔۔مجھے بتا دو ایک منٹ میں انتظام ہو جائے گا۔''

''میرے دو جوان لڑکے ہیں، بہت شریف۔۔تم ان سے جو کام لینا چاہو لے سکتی ہو، وہ تمہارا حکم مانیں گے۔''

دلہن ہر روز اسی قسم کی باتیں سنتی رہی، حتیٰ کہ چھ مہینے گزر گئے، بجلی پہلوان دن بدن اس کی محبت میں غرق ہوتا گیا، وہ اس کے تیکھے تیکھے نقش دیکھتا تو اپنی ساری پہلوانی بھول جاتا۔

اس کی پہلی بیوی بدشکل تھی ان معنوں میں کہ اس میں کوئی کشش نہیں تھی، وہ ایک عام کھترانی تھی جو ایک بچہ جننے کے بعد ہی بوڑھی ہو جاتی ہے لیکن اس کی یہ دوسری بیوی بڑی ٹھوس تھی، دس بچے پیدا کرنے کے بعد بھی وہ ثابت و سالم رہ سکتی تھی۔ بجلی پہلوان کا ایک وید دوست تھا اس کے پاس وہ کئی دنوں سے جا رہا تھا اس نے بجلی کو یقین دلایا کہ اب کسی قسم کے تردّد کی ضرورت نہیں، سب ٹھیک ہو جائے گا۔

پہلوان خوش تھا۔ وید کے ہاں سے آتے ہوئے اس نے کئی اسکیمیں تیار کیں، راستے میں مٹھائی خریدی، سونے کے دو بڑے بڑے خوشنما کڑے لیے، بارہ قمیضوں اور بارہ شلواروں کے لیے بہترین کپڑا قیمت ادا کیے بغیر حاصل کیا۔ اس لیے کہ وہ لوگ جو دکان کے مالک تھے اس سے مرعوب تھے اور قیمت لینے سے انکاری تھے۔

شام کو سات بجے وہ گھر پہنچا، آہستہ آہستہ قدم اٹھاتے ہوئے اپنے کمرے میں گیا، دیکھا تو وہاں اس کی دوسری بیوی نہیں تھی، اس نے سوچا شاید غسل خانے میں ہو گی۔ چنانچہ اس نے اپنا بوجھ، میرا مطلب ہے وہ تھان وغیرہ پلنگ پر رکھ کر غسل خانے کا رخ کیا، مگر وہ خالی تھا۔ بجلی پہلوان بڑا متحیر ہوا کہ اس کی بیوی کہاں گئی، طرح طرح کے خیالات اس کے دماغ میں آئے مگر وہ کوئی نتیجہ بر آمدہ نہ کر سکا۔ اس نے وید کی دی ہوئی گولیاں کھائیں اور پلنگ پر بیٹھ گیا کہ اس کی بیوی آ جائے گی، آخر اسے جانا کہاں ہے؟

وہ گولیاں کھا کر پلنگ پر بیٹھا۔ قمیضوں کے کپڑوں کو انگلیوں میں مسل مسل کر دیکھ رہا تھا کہ اسے اپنی بیوی کی ہنسی کی آواز سنائی دی۔ وہ چونکا، اٹھ کر اس کمرے میں گیا جو اس نے اپنے بڑے لڑکے کو دے رکھا تھا۔ اندر سے اس کی بیوی اور اس کے بیٹے کی ہنسی کی آواز نکل رہی تھی۔ اس نے دستک دی۔۔۔لیکن دروازہ نہ کھلا۔ پھر بڑے زور سے چلانا شروع کیا کہ دروازہ کھولو۔ اس وقت اس کا خون کھول رہا تھا۔

دروازہ پھر بھی نہ کھلا۔ ۔ ۔اسے ایسا محسوس ہوا کہ اس کمرے کے اندر اس کی بیوی اور اس کے بڑے لڑکے نے سانس لینا بھی بند کر دیا ہے۔

بجلی پہلوان نے بڑے کمرے میں جاکر گورمکھی زبان میں ایک رقعہ لکھا جس کی عبارت اردو میں کچھ یوں ہو سکتی ہے :

’’یہ کوٹھی اب تمہاری ہے ۔ ۔ ۔میری بیوی بھی اب تمہاری بیوی ہے، خوش رہو۔ ‘‘

’’تمہارے لیے کچھ تحفے لایا تھا۔ ۔ ۔وہ یہاں چھوڑے جا رہا ہوں۔ ‘‘

یہ رقعہ لکھ اس نے ساٹن کے تھان کے ساتھ ٹانک دیا۔

بچپن

بھنگنوں کی باتیں ہو رہی تھیں۔ خاص طور پر ان کی جو بٹوارے سے پہلے امرتسر میں رہتی تھیں۔ مجید کا یہ ایمان تھا کہ امرتسر کی بھنگنوں جیسی کراری چھوکریاں اور کہیں نہیں پائی جاتیں۔ خدا معلوم تقسیم کے بعد وہ کہاں تتر بتر ہو گئی تھیں۔

رشید ان کے مقابلے میں گجریوں کی تعریف کرتا تھا۔ اس نے مجید سے کہا، ''تم ٹھیک کہتے ہو کہ امرتسری بھنگنیں اپنی جوانی کے زمانے میں بڑی پرکشش ہوتی ہیں، لیکن ان کی یہ جوانی کھترانیوں کی طرح زیادہ دیر تک قائم نہیں رہتی۔۔۔بس ایک دن جوان ہوتی ہیں اور دیکھتے ہی دیکھتے ادھیڑ ہو جاتی ہیں۔۔۔ان کی جوانی معلوم نہیں کون سا چور چرا کے لے جاتا ہے۔خدا کی قسم۔۔۔ہمارے ہاں ایک بھنگن کوٹھا کمانے آتی تھی۔۔۔اتنی کڑیل جوان تھی کہ میں اپنی کمزور جوانی کو محسوس کر کے اس سے کبھی بات نہ کر سکا۔۔عیسائی مشنریوں نے اسے اپنے مذہب میں داخل کر لیا تھا۔ نام اس کا فاطمہ تھا۔ پہلے گھر والے اسے پھاتو کہتے تھے۔۔۔مگر جب وہ عیسائی ہوئی تو اسے مس پھاتو کے نام سے پکارا جانے لگا۔۔۔صبح کو وہ بریک فاسٹ کرتی تھی، دوپہر کو لنچ اور شام کو ڈنر۔۔۔لیکن چند مہینوں کے بعد میں نے اسے دیکھا کہ اس کی ساری کڑیل جوانی جیسے پگھل گئی ہے۔۔۔اس کی چھاتیاں جو بڑی تند خو تھیں اور اس طرح اوپر اٹھی رہتی تھیں جیسے ابھی اپنا سارا جوان بدن آپ پر داغ دیں گی، اس قدر نیچے ڈھلک گئی تھیں کہ ان کا نام و نشان بھی نہیں ملتا تھا۔

لیکن اس کے مقابلے میں ہمارے گھر میں وہ گجری جو پلے لے کر آتی تھی، تیر کی طرح سیدھی تھی۔ اس کی عمر بھی اتنی ہو گی جتنی اس بھنگن کی تھی۔۔۔مگر وہ تین برس کے بعد بھی ویسی ہی جوان تھی۔۔۔سرو قد۔

۔۔اپلوں کا ٹوکرا اس کے سر پر ہوتا تھا۔۔ایک پہاڑ سا بنا ہوا۔ مگر مجال ہے کہ اس کی گردن میں ہلکی سی جنبش آجائے یا اس کی کمر میں خفیف سا خم آجائے۔۔۔تین برس وہ ہمارے یہاں آتی رہی۔ اس کے بعد اس کی شادی ہوگئی۔۔اس کے یکے دیگرے تین لڑکے پیدا ہوئے۔۔۔اور مجید! میں خدا کی قسم کھا کر کہتا ہوں کہ اس کی کمر ویسی ہی مضبوط تھی۔۔تم میری مان لو کہ بھنگنیں، گوجریوں کا مقابلہ کسی صورت بھی نہیں کر سکتیں۔۔''

مجید تلملا رہا تھا۔ اس نے پان کی گلوری پان دانی میں سے نکال کر اپنے کلّے میں دبائی۔ چھوٹی ڈبیا سے ماچس کی تیلی کی مدد سے تھوڑا سا قوام نکالا اور منہ میں ڈال کر بڑے تحمل سے کہا، ''رشید بھائی۔۔تم ٹھیک کہتے ہو۔ ۔۔لیکن جس بھنگن کا تصور میرے دماغ میں ہے، اور جس کی دراصل میں بات کرنا چاہتا تھا۔۔۔ایک فتنہ تھا۔۔۔اب تم ایسا کرو کہ میری ساری داستان سن لوتا کہ تمہیں اس فتنہ و قیامت کے متعلق کچھ معلوم ہو سکے۔ جوبن ڈھلنے کی تم جو بات کرتے ہو، اس کو میں اچھی طرح سمجھتا ہوں۔ گجریوں کا قد لمبا ہوتا ہے۔ قدرتی طور پر انہیں جلدی ڈھلنا چاہیے، مگر ایسا نہیں ہوتا۔ اس لیے کہ وہ ننگے پاؤں رہتی ہیں اور اپنے سر پر بقول تمہارے پہاڑ سا اپلوں کا ٹوکرا اٹھائے اٹھائے پھرتی ہیں۔۔۔لیکن لعنت بھیجو فی الحال گجریوں پر، کیونکہ مجھے بچنی کی بات کرنا ہے جو ہمارے محلے کی بڑی کراری بھنگن تھی۔۔۔اس کا قد تو انگشتانہ بھر کا تھا مگر زبان اسکندری گز تھی۔ شادی شدہ تھی، مگر خاوند سے ہر روز لڑتی جھگڑتی رہتی تھی۔ ہمارے کمپاؤنڈ میں یہ دونوں میاں بیوی ہر روز صبح سویرے آتے اور ایک بڑے کے درخت کے ساتھ جھولا لٹکا دیتے۔ اس میں وہ اپنا لڑکا ڈال دیتے تھے۔ مگر مصیبت یہ تھی کہ اس کو جھلانے والا نہ کوئی نہیں تھا، چنانچہ دونوں میاں بیوی جھاڑو چھوڑ کر اسے جھولا جھلاتے یا گود میں اٹھائے پھرتے تھے۔۔''

رشید نے مجید سے کہا، ''یہ جھولے کی بات کہاں سے آگئی۔۔تم تو ایک کراری بھنگن کی بات کر رہے تھے۔۔۔جو بقول تمہارے بہت خوبصورت تھی۔۔''

مجید نے فوراً کہا، ''یار تم جھولے کے ساتھ کیوں اٹک گئے۔۔۔میری پوری کہانی تو سن لو۔۔یہ جھولے کی نہیں بچنی کی بات ہے۔۔۔اس بچنی کی جسے میں ساری عمر فراموش نہیں کر سکتا۔۔۔وہ ایک آفت تھی۔۔ ۔صبح اپنے خاوند کے ساتھ آتی تھی۔۔۔ہاتھ میں لمبی سی جھاڑو لیے۔۔ماتھے پر سینکڑوں تیوریاں۔۔۔ ایسا معلوم ہوتا کہ ابھی جھاڑو آپ کے سر پر دے مارے گی۔۔مگر ایسا موقع کبھی نہیں آیا۔۔میں نے ہزاروں بار اس کو گھورا، لیکن اس نے میرے سر پر جھاڑو نہیں ماری۔۔۔اس کی تیوریاں اس کے ماتھے

پر بدستور قائم رہیں اور وہ حسبِ سابق اپنا کام کرتی رہی۔ اس کا خاوند جس کا نام معلوم نہیں کیا تھا، اول درجے کا زن مرید تھا۔ اس کا قد اپنی بیوی سے بھی چھوٹا تھا۔ وہ اس کو کام کے دوران میں ہمیشہ گالیاں دیا کرتی تھی۔ ۔ ۔ محلے کے سب لوگ سنتے تھے اور آپس میں چہ میگوئیاں کرتے تھے۔ ،،

رشید اتنی لمبی داستان سن کر بِھنّا گیا، ''تم اصل بات کی طرف آؤ۔ ۔ ۔ یہ کیا چہ مگوئیاں بک رہے ہو۔ ۔ بچنی نام بڑا اچھا ہے، ورنہ خدا کی قسم! میں تمہاری یہ خرافات کبھی نہ سنتا۔ ۔ معلوم نہیں۔ ۔ ۔ یہ تمہاری جوڑی ہوئی کہانی ہے۔ ۔ ۔ بہرحال، تمہیں چند منٹ دیتا ہوں۔ ۔ ۔ سنا لو۔ ،،

مجید تاؤ میں آ گیا، ''الو کے پٹھے۔ ۔ تم نے صرف بچنی کا نام سنا ہے، کبھی تم نے اسے دیکھا ہوتا تو دل نکال کر اس کے ٹوکرے میں ڈال دیا ہوتا۔ ۔ میں تم سے اگر ایک واقعہ بیان کر رہا ہوں تو اس میں نمک مرچ لگانے کی مجھے اجازت ہونی چاہیے۔ ۔ تم اگر اکتا گئے ہو تو جہنم میں جاؤ۔ ،،

رشید کو اور کوئی کام نہیں تھا۔ اس کے پاس اتنی رقم بھی نہیں تھی کہ کسی سینما میں چلا جاتا، اس لیے اس نے مناسب سمجھا کہ مجید کی داستان سن لے، ''جہنم میں جانے کا سوال نہیں۔ ۔ تم ذرا اختصار سے کام لو۔ ۔ ۔ اصل میں مجھے بچنی سے دلچسپی پیدا ہو گئی ہے۔ ،،

مجید غصے میں آ گیا، ''تمہاری دلچسپی کی ایسی کی تیسی۔ ۔ ۔ سالے، تم کون ہوتے ہو اس میں دلچسپی لینے والے۔ ۔ ۔ اس میں دلچسپی لینے والے تم ایسے ہزاروں تھے، مگر وہ کسی کو خاطر میں نہیں لاتی تھی۔ ۔ ۔ میں تم سے کروڑ مرتبہ زیادہ خوبصورت ہوں، لیکن میں اس نگہِ التفات کا ہر وقت منتظر رہتا تھا۔ ۔ وہ بڑی ہٹیلی تھی۔ ۔ ۔ میرے دوست رشید، خدا کی قسم! اس جیسی لڑکی میں نے اپنی زندگی میں نہیں دیکھی۔ نام اس کا بچنی تھا۔ ۔ یعنی بچن سے تعلق رکھتا تھا۔ ۔ مگر وہ تو پھاپھا کٹنی تھی۔ ۔ ۔ میں نے بڑی کوشش کی کہ اس کو اپنے قبضے میں لے آؤں، پر نا کام رہا۔ وہ پٹھے پر ہاتھ ہی نہیں دھرنے دیتی تھی۔ ،،

یہ سن کر رشید بولا، ''تم یار ہمیشہ ایسے معاملوں میں کورے رہے ہو۔ ،،

مجید کے گہری چوٹ لگی، ''بکواس کرتے ہو۔ ۔ ۔ میں نے ایک روز اسے پکڑ لیا۔ ۔ ۔ میرے گھر کے باہر وہ جھاڑو دے رہی تھی کہ میں نے اس کا بازو پکڑ لیا اور اپنے ساتھ چمٹا لیا۔ ،،

''پھر کیا ہوا؟،، رشید نے ازراہِ مذاق سگریٹ سلگایا اور ماچس کی تیلی بجھا کر اس کے کئی ٹکڑے کر کے ایش ٹرے میں ڈال دیئے۔ مجید کو ایسا محسوس ہوا کہ رشید نے اس کے ٹکڑے ٹکڑے کر دیئے ہیں۔ بہت جزبز ہوا، لیکن آدمی سچا تھا اس لیے جھوٹ نہ بول سکا، ''رشید! تم مذاق اڑاتے ہو۔ ۔ ۔ لیکن واقعہ

یہ ہے کہ جو کچھ اس روز ہوا، اس کا مذاق اڑانا ہی چاہیے۔۔۔ میں نے اسے اپنے ساتھ بھینچ لیا۔۔۔ لیکن اس حرام زادی نے کھینچ کے اپنی جھاڑو میرے منہ پر دے ماری۔ میں شرم کے مارے اندر بھاگ گیا۔ ۔ لیکن فوراً باہر نکلا۔۔۔ دیکھا کہ وہ میرے مکان کے باہر جھاڑو دے رہی ہے۔۔۔ میں نے اسے پھر پکڑا۔۔۔ اس نے کوئی مزاحمت نہ کی۔۔۔ میں نے سوچا۔۔۔''

رشید نے مجید کا فقرہ مکمل کر دیا، ''کہ معاملہ درست ہو گیا ہے۔''

مجید بوکھلا گیا، ''خاک درست ہوا۔۔۔ وہ میری گرفت سے نکل کر سیدھی میری بیوی کے پاس چلی گئی۔۔۔ لیکن اس سے کوئی شکایت نہ کی۔۔۔ میں ڈر کے مارے دبکا ہوا تھا۔۔۔ میں نے صرف یہ سنا اور میری جان کا بوجھ ہلکا ہوا، ''بی بی جی آج پانی نہیں آیا۔۔۔ یہ ان لوگوں کو جو آپ سے ہر مہینے دس روپے وصول کرتے ہیں۔۔۔ کیا ہو گیا ہے۔۔۔ کیوں وہ اتنا خیال نہیں کرتے کہ آپ کو ہر روز ماشکی کو دس مشکوں کے چار آنے فی مشک کے حساب دو روپے آٹھ آنے دینا پڑیں۔۔۔'' میں نے خدا کا لاکھ لاکھ شکر ادا کیا کہ اس نے میری عزت و آبرو رکھ لی۔۔۔ لیکن میں نے بعد میں سوچا کہ میری عزت و آبرو رکھنے والی اصل میں بچنی۔۔۔ لیکن جب زیادہ سوچا تو احساس ہوا کہ ایسا سوچنا کفر ہے۔''

رشید قریب قریب تنگ آ چکا تھا۔ اس نے اپنے دوست کی خاطر آواز دبا کر کہا، ''کافر کے بچے۔۔۔ بات تو کر کہ تیرا اس بچنی کی بچنی سے کیا ہوا۔۔۔ کیا تم نے اسے پٹا لیا؟''

مجید نے رشید کی پسند دنیا میں سے ایک گلوری لی اور کہا، ''دیکھو رشید۔۔۔ تم بچنی کو جانتے نہیں۔۔۔ افسوس ہے کہ میں افسانہ نگار نہیں ورنہ میں اس کا کردار بہت اچھی طرح۔۔۔ جیتا جاگتا پیش کر سکتا۔۔۔ وہ معلوم نہیں شے کیا تھی۔۔۔ عمر اس کی زیادہ سے زیادہ۔۔۔ یہ سمجھو کہ سترہ اٹھارہ برس کے قریب ہو گی۔۔ قد اس کا ساڑھے چار فٹ ہو گا۔۔۔ چھاتی ایسی تھی جیسے لوہے کی بنی ہے، حالانکہ ایک بچے کی ماں تھی۔''

رشید بہت تنگ آ گیا، ''ایک بچے کی ماں کے بچے۔۔۔ تو اپنی داستان کے انجام کو پہنچ۔۔۔ مجھے ایک بہت ضروری کام سے جانا ہے۔۔۔ ساڑھے سات بج چکے ہیں، لیکن تمہاری داستان ہی ختم ہونے میں نہیں آتی۔''

مجید سنجیدہ رہا، ''رشید لا لے۔۔۔ معاملہ بڑا نازک ہے۔''

''کس کا۔۔۔ تمہارا یا میرا؟''

''میں نہیں کہہ سکتا، لیکن جس وقت کی میں بات کر رہا ہوں، اس وقت معاملہ میرا تو بہت نازک تھا۔۔۔ سمجھ

میں نہیں آتا تھا کیا کروں، کیا نہ کروں۔۔۔اب تم یہ خیال کرو کہ میں ہزاروں کا مالک تھا۔۔۔تم جانتے ہو کہ ماں باپ مر کھپ چکے تھے۔۔۔ساری جائداد کا میں وارث تھا۔ جہاں چاہتا، لٹا دیتا۔۔۔اس روز جب میں نے بچنی کو اپنے سینے کے ساتھ بھینچا اور وہ میری گرفت سے یوں الگ ہٹی جیسے میرا کام تمام کر دے گی، لیکن میری بیوی سے اس نے اس سلسلے کا ذکر تک نہ کیا تو مجھے امید ہو گئی کہ چند ایسے معاملوں کے بعد میں کام یاب ہو جاؤں گا۔''

رشید نے اس سے پوچھا، ''تجھے کامیابی ہوئی؟''

''خاک۔۔۔تم اسے جانتے ہی نہیں۔۔۔بڑی تیز خو لڑکی ہے۔۔۔اپنے خاوند کو کچھ نہیں سمجھتی۔۔۔لیکن ایک عجیب بات ہے کہ میں نے اس سے اتنی چھیڑ خانی کی، لیکن اس نے کسی سے بات تک نہ کی، ورنہ اگر چاہتی تو میرا گھر نکالا کر سکتی تھی۔''

رشید مسکرایا۔ ''میں تمھاری بچنی کو جانتا ہوں۔۔۔!''

مجید نے بڑی حیرت سے پوچھا، ''تم کیسے جانتے ہو اس کو؟''

''جس طرح تم جانتے ہو۔۔۔کیا تم نے ٹھیکا لے رکھا ہے کہ وہ تمھارے ہی محلے کے کام کیا کرے۔۔۔میں اس کو بہت اچھی طرح جانتا ہوں۔''

مجید کو یقین نہ آیا، ''بکو اس کرتے ہو، ۔۔۔اس کی عمر ہی کتنی ہے کہ تم اسے جانو۔۔۔دو برس سے کچھ مہینے اوپر ہو گئے ہیں کہ وہ ہمارے محلے میں بلا ناغہ آتی ہے۔اس کے لڑکے کی عمر بھی دو سال کے قریب ہو گی۔۔۔یعنی جب وہ ہمارے ہاں ملازم ہوئی تو اس کے کوئی بچہ نہیں تھا۔۔۔لیکن دو تین مہینے کے بعد اس کی گود میں ایک لڑکا تھا۔''

رشید پھر مسکرایا، ''تمھارا؟''

''میرا!''، مجید گھبرا گیا، لیکن فوراً سنبھل کر اس نے جواب کا مذاق میں دیا، ''میرا ہوتا تو کیا کہنے تھے۔۔۔کم از کم یہ تو کہنے کے قابل ہو جاتا کہ میں اپنے مقصد میں کام یاب ہو گیا ہوں۔''

رشید کی مسکراہٹ اس کے ہونٹوں پر ایک عجیب رنگ اختیار کر گئی، ''تمھیں اپنی بچنی کے شوہر کا نام معلوم نہیں؟''

''نہیں!''

''میں بتاتا ہوں تمھیں۔۔۔اس کے شوہر کا نام رشید ہے۔''

مجید بوکھلا گیا، ''رشید۔۔۔کیا اس کا نام رشید ہے؟''

رشید نے بڑے وثوق اور بڑی سنجیدگی سے جواب دیا، ''ہاں۔۔۔اس کا نام رشید ہے۔۔۔اصل میں وہی اس کا شوہر ہے۔''

''وہ جو اس کے ساتھ ہمارے محلے میں جھاڑو دیتا ہے اور اپنے بچے کو جھولا جھلاتا ہے؟'' مجید کی بوکھلاہٹ اسی طرح قائم تھی۔

رشید کی سنجیدگی میں کچھ اور اضافہ ہو گیا، ''وہ الو کا پٹھا اپنے بچے کو جھولا نہیں جھلاتا!''

''تو کسے جھلاتا ہے۔۔۔کیا وہ اس رشید کا بچہ نہیں؟''

''نہیں!''

''تو کس کا بچہ ہے؟''

''ایک غریب اور نادار آدمی کا۔۔۔جو خوبصورت بھی نہیں۔۔۔تم سے ہزاروں درجے نیچے ہے۔''

''کون ہے وہ؟''

''پوچھ کے کیا کرو گے؟''

''کروں گا کیا۔۔۔بس ایسے ہی جاننا چاہتا ہوں۔''

رشید نے ایک سگریٹ سلگایا اور بڑے اطمینان سے کہا، ''جاننا چاہتے ہو تو جان لو۔۔۔وہ رشید میں ہوں۔۔۔تمہاری بچنی سے میری آشنائی بچپن کی ہے۔۔۔وہ گیارہ برس کی تھی۔۔۔میں تیرہ برس کا۔۔۔جب سے میرا اس کا معاملہ چل رہا ہے۔۔۔وہ لڑکا جو تم اس کی گود میں دیکھتے ہو اور جسے اس کا الو کا پٹھا شوہر ہر روز جھولا جھلاتا ہے، اس خاکسار کی اولاد ہے۔۔۔شکر ہے خداوند کریم کا کہ لڑکی نہ ہوئی، ورنہ میں تو اسے دوسرے ہی روز مار ڈالتا۔۔۔''

یہ کہہ کر رشید فوراً اٹھا اور چلا گیا۔۔۔مجید سوچتا رہ گیا کہ خداوند کریم نے اس پر کون سا کرم کیا تھا جو وہ اس کا شکر گزار تھا۔۔۔!

بدصورتی

ساجدہ اور حامدہ دو بہنیں تھیں۔ ساجدہ چھوٹی اور حامدہ بڑی۔ ساجدہ خوش شکل تھی۔ ان کے ماں باپ کو یہ مشکل درپیش تھی کہ ساجدہ کے رشتے آتے مگر حامدہ کے متعلق کوئی بات نہ کرتا۔ ساجدہ خوش شکل تھی مگر اس کے ساتھ اسے بننا سنورنا بھی آتا تھا۔

اس کے مقابلے میں حامدہ بہت سیدھی سادی تھی۔ اس کے خدوخال بھی پرکشش نہ تھے۔ ساجدہ بڑی چنچل تھی۔ دونوں جب کالج میں پڑھتی تھیں تو ساجدہ ڈراموں میں حصہ لیتی۔ اس کی آواز بھی اچھی تھی، سر میں گا سکتی تھی۔ حامدہ کو کوئی پوچھتا بھی نہیں تھا۔

کالج کی تعلیم سے فراغت ہوئی تو ان کے والدین نے ان کی شادی کے متعلق سوچنا شروع کیا۔ ساجدہ کے لیے کئی رشتے تو آ چکے تھے، مگر حامدہ بڑی تھی، اس لیے وہ چاہتے تھے کہ پہلے اس کی شادی ہو۔ اسی دوران میں ساجدہ کی ایک خوبصورت لڑکے سے خط و کتابت شروع ہو گئی، جو اس پر بہت دنوں سے مرتا تھا۔ یہ لڑکا امیر گھرانے کا تھا۔ ایم اے کر چکا تھا اور اعلیٰ تعلیم حاصل کرنے کے لیے امریکہ جانے کی تیاریاں کر رہا تھا۔ اس کے ماں باپ چاہتے تھے کہ اس کی شادی ہو جائے تا کہ وہ بیوی کو اپنے ساتھ لے جائے۔

حامدہ کو معلوم تھا کہ اس کی چھوٹی بہن سے وہ لڑکا بے پناہ محبت کرتا ہے۔ ایک دن جب ساجدہ نے اسے اس لڑکے کا عشقیہ جذبات سے لبریز خط دکھایا تو وہ دل ہی دل میں بہت کڑھی، اس لیے کہ اس کا چاہنے والا کوئی بھی نہیں تھا۔ اس نے اس خط کا ہر لفظ بار بار پڑھا اور اسے ایسا محسوس ہوا کہ اس کے دل میں سوئیاں چبھ رہی ہیں، مگر اس نے اس درد و کرب میں بھی ایک عجیب قسم کی لذت محسوس کی، لیکن وہ اپنی چھوٹی بہن پر برس پڑی:

''تمہیں شرم نہیں آتی کہ غیر مردوں سے خط و کتابت کرتی ہو!''

ساجدہ نے کہا، ''باجی۔۔۔اس میں کیا عیب ہے؟''

''عیب۔۔۔! سراسر عیب ہے۔شریف گھرانوں کی لڑکیاں کبھی ایسی بے ہودہ حرکتیں نہیں کرتیں۔۔۔تم اس لڑکے حامد سے محبت کرتی ہو؟''

''ہاں!''

''لعنت ہے تم پر۔''

ساجدہ بھنّا گئی، ''دیکھو باجی مجھ پر لعنتیں نہ بھیجو۔۔۔محبت کرنا کوئی جرم نہیں۔''

حامدہ چلائی، ''محبت، محبت۔۔۔آخر یہ کیا بکواس ہے۔''

ساجدہ نے بڑے طنزیہ انداز میں کہا، ''جو آپ کو نصیب نہیں۔''

حامدہ کی سمجھ میں نہ آیا کہ وہ کیا کہے۔ چنانچہ کھولے کھلے غصے میں آ کر اس نے چھوٹی بہن کے منہ پر زور کا تھپّڑ مار دیا۔۔۔اس کے بعد دونوں ایک دوسرے سے الجھ گئیں۔ دیر تک ان میں ہاتھا پائی ہوتی رہی۔ حامدہ اس کو یہ سننے دیتی رہی کہ وہ ایک نامحرم مرد سے عشق لڑا رہی ہے، اور ساجدہ اس سے یہ کہتی رہی کہ وہ جلتی ہے، اس لیے کہ اس کی طرف کوئی مرد آنکھ اٹھا کر بھی نہیں دیکھتا۔

حامدہ ڈیل ڈول کے لحاظ سے اپنی چھوٹی بہن کے مقابلے میں کافی تگڑی تھی، اس کے علاوہ اسے خار بھی تھی جس نے اس کے اندر اور بھی قوت پیدا کر دی تھی۔۔۔اس نے ساجدہ کو خوب پیٹا۔اس کے گھنے بالوں کی کئی خوبصورت لٹیں نوچ ڈالیں اور خود ہانپتی ہانپتی اپنے کمرے میں جا کر زار و قطار رونے لگی۔

ساجدہ نے گھر میں اس حادثے کے بارے میں کچھ نہ کہا۔۔۔حامدہ شام تک روتی رہی۔ بے شمار خیالات اس کے دماغ میں آئے۔وہ نادم تھی کہ اس نے محض اس لیے کہ اس سے کوئی محبت نہیں کرتا، اپنی بہن کو، جو بڑی نازک ہے، پیٹ ڈالا۔وہ ساجدہ کے کمرے میں گئی۔ دروازے پر دستک دی اور کہا، ''ساجدہ!''

ساجدہ نے کوئی جواب نہ دیا۔

حامدہ نے پھر زور سے دستک دی اور روئی آواز میں پکاری، ''ساجی! میں معافی مانگنے آئی ہوں۔۔۔خدا کے لیے دروازہ کھولو۔''

حامدہ دس پندرہ منٹ تک دہلیز کے پاس آنکھوں میں ڈبڈبائے آنسو لیے کھڑی رہی، اسے یقین نہیں تھا کہ اس کی بہن دروازہ کھولے گی، مگر وہ کھل گیا۔ ساجدہ باہر نکلی اور اپنی بڑی بہن سے ہم آغوش ہو گئی،

’’کیوں باجی ۔۔۔ آپ رو کیوں رہی ہیں؟‘‘

حامدہ کی آنکھوں میں سے ٹپ ٹپ آنسو گرنے لگے، ’’مجھے افسوس ہے کہ تم سے آج بے کار لڑائی ہو گئی۔‘‘

’’باجی ۔۔۔ میں بہت نادم ہوں کہ میں نے آپ کے متعلق ایسی بات کہہ دی جو مجھے نہیں کہنی چاہیے تھی۔‘‘

’’تم نے اچھا کیا ساجدہ ۔۔۔ میں جانتی ہوں کہ میری شکل و صورت میں کوئی کشش نہیں ۔۔۔ خدا کرے تمہارا حسن قائم رہے۔‘‘

’’باجی ۔۔۔! میں قطعاً حسین نہیں ہوں۔ اگر مجھ میں کوئی خوبصورتی ہے تو میں دعا کرتی ہوں کہ خدا اسے مٹا دے ۔۔۔ میں آپ کی بہن ہوں ۔۔۔ اگر آپ مجھے حکم دیں تو میں اپنے چہرے پر تیزاب ڈالنے کے لیے تیار ہوں۔‘‘

’’کیسی فضول باتیں کرتی ہو ۔۔۔ کیا بگڑے ہوئے چہرے کے ساتھ تمہیں حامد قبول کر لے گا؟‘‘

’’مجھے یقین ہے۔‘‘

’’کس بات کا؟‘‘

’’وہ مجھ سے اتنی محبت کرتا ہے کہ اگر میں مر جاؤں تو وہ میری لاش سے شادی کرنے کے لیے تیار ہو گا۔‘‘

’’یہ محض بکواس ہے۔‘‘

’’ہو گی ۔۔۔ لیکن مجھے اس کا یقین ہے ۔۔۔ آپ اس کے سارے سارے خط پڑھتی رہی ہیں ۔۔۔ کیا ان سے آپ کو یہ پتہ نہیں چلا کہ وہ مجھ سے کیا کیا پیمان کر چکا ہے۔‘‘

’’ساجی ۔۔۔‘‘ یہ کہہ کر حامدہ رک گئی تھوڑے وقفے کے بعد اس نے لرزاں آواز میں کہا، ’’میں عہد و پیمان کے متعلق کچھ نہیں جانتی ۔۔۔‘‘ اور رونا شروع کر دیا۔

اس کی چھوٹی بہن نے اسے گلے سے لگایا۔ اس کو پیار کیا اور کہا، ’’باجی ۔۔۔ آپ اگر چاہیں تو میری زندگی سنور سکتی ہے۔‘‘

’’کیسے؟‘‘

’’مجھے حامد سے محبت ہے ۔۔۔ میں اس سے وعدہ کر چکی ہوں کہ اگر میری کہیں شادی ہو گی تو تمہیں سے ہو گی۔‘‘

’’تم مجھ سے کیا چاہتی ہو؟‘‘

’’میں یہ چاہتی ہوں ۔۔۔ کہ آپ اس معاملے میں میری مدد کریں۔ اگر وہاں سے پیغام آئے تو آپ اس

کے حق میں گفتگو کیجیے۔۔۔امی اور ابا آپ کی ہر بات مانتے ہیں۔''

''میں انشاء اللہ تمہیں ناامید نہیں کروں گی۔''

ساجدہ کی شادی ہوگئی، حالانکہ اس کے والدین پہلے حامدہ کی شادی کرنا چاہتے تھے۔۔۔مجبوری تھی، کیا کرتے۔ساجدہ اپنے گھر میں خوش تھی۔اس نے اپنی بڑی بہن کو شادی کے دوسرے دن خط لکھا جس کا مضمون کچھ اس قسم کا تھا:

''میں بہت خوش ہوں۔۔۔حامد مجھ سے بے انتہا محبت کرتا ہے۔باجی۔۔۔محبت عجیب و غریب چیز ہے ۔۔میں بے حد مسرور ہوں۔ مجھے ایسا محسوس ہوتا ہے کہ زندگی کا صحیح مطلب اب میری سمجھ میں آیا ہے ۔۔۔خدا کرے کہ آپ بھی اس مسرت سے محظوظ ہوں۔۔۔''

اس کے علاوہ اور بہت سی باتیں اس خط میں تھیں، جو ایک بہن اپنی بہن کو لکھ سکتی ہے۔

حامدہ نے یہ پہلا خط پڑھا اور بہت روئی۔اسے ایسا محسوس ہوا کہ اس کا ہر لفظ ایک ہتھوڑا ہے جو اس کے دل پر ضرب لگا رہا ہے۔

اس کے بعد اس کو اور بھی خط آئے جن کو پڑھ پڑھ کے اس کے دل پر اس چھریاں چلتی رہیں۔رو رو کر اس نے اپنا برا حال کر لیا تھا۔۔۔اس نے کئی مرتبہ کوشش کی کہ کوئی راہ چلتا جوان لڑکا اس کی طرف متوجہ ہو، مگر ناکام رہی۔

اسے اس عرصے میں ایک ادھیڑ عمر کا مرد ملا۔بس میں مڈ بھیڑ ہوئی۔وہ اس سے مراسم قائم کرنا چاہتا تھا مگر حامدہ نے اسے پسند نہ کیا۔وہ بہت بدصورت تھا۔

دو برس کے بعد اس کی بہن ساجدہ کا خط آیا کہ وہ اور اس کا خاوند آ رہے ہیں۔

وہ آئے۔حامدہ نے مناسب و موزوں طریقہ پر ان کا خیر مقدم کیا۔ساجدہ کے خاوند کو اپنے کاروبار کے سلسلے میں ایک ہفتے تک قیام کرنا تھا۔

ساجدہ سے مل کر اس کی بڑی بہن بہت خوش ہوئی۔۔۔حامد بڑی خوش اخلاقی سے پیش آیا۔وہ اس سے بھی متاثر ہوئی۔

وہ گھر میں اکیلی تھی، اس لیے کہ اس کے والدین کسی کام سے سرگودھا چلے گئے تھے۔گرمیوں کا موسم تھا۔ حامدہ نے نوکروں سے کہا کہ وہ بستروں کا انتظام صحن میں کر دیں اور بڑا پنکھا لگا دیا جائے۔

یہ سب کچھ ہو گیا۔۔۔لیکن ہوا یہ کہ ساجدہ کسی حاجت کے تحت اوپر کوٹھے پر گئی پھر گئی اور دیر تک وہیں رہی۔

حامد کوئی ارادہ کر چکا تھا۔ آنکھیں نیند سے بوجھل تھیں۔ اٹھ کر ''ساجدہ'' کے پاس گیا اور اس کے ساتھ لیٹ گیا۔۔۔ لیکن اس کی سمجھ میں نہ آیا کہ وہ غیر سی کیوں لگتی ہے۔ کیونکہ وہ شروع شروع میں بے اعتنائی برتتی رہی۔۔۔ آخر میں وہ ٹھیک ہو گئی۔

ساجدہ کوٹھے سے اتر کر نیچے آئی اور اس نے دیکھا۔۔

صبح کو دونوں بہنوں میں سخت لڑائی ہوئی۔۔۔ حامد بھی اس میں شامل تھا۔ اس نے گرما گرمی میں کہا، ''تمھاری بہن، میری بہن ہے۔۔۔ تم کیوں مجھ پر شک کرتی ہو۔''

حامد نے دوسرے روز اپنی بیوی ساجدہ کو طلاق دے دی اور دو تین مہینوں کے بعد حامدہ سے شادی کر لی۔۔۔ اس نے اپنے ایک دوست سے جس کو اس پر اعتراض تھا، صرف اتنا کہا، ''خوبصورتی میں خلوص ہونا ناممکن ہے۔۔۔ بدصورتی ہمیشہ پر خلوص ہوتی ہے۔''

بدتمیزی

’’میری سمجھ میں نہیں آتا کہ آپ کو کیسے سمجھاؤں۔‘‘

’’جب کوئی بات سمجھ میں نہ آئے تو اس کو سمجھانے کی کوشش نہیں کرنی چاہیے۔‘‘

’’آپ تو بس ہر بات پر گلا گھونٹ دیتے ہیں۔۔۔ آپ نے یہ تو پوچھ لیا ہوتا کہ میں آپ سے کیا کہنا چاہتی ہوں۔‘‘

’’اس کے پوچھنے کی ضرورت ہی کیا تھی۔۔۔ بس فقط لڑائی مول لینا چاہتی ہو۔‘‘

’’لڑائی میں مول لینا چاہتی ہوں کہ آپ۔۔۔ سارے ہمسائے اچھی طرح جانتے ہیں کہ آپ آئے دن مجھ سے لڑتے جھگڑتے رہتے ہیں۔

’’خدا جھوٹ نہ بلوائے تو ایک برس تک میں نے آپ سے کوئی تلخ بات کی ہے نہ شیریں۔‘‘

’’شیریں بات کرنے کا آپ کو سلیقہ ہی کہاں آتا ہے۔۔۔ نوکر کو آواز دے کر بلوائیں گے تو سارے محلے کو پتہ چل جائے گا کہ آپ اسے گولی سے ہلاک کرنا چاہتے ہیں۔‘‘

’’میرے پاس بندوق ہی نہیں۔۔۔ ویسے میں خرید سکتا ہوں مگر اس کو چلائے گا کون؟ میں تو پٹاخے سے ڈرتا ہوں۔‘‘

آپ سے نہیں۔۔۔ میں آپ کو اچھی طرح جانتی ہوں۔۔۔ یہ فراڈ میرے ساتھ نہیں چلے گا آپ کا۔‘‘

’’اب میں فراڈ بن گیا؟‘‘

’’آپ ہمیشہ سے فراڈ تھے۔‘‘

’’یہ فیصلہ آپ نے کن وجوہ پر قائم کیا۔‘‘

'' آپ جب پانچویں جماعت میں پڑھتے تھے تو آپ نے کیا ابّا جی کی جیب سے دو روپے نہیں نکالے تھے؟ ''

'' نکالے تھے۔ ''

'' کیوں؟ ''

'' اس لیے کہ بھنگی کی لڑکی کو ضرورت تھی۔ ''

'' اس لیے کہ وہ بھنگی کی لڑکی تھی۔۔۔ بہت بیمار۔۔۔ والد صاحب سے اگر کہا جاتا تو وہ کبھی ایک پیسہ بھی اسے نہ دیتے، میں نے اسی لیے مناسب سمجھا کہ ان کے کوٹ سے دو روپے نکال کر اس کو دے دوں۔۔۔ یہ کوئی گناہ نہیں۔ ''

'' جی ہاں۔۔۔ بہت بڑا ثواب ہے۔۔۔ باپ کے کوٹ پر چھاپہ مار کر آپ تو اپنے خیال کے مطابق جنت میں اپنی سیٹ بک کر چکے ہوں گے لیکن میں آپ سے کہے دیتی ہوں کہ اس کی سزا آپ کو اتنی کڑی ملے گی کہ آپ کی طبیعت صاف ہو جائے گی۔ ''

'' طبیعت تو میری ہر روز صاف کی جاتی ہے۔۔۔ اب اتنی صاف ہو گئی ہے کہ اس جی چاہتا ہے کہ اس طبیعت کو کیچڑ میں لت پت کر دوں تا کہ تمہارا مشغلہ جاری رہ سکے۔ ''

'' کیچڑ میں تو آپ ہر وقت لتھڑے رہتے ہیں۔ ''

'' یہ سراسر بہتان ہے۔ ''

'' بہتان کیا ہے۔۔۔ حقیقت ہے۔۔۔ آپ سر سے پاؤں تک کیچڑ میں دھنسے ہوئے ہیں۔۔۔ آپ کو کسی نفیس چیز سے دلچسپی ہی نہیں، بات کریں گے تو غلاظت کی۔۔۔ نہاتے آپ نہیں۔ ''

'' غضب خدا کا۔۔۔ میں تو دن میں تین مرتبہ نہاتا ہوں۔ ''

'' وہ بھی کوئی نہانا ہے۔۔۔ بدن پر دو ڈونگے پانی کے ڈالے۔۔۔ تولیے سے اپنا نیم خشک جسم پونچھا اور غسل خانے سے باہر نکل آئے۔ ''

'' دو ڈونگے تو نہیں، کم از کم بیس ہوتے ہیں۔ ''

'' تو ان سے بھی کیا ہوتا ہے۔۔۔ کیا آپ نے آج تک کبھی صابن استعمال کیا ہے؟ ''

'' میں تم سے کئی بار کہہ چکا ہوں کہ صابن جلد کے لیے بہت مضر ہے۔ ''

'' کیوں؟ ''

’’اس لیے کہ اس میں ایسے تیزابی مادے ہوتے ہیں جو جلد کا ستیاناس کر دیتے ہیں۔‘‘

’’میری جلد تو آج تک ستیاناس نہیں ہوئی۔۔۔آپ کی جلد بہت ہی نازک ہو گی۔‘‘

’’نازک ہونے کا سوال نہیں۔۔۔یہ ایک سائنٹفک بحث ہے۔‘‘

’’میں سائنٹیفک وائنٹیفک کچھ نہیں جانتی۔۔۔بس میں آپ سے یہ پوچھنا چاہتی ہوں کہ آپ صابن کیوں استعمال نہیں کرتے؟‘‘

’’بھئی، تمھیں بتا تو چکا ہوں کہ یہ مضر ہے۔‘‘

’’تو آپ نہاتے کس طرح ہیں۔‘‘

’’نہانے کا صرف ایک ہی طریقہ ہے۔ پانی ڈالتے گئے اور نہاتے گئے۔‘‘

’’جسم پر آپ کوئی چیز نہیں ملتے۔۔۔میرا مطلب ہے، صابن نہیں تو کوئی اور چیز۔‘‘

’’ملا کرتا ہوں۔‘‘

’’کیا؟‘‘

’’بیسن‘‘

’’وہ کیا ہوتا ہے؟‘‘

’’ارے بھئی، چنے کا آٹا۔‘‘

آپ کی جو بات ہے، نرالی ہے۔۔۔میں تو آپ ایسے سنکی سے خدا قسم تنگ آ گئی ہوں۔۔۔میری سمجھ میں نہیں آتا، کہاں جاؤں۔‘‘

’’اپنے میکے چلی جاؤ۔۔۔وہاں تمھیں اپنی ہم خیال مل جائیں گی۔‘‘

’’میں کیوں جاؤں وہاں۔۔۔میں یہیں رہوں گی۔‘‘

’’میں نے تم سے آج ہی کہا۔۔۔اس لیے کہ تم لاکھ مرتبہ مجھے دھمکی دیتی رہی ہو کہ میں چلی جاؤں گی اپنے میکے۔‘‘

’’مجھے جب جانا ہو گا چلی جاؤں گی۔‘‘

’’آج تمھاری طبعیت نہیں چاہتی؟‘‘

’’آپ مجھے چڑانے کی کوشش کیوں کر رہے ہیں؟‘‘

’’میں نے تو کوئی کوشش نہیں کی۔۔۔اگر تم چاہتی ہو کہ کوشش کروں، تو یقین مانو، تم ابھی تانگہ لے کر

اسٹیشن پہنچ جاؤ گی۔،،

،،کوشش کر کے دیکھ لیجیے۔۔۔میں یہاں سے ایک انچ نہیں ہٹوں گی۔۔۔یہ میرا گھر ہے۔،،

،،آپ کا ہے۔۔۔آپ کے باپ دادا کا ہے۔۔۔لیکن یہ تو بتایئے۔۔۔،،

،،میرے باپ دادا کا نام مت لیجیے۔۔۔ان بیچاروں کا کیا قصور تھا؟،،

،،قصور تو سارا میرا ہے۔۔۔لیکن بیگم، تم کبھی کبھی اتنا غور کر لیا کرو کہ میں نے آخر تمہیں کون سا جانی نقصان پہنچایا ہے کہ تم لٹھ لے کر میرے پیچھے پڑ جاتی ہو۔،،

،،لٹھ تو ہمیشہ آپ کے ہاتھ میں رہا ہے۔۔۔میں تو اُسے اٹھا بھی نہیں سکتی۔،،

،،تم بڑے سے بڑا گرز اُٹھا سکتی ہو۔۔۔تم ایسی عورتوں میں بلا کی قوت ہوتی ہے۔۔۔تم عقاب ہو۔۔۔تمہارے سامنے تو میری حیثیت ایک چڑیا کی سی ہے۔،،

،،باتیں بنانا تو کوئی آپ سے سیکھے۔۔۔آپ چڑیا ہیں۔۔۔سبحان اللہ۔جب کڑکتے اور گرجتے ہیں تو ایسا محسوس ہوتا ہے کہ شیر دہاڑ رہا ہے۔،،

،،اس شیر کو پہلے ایک نظر دیکھ لو۔،،

،،کیا دیکھوں؟ پندرہ برس سے دیکھ رہی ہوں۔،،

،،یہ خاکسار شیر ہے کیا؟

،،شیر ہے، مگر خاک میں لپٹا ہوا۔،،

،،اس تعریف کا شکریہ۔۔۔اب آپ یہ بتایئے کہ آپ کہنا کیا چاہتی تھیں۔،،

،،آپ اتنے لائق فائق بنے پھرتے ہیں۔۔۔سمجھیے کہ میں کیا کہنا چاہتی تھی۔،،

،،تمھاری باتیں تو صرف خدا ہی سمجھ سکتا ہے۔۔۔میں کیا سمجھوں گا۔،،

خدا کو بیچ میں کیوں لاتے ہیں۔،،

،،خدا کو اگر بیچ میں نہ لایا جائے تو کوئی کام ہو ہی نہیں سکتا۔،،

،،بڑے آئے ہیں آپ خدا کو ماننے والے۔،،

،،خدا کو تو میں ہمیشہ سے مانتا آیا ہوں۔۔۔وہ طاقت جو دنیا پر کنٹرول کرتی ہے۔،،

،،کنٹرول تو آپ مجھ پر کرتے آئے ہیں۔،،

،،کس قسم کا؟،،

’’ہر قسم کا۔۔۔ میں آج تک اپنی مرضی کے موافق کوئی چیز نہیں کر سکتی، کپڑے لیتی ہوں، تو اُس میں آپ کی مرضی کا دخل ہوتا ہے۔ کھانے کے بارے میں بھی آپ کی مرضی چلتی ہے۔۔۔ آج یہ پکے، کل وہ پکے۔۔۔‘‘

’’اس میں تمھیں اعتراض ہے؟‘‘

’’اعتراض کیوں نہیں۔۔۔ میرا جی اگر کبھی چاہتا ہے کہ اوجھڑی کھاؤں تو آپ نفرت کا اظہار کرتے ہیں۔‘‘

’’اوجھڑی بھی کوئی کھانے کی شے ہے۔‘‘

’’آپ کیا جانیں، کتنی مزیدار ہوتی ہے۔۔۔ چونے میں ڈال کر اسے صاف کر لیا جاتا ہے، اس کے بعد اچھی طرح گھی میں تلا جاتا ہے۔۔۔ اللہ قسم مزا آ جاتا ہے۔‘‘

’’لاحول ولا۔۔۔ میں ایسی غلط چیز کو دیکھنا بھی پسند نہیں کرتا۔‘‘

’’اور ٹینڈے؟‘‘

’’بکواس ہیں۔۔۔ سبزی کی سب سے بڑی توہین ہیں۔ ان میں کوئی رس ہوتا ہے نہ لذت۔۔۔ بس فقط ٹینڈے ہوتے ہیں۔۔۔ میری سمجھ میں نہیں آتا کہ وہ پیدا اس غرض کے لیے کیے گئے تھے۔۔۔ نہایت واہیات ہوتے ہیں۔۔۔ میں تو اکثر یہ دعا مانگتا ہوں کہ ان کا جو دوسرے ہی سے غائب ہو جائے۔۔۔ بڑے بے جان ہوتے ہیں۔ ان کے مقابلے میں کدّو بدرجہا بہتر ہے، حالانکہ وہ بھی مجھے سخت ناپسند ہے۔‘‘

’’آپ کو کون سی چیز پسند ہے؟ ہر اچھی چیز میں آپ کیڑے ڈالتے ہیں۔۔۔ بھنڈی آپ کو پسند نہیں کہ اس میں لیس ہوتی ہوتی ہے۔ گوبھی آپ کو نہیں بھاتی کہ اس میں یہ نقص نکالا جاتا ہے کہ اس میں بدبو ہوتی ہے۔۔۔ ٹماٹر آپ کو اچھے نہیں لگتے، اس لیے کہ اس کے چھلکے ہضم نہیں ہوتے۔‘‘

’’تم ان باتوں کو چھوڑو۔۔۔ ٹینڈے، گوبھی اور ٹماٹر جائیں جہنم میں۔۔۔ تم مجھے یہ بتاؤ کہ مجھ سے کہنا کیا چاہتی تھیں۔‘‘

’’کچھ بھی نہیں۔۔۔ بس ایسے ہی آ گئی۔۔۔ میں نے دیکھا کہ آپ کوئی کام نہیں کر رہے، تو آپ کے پاس آ کر بیٹھ گئی۔‘‘

’’بڑی نوازش ہے آپ کی۔۔۔ لیکن کچھ نہ کچھ تو ضرور کہنا ہو گا آپ کو۔‘‘

’’آپ سے اگر کچھ کہہ بھی دیا تو اس کا حاصل کیا ہو گا۔‘‘

’’جو آگے آپ کو حاصل ہوتا رہا ہے، اسی حساب سے آج بھی حاصل ہو جائے گا۔۔۔ آپ یہاں سے کچھ

حاصل کیے بغیر ٹلیں گی کیسے؟،،

،،میں آپ سے ایک خاص بات کرنے آئی تھی۔،،

،،کیا؟،،

،،مَیں۔۔۔مَیں یہ کہنے آئی تھی، کہ میری سمجھ میں نہیں آتا، مَیں آپ کو کیسے سمجھاؤں؟،،

،،آپ کیا سمجھانے آئی تھیں مجھے۔،،

،،آپ کو تو خدا سمجھائے گا۔۔۔ میں یہ کہنے آئی تھی کہ آپ پتلون پہن کر اس کے بٹن بالکنی میں بند نہ کیا کریں۔ ہمسایوں کو سخت اعتراض ہے، یہ بہت بڑی بدتمیزی ہے۔،،

بڈھا کھوسٹ

یہ جنگِ عظیم کے خاتمے کے بعد کی بات ہے جب میرا عزیز ترین دوست لیفٹیننٹ کرنل محمد سلیم شیخ (اب) ایران، عراق اور دوسرے محاذوں سے ہوتا ہوا بمبئی پہنچا۔اس کو اچھی طرح معلوم تھا میرا افلیٹ کہاں ہے ۔ ہم میں گاہے گاہے خط و کتابت بھی ہوتی رہتی تھی لیکن اس سے کچھ مزانہیں آتا تھا اس لیے کہ ہر خط سنسر ہوتا ہے ۔ اِدھر سے جائے یا اُدھر سے آئے، عجیب مصیبت تھی۔

مگر اب ان مصیبتوں کا ذکر کیا کرنا، اس کی بمبئی کے بی بی سی آئی اے کے ٹریفیسنس پر پوسٹنگ ہوئی۔اس وقت وہ صرف لیفٹیننٹ تھا۔ہم دونوں وسیع و عریض ریلوے اسٹیشن کے بوفے میں بیٹھ گئے اور دوپہر کے بارہ ایک بجے تک ٹھنڈی ٹھنڈی بیئر پیتے رہے۔اس نے اس دوران میں مجھے کئی کہانیاں سنائیں جن میں سے ایک خاص طور پر قابلِ ذکر ہے۔

اس نے ایران، عراق اور خدا معلوم کن کن ملکوں کے اپنے معاشقے سنائے، میں سنتا رہا، پیشہ ور عاشق تو کالج کے زمانے سے تھا۔ اس کی داستانیں اگر میں سناؤں تو ایک ضخیم کتاب بن جائے۔ بہر حال آپ کو اتنا بتانا ضروری ہے کہ اسے لڑکیوں کو اپنی طرف متوجہ کرنے کا گر معلوم تھا۔

گورڈن کالج راولپنڈی میں وہ راجہ اِندر تھا۔اس کے دربار میں وہاں کی تمام پریاں مجرا عرض کرتی تھیں۔ خوبصورت تھا۔۔۔ کافی خوبصورت مگر اس کا حسن مردانہ حسن تھا۔ تِتلی نو کیلی ناک جو یقیناً اپنا کام کر جاتی ہوگی۔چھوٹی چھوٹی گہرے بھوسلے رنگ کی آنکھیں جو اس کے چہرے پر سج گئی تھیں، بڑی ہوتیں تو شاید اس کے چہرے کی ساری کشش ماری جاتی۔

وہ کھلنڈرا تھا۔جس طرح لارڈ بائرن صرف کچھ عرصے کے لیے کسی سے دلچسپی لیتا تھا اور اسے چھوڑ کر آگے

بڑھ جاتا، جیسے وہ اس کی زندگی میں کبھی آئی ہی نہیں۔اسی طرح کا سلوک وہ اپنے جال میں پھنسی ہوئی لڑکیوں سے کرتا، مجھے اس کا یہ رویہ پسند نہیں تھا کہ یہ میری نظر میں بہت ظالمانہ ہے۔مگر وہ بے پروا تھا، کہا کرتا، ''اُلو کے پٹھے۔۔۔غالب پڑھو وہ کیا کہتا ہے۔اسے متن یاد کبھی نہیں رہتا تھا مگر اس کا مفہوم اپنے الفاظ میں ادا کر دیا کرتا۔وہ کہتا ہے، وہی شاخِ طوبیٰ اور جنت میں وہی ایک حور۔۔۔واللہ زندگی اجیرن ہو جائے گی۔شہد کی مکھی بنو، کلی کلی کا رس چوسو۔۔۔مکھی کسی مصری کی نہ بنو جو وہیں چپک کر رہ جائے۔''

پھر اس نے اقبال کے ایک شعر کا حوالہ اپنا بیئر کا گلاس خالی کرتے ہوئے دیا، ''کیا کہا ہے اقبال نے،

تو ہی ناداں چند کلیوں پر قناعت کر گیا

ورنہ گلشن میں علاجِ تنگیِ داماں بھی تھا

ثابت ہوا کہ تم نہ صرف ناداں ہو بلکہ درجہ اول بناسپتی گھی کی طرح درجہ اول چغد بھی ہو۔۔۔اب ہٹاؤ اس بکواس کو۔''

میں نے یہ بکواس اس طرح ہٹائی جس طرح بیرے نے میری بیئر کی خالی بوتل۔

پیشتر اس کے کہ میں اصل کہانی کی طرف آؤں۔میں آپ کو شیخ سلیم سے متعلق ایک بہت دلچسپ واقعہ سناتا ہوں۔ہم گورڈن کالج میں بی۔اے فائنل میں پڑھتے تھے کہ کرسمس کی چھٹیوں میں رُکمنی کی شادی کی اڑتی اڑتی افواہ ہمیں ملی۔یہ رُکمنی ہماری ہی کسی کلاس میں پڑھتی تھی اور کچھ عرصہ پہلے بری طرح شیخ سلیم پر فریفتہ تھی۔شکل صورت اس کی واجبی تھی مگر میرا دوست شہد کی مکھی تھا۔چنانچہ دو مہینے ان کا معاشقہ چلتا رہا، اس کے بعد وہ اس سے بالکل اجنبی ہو گیا۔جب اس کو بتایا گیا کہ رُکمنی جو تمہاری محبوبہ تھی اور جس کی خاطر تم نے اتنے جھگڑے اپنی کلاس کے طالب علموں سے کیے، ''وہ اگر دوسری جگہ بیاہی جائے تو ڈوب مرو۔۔۔لیکن تم تیرنا جانتے ہو۔۔۔ڈوبنے کا کام ہم اپنے ذمے لیتے ہیں۔''

شیخ سلیم کو اس قسم کی باتیں عموماً کھا جاتی تھیں۔اس نے اپنی مہین مہین مونچھوں کو تاؤ دینے کی کوشش کی اور کہا، ''اچھا، تم دیکھ لینا کیا ہو گا۔''

اس کی پارٹی کے ایک قوی ہیکل لڑکے نے پوچھا، ''کیا ہو گا؟''

شیخ سلیم نے اس کو جھاگ کی طرح بٹھا دیا، ''ہو گا تمہاری ماں کا سر۔۔۔جب شادی کا دن آئے گا، دیکھ لینا۔۔۔چلو آؤ میرے ساتھ تم سے مجھے چند باتیں کرنی ہیں۔''

شادی کا دن آ گیا۔ بارات جب دلہن والوں کے گھر کے پاس پہنچی تو کوئی شخص سر پر سہرا باندھے بڑے اچھے گھوڑے پر سوار اندر داخل ہو گیا۔ دولہا موٹر میں تھا جس پر پھولوں کا جال بنا ہوا تھا۔ گھوڑا سوار سہرے سے لدا چندا شامیانے کے پاس تھا۔ گھوڑا خود دولہا بنا ہوا تھا۔ دلہن کا باپ اور اس کے رشتہ دار آگے بڑھے۔ گھوڑے کا مالک بھاگا بھاگا آ گیا تھا۔ اس سہرے سے لدے ہوئے آدمی کو اس جگہ بٹھا دیا گیا، جہاں دلہن کو بھی ساتھ بٹھانا تھا۔ بیچ میں ہون کنڈ تھا جس میں چھوٹی چھوٹی لکڑیوں کے ٹکڑے جل رہے تھے۔ انہوں نے ننگے بدن اٹھ کر دلہن کو آشیرواد دیا اور دلہن سے کہا، ''سردار جی دلہن کو جلد بلائیے مہورت ہو گیا ہے۔''

فوراً رُکمنی پہنچ گئی اور کچھ عرصے کے لیے دولہا کے ساتھ بٹھا دی گئی۔ پنڈت جی نے کچھ پڑھا جس کا مطلب میری سمجھ میں نہ آیا۔۔۔ لیکن ایک دم شادی کے اس جلسے میں ایک ہڑبونگ سی مچ گئی جب کار سے ایک دولہا نکل کر سامنے آ گیا اور بلند آواز میں تمام حاضرین کو مخاطب کیا، ''میرے ساتھ دھوکا ہوا ہے۔۔۔ میں دعویٰ دائر کروں گا۔''

وہ دولہا جو ہاتھ پکڑ کر دلہن کو اُٹھا رہا تھا بڑی خوف ناک آواز میں چلایا، ''ابے جا بے، دعویٰ دائر کرنے کے کچھ لگتے۔''

یہ کہہ کر اس نے اپنے پھولوں کا گھونگھٹ اٹھا دیا اور ان ہزار کے قریب آدمیوں سے جو شامیانے کے نیچے تھے کچھ کہنا چاہا۔۔۔ مگر قہقہوں کا ایک سمندر موجیں مارنے لگا۔۔۔ دوسری پارٹی کے آدمی بھی ان قہقہوں میں شریک ہوئے کیونکہ جب یہ پھولوں کا پردہ علیحدہ ہوا تو انہوں نے دیکھا کہ شیخ سلیم ہے۔ رُکمنی بڑی خفیف ہوئی، مگر شیخ سلیم نے بڑی جرأت سے کام لے کر اس سے بند آواز میں پوچھا، ''تم اس چغد کے ساتھ شادی کرنے کے لیے تیار ہو؟''

رُکمنی خاموش رہی۔

''اچھا جاؤ جہنم میں۔۔۔ لیکن ایک دن نہیں پورے تین مہینے تم ہمیں پوجتی رہی ہو۔'' یہ کہہ کر وہ صحیح دولہا کی طرف بڑھا جس کے منہ سے غصے کے مارے جھاگ نکل رہے تھے آگے کر بڑھ کر اس نے اپنے سارے ہار اس کے گلے میں ڈال دیئے۔۔۔ سب براتی بت بنے بیٹھے تھے۔ ہنستا، قہقہے لگاتا وہ اپنے گھوڑے پر بڑی صفائی سے سوار ہوا اور ایڑ لگا کر کوٹھی سے باہر نکل گیا۔ گھوڑے سے اتر کر (ہم دور نکل گئے تھے، اس لیے کہ میں اس کے پیچھے گھوڑے کی سی تیز رفتاری سے بھاگتا تھا) اس

نے میرا کاندھا بڑے زور سے ہلایا'' کیوں بیٹے! میں نے تم سے کیا کہا تھا اب دیکھ لیا؟''

ہوا تو سب کچھ ٹھیک تھا مگر مجھے ڈر تھا کہیں شیخ سلیم گرفتار نہ ہو جائے۔ میں نے اس سے کہا، ''جو تم نے کیا وہ اور کوئی نہیں کر سکتا، لیکن بھائی میرے کہیں ہنسی میں پھنسی نہ ہو جائے۔ فرض کرو اگر رُکمنی کے باپ نے تمہیں گرفتار کرا دیا؟''

وہ اکڑ کر بولا، ''اس کے باپ کا باپ بھی نہیں کر سکتا۔ ۔ ۔ کون اپنی بیٹی کو عدالت چڑھائے گا۔ ۔ ۔ میں تو اسی وقت گرفتار ہونے کے لیے تیار ہوں۔ لے جائے مجھے تھانے۔ ۔ ۔ اس سالی کی ساری پول کھول دوں گا۔ ۔ ۔ میرے پاس اس کے درجنوں خطوط پڑے ہیں۔'' سارے شہر میں یہی افواہ پھیلی ہوئی تھی کہ رُکمنی کا باپ شیخ سلیم کو ضرور اس کی گستاخی کی سزا دلوائے گا کہ وہ ساری عمر یاد رکھے مگر کچھ نہ ہوا۔

جب کئی دن گزر گئے تو میرے پاس گاتا ہوا آیا۔

تھی خبر گرم کہ غالب کے اُڑیں گے پرزے

دیکھنے ہم بھی گئے پر وہ تماشا نہ ہوا

اب میں اصل کہانی کی طرف پلٹتا ہوں، جو اس واقعے سے بھی کہیں زیادہ دلچسپ اور معنی خیز ہے۔ یہ خود اس نے مجھے سنائی جس کی صداقت پر مجھے سو فیصدی یقین ہے۔ ۔ ۔ اس لیے کہ شیخ سلیم جھوٹا کبھی نہیں تھا۔ اس نے مجھے بتایا، ''میں ایران میں تھا۔ وہاں کی لڑکیاں عام یورپین لڑکیوں کی طرح ہوتی ہیں۔ وہی لباس، وہی وضع قطع، البتہ ناک نقشے کے لحاظ سے کافی مختلف ہوتی ہیں۔ جتنی خرافات وہاں ہوتی ہے شاید ہی کسی اور ملک میں ہوتی ہے۔ میں نے وہاں کئی شکار کیں۔ وہاں میرے ایک بڑے افسر کرنل عثمانی تھے۔ حالانکہ ان کا عہدہ جیسا کہ ظاہر ہے مجھ سے بہت بڑا تھا۔ لیکن وہ میرے بڑے مہربان تھے۔ میس میں جب بھی مجھے دیکھتے، زور سے پکارتے۔ ۔ ۔ اِدھر آؤ شیخ، میرے پاس بیٹھو، اور وہ میرے لیے ایک کرسی منگواتے۔ وہسکی کا دور چلتا تو اِدھر اُدھر کی باتیں شروع کر دیتے، کرنل عثمان کو مجھ سے چھیڑ خانی کرنے میں خاص مزا آتا۔ جب وہ کوئی فقرہ مجھ پر چست کرتے تو بہت خوش ہوتے۔ کافی معمر آدمی تھے۔ اس کے علاوہ بڑا افسر، میں خاموش رہتا۔ ۔ ۔ ان کو ان پولستانی نرسوں سے بڑی دلچسپی تھی جو وہاں ایمبولنس کور میں کام کرتی تھیں۔ ۔ ۔ یہ پولستانی لڑکیاں بلا کی تنومند ہوتی ہیں۔ ۔ ۔ یہ موٹی موٹی سفید پنڈلیاں، بڑی مضبوط چھاتیاں، بڑی بڑی اور صحت مند۔ کولھے چوڑے اور گوشت سے بھرے ہوئے جن میں سختی ہو۔ لو ہے

ایسی سختی۔۔۔میری کئی دوست تھیں، پر جب میں آئرن سے ملا تو سب کو بھول گیا۔ سارے ایران کو بھول گیا۔ بڑی صفتیں تھیں۔ نقش سب چھوٹے چھوٹے تھے۔ اگر تم اس کی چھاتیوں اور پنڈلیوں کو پیشِ نظر رکھتے تو یہی سمجھتے کہ اس کے ہاتھ ڈبل روٹی کے مانند ہوں گے۔ اس کی انگلیاں اتنی موٹی ہوں گی جیسے کسی درخت کی ٹہنی۔۔۔مگر نہیں دوست، اس کے ہاتھ بڑے نرم و نازک تھے اور اس کی انگلیاں یہ سمجھ لو کہ چغتائی کی بنائی تصویروں کی طرح مخروطی لانبی نہیں، مگر پتلی پتلی تھیں۔ میں تو اس پر فریفتہ ہو گیا۔ چند روز کی ملاقاتوں ہی میں اس کے میرے تعلقات بے تکلفی کی حد تک بڑھ گئے۔

یہاں تک پہنچ کر شیخ رک گیا۔ ایک نیا پیگ گلاس میں ڈالا اور سوڈا ملا کر گٹا غٹ پی گیا، ''نہ یاد کراؤ یہ قصہ'' میں نے اس سے کہا، ''لیفٹیننٹ صاحب، آپ نے خود ہی تو شروع کیا تھا۔''

اس نے ماتھے پر تیوری چڑھا کر میری طرف دیکھا اور ایک پیگ اپنے گلاس میں۔۔۔تین چار پیگ جو بوتل میں باقی بچ گئے تھے انتقاماً میرے گلاس میں ڈالے اور خود سوکھی جسے انگریزی میں نیٹ کہتے ہیں پی گیا اور کھانس کھانس کر اپنا برا حال کر لیا، ''لعنت ہو تم پر!''

''یعنی یہ کیا موقع تھا مجھ پر لعنت بھیجنے کا۔''

اس کی کھانسی اب بند ہو گئی تھی اور وہ رومال سے اپنا منہ پونچھ رہا تھا کہ نہ پوچھو میری جان۔۔۔دوسرے روز رات کو کرنل صاحب سے ملاقات ہوئی۔۔۔انہوں نے بڑے طنز سے کہا کہ صاحبزادے مجھے بڑھا سمجھتے ہو۔۔۔وہ تم نے ضرب المثل نہیں سنی۔۔۔نیا ایک دن پرانا سو دن۔۔۔میں نے ان سے عرض کی کرنل صاحب آپ کا میرا کیا مقابلہ۔۔۔مگر میں نے دل ہی دل میں سوچا کہ یہ کمبخت اس حقیقت سے اب تک غافل ہے کہ قبر میں پاؤں لٹکائے بیٹھا ہے اور عشق فرما رہا ہے۔

''میں تو خدا کی قسم جب اس عمر کو پہنچوں گا تو خود کشی کر لوں گا۔۔۔اس منہ کے ساتھ جس میں آدھے دانت مصنوعی ہیں میری آئرن پر نگاہیں لگائے بیٹھا ہے۔ کرنل ہو گا تو اپنے گھر میں، اس نے کبھی پھر اس کی تو ایک ایسا گھونسہ جماؤں گا اس کی سوکھی گردن پر کہ منکا باہر آ جائے گا۔ دیر تک اس بڑھے کھوسٹ سے آئرن۔۔۔نہایت ہی پیاری آئرن کے متعلق باتیں ہوتی رہیں اور وہ طنز کرنے سے باز نہ آیا۔ وہسکی کا چوتھا دور چل رہا تھا۔ میں نے اپنے ہونٹوں پر بڑی فرمانبردار قسم کی مسکراہٹ پیدا کی اور اس سے کہا،

''کرنل صاحب جو آپ کو بڑھا کہے وہ خود بڑھا ہے آپ تو ماشاء اللہ دھان پان ہیں۔''

یہ محفل ختم ہوئی تو میں بہت خوش ہوا۔ آئرن نے مجھ سے وعدہ کیا کہ وہ دوسرے روز فلاں ہوٹل میں شام

کو سات بجے ملے گی۔اس میں فوجیوں کو اجازت تھی۔

اتوار تھا اس لیے میں وردی کے بجائے نہایت اعلیٰ سوٹ پہن کر وہاں پہنچا۔سات بجنے میں ابھی نو منٹ باقی تھے۔ میں ڈائننگ ہال میں داخل ہوا تو میرے پاؤں وہیں کے وہیں جم گئے۔۔۔ کرنل عثمانی صاحب آس پاس بیٹھے ہوئے لوگوں سے غافل آئرن کا بڑا المبا بوسہ لے رہے تھے۔۔۔ مجھے ایسا محسوس ہوا کہ میں اس کرنل سے کہیں زیادہ بڈھا کھوسٹ بن گیا ہوں۔

برف کا پانی

’’یہ آپ کی عقل پر کیا پتھر پڑ گئے ہیں؟‘‘

’’میری عقل پر تو اسی وقت پتھر پڑ گئے تھے جب میں نے تم سے شادی کی۔ بھلا اس کی ضرورت ہی تھی اپنی ساری آزادی سلب کرالی۔‘‘

’’جی ہاں آزادی تو آپ کی یقیناً سلب ہوئی اس لیے کہ آپ اب کھلے بندوں عیاشی نہیں کر سکتے شادی سے پہلے آپ کو کون پوچھنے والا تھا، جدھر کو منہ اٹھایا چل دیئے جھک مارتے رہے۔‘‘

’’دیکھو میں تم سے کئی مرتبہ کہہ چکا ہوں کہ مجھ سے جو کچھ کہنا ہو چند لفظوں میں صاف صاف کہہ دیا کرو، مجھے یہ جھک جھک پسند نہیں جس طرح میں صاف گو ہوں اسی طرح میں چاہتا ہوں کہ دوسرے بھی صاف گو ہوں۔‘‘

’’آپ کی صاف گوئی تو ضرب المثل بن چکی ہے۔‘‘

’’تمہاری یہ طنز خدا معلوم تم سے کب جدا ہو گی اتنی بھونڈی ہوتی ہے کہ طبیعت خراب ہو جاتی ہے۔‘‘

’’آپ کی طبیعت تو شگفتہ گفتگو سن کر بھی خراب ہو جاتی ہے اب اس کا کیا علاج ہے۔ اصل میں آپ کو میری کوئی چیز بھی پسند نہیں۔ ہر وقت مجھ میں کیڑے ڈالنا آپ کا شغل ہو گیا ہے۔ اگر میں آپ کے دل سے اتر گئی ہوں تو صاف صاف کہہ کیوں نہیں دیتے۔ بڑے صاف گو بنے پھرتے ہیں آپ، ایسا ریا کار شاید ہی دنیا کے تختے پر ہو۔‘‘

’’اب میں ریا کار بھی ہو گیا؟ کیا ریا کاری کی ہے میں نے تم سے؟ یہی کہ تمہاری نوکروں کی طرح خدمت کرتا ہوں۔‘‘

’’بڑی خدمت کی ہے آپ نے میری۔۔۔‘‘

’’سر پر قرآن اٹھاؤ اور بتاؤ کہ جب سے ہماری شادی ہوئی ہے کبھی تم نے میرا سر تک سہلایا ہے۔ میں بخار میں پھنکتا رہا ہوں، کبھی تم نے میری تیمارداری کی۔ پچھلے دنوں میرے سر میں شدت کا درد تھا، میں نے رات کو تمھیں آواز دی اور کہا مجھے بام دے دو مگر تم نے کروٹ بدل کر کہا۔ میری نیند نہ خراب کیجیے، آپ اٹھ کر ڈھونڈ لیجیے کہاں ہے۔ اور یاد ہے جب تمھیں نمونیہ ہو گیا تھا تو میں نے سات راتیں جاگ کر کاٹی تھیں، دن اور رات مجھے پل بھر کا چین نصیب نہیں تھا۔‘‘

’’دن بھر سوئے رہتے تھے آپ، میری بیماری کا ایک بہانہ مل گیا تھا، سات چھٹیاں لیں اور دفتر کے کام سے نجات پا کر آرام کرتے رہے ہیں۔ آپ کے سارے حیلے بہانے جانتی ہوں، میرا علاج آپ نے کیا تھا یا ڈاکٹروں نے۔۔۔‘‘

’’جان ڈاکٹروں کو تم بلا کر لائی تھیں کیا؟ اور دوائیں بھی کیا تم نے خود جا کر خریدی تھیں؟ اور جو روپیہ خرچ ہوا کیا فرشتوں نے اوپر سے پھینک دیا تھا؟ کتنے سفید جھوٹ بولتی ہو کہ میں دن کو سویا رہتا تھا۔ قسم خدا کی جو ایک لمحے کے لیے بھی ان دنوں سویا ہوں، تم بیمار ہو جاؤ تو گھر کی اینٹیں بھی جاگتی رہتی ہیں تم اس وقت کس کو سونے دیتی ہو۔ آہ و پکار کا تانتا بندھا رہتا ہے جیسے کسی پر بہت بڑا ظلم ڈھایا جا رہا ہے۔‘‘

’’جناب بیماریاں ظلم نہیں ہوتیں تو کیا ہوتی ہیں، جو میں نے برداشت کیا ہے وہ آپ کبھی نہ کر سکتے اور نہ کبھی کر سکتے ہیں۔ میں نے کتنی بیماریاں خندہ پیشانی سے سہی ہیں۔ آپ کو تو خیر اس وقت کچھ یاد نہیں آئے گا، اس لیے کہ آپ میرے دشمن بنے بیٹھے ہیں۔‘‘

’’دن ہی کو میں تمھارا دشمن بن جاتا ہوں، رات کو تو تم نے ہمیشہ بہترین دوست سمجھا ہے۔‘‘

’’شرم نہیں آتی آپ کو ایسی باتیں کرتے، رات اور دن میں فرق ہی کیا ہے۔‘‘

’’اللہ ہی بہتر جانتا ہے۔‘‘

’’یہ کہہ کر آپ نے میرا گلا گھونٹ دیا کہ میں آپ سے کچھ اور نہ کہہ سکوں۔‘‘

’’لو بھئی اب میں اطمینان سے یہاں بیٹھ جاتا ہوں۔ آرام جائے جہنم میں، تم جو کچھ کہنا چاہتی ہو ایک ہی سانس میں کہتی چلی جاؤ۔۔۔‘‘

’’میری سانس اتنی لمبی نہیں۔۔۔‘‘

’’عورتوں کی سانس کے متعلق تو یہی سنا تھا کہ بہت لمبی ہوتی ہے اور زبان بھی ماشاء اللہ کافی دراز۔۔۔‘‘

'' آپ یہ مہین مہین چٹکیاں نہ لیجیے، میں نے اگر کچھ کہہ دیا تو آپ کے تن بدن میں آگ لگ جائے گی۔ ''

'' اس تن بدن میں کئی بار آگ لگ چکی ہے چلو ایک فائر کرو اور قصہ تمام کر دو۔ ''

'' قصہ تو آپ میرا تمام کر کے رہیں گے۔ ''

'' کس لیے؟ مجھے تم سے کیا بغض ہے؟ اللہ کے واسطے کا بیر تو نہیں مجھ سے؟ ''

'' محبت اور اطاعت کو آپ بیر سمجھتے ہیں اس لیے تو میں نے کہا تھا کہ آپ کی عقل پر پتھر پڑ گئے ہیں۔ ''

'' میری عقل پر پتھر پڑیں یا کوہ ہمالیہ کا پہاڑ لیکن تمہاری محبت اور اطاعت میری سمجھ میں نہیں آئی۔ اطاعت کو فی الحال چھوڑو۔۔۔ لیکن میں یہ پوچھتا ہوں کہ اب تک تم محبت بھری گفتگو کر رہی تھیں؟ ''

'' تو میں نے آپ کو کون سی گالی دی ہے؟ ''

'' گالی دینے میں تم نے کوئی کسر تو اٹھا نہیں رکھی، ریا کار تک تو بتا دیا مجھ کو، اس سے بدتر گالی اور کیا ہو سکتی ہے؟ ''

'' یہ لو کھلا گریبان ہے۔ میں نے اپنا سارا راس اس میں ڈال دیا۔ اب تم بتاؤ صرف تمہاری شکل نظر آتی ہے۔ خوف ناک، بڑی ہیبت ناک۔ ''

'' تو کوئی دوسری کر لیجیے جو خوش شکل ہو۔ ''

'' ایک ہی کر کے میں نے بھر پایا ہے۔ خدا نہ کرے زندگی میں دوسری آئے۔ ''

'' آپ مجھ سے اس قدر تنگ کیوں آ گئے ہیں۔ ''

'' میں قطعاً تنگ نہیں آیا۔۔۔ بس تم دل جلاتی رہتی ہو۔ ''

'' میرا دل تو جل کر کوئلہ ہو چکا ہے، سچ پوچھیے تو میں چاہتی ہوں کہ کچھ کھا کے مر جاؤں۔۔۔ میں جا رہی ہوں۔ ''

'' کہاں؟ ''

'' میں نے ایک من برف منگوائی ہے، اسے چار بالٹیوں میں پانی کے اندر ڈال رکھا ہے، اس ٹھنڈے پانی سے نہاؤں گی اور پنکھے کے نیچے بیٹھ جاؤں گی۔ ایک مرتبہ مجھے پہلے نمونیہ تو ہو ہی چکا ہے اب تو پھیپھڑے یقیناً جواب دے جائیں گے۔ ''

'' خدا حافظ۔۔۔ ''

'' خدا حافظ۔۔ خودکشی کا یہ طریقہ تم نے بہت اچھا ڈھونڈا ہے جو آج تک کسی کو سوجھا نہیں ہو گا۔۔۔ ''

’’آپ کے پہلو میں تو دل ہی نہیں۔‘‘

’’جو کچھ بھی ہے، بہر حال موجود ہے اور دھڑک رہا بھی ہے۔ جاؤ یہ آلودہ پانی سے نہا کر پنکھے کے نیچے بیٹھ جاؤ۔۔۔‘‘

’’جا رہی ہوں، آپ سے چند باتیں کرنی ہیں۔‘‘

’’ضرور کرو۔۔۔‘‘

’’میرے بچوں کا آپ ضرور خیال رکھیے گا۔۔۔‘‘

’’کیا وہ میرے بچے نہیں ہیں۔‘‘

’’ہیں۔۔۔لیکن شاید میری وجہ سے اچھا سلوک نہ کریں۔‘‘

’’نہیں نہیں۔۔۔تم کوئی فکر نہ کرو۔۔۔میں انہیں بورڈنگ میں داخل کرانے لے جاتا ہوں۔۔۔خدا حافظ۔‘‘

’’خدا تمہارا حافظ ہو، مجھے تو فی الحال خودکشی نہیں کرنی لیکن سنو نمونیہ ہو تو ڈاکٹر کو بلا لاؤں؟‘‘

’’ہرگز نہیں۔۔۔میں مرنا چاہتی ہوں۔‘‘

’’تو میں نہیں بلاؤں گا لیکن نمونیہ کے مریض فوراً نہیں، مرتے پانچ چھ روز تو لگاتے ہیں۔‘‘

’’آپ اس عرصہ تک انتظار کیجیے گا۔‘‘

’’بہت بہتر۔۔۔‘‘

’’میری کہی سنی معاف کر دیجیے گا۔۔۔‘‘

’’وہ تو میں نے اسی روز کر دی تھی جب تم سے نکاح ہوا تھا۔‘‘

’’میں آپ سے صرف اتنا کہنا چاہتی ہوں کہ آپ کی عقل پر جو پتھر پڑ گئے ہیں انہیں دور کر دیجیے گا۔‘‘

’’میں وعدہ کرتا ہوں۔ اگر تم کہو تو قسم اٹھانے کے لیے تیار ہوں۔ اچھا تو میں چلا۔ بچے باہر کھیل رہے ہیں انہیں ہوسٹل لے جاتا ہوں واپس دو تین گھنٹے میں آ جاؤں گا۔ اگر اس دوران میں تم مر گئیں تو بہت اچھا، تجہیز و تکفین کا سامان کر دوں گا، مجھے ابھی کل ہی تنخواہ ملی ہے۔‘‘

’’جائیے میں بھی چلی۔‘‘

’’الوداع۔۔۔‘‘

’’الوداع۔۔۔‘‘

'' کبھی کبھی مجھ نابکار کو یاد کر لیا کیجیے۔ ''

'' ضرور ضرور تم نابکار کیوں کہتی ہو خود کو۔ ''

'' میں کس کام کی ہوں؟ ''

'' خیر چھوڑو۔ بحث اس پر الگ شروع ہو جائے گی اور تمہاری خریدی ہوئی ایک من برف پگھل کر گرم پانی میں تبدیل ہو جائے گی۔ ''

'' یہ تو آپ نے درست کہا۔ اچھا۔ ۔ ۔ میں چلی۔ ''

'' میں آ گیا ہوں بچوں کو بورڈنگ ہاؤس میں داخل کرا کے، تم غسل خانے میں ابھی تک کیا کر رہی ہو؟ ''

'' کچھ نہیں۔ ۔ ۔ سوچ رہی تھی۔ ''

'' کیا سوچ رہی تھیں؟ ''

'' میں نے وہ خط دوبارہ پڑھا۔ ''

'' کونسا خط؟ ''

'' جو آپ کی میز کی دراز میں پڑا تھا کسی لڑکی کی طرف سے تھا۔ اب میں نے جو غور سے دیکھا تو معلوم ہوا کہ آپ کے نام نہیں بلکہ اس اخبار کے ایڈیٹر کے نام ہے جہاں آپ کام کرتے ہیں۔ مجھے افسوس ہے میں نے آپ پر شک کیا۔ ''

'' تم ہمیشہ شک کیا کرتی ہو۔ ۔ ۔ اب تو میری عقل کے پتھر ہٹ گئے۔ وہ لڑکی نہیں کوئی مرد ہے اسی لیے میں تفتیش کی غرض سے اسے اپنے ساتھ لے آیا تھا۔ خیر چھوڑو ٹھنڈا پانی تو پلاؤ ایک من برف تم نے منگوائی تھی۔ ''

'' اس کا سب پانی میں نے غسل خانے میں ڈال دیا۔ بڑا ٹھنڈا ہو گیا ہے آپ بھی یہاں آ جایئے۔ ''

برقعے

ظہیر جب تھرڈ ایئر میں داخل ہوا تو ایک دن اس نے محسوس کیا کہ اسے عشق ہو گیا ہے۔۔۔اور عشق بھی بہت اشدقسم کا جس میں اکثر انسان اپنی جان سے بھی ہاتھ دھو بیٹھتا ہے۔

وہ کالج سے خوش خوش واپس آیا کہ یہ تھرڈ ایئر میں اس کا پہلا دن تھا۔ جونہی وہ اپنے گھر میں داخل ہونے لگا، اس نے ایک برقع پوش لڑکی دیکھی جو تانگے میں سے اتر رہی تھی۔۔۔اس نے تانگے میں سے اترتی ہوئی ہزار ہا لڑکیاں دیکھی تھیں۔۔۔مگر وہ لڑکی جس کے ہاتھ میں چند کتابیں تھیں، سیدھی اس کے دل اتر گئی۔ لڑکی نے تانگے والے کو کرایہ ادا کیا اور ظہیر کے ساتھ والے مکان میں چلی گئی۔ ظہیر نے سوچنا شروع کر دیا کہ اتنی دیر وہ اس کی موجودگی سے غافل کیسے رہا؟

اصل میں ظہیر آوارہ منش نوجوان نہیں تھا، اس کو صرف اپنی ذات سے دلچسپی تھی۔ صبح اٹھے، کالج گئے، لیکچر سنے، گھر واپس آئے، کھانا کھایا، تھوڑی دیر آرام کیا، اور آموختہ میں مصروف ہو گئے۔

یوں تو کالج میں کئی لڑکیاں تھیں اس کی ہم جماعت مگر ظہیر نے کبھی ان سے بات چیت نہیں کی تھی۔ یہ نہیں کہ وہ بڑا روکھا پھیکا انسان تھا۔ اصل میں وہ ہر وقت اپنی پڑھائی میں مشغول رہتا تھا۔ مگر اس روز جب اس نے اس لڑکی کو تانگے پر سے اترتے دیکھا تو وہ پولیٹیکل سائنس کا تازہ سبق بالکل بھول گیا۔ خواجہ حافظ کے تمام نئے اشعار کے معانی اس کے ذہن سے پھسل گئے اور وہ ان ہاتھوں کے متعلق سوچنے لگا جن میں کتابیں تھیں۔۔۔تتلی تتلی سفید انگلیاں۔۔۔ایک انگلی میں انگوٹھی۔۔۔دوسرا ہاتھ جس نے تانگے والے کو کرایہ ادا کیا وہ بھی ویسا ہی خوبصورت تھا۔

ظہیر نے اس کی شکل دیکھنے کی کوشش کی، مگر نقاب اتنی موٹی تھی کہ اسے کچھ دکھائی نہ دیا۔ لڑکی تیز تیز قدم

اٹھائی اس کے ساتھ والے مکان میں داخل ہوگئی اور ظہیر کھڑا دیر تک سوچتا رہا کہ اتنا کم فاصلہ ہونے کے باوجود وہ کیوں اس کی موجودگی سے غافل رہا۔

اپنے گھر میں جاکر اس نے پہلا سوال اپنی ماں سے یہ کیا، ''ہمارے پڑوس میں کون رہتے ہیں؟''

اس کی ماں کے لیے یہ سوال بہت بہت تعجب خیز تھا، ''کیوں؟''

''میں نے ایسے ہی پوچھا ہے۔''

اس کی ماں نے کہا، ''مہاجر ہیں، ہماری طرح۔''

ظہیر نے پوچھا، ''کون ہیں، کیا کرتے ہیں؟''

ماں نے جواب دیا، ''باپ بیچاروں کا مر چکا ہے۔۔۔ماں تھی، وہ عمر کے ہاتھوں معذور رہے۔اب تین بہنیں اور ایک بھائی ہے۔۔۔بھائی سب سے بڑا ہے۔وہی باپ سمجھو، وہی ماں۔۔۔بہت اچھا لڑکا ہے۔اس نے اپنی شادی بھی اس لیے نہیں کہ اتنا بوجھ اس کے کاندھوں پر ہے!''

ظہیر کو تین بہنوں کے اس بوجھ سے کوئی دلچسپی نہیں تھی جو اس کے اکلوتے بھائی کے کاندھوں پر تھا۔وہ صرف اس لڑکی کے بارے میں جاننا چاہتا تھا جو ہاتھ میں کتابیں لیے ساتھ والے گھر میں داخل ہوئی تھی۔۔۔یہ تو ظاہر تھا کہ وہ ان تین بہنوں میں سے ایک تھی۔کھانے سے فارغ ہو کر وہ پنکھے کے نیچے لیٹ گیا۔اس کی عادت تھی کہ وہ گرمیوں میں کھانے کے بعد ایک گھنٹے تک ضرور سویا کرتا تھا۔مگر اس روز اسے نیند نہ آئی۔۔۔وہ اس لڑکی کے متعلق سوچتا رہا جو اس کے پڑوس میں رہتی تھی۔

کئی دن گزر گئے، مگر ان کی مڈبھیڑ نہ ہوئی۔ کالج سے آ کر اس نے سینکڑوں مرتبہ کوٹھے پر گھنٹوں دھوپ میں کھڑے رہ کر اس کی آمد کا انتظار کیا۔مگر وہ نہ آئی۔۔۔ظہیر مایوس ہو گیا۔وہ بہت جلد مایوس ہو جانے والا آدمی تھا۔اس نے سوچا کہ یہ سب بے کار ہے۔مگر عشق کہتا تھا کہ یہ بیکاری ہی سب سے بڑی چیز ہے۔عشق میں سب سے پہلے عاشق کو اس چیز سے واسطہ پڑتا ہے، جو گھبرایا، وہ گیا۔ چنانچہ ظہیر نے اپنے دل میں عہد کر لیا کہ پہاڑ بھی ٹوٹ پڑیں تو وہ گھبرائے گا نہیں، اپنے عشق میں ثابت قدم رہے گا۔

بہت دنوں کے بعد جب وہ سائیکل پر کالج سے واپس آ رہا تھا، اس نے اپنے آگے ایک تانگہ دیکھا، جس میں ایک برقع پوش لڑکی بیٹھی تھی۔اس کا قیاس بالکل درست نکلا، کیونکہ یہ وہی لڑکی تھی۔۔۔تانگہ رکا۔۔۔ظہیر سائیکل پر سے اتر پڑا۔۔۔لڑکی کے ایک ہاتھ میں کتابیں تھیں، دوسرے ہاتھ سے اس نے تانگے والے کو کرایہ ادا کیا اور چل پڑی مگر تانگے والے نے پکارا، ''اے بی بی جی۔۔۔یہ کیا دیا تم نے؟'' اس کے لہجے میں

بدتمیزی تھی۔ لڑکی رکی، پلٹ کر اس نے ٹانگے والے کو اپنے برقعے کے نقاب میں سے دیکھا، ''کیوں، کیا بات ہے؟''

ٹانگے والا نیچے اترا اور ہتھیلی پر اٹھنی دکھا کر کہنے لگا، ''یہ آٹھ آنے نہیں چلیں گے۔'' لڑکی نے مہین لرزاں آواز میں کہا، ''میں ہمیشہ آٹھ آنے ہی دیا کرتی ہوں۔'' ٹانگے والا بڑا اوہیات قسم کا آدمی تھا۔ بولا، ''وہ آپ سے رعایت کرتے ہوں گے ۔۔۔ مگر ۔۔۔۔'' یہ سن کر ظہیر کو طیش آ گیا، سائیکل چھوڑ کر آ گے بڑھا، آؤ دیکھا نہ تاؤ ۔۔۔ ایک مکا ٹانگے والے کی ٹھوڑی کے نیچے جما دیا، وہ ابھی سنبھلا بھی نہیں تھا کہ ایک اور اس کی داہنی کنپٹی پر ۔۔۔ اس زور کا کہ وہ بلبلا اٹھا۔

اس کے بعد ظہیر اس لڑکی سے جو ظاہر ہے کہ گھبرا گئی تھی، مخاطب ہوا، ''آپ تشریف لے جائیے، میں اس حرامزادے سے نمٹ لوں گا۔''

لڑکی نے کچھ کہنا چاہا، شاید شکریے کے الفاظ تھے جو اس کی زبان کی نوک پر آ کر واپس چلے گئے ۔۔۔ وہ چلی گئی ۔۔۔ دس قدم ہی تو تھے، مگر ظہیر کو پورے بیس منٹ اس ٹانگے والے سے نمٹنے میں لگے۔ وہ بڑا ہی لیچڑ قسم کا ٹانگے والا تھا۔ ظہیر بہت خوش تھا کہ اس نے اپنی محبوبہ کے سامنے بڑی بہادری کا مظاہرہ کیا۔ اس نے ٹانگے والے کو خوب پیٹا تھا اور اس نے یہ بھی دیکھا تھا کہ وہ برقع پوش لڑکی اپنے گھر سے، چق لگی کھڑکی کے پیچھے سے اس کو دیکھ رہی ہے۔ یہ دیکھ کر ظہیر نے دو گھونسے اور اس کو جوان کی ٹھوڑی کے نیچے جما دیئے تھے۔

اس کے بعد ظہیر سر سے پیر تک اس برقع پوش کی محبت میں گرفتار ہو گیا۔ اس نے اپنی والدہ سے مزید استفسار کیا تو اسے معلوم ہوا کہ اس لڑکی کا نام یاسمین ہے۔ تین بہنیں ہیں، باپ ان کا مر چکا ہے، ماں زندہ ہے، معمولی سی جائیداد ہے جس کے کرائے پر ان سب کا گزارہ ہو رہا ہے۔

ظہیر کو اب اپنی معشوقہ کا نام معلوم ہو چکا تھا۔ چنانچہ اس نے یاسمین کے نام کئی خط کالج میں بیٹھ کر لکھے مگر پھاڑ ڈالے۔ لیکن ایک روز اس نے ایک طویل خط لکھا اور تہیہ کر لیا کہ وہ اس تک ضرور پہنچا دے گا۔ بہت دنوں کے بعد جب کہ ظہیر سائیکل پر کالج سے واپس آ رہا تھا اس نے یاسمین کو ٹانگے میں دیکھا۔ وہ اتر کر جا رہی تھی۔ لپک کر وہ آگے بڑھا، جیب سے خط نکالا اور ہمت اور جرأت سے کام لے کر اس نے کاغذ اس کی طرف بڑھا دیئے ۔۔۔ ''یہ آپ کے کچھ کاغذ ٹانگے میں رہ گئے تھے۔''

یاسمین نے وہ کاغذ لے لیے ۔۔۔ نقاب کا کپڑا سرسرایا ۔۔۔ ''شکریہ!''

یہ کہہ کر وہ چلی گئی۔ ظہیر نے اطمینان کا سانس لیا۔ لیکن اس کا دل دھک دھک کر رہا تھا۔ اس لیے کہ اسے معلوم نہیں تھا کہ اس کے خط کا کیا حشر ہونے والا ہے، وہ ابھی اس حشر کے متعلق سوچ ہی رہا تھا کہ ایک اور تانگہ اس کی سائیکل کے پاس رکا، اس میں سے ایک برقع پوش لڑکی اتری۔۔۔اس نے تانگے والے کو کرایہ ادا کیا۔ یہ ہاتھ جس سے کرایہ ادا کیا گیا تھا، ویسا ہی تھا، جیسا اس لڑکی کا تھا، جس کو پہلی مرتبہ ظہیر نے دیکھا تھا۔

کرایہ ادا کرنے کے بعد، یہ لڑکی اس مکان میں چلی گئی جہاں یاسمین گئی تھی۔۔۔ظہیر سوچتا رہ گیا۔ لیکن اس کو معلوم تھا کہ تین بہنیں ہیں۔ ہو سکتا ہے کہ یہ لڑکی یاسمین کی چھوٹی بہن ہو۔

خط دے کر ظہیر نے یہ سمجھا تھا کہ آدھا میدان مار لیا ہے۔۔۔پر جب دوسرے روز اسے کالج جاتے وقت ایک چھوٹے سے لڑکے نے کاغذ کا ایک پرزہ دیا تو اسے یقین ہو گیا کہ پورا میدان مار لیا گیا ہے۔ لکھا تھا، ''آپ کا محبت نامہ ملا۔۔۔جن جذبات کا اظہار آپ نے کیا ہے، اس کے متعلق میں آپ سے کیا کہوں۔۔۔میں۔۔۔میں۔۔۔میں اس سے آگے کچھ نہیں کہہ سکتی۔۔۔مجھے اپنی لونڈی سمجھیے۔'' یہ رقعہ پڑھ کر ظہیر کی باچھیں کھل گئیں۔۔۔کالج میں کوئی پیریڈ اٹینڈ نہ کیا۔ بس سارا وقت باغ میں گھومتا اور اس رقعے کو پڑھتا رہا۔

دو دن گزر گئے، مگر یاسمین سے ظہیر کی مڈبھیڑ نہ ہوئی۔ اس کو بہت کوفت ہو رہی تھی اس لیے کہ اس نے ایک لمبا چوڑا محبت بھرا خط لکھ دیا تھا اور وہ چاہتا تھا کہ جلد از جلد اس تک پہنچا دے۔ تیسرے روز آخر کار وہ ظہیر کو ٹانگے میں نظر آئی جب وہ کرایہ ادا کر رہی تھی، سائیکل ایک طرف گرا کر وہ آگے بڑھا، اور یاسمین کا ہاتھ پکڑ لیا، ''حضور! یہ آپ کے چند کاغذات ٹانگے میں رہ گئے تھے!'' یاسمین نے ایک جھٹکے۔۔۔غصے سے بھرے ہوئے جھٹکے کے ساتھ اپنا ہاتھ چھڑایا اور تیز لہجے میں کہا، ''بدتمیز کہیں کے۔۔۔شرم نہیں آتی تمہیں؟''

یہ کہہ کر وہ چلی گئی۔۔۔اور ظہیر کے محبت بھرے خط کے کاغذ سڑک پر پھر پھر اڑانے لگے۔ وہ سخت حیرت زدہ تھا کہ وہ لڑکی جس نے یہ کہا تھا کہ مجھے اپنی لونڈی سمجھیے، اتنی رعونت سے کیوں پیش آئی ہے لیکن پھر اس نے سوچا کہ شاید یہ انداز دلربانہ ہے۔ دن گزرتے گئے، مگر ظہیر کے دل و دماغ میں یاسمین کے یہ الفاظ ہر وقت گونجتے رہتے تھے، ''بدتمیز کہیں کے۔۔۔شرم نہیں آتی تمہیں۔۔۔'' لیکن اس کے ساتھ ہی اسے اس رقعے کے الفاظ یاد آتے جس میں یہ لکھا تھا، ''مجھے اپنی لونڈی سمجھیے۔'' ظہیر نے اس

دوران میں کئی خط لکھے اور پھاڑ ڈالے، وہ چاہتا تھا کہ مناسب و موزوں الفاظ میں یاسمین سے کہے کہ اس نے بدتمیز کہہ کر اس کی اور اس کی محبت کی توہین کی ہے۔ مگر اسے ایسے الفاظ نہیں ملتے تھے۔ وہ خط لکھتا تھا مگر جب اسے پڑھتا تو اسے محسوس ہوتا کہ وہ غیر معمولی طور پر درشت ہے۔

ایک دن جب کہ وہ باہر سڑک پر اپنی سائیکل کے اگلے پہیے میں ہوا بھر رہا تھا، ایک لڑکا آیا اور اس کے ہاتھ میں ایک لفافہ دے کر بھاگ گیا۔ ہوا بھرنے کا پمپ ایک طرف رکھ کر اس نے لفافہ کھولا، ایک چھوٹا سا رقعہ تھا جس میں یہ چند سطریں مرقوم تھیں، ''آپ اتنی جلدی مجھے بھول گئے۔۔۔محبت کے اتنے بڑے دعوے کرنے کی ضرورت ہی کیا تھی۔۔۔خیر۔۔۔آپ بھول جائیں تو بھول جائیں۔۔۔آپ کی کنیز آپ کو کبھی بھول نہیں سکتی''، ظہیر چکرا گیا۔۔۔اس نے یہ رقعہ بار بار پڑھا۔۔۔سامنے دیکھا تو یاسمین ٹانگے میں سوار ہو رہی تھی۔ سائیکل وہیں لٹا کر وہ اس کی طرف بھاگا۔ تانگہ چلنے ہی والا تھا کہ اس نے پاس پہنچ کر یاسمین سے کہا، ''تمہارا رقعہ ملا ہے۔۔۔خدا کے لیے تم اپنے کو کنیز اور لونڈی نہ کہا کرو کہ مجھے بہت دکھ ہوتا ہے۔'' یاسمین کے برقعے کی نقاب اچھلی۔ بڑے غصے سے اس نے ظہیر سے کہا، ''بدتمیز کہیں کے۔۔۔تمہیں شرم نہیں آتی۔۔۔میں آج ہی تمہاری ماں سے کہوں گی کہ تم مجھے چھیڑتے ہو۔''

تانگہ چل ہی رہا تھا۔۔۔تھوڑی دیر میں نگاہوں سے اوجھل ہو گیا۔۔۔ظہیر رقعہ ہاتھ میں پکڑے سوچتا رہ گیا کہ یہ معاملہ کیا ہے؟ مگر پھر اسے خیال آیا کہ معشوقوں کا رویہ کچھ اس قسم کا ہوتا ہے، وہ سر بازار اس قسم کے مظاہروں کو پسند نہیں کرتے۔ خط و کتابت کے ذریعے ہی سے، کہ یہ ایک خاموش طریقہ ہے، ساری باتیں طے ہو جایا کرتی ہیں۔

چنانچہ اس نے دوسرے روز ایک طویل خط لکھا اور جب وہ کالج سے واپس آ رہا تھا، ٹانگے میں یاسمین کو دیکھا۔ وہ اتر کر کرایہ ادا کر چکی تھی اور گھر کی جانب جا رہی تھی، خط اس کے ہاتھ میں دے دیا۔۔۔اس نے کوئی احتجاج نہ کیا۔ ایک نظر اس نے اپنے برقعے کی نقاب میں سے ظہیر کی طرف دیکھا اور چلی گئی۔ ظہیر نے محسوس کیا تھا کہ وہ اپنی نقاب کے اندر مسکرا رہی تھی۔۔۔اور یہ بڑی حوصلہ افزا بات تھی۔۔۔چنانچہ دوسرے روز صبح جب وہ سائیکل نکال کر کالج جانے کی تیاری کر رہا تھا، اس نے یاسمین کو دیکھا۔ شاید وہ ٹانگے والے کا انتظار کر رہی تھی۔۔۔دائیں ہاتھ میں کتابیں پکڑے تھی، بایاں ہاتھ جھول رہا تھا۔ میدان خالی تھا یعنی اس وقت بازار میں کوئی آمد و رفت نہ تھی۔ ظہیر نے موقع غنیمت سمجھا، جرأت سے کام لے کر اس کے پاس پہنچا اور اس کا ہاتھ جو کہ جھول رہا تھا، پکڑ لیا اور بڑے رومانی انداز میں اس سے کہا،

’’تم بھی عجیب لڑکی ہو۔۔۔ خطوں میں محبت کا اظہار کرتی ہو اور بات کریں تو گالیاں دیتی ہو۔۔‘‘ ظہیر نے بمشکل یہ الفاظ ختم کیے ہوں گے کہ یاسمین نے اپنی سینڈل اتار کر اس کے سر پر دھڑا دھڑ مارنا شروع کر دی۔ ظہیر بوکھلا گیا۔۔۔ یاسمین نے اس کو بے شمار گالیاں دیں مگر وہ بوکھلاہٹ کے باعث سن نہ سکا۔ اس خیال سے کہ کوئی دیکھ نہ لے، وہ فوراً اپنے گھر کی طرف پلٹا۔ سائیکل اٹھائی اور قریب تھا کہ اپنی کتابیں وغیرہ اسٹینڈ کے ساتھ جما کر کالج کا رخ کرے کہ تانگہ آیا۔ یاسمین اس میں بیٹھی اور چلی گئی۔ ظہیر نے اطمینان کا سانس لیا۔ اتنے میں ایک اور برقع پوش لڑکی نمودار ہوئی، اسی گھر میں سے جس میں سے یاسمین نکلی تھی۔۔۔ اس نے ظہیر کی طرف دیکھا اور اس کو ہاتھ سے اشارہ کیا۔۔۔ مگر ظہیر ڈرا ہوا تھا۔۔۔ جب لڑکی نے دیکھا کہ ظہیر نے اس کا اشارہ نہیں سمجھا تو وہ اس سے قریب ہو کے گزری اور ایک رقعہ گرا کر چلی گئی۔ ظہیر نے کاغذ کا وہ پرزہ اٹھایا، اس پر لکھا تھا، ’’تم کب تک مجھے یونہی بے وقوف بناتے رہو گے۔۔۔؟ تمہاری ماں میری ماں سے کیوں نہیں ملتیں۔۔۔ آج پلازا سینما پر ملو۔۔۔ پہلا شو۔۔۔ تین بجے۔۔۔ پروین!‘‘

برمی لڑکی

گیان کی شوٹنگ تھی اس لیے کفایت جلدی سوگیا۔ فلیٹ میں اور کوئی نہیں تھا۔ بیوی بچے راولپنڈی چلے گئے تھے۔ ہمسایوں سے اسے کوئی دلچسپی نہیں تھی۔ یوں بھی بمبئی میں لوگوں کو اپنے ہمسایوں سے کوئی سروکار نہیں ہوتا۔ کفایت نے اکیلے برانڈی کے چار پیگ پیے۔ کھانا کھایا۔ نوکروں کو رخصت کیا اور دروازہ بند کر کے سوگیا۔

رات کے پانچ بجے کے قریب کفایت کے خمار آلود کانوں کو دھک کی آواز سنائی دی۔ اس نے آنکھیں کھولیں۔ نیچے بازار میں ایک ٹرام دندناتی ہوئی گزری۔ چند لمحات کے بعد دروازے پر بڑے زوروں کی دستک ہوئی۔ کفایت اٹھا۔ پلنگ سے اترا تو اس کے ننگے پیر ٹخنوں تک پانی میں چلے گئے۔ اس کو سخت حیرت ہوئی کہ کمرے میں اتنا پانی کہاں سے آیا اور باہر کوری ڈور میں اس سے بھی زیادہ پانی تھا۔ دروازے پر دستک جاری تھی، اس نے پانی کے متعلق سوچنا چھوڑا اور دروازہ کھولا۔

گیان نے زور سے کہا، ''یہ کیا ہے؟''

کفایت نے جواب دیا، ''پانی''

''پانی نہیں۔۔۔عورت!'' یہ کہہ کر گیان نیم اندھیرے کوری ڈور میں داخل ہوا۔ اس کے پیچھے ایک چھوٹے سے قد کی لڑکی تھی۔ گیان کو فرش پر پھیلے ہوئے پانی کا کچھ احساس نہ ہوا۔ لڑکی نے پاجامہ اوپر اٹھا لیا اور چھوٹے چھوٹے قدم اٹھاتی گیان کے پیچھے چلی گئی۔ کفایت کے ذہن میں پہلے پانی تھا۔ اب یہ لڑکی اس میں داخل ہو گئی اور ڈبکیاں لگانے لگی۔ سب سے پہلے اس نے سوچا کہ یہ کون ہے؟ شکل صورت اور لباس کے اعتبار سے برمی معلوم ہوتی ہے لیکن گیان اسے کہاں سے لے آیا؟

گیان اندر کمرے میں جاکر کپڑے تبدیل کیے بغیر پلنگ پر لیٹا اور لیٹتے ہی سو گیا۔ کفایت نے اس سے بات کرنا چاہی مگر اس نے صرف ہوں میں جواب دیا اور آنکھیں نہ کھولیں۔ کفایت نے اس لڑکی کی طرف ایک نظر دیکھا جو سامنے والے پلنگ پر بیٹھی تھی اور باہر نکل گیا۔ باورچی خانے میں جاکر اسے معلوم ہوا کہ ربڑ کا وہ پائپ جو رات کو بڑا ڈرم بھر اکرتا تھا باہر نکلا ہوا ہے۔ تین بجے جب نل میں پانی آیا تو اس نے تمام کمرے سیراب کر دیئے۔ تینوں نوکر باہر گلی میں سو رہے تھے۔ کفایت نے ان کو جگا دیا اور پانی خارج کرنے کے کام پر لگا دیا وہ خود بھی ان کے ساتھ شریک تھا۔ سب چلووؤں سے پانی اٹھاتے تھے اور بالٹیوں میں ڈالتے جاتے تھے۔ اس برمی لڑکی نے جب ان کو یہ کام کرتے دیکھا تو جھٹ پٹ سینڈل اتار کر ان کا ہاتھ بٹانے لگی۔

اس کے چھوٹے چھوٹے گورے ہاتھ انگلیوں کے ناخن بڑھائے ہوئے اور سرخی لگے نہیں تھے۔ چھوٹے چھوٹے کٹے ہوئے بال تھے جن میں ہلکی ہلکی لہریں تھیں۔ مردار موضع کا مگر کھلا ریشمی پاجامہ پہنے تھی۔ اس پر سیاہ رنگ کا ریشمی کرتا تھا جس میں اس کی چھوٹی چھوٹی چھاتیاں چھپی ہوئی تھیں۔

جب اس نے ان لوگوں کا ہاتھ بٹانا شروع کیا تو کفایت نے اسے منع کیا، ''آپ تکلیف نہ کیجیے یہ کام ہو جائے گا۔'' اس نے کوئی جواب نہ دیا۔ چھوٹے چھوٹے سرخی لگے ہونٹوں سے مسکرائی اور کام میں لگی رہی۔ آدھے گھنٹے کے اندر اندر تینوں کمروں سے پانی نکل گیا۔ کفایت نے سوچا چلو یہ بھی اچھا ہوا اسی بہانے سارا گھر دھل کر صاف ہو گیا۔

وہ برمی لڑکی ہاتھ دھونے کے لیے غسل خانے میں چلی گئی۔ کفایت کمر سیدھی کرنے کے لیے بستر پر لیٹا، نیند پوری نہیں ہوئی تھی، سو گیا۔

تقریباً نو بجے وہ جاگا اور جاگتے ہی اسے سب سے پہلے پانی کا خیال آیا۔ پھر اس نے برمی لڑکی کے متعلق سوچا جو گیان کے ساتھ آئی تھی، ''کہیں خواب تو نہیں تھا لیکن یہ سامنے گیان سو رہا ہے اور فرش بھی دھلا ہوا ہے۔''

کفایت نے غور سے گیان کی طرف دیکھا۔ وہ پتلون کوٹ بلکہ جوتے سمیت اوندھا سو رہا تھا۔ کفایت نے اس کو جگایا۔ اس نے ایک آنکھ کھولی اور پوچھا، ''کیا ہے؟''

''یہ لڑکی کون ہے؟''

گیان ایک دم چونکا، ''لڑکی ۔۔۔ کہاں ہے؟'' پھر فوراً ہی چت لیٹ گیا۔

’’اوہ۔۔۔بکواس نہ کرو۔۔۔ٹھیک ہے ۔‘‘

کفایت نے اسے پھر جگانے کی کوشش کی مگر وہ خاموش سویا رہا۔اس کو ساڑھے نو بجے اپنے کام پر جانا تھا۔اس نے جلدی جلدی غسل کیا شیو بھی غسل خانے کے اندر ہی کر لیا۔ باہر نکل کر ڈرائنگ روم میں گیا تو اس کو میز سجی ہوئی نظر آئی۔

صبح ناشتا پر عام طور پر کفایت کے ہاں بہت سی مختصر چیزیں ہوتی تھیں۔دو ابلے ہوئے انڈے۔دو توس۔ مکھن اور چائے۔۔۔مگر آج میز رنگین تھی۔اس نے غور سے دیکھا، چھلے ہوئے انڈے عجیب و غریب انداز میں کٹے ہوئے تھے کہ پھول معلوم ہوتے تھے۔سلاد تھا بڑے خوبصورت طریقے سے پلیٹ میں سجا ہوا۔توسوں پر بھی مینا کاری کی ہوئی تھی۔ کفایت چکرا گیا۔ باورچی خانے میں گیا تو وہ برمی لڑکی چوکی پر بیٹھی سامنے انگیٹھی رکھے کچھ کہہ رہی تھی۔تینوں نوکر اس کے ارد گرد تھے اور ہنس ہنس کر اس سے باتیں کر رہے تھے۔ کفایت کو دیکھ کر وہ اٹھ کھڑے ہوئے۔ برمی لڑکی نے آنکھیں گھما کر اس کی طرف دیکھا اور مسکرا دی۔

کفایت نے اس سے بات کرنا چاہی لیکن وہ کیسے کرتا۔اس سے کیا کہتا، وہ اس کو جانتا تک نہیں تھا۔اس نے اپنے ایک نوکر سے صرف اتنا پوچھا، ’’یہ ناشتا آج کس نے تیار کیا ہے بشیر؟‘‘

بشیر نے اس برمی لڑکی کی طرف اشارہ کیا، ’’بائی جی نے ۔‘‘

وقت بہت کم تھا۔ کفایت نے جلدی بانکا سجیلا ناشتا کھایا اور کپڑے پہن کر اپنے دفتر روانہ ہو گیا۔شام کو واپس آیا تو وہ برمی لڑکی اس کے سلیپنگ سوٹ کا اکلوتا پاجامہ پہنے اپنا کرتہ استری کر رہی تھی۔ کفایت پیچھے ہٹ گیا، کیونکہ وہ صرف پائجامہ پہنے تھی۔

’’آجایئے۔‘‘

لہجہ بڑا صاف ستھرا تھا۔ کفایت نے سوچا کہ برمی لڑکی کی بجائے شاید کوئی اور بولا ہے ۔ جب وہ اندر گیا تو اس لڑکی نے چھوٹے چھوٹے ہونٹوں پر مسکراہٹ پیدا کر کے اس کو سلام کیا۔ کفایت کی موجودگی میں اس نے کوئی حجاب محسوس نہ کیا۔ بڑے سکون سے وہ اپنا سیاہ کرتا استری کرتی رہی۔ کفایت نے دیکھا اس کی چھوٹی چھوٹی گول چھاتیوں کے درمیانی حصے میں استری کی گرمی کے باعث پسینے کی ننھی ننھی بوندیں جمع ہو گئی تھیں۔ کفایت نے گیان کے بارے میں پوچھنے کے لیے بشیر کو آواز دینا چاہی مگر رک گیا۔اس نے مناسب خیال نہ کیا کیونکہ وہ لڑکی آدھی ننگی تھی۔اس نے ہیٹ اتار کر ایک طرف رکھا۔تھوڑی دیر اس نیم عریانی کو

دیکھا مگر کوئی ہیجان محسوس نہ کیا۔۔۔لڑکی کا بدن بے داغ تھا۔ جلد نہایت ہی ملائم تھی اتنی ملائم کہ نگاہیں پھسل پھسل جاتی تھیں۔

کرتا استری ہو گیا تو اس نے سوئچ آف کیا۔ ایک کرتا اور بھی تھا سفید بوسکی کا، جو تہہ کیا ہوا استری شدہ پاجامے پر رکھا، اس نے یہ سب کپڑے اٹھائے اور کفایت سے مخاطب ہوئی، ''میں نہانے چلی ہوں۔'' یہ کہہ کر وہ چلی گئی۔ کفایت ٹوپی اتار کر سر کھجلانے لگا، ''کون ہے یہ؟''

اس کے دماغ میں بڑی کھد بد ہو رہی تھی۔ جب وہ اس لڑکی کے متعلق سوچتا سارا واقعہ اس کے سامنے آ جاتا۔ رات کو اس کا اٹھنا۔ پانی ہی پانی۔ اس کا دروازہ کھولنا اور کہنا ''پانی'' اور گیان کا یہ جواب دینا ''پانی نہیں عورت'' اور ایک ننھی سی گڑیا کا چھم سے اندر آ جانا۔

کفایت نے دل میں کہا، ہٹاؤ جی۔۔۔گیان آئے گا تو سب کچھ معلوم ہو جائے گا۔۔۔لونڈیا ہے دلچسپ۔۔۔ اتنی چھوٹی ہے کہ جی چاہتا ہے کہ آدمی جیب میں رکھ لے۔۔۔چلو برانڈی پئیں۔

بشیر نے گلاس، برانڈی اور برف وغیرہ سب کچھ ملاقاتی کمرے میں تپائی پر رکھ دیا تھا۔ کفایت نے کپڑے بدلے اور پینا شروع کر دی۔ پہلا پیگ ختم کیا تو اسے غسل خانے کا دروازہ کھلنے کی ''چوں'' سنائی دی۔ دوسرا پیگ ڈال کر وہ انتظار کرنے لگا کہ تھوڑی ہی دیر میں وہ برمی لڑکی ضرور ادھر آئے گی۔ اس کے مقررہ چار پیگ ختم ہو گئے مگر وہ نہ آئی۔ گیان بھی نہ آیا۔ کفایت جھنجھلا گیا۔ اندر بیڈ روم میں جا کر اس نے دیکھا وہ لڑکی استری کیے ہوئے کپڑے پہنے اپنی گول گول چھاتیوں پر ہاتھ رکھے بڑے اطمینان سے سو رہی تھی۔۔۔استری والی میز پر اس کے سلیپنگ سوٹ کا اکلوتا پاجامہ بڑی اچھی طرح تہہ کیا ہوا رکھا تھا۔

کفایت نے واپس جا کر برانڈی کا ایک ڈبل پیگ گلاس میں ڈالا اور نیٹ ہی چڑھا گیا۔۔۔تھوڑی دیر کے بعد اس کا سر گھومنے لگا۔ اس نے برمی لڑکی کے متعلق سوچنے کی کوشش کی مگر اس نے ایسا محسوس کیا کہ وہ چلوؤں میں پانی بھر بھر کے اس کے دماغ میں ڈال رہی ہے۔ کھانا کھائے بغیر وہ صوفے پر لیٹ گیا اور اس برمی لڑکی کے متعلق کچھ سوچنے کی کوشش کرتے ہوئے سو گیا۔

صبح ہوئی تو اس نے دیکھا کہ وہ صوفے کی بجائے اندر اپنے پلنگ پر ہے اس نے حافظے پر زور دیا، ''میں رات کب آیا یہاں۔۔۔کیا میں نے کھانا کھایا تھا؟''

کفایت کو کوئی جواب نہ ملا۔ سامنے والا پلنگ خالی تھا۔ اس نے زور سے بشیر کو آواز دی۔ وہ بھاگا اندر آیا۔ کفایت نے اس سے پوچھا، ''گیان صاحب کہاں ہیں؟''

بشیر نے جواب دیا، ''رات کو نہیں آئے۔''

''کیوں؟''

''معلوم نہیں صاحب۔''

''وہ بائی جی کہاں ہیں؟''

''مچھلی تل رہی ہیں۔''

کفایت کے دماغ میں مچھلیاں تلی جانے لگیں۔ اُٹھ کر باورچی خانے میں گیا تو وہ چوکی پر بیٹھی سامنے انگیٹھی رکھے مچھلی تل رہی تھی۔ کفایت کو دیکھ کر اس کے ہونٹوں پر ایک چھوٹی سی مسکراہٹ پیدا ہوئی۔ ہاتھ اٹھا کر اس نے سلام کیا اور اپنے کام میں مشغول ہو گئی۔۔۔ کفایت نے دیکھا تینوں نوکر بے حد مسرور تھے اور بڑی مستعدی سے اس لڑکی کا ہاتھ بٹا رہے تھے۔

بشیر کو کچھ دنوں کی چھٹی پر اپنے وطن جانا تھا۔ کئی دنوں سے وہ بار بار کہتا تھا کہ صاحب مجھے تنخواہ دے دیجیے، مجھے گھر سے کئی خط آ چکے ہیں۔ والدہ بیمار ہے۔ رات کو وہ اسے تنخواہ دینا بھول گیا تھا۔ اب اسے یاد آیا تو اس نے بشیر سے کہا، ''اِدھر آؤ بشیر! اپنی تنخواہ لے لو۔۔۔ میں کل دفتر سے روپے لے آیا تھا۔'' بشیر نے تنخواہ لے لی۔ کفایت نے اس سے پوچھا، ''نو بجے گاڑی جاتی ہے۔ اس سے چلے جاؤ۔''

''اچھا جی!'' یہ کہہ کر بشیر چلا گیا۔

ناشتا بے حد لذیذ تھا، خاص طور پر مچھلی کے ٹکڑے۔ اس نے کھانا شروع کرنے سے پہلے بشیر کے ذریعہ سے اس برمی لڑکی کو بلا بھیجا مگر وہ نہ آئی۔ بشیر نے کہا، ''جی وہ کہتی ہیں کہ بعد میں کریں گی وہ ناشتا۔'' کفایت کی مالی حالت بہت پتلی تھی۔ گیان بھی آسودہ حال نہیں تھا۔ دونوں ادھر ادھر سے پکڑ کر گزار کر رہے تھے۔ برانڈی کا بندوبست گیان کر دیتا تھا۔ باقی کھانے پینے کا سلسلہ کسی نہ کسی طرح چل ہی رہا تھا۔ جس فلم کمپنی میں گیان کام کر رہا تھا، اس کا دیوالہ نکلنے کے قریب تھا مگر اس کو یقین تھا کہ کوئی معجزہ ضرور رونما ہو گا اور اس کی کمپنی سنبھل جائے گی شوٹنگ ہو رہی تھی غالباً اسی لیے گیان رات کو نہ آ سکا تھا۔

ناشتا کرنے کے بعد کفایت نے جھانک کر باورچی خانے میں دیکھا۔ لڑکی اپنے کام میں مشغول تھی۔ تینوں ملازم لڑکے اس سے ہنس ہنس کر باتیں کر رہے تھے۔ کفایت نے بشیر سے کہا، ''مچھلی بہت اچھی تھی۔'' لڑکی نے مڑ کر دیکھا۔ اس کے ہونٹوں پر چھوٹی سی مسکراہٹ تھی۔

کفایت دفتر چلا گیا۔ اس کو امید تھی کہ کچھ روپوں کا بندوبست ہو جائے گا لیکن خالی جیب واپس آیا۔ برمی

لڑکی اندر بیڈ روم میں لیٹی تصویروں والا رسالہ دیکھ رہی تھی۔ کفایت کو دیکھ کر بیٹھ گئی اور سلام کیا۔ کفایت نے سلام کا جواب دیا اور اس سے پوچھا، ''گیان صاحب آئے تھے؟''

''آئے تھے دوپہر کو۔۔۔ کھانا کھا کر چلے گئے۔۔۔ پھر شام کو آئے چند منٹوں کے لیے۔'' یہ کہہ کر اس نے ایک طرف ہٹ کر تکیہ اٹھایا اور کاغذ میں لپٹی ہوئی بوتل نکالی، ''یہ دے گئے تھے کہ میں آپ کو دے دوں۔''

میں نے بوتل پکڑی۔ کاغذ پر گیان کے یہ چند الفاظ تھے، ''کم بخت یہ چیز کسی نہ کسی طرح مل جاتی ہے لیکن پیسہ نہیں ملتا۔۔۔ بہر حال عیش کرو۔۔۔ تمہارا گیان۔''

اس نے کاغذ کھولا۔ برانڈی کی بوتل تھی۔ برمی لڑکی نے کفایت کی طرف دیکھا اور مسکرائی۔ کفایت بھی مسکرا دیا، ''آپ پیتی ہیں؟''

لڑکی نے زور سے اپنا سر ہلایا، ''نہیں!''

کفایت نے نظر بھر کر اس کو دیکھا اور سوچا، ''کیا چھوٹی سی ننھی منھی گڑیا ہے!''

اس کا جی چاہا کہ وہ اس کے ساتھ بیٹھ کر باتیں کرے۔ چنانچہ اس سے مخاطب ہوا، ''آیئے، اُدھر دوسرے کمرے میں بیٹھتے ہیں۔''

''نہیں۔۔۔ میں کپڑے دھوؤں گی۔''

''اس وقت؟''

''اس وقت اچھا ہوتا ہے۔۔۔ رات دھوئے، صبح سوکھ گئے۔ اٹھتے ہی استری کر لیے۔''

کفایت تھوڑی دیر کھڑا رہا۔ اسے کوئی بات نہ سوجھی تو ملاقاتی کمرے میں بیٹھ کر برانڈی پینا شروع کر دی۔ کھانے کا وقت ہو گیا۔ اس نے برمی لڑکی کو بلایا مگر اس نے کہا، ''میں گیان صاحب کے ساتھ کھاؤں گی۔''

کفایت نے کھانا کھایا اور اپنے پلنگ پر سو گیا۔ رات کے تقریباً ایک بجے اس کی آنکھ کھلی، چاندنی رات تھی۔ ہلکی ہلکی روشنی کمرے میں پھیلی ہوئی تھی۔ ہوا بھی بڑے مزے کی چل رہی تھی۔ کروٹ بدلی تو دیکھا سامنے پلنگ پر ایک چھوٹی سی سٹول گڑیا گیان کے چوڑے بالوں بھرے سینے کے ساتھ چمٹی ہوئی ہے۔ کفایت نے آنکھیں بند کر لیں۔ تھوڑے وقفے کے بعد گیان کی آواز آئی، ''جاؤ اب مجھے سونے دو۔۔۔ کپڑے پہن لو۔''

اسپرنگوں والے پلنگ کی آواز کے ساتھ ساتھ ریشم کی سرسراہٹیں کفایت کے کانوں میں داخل ہوئیں۔۔۔ تھوڑی دیر کے بعد کفایت سو گیا۔ صبح چھ بجے اٹھا، کیونکہ وہ رات کو یہ سوچ کر سویا تھا کہ صبح جلدی اٹھے گا۔ اسے ٹرام کا بہت لمبا سفر طے کر کے ایک آدمی کے پاس جانا تھا جس سے اسے کچھ ملنے کی امید تھی۔

پلنگ پر سے اترا تو اس نے دیکھا کہ برمی لڑکی ننگے فرش پر اس کے سلیپنگ سوٹ کا اکلوتا پائجامہ پہنے اپنے چھوٹے سے سڈول بازو کو سر کے نیچے بڑے بڑے رکھے بڑے سکون سے سو رہی ہے۔ کفایت نے اس کو جگایا۔ اس نے اپنی کالی کالی آنکھیں کھولیں۔ کفایت نے اس سے کہا، ''آپ یہاں کیوں لیٹی ہیں؟'' اس کے چھوٹے چھوٹے ہونٹوں پر ننھی سی مسکراہٹ پیدا ہوئی۔ اٹھ کر اس نے جواب دیا، ''گیان کو عادت نہیں کسی کو اپنے ساتھ سلانے کی۔''

کفایت کو گیان کی اس عادت کا علم تھا۔ اس نے لڑکی سے کہا، ''جائیے میرے پلنگ پر لیٹ جائیے۔'' لڑکی اٹھی اور کفایت کے پلنگ پر لیٹ گئی۔

کفایت غسل خانے میں گیا وہاں رسی پر برمی لڑکی کے کپڑے لٹک رہے تھے۔ کفایت صابن مل کر نہانے لگا تو اس کا خیال اس لڑکی کے ملائم جسم کی طرف چلا گیا جس پر سے نگاہیں پھسل پھسل جاتی تھیں۔ غسل سے فارغ ہو کر کفایت نے کپڑے پہنے چونکہ جلدی میں تھا، اس لیے گیان کو جگا کر اس سے کوئی بات نہ کر سکا۔ صبح کا نکلا رات کے گیارہ بجے واپس آیا۔ جیبیں خالی تھیں۔ بیڈ روم میں گیا تو گیان اور برمی لڑکی دونوں اکٹھے لیٹے ہوئے تھے۔ کفایت نے ملاقاتی کمرے میں بیٹھ کر برانڈی پینی شروع کر دی۔ بہت تھکا ہوا تھا۔ مایوس واپس آیا تھا۔ برمی لڑکی کے متعلق سوچتے سوچتے ویں صوفے پر سو گیا۔ صبح پانچ بجے اٹھا۔ تپائی پر اس کا چوتھا پیگ پانی میں پڑا باسی ہو رہا تھا۔

کفایت اٹھا۔ بیڈ روم کے ننگے فرش پر برمی لڑکی سو رہی تھی۔ گیان الماری کے آئینے کے ساتھ کھڑا ٹائی باندھ رہا تھا۔ ٹائی کی گرہ ٹھیک کر کے اس نے دونوں ہاتھوں میں لڑکی کو اٹھایا اور اپنے پلنگ پر لٹا دیا۔ مڑا تو اس نے کفایت کو دیکھا، ''کیوں بھئی۔ کچھ بندوبست ہوا روپوں کا؟''

کفایت نے بڑی مایوسی سے کہا، ''نہیں۔''

''تو میں جاتا ہوں۔۔۔ دیکھو شاید کچھ ہو جائے۔''

پیشتر اس کے کہ کفایت اسے روکے گیان تیزی سے باہر نکل گیا۔ دروازہ کھلا تو اس نے گیان کی آواز سنی، ''تم بھی کوشش کرنا کفایت!''

کفایت نے پلٹ کر پلنگ کی طرف دیکھا۔ لڑکی بڑے سکون کے ساتھ سو رہی تھی۔ اس کے ننھے سے سینے پر چھوٹی چھوٹی گول چھاتیاں چمک رہی تھیں۔ کفایت کمرے سے نکل کر غسل خانے میں چلا گیا۔ اندر رسی پر لڑکی کے دھلے ہوئے کپڑے لٹک رہے تھے۔ غسل خانے سے فارغ ہو کر باہر نکلا تو اس نے دیکھا کہ لڑکی نوکروں کے ساتھ ناشتا تیار کرنے میں مصروف تھی۔ ناشتا کر کے باہر نکل گیا۔

چار روز اسی طرح گزر گئے۔ کفایت کو اس لڑکی کے متعلق کچھ معلوم نہ ہو سکا۔ گیان کبھی رات کو دیر سے آتا تھا، کبھی دن کو بہت جلدی نکل جاتا تھا۔ یہی حال کفایت کا تھا۔ دونوں پریشان تھے۔ پانچویں روز جب وہ صبح اٹھا تو بشیر نے کفایت کو گیان کا رقعہ دیا۔ اس میں لکھا تھا ''خدا کے لیے کسی نہ کسی طرح دس روپے پیدا کر کے برمی لڑکی کو دے دو۔''

لڑکی کھڑی استری کر رہی تھی۔ بلاؤز کی صرف ایک آستین باقی رہ گئی تھی جس پر وہ بڑے سلیقے سے استری پھیر رہی تھی۔ کفایت نے اس کی طرف دیکھا جب اس کی نگاہیں چار ہوئیں تو لڑکی مسکرا دی۔ کفایت سوچنے لگا کہ وہ دس روپے کہاں سے پیدا کرے۔ بشیر پاس کھڑا تھا۔ اس نے کفایت سے کہا ''صاحب ادھر آئیے!'' کفایت نے پوچھا، ''کیا بات ہے؟''

''جی کچھ کہنا ہے۔''

بشیر نے ایک طرف ہٹ کر دس روپے کا نوٹ نکالا اور کفایت کو دے دیا، ''میں نہیں گیا ابھی تک صاحب۔''

کفایت نوٹ لے کر سوچنے لگا، ''نہیں نہیں۔۔۔تم رکھو۔۔۔لیکن تم گئے کیوں نہیں ابھی تک؟''

''صاحب چلا جاؤں گا کل پرسوں۔۔۔آپ رکھیے یہ روپے۔''

کفایت نے نوٹ جیب میں ڈال لیا، ''اچھا میں شام کو لوٹا دوں گا تمہیں۔''

کپڑے وپڑے پہن کر جب برمی لڑکی ناشتا کر چکی تو کفایت نے اس کو دس روپے کا نوٹ دیا اور کہا، ''گیان صاحب نے دیا تھا کہ آپ کو دے دوں۔''

لڑکی نے نوٹ لے لیا اور بشیر کو آواز دی۔ بشیر آیا تو اس سے کہا، ''جاؤ ٹیکسی لے آؤ۔''

بشیر چلا گیا تو کفایت نے اس سے پوچھا، ''آپ جا رہی ہیں؟''

''جی ہاں!''

یہ کہہ کر وہ اٹھی اور بیڈ روم میں چلی گئی۔ وہ اپنا رومال استری کرنا بھول گئی تھی۔ کفایت نے اس سے باتیں

کرنے کا ارادہ کیا تو ٹیکسی آگئی۔ رومال ہاتھ میں لے کر وہ روانہ ہونے لگی۔ کفایت کو سلام کیا اور کہا، ''اچھا جی۔۔۔ میں چلتی ہوں۔ گیان کو میرا اسلام بول دینا۔'' پھر اس نے تینوں نوکروں سے ہاتھ ملایا اور چلی گئی۔ سب کے چہروں پر اداسی چھا گئی۔

پونے گھنٹے کے بعد گیان آیا۔ وہ کچھ لے کر آیا تھا۔ آتے ہی اس نے کفایت سے پوچھا، ''کہاں ہے وہ برمی لڑکی؟''

''چلی گئی۔''

''کیسے؟ دس روپے دیے تھے تم نے اسے؟''

''ہاں!''

''تو ٹھیک ہے۔۔۔ ٹھیک ہے!'' گیان کرسی پر بیٹھ گیا۔

کفایت نے پوچھا، ''کون تھی یہ لڑکی؟''

''معلوم نہیں۔''

کفایت سر تا پا حیرت بن گیا، ''کیا مطلب؟''

گیان نے جواب دیا، ''مطلب یہ کہ میں نہیں جانتا کون تھی۔۔۔''

''جھوٹ!''

''تمہاری قسم سچ کہتا ہوں۔''

کفایت نے پوچھا، ''کہاں سے مل گئی تمہیں؟''

گیان نے ٹانگیں میز پر رکھ دیں اور مسکرایا، ''عجیب داستان ہے یار۔۔۔ پانی کا سیلاب آنے والی رات میں شنکر کے ہاں چلا گیا۔ وہاں بہت پی۔۔۔۔۔ اندھیری اسٹیشن سے گاڑی میں سوار ہوا تو سوگیا۔ گاڑی مجھے سیدھی چرچ گیٹ لے گئی، وہاں مجھے چوکیدار نے جگایا کہ اٹھو۔۔۔ میں نے کہا بھئی مجھے گرانٹ روڈ جانا ہے۔ چوکیدار ہنسا، آپ پانچ اسٹیشن آگے چلے آئے ہیں۔ اترا، دوسرے پلیٹ فارم پر اندھیری جانے والی آخری گاڑی کھڑی تھی۔ اس میں سوار ہوگیا۔ گاڑی چلی تو پھر مجھے نیند آگئی۔ سیدھی اندھیری پہنچ گئی۔''

کفایت نے پوچھا، ''مگر اس سے لڑکی کا کیا تعلق؟''

تم سن تو لو۔ گیان نے سگریٹ سلگایا، ''اندھیری پہنچا یعنی جب میری آنکھ کھلی تو کیا دیکھتا ہوں میں ایک چھوٹی سی لونڈیا کے ساتھ چمٹا ہوں۔ پہلے تو میں ڈرا، وہ جاگ رہی تھی میں نے پوچھا، کون ہو تم؟۔۔۔ وہ

مسکرائی۔ میں نے پھر پوچھا، کون ہو بھئی تم۔۔۔وہ مسکرائی اور کہنے لگی، لو اتنی دیر سے مجھے چومتے رہے اور اب پوچھتے ہو، میں کون ہوں۔۔۔میں نے حیرت سے کہا، اچھا۔۔۔وہ ہنسنے لگی میں نے دماغ پر زور دے کر سوچنا مناسب خیال نہ کیا اور اس کو اپنے ساتھ بھینچ لیا۔۔۔صبح تین بجے تک ہم دونوں۔۔۔ پلیٹ فارم کی ایک بینچ پر سوئے رہے۔ ساڑھے تین بجے پہلی گاڑی آئی تو اس میں سوار ہو گئے۔ میرا ارادہ تھا کہ بندوبست کر کے اس کو کچھ روپے دوں گا۔۔۔یہاں پہنچے تو پانی کا طوفان آیا ہوا تھا۔۔۔ ہے نا دل چسپ داستان۔‘‘

کفایت نے کہا، ’’خاصی دل چسپ ہے۔۔۔مگر وہ اتنے دن کیوں رہی یہاں؟‘‘

گیان نے سگریٹ فرش پر پھینکا، ’’وہ کہاں رہی۔۔۔میں نے اسے رکھا۔۔۔اصل میں وہ یوں رہی کہ میرے پاس کچھ تھا ہی نہیں جو اسے دیتا۔ بس دن گزرتے تھے۔۔۔میں بے حد شرمندہ تھا۔ کل رات میں نے اس سے صاف کہہ دیا کہ دیکھو بھئی، دن بڑھتے جا رہے ہیں۔ تم ایسا کرو مجھے اپنا ایڈریس دے دو، میں تمہارا حق وہاں پہنچا دوں گا۔ آج کل میرا احوال بہت پتلا ہے۔‘‘

کفایت نے پوچھا، ’’یہ سن کر اس نے کیا کہا؟‘‘

گیان نے سر کو جُنبش دی، ’’عجیب ہی لڑکی تھی۔۔۔کہنے لگی، یہ کیا کہتے ہو۔۔۔میں نے تم سے کب مانگا ہے لیکن دس روپے مجھے دے دینا۔۔۔میرا گھر یہاں سے بہت دور ہے، ٹیکسی میں جاؤں گی۔ میرے پاس ایک بھی پیسہ نہیں،‘‘

کفایت نے سوال کیا، ’’نام کیا تھا اس کا؟‘‘

گیان سوچنے لگا۔

’’بھول گئے؟‘‘

گیان نے اپنی ٹانگیں میز پر سے ہٹائیں، ’’نہیں یار۔۔۔میں نے اس سے نام نہیں پوچھا۔۔۔حد ہو گئی۔۔۔یہ کہہ کر وہ ہنسنے لگا۔

بس اسٹینڈ

وہ بس اسٹینڈ کے پاس کھڑی اے روٹ والی بس کا انتظار کر رہی تھی، اس کے پاس کئی مرد کھڑے تھے، ان میں ایک اسے بہت بری طرح گھور رہا تھا، اس کو ایسا محسوس ہوا کہ یہ شخص برے سے اس کے دل و دماغ میں چھید بنا رہا ہے۔اس کی عمر یہی بیس بائیس برس کی ہو گی لیکن اس پختہ سالی کے باوجود وہ بہت گھبرا رہی تھی، جاڑوں کے دن تھے، پر اس کے باوجود اس نے کئی مرتبہ اپنی پیشانی سے پسینہ پونچھا، اس کی سمجھ میں نہیں آتا تھا کیا کرے، بس اسٹینڈ سے چلی جائے، کوئی تانگہ لے لے واپس اپنی سہیلی کے پاس چلی جائے۔

اس کی یہ سہیلی نئی نئی بنی تھی، ایک پارٹی میں ان کی ملاقات ہوئی اور وہ دونوں ایک دوسرے کی گرویدہ ہو گئیں۔ پہلی بار تھی کہ وہ اپنی اس نئی سہیلی کے بلاوے پر اس کے گھر آئی تھی۔

نوکر بیمار تھا مگر جب اس سہیلی نے اتنا اصرار کیا تھا تو وہ اکیلی ہی اس کے ہاں چلی گئی، دو گھنٹے گپ لڑاتی رہیں۔ یہ وقت بڑے مزے میں کٹا، اس کی سہیلی جس کا نام شاہدہ تھا اس سے جاتے وقت کہا، ''سلمٰی! اب تمہاری شادی ہو جانی چاہیے۔''

سلمٰی شرما سی گئی، ''کیسی باتیں کرتی ہو شاہدہ۔۔۔ مجھے شادی نہیں کرنا ہے۔''

''تو کیا ساری عمر کنواری رہو گی؟''

''کنواری رہنے میں کیا حرج ہے؟''

شاہدہ مسکرائی، ''میں بھی یہی کہا کرتی تھی۔۔۔ لیکن جب شادی ہو گئی تو دنیا کی تمام لذتیں مجھ پر آشکارا ہو گئیں۔۔۔ یہی تو عمر ہے جب آدمی پوری طرح شادی کی لطافتوں سے حظ اندوز ہو سکتا ہے۔۔۔ تم میرا کہا

مانو۔۔۔بس ایک دو مہینے کے اندر دلہن بن جاؤ۔۔تمہارے ہاتھوں میں مہندی میں خود لگاؤں گی۔‘‘

’’ہٹاؤ اس چھیڑ خانی کو۔‘‘

شاہدہ نے سلمٰی کے گال پر ہلکی سی چپت لگائی، ’’یہ چھیڑ خانی ہے؟ اگر یہ چھیڑ خانی ہے تو ساری دنیا چھیڑ خانی ہے۔مرد اور عورت کا رشتہ بھی فضول ہے۔میری سمجھ میں نہیں آتا کہ تم ایک ازلی اور ابدی رشتے سے منکر کیوں ہو؟ دیکھوں گی کہ تم مرد کے بغیر کیسے زندہ رہو گی۔۔۔خدا کی قسم پاگل ہو جاؤ گی۔۔‘‘ پاگل!

’’اچھا ہے جو پاگل ہو جاؤں۔۔کیا پاگلوں کے لیے اس دنیا میں کوئی جگہ نہیں۔۔۔اتنے سارے پاگل ہیں، آخر وہ جوں توں جی ہی رہے ہیں۔‘‘

’’جوں توں جینے میں کیا مزا ہے پیاری سلمٰی! میں تم سے کہتی ہوں کہ جب سے میری شادی ہوئی ہے، میری کایا ہی پلٹ گئی ہے۔۔میرا خاوند بہت پیار کرنے والا ہے۔‘‘

’’کیا کام کرتے ہیں؟‘‘

’’مجھ سے محبت کرتے ہیں۔۔۔یہی ان کا کام ہے۔ویسے اللہ کا دیا بہت کچھ ہے۔میرا ہاتھ انہوں نے کبھی تنگ ہونے نہیں دیا۔‘‘ سلمٰی نے یوں محسوس کیا کہ اس کا دل تنگ ہو گیا ہے۔ ’’شاہدہ مجھے تنگ نہ کرو، مجھے شادی نہیں کرنا ہے۔مجھے مردوں سے نفرت ہے۔‘‘

’’کیوں؟‘‘

’’بس ہے!‘‘

’’اب میں تم سے کیا کہوں۔۔مردوں سے مجھے بھی نفرت تھی لیکن جب میری شادی ہوئی اور مجھ سے میرے خاوند نے پیار محبت کیا تو میں نے پہلی مرتبہ جانا کہ مرد عورت کے لیے کتنا لازمی ہے۔‘‘

’’ہوا کرے۔۔۔مجھے اس کی کوئی ضرورت نہیں۔‘‘

شاہدہ ہنسی، سلمٰی! ایک دن ضرور اس بات کی قائل ہو جاؤ گی کہ مرد عورت کے لیے لازمی ہے۔اس کے بغیر وہ ایسی گاڑی ہے جس کے پہیے نہ ہوں۔۔۔میری شادی کو ایک برس ہوا ہے، اس ایک برس میں مجھے جتنی مسرتیں اور راحتیں میرے خاوند نے پہنچائی ہیں، میں بیان نہیں کر سکتی۔۔۔خدا کی قسم وہ فرشتہ ہے۔۔۔فرشتہ۔۔۔مجھ پر جان چھڑکتا ہے۔‘‘

سلمٰی نے یہ سن کر یوں محسوس کیا کہ جیسے اس کے سر پر فرشتوں کے پر پھڑ پھڑا رہے ہیں۔اس نے سوچنا شروع کیا کہ شاید مرد عورت کے لیے لازمی ہی ہو۔۔۔لیکن فوراً اس کے بعد اس کے دماغ میں یہ خیال آیا کہ اس کی

عقل نے اس کا ساتھ نہیں دیا۔۔۔مرد کی ضرورت ہی کیا ہے؟ کیا عورت اس کے بغیر زندہ نہیں رہ سکتی۔ جیسا کہ شاہدہ نے اس کو بتایا تھا کہ اس کا شوہر بہت بہت پیار کرنے والا ہے، بہت نیک خصلت ہے۔۔۔لیکن اس سے یہ ثابت تو نہیں ہوتا کہ وہ شاہدہ کے لیے لازمی تھا۔

سلمٰی حسین تھی، ابھرا ابھرا جوبن، بھرے بھرے ہاتھ پاؤں، کشادہ پیشانی، گھٹنوں تک لمبے کالے بال، ستواں ناک اور اس کی پھننگ پر ایک تل۔ جب وہ اپنی سہیلی سے اجازت مانگ کر غسل خانے میں گئی تو اس نے آئینے میں خود کو بڑے غور سے دیکھا اور اسے بڑی الجھن محسوس ہوئی، جب اس نے سوچا کہ آخر یہ جسم، یہ حسن، یہ ابھار کس لیے ہوتے ہیں۔۔۔قدرت کی ساری کاریگری اکارت جا رہی ہے۔ ''گندم پیدا ہوتا ہے تو آدمی اس سے اپنا پیٹ پالتے ہیں۔۔۔اس کی جوانی بھی تو کسی کھیت میں اُگی تھی۔۔۔اگر اسے کوئی کھائے گا نہیں تو گل سڑ نہیں جائے گی؟''

وہ بہت دیر تک غسل خانے میں آئینے کے سامنے سوچتی رہی، اس کے ذہن میں اس کی سہیلی کی تمام باتیں گونج رہی تھیں۔۔۔مرد عورت کے لیے بہت ضروری ہے، اس کا خاوند اس سے بہت پیار کرتا ہے، وہ فرشتہ ہے۔ سلمٰی نے ایک لمحے کے لیے محسوس کیا کہ اس کی شلوار اور اس کا دوپٹہ فرشتوں کے پَر بن گئے ہیں۔۔۔وہ گھبرا گئی اور جلدی فارغ ہو کر باہر نکل آئی۔ باہر برآمدے میں مکھیاں بھنبھنا رہی تھیں، سلمٰی کو ایسا لگا کہ یہ بھی فرشتے ہیں جو بھیس بدل کر آئے ہیں۔

پھر جب اس کی سہیلی اپنی کوٹھی سے ملحقہ باغ میں اسے لے گئی اور وہاں اس نے چند تتلیاں دیکھیں تو وہ بھی اسے فرشتے دکھائی دیئے۔۔۔لیکن اس نے کئی مرتبہ سوچا کہ ایسے رنگین اور ایسے ننھے منے فرشتے کیسے ہو سکتے ہیں۔

اسے بہت دیر تک فرشتے ہی فرشتے دکھائی دیتے رہے جو اس کے قریب آتے، اس سے پیار کرتے، اس کا منہ چومتے، اس کے سینے پر ہاتھ پھیرتے، جس سے اس کو بڑی راحت ملتی لیکن ان فرشتوں کے ہاتھ بڑی تندہی سے ایک طرف جھٹک دیتی اور ان سے کہتی، ''جاؤ۔۔۔ چلے جاؤ یہاں سے۔۔۔تمہارا گھر تو آسمان پر ہے۔۔۔ یہاں کیا کرنے آئے ہو؟''

وہ فرشتے اس سے کہتے، ''ہم فرشتے نہیں حضرتِ آدمؑ کی اولاد ہیں۔۔۔وہی بزرگ جو جنت سے نکالے گئے تھے۔۔۔پر ہم تمہیں پھر جنت میں پہنچا دینے کا وعدہ کرتے ہیں۔۔۔چلو ہمارے ساتھ، وہاں دودھ کی نہریں بہتی ہیں اور شہد کی بھی۔''

سلمیٰ نے یوں محسوس کیا کہ اس کے سینے میں سے دودھ کے ننھے منے قطرے نکلنے شروع ہو گئے ہیں اور اس کے ہونٹ مٹھاس میں لپٹے ہوئے ہیں۔

شاہدہ، اس سے بار بار اپنے خاوند کی تعریف کرتی، اصل میں اس کا مدعا یہ تھا کہ اس کے بھائی کے ساتھ سلمیٰ کا رشتہ قائم کر دے۔۔۔ مگر گھر پر یہ پہلی ملاقات تھی، اس لیے وہ کھل کے بات نہ کر سکی۔ بہر حال اس نے اشاروں کنایوں میں سلمیٰ پر یہ واضح کر دیا کہ اس کا خاوند جو بہت شریف اور محبت کرنے والا آدمی ہے اس کا بھائی اس سے بھی کہیں زیادہ شریف النفس ہے۔

سلمیٰ نے یہ اشارہ نہ سمجھا، اس لیے کہ وہ بہت سادہ لوح تھی، اس نے صرف اتنا کہہ دیا، ''آج کل کے زمانے میں شریف آدمیوں کا ملنا محال ہے۔۔۔ تم خوش قسمت ہو کہ تمہیں ایسا خاندان مل گیا جہاں ہر آدمی نیک اور شریف ہے۔''

''افسوس ہے کہ اس وقت میرے خاوند گھر میں موجود نہیں ورنہ میں تم سے انہیں ضرور ملاتی۔''

''کبھی پھر سہی۔۔۔ کیا کام کرتے ہیں؟''

''ہائے! انہیں کیا کام کرنے کی ضرورت ہے۔ لاکھوں روپے کی جائداد ہے۔ مکانوں اور دکانوں سے کرایہ ہی ہر مہینے دو ہزار کے قریب وصول ہو جاتا ہے۔ اس کے علاوہ ماشااللہ زمینیں ہیں، وہاں کی آمدنی الگ ہے۔۔۔ اناج کی کوئی دِقّت نہیں منوں گندم گھر میں پڑا رہتا ہے۔ چاول بھی۔ ہر قسم کی ترکاری بھی ہر وقت میسر ہو سکتی ہے۔ اللہ کا بڑا فضل و کرم ہے۔۔۔ ان کا چھوٹا بھائی جو آج کل لندن میں ہے، زراعت کے متعلق جانے کیا سیکھ رہا ہے۔ ایک مہینے تک واپس آ رہا ہے۔۔۔ وہ اپنے بڑے بھائی کے مقابلے میں زیادہ خوبصورت ہے۔۔۔ تم اسے دیکھو گی۔۔۔ تو۔۔۔۔''

سلمیٰ نے گھبراتے ہوئے لہجے میں کہا، ''ہاں! ہاں۔۔۔۔ جب وہ آئیں گے تو ان سے ملنے کا اتفاق ہو جائے گا۔۔۔''

شاہدہ نے کہا، ''بڑا شریف لڑکا ہے۔۔۔۔ بالکل اپنے بڑے بھائی کی مانند۔''

''جی ہاں۔۔ ضرور ہو گا، آخر شریف خاندان سے تعلق ہے۔''

''وہ بس آنے ہی والا ہے۔۔ تم مجھے اپنی ایک تصویر دے دو۔''

''کیا کرو گی؟''

''بس شہد لگا کے چاٹا کروں گی۔''

یہ کہہ کر شاہدہ نے سلمیٰ کا منہ چوم لیا، اور پھر اپنے خاوند کی تعریفیں شروع کر دیں۔سلمیٰ تنگ آ گئی، اس نے تھوڑی دیر کے بعد کوئی بہانہ بنا کر رخصت چاہی اور بس اسٹینڈ پر پہنچ گئی، جہاں اسے ''اے روٹ'' کی بس پکڑنا تھی۔ وہ جب وہاں پہنچی تو ایک مرد نے اسے بہت بری نگاہوں سے گھورنا شروع کر دیا۔ وہ پریشان ہو گئی، جاڑوں کے دن تھے مگر اس نے کئی مرتبہ اپنی پیشانی سے پسینہ پونچھا۔

اسٹینڈ پر ایک بس آئی، اس نے اس کا نمبر نہ دیکھا اور جب چند مسافر اترے تو وہ فوراً اس میں سوار ہو گئی۔ وہ آدمی بھی اس بس میں داخل ہو گیا، اس کی پریشانی اور زیادہ بڑھ گئی۔ اتفاق ایسا ہوا کہ بس کے انجن میں کوئی خرابی پیدا ہو گئی، جس کے باعث اسے رکنا پڑا۔ سب مسافروں سے کہہ دیا گیا کہ وہ اتر جائیں کیونکہ کافی دیر تک یہ بس نہیں چل سکے گی۔

سلمیٰ نیچے اتری تو وہ آدمی جو اسے بہت بری طرح گھور رہا تھا وہ بھی اس کے ساتھ باہر نکلا۔۔۔سٹرک پر ایک کار جا رہی تھی اس نے اس کے ڈرائیور کو آواز دی ''امام دین!''

امام دین نے موٹر ایک دم روک لی۔ اس آدمی نے سلمیٰ کا ہاتھ پکڑا اور اس سے کہا، ''چلیے۔۔۔یہ میری کار ہے۔ جہاں بھی آپ جانا چاہتی ہیں، آپ کو چھوڑ آؤں گا۔''سلمیٰ انکار نہ کر سکی، موٹر میں بیٹھ گئی۔اس کو ماڈل ٹاؤن جانا تھا مگر وہ اسے کہیں اور لے گیا۔۔۔اور۔۔۔!

سلمیٰ نے محسوس کیا کہ مرد واقعی عورت کے لیے لازم ہوتا ہے۔۔۔اس نے اپنی زندگی کا بہترین دن گزارا۔۔۔گو اس نے پہلے بہت حیل و حجت اور احتجاج کیا مگر اس آدمی نے اسے رام کر ہی لیا۔

تین چار گھنٹوں کے بعد جب سلمیٰ نے اس شخص کا بٹوا کھول کر یونہی دیکھا تو اس میں ایک طرف شاہدہ کا فوٹو تھا۔۔۔اس نے ہچکچاہٹ کے ساتھ پوچھا، ''یہ۔۔۔یہ۔۔۔عورت کون ہے؟''

''اس شخص نے جواب دیا، ''میری بیوی۔''

سلمیٰ کے حلق سے چیخیں نکلتے نکلتے رہ گئیں۔۔۔''آپ کی بیوی؟''

شاہدہ کا خاوند مسکرایا، ''کیا مردوں کی بیویاں نہیں ہوتیں؟''

بسم اللہ

فلم بنانے کے سلسلے میں ظہیر سے سعید کی ملاقات ہوئی۔ سعید بہت متاثر ہوا۔ بمبئی میں اس نے ظہیر کو سنٹرل سٹوڈیوز میں ایک دو مرتبہ دیکھا تھا اور شاید چند باتیں بھی کی تھیں مگر مفصل ملاقات پہلی مرتبہ لاہور میں ہوئی۔

لاہور میں یوں تو بے شمار فلم کمپنیاں تھیں مگر سعید کو اس تلخ حقیقت کا علم تھا کہ ان میں سے اکثر کا وجود صرف ان کے نام کے بورڈوں تک ہی محدود ہے۔ ظہیر نے جب اس کو اکرم کی معرفت بلایا تو اس کو سو فیصدی یقین تھا کہ ظہیر بھی دوسرے فلم پروڈیوسروں کی طرح کھوکھلا ہے جو لاکھوں کی باتیں کرتے ہیں۔ آفس قائم کرتے ہیں۔ کرائے پر فرنیچر لاتے ہیں اور آخر میں اس کے پاس کے ہوٹلوں کے بل مار کر بھاگ جاتے ہیں۔

ظہیر نے بڑی سادگی سے سعید کو بتایا کہ وہ کم سے کم سرمائے سے فلم بنانا چاہتا ہے۔ بمبئی میں وہ اسٹنٹ فلم بنانے والے ڈائریکٹر کا اسسٹنٹ تھا۔ پانچ برس تک وہ اس کے ماتحت کام کرتا رہا۔ اس کو خود فلم بنانے کا موقع ملنے ہی والا تھا کہ ہندوستان تقسیم ہو گیا اور اسے پاکستان آنا پڑا۔ یہاں وہ تقریباً ڈھائی سال بے کار رہا مگر اس دوران میں اس نے چند آدمی ایسے تیار کر لیے جو روپیہ لگانے کے لیے تیار ہیں۔ اس نے سعید سے کہا '' دیکھیے جناب میں کوئی فرسٹ کلاس فلم بنانا نہیں چاہتا۔ کم آدمی ہوں۔ اسٹنٹ فلم بنا سکتا ہوں اور انشاءاللہ اچھا اسٹنٹ فلم بناؤں گا۔ پچاس ہزار روپوں کے اندر اندر سو فیصدی نفع تو یقینی ہے۔۔۔۔ آپ کا کیا خیال ہے؟ ''

سعید نے کچھ دیر سوچ کر جواب دیا۔ '' ہاں، اتنا نفع تو ہونا چاہیے۔ ''

ظہیر نے کہا'' جو آدمی روپیہ لگانے کے لیے تیار ہیں۔ میں نے ان سے کہہ دیا ہے کہ حساب کتاب سے میرا کوئی واسطہ نہیں ہو گا۔ یہ آپ کا کام ہے۔۔۔ باقی سب چیزیں میں سنبھال لوں گا۔''

سعید نے پوچھا'' مجھ سے آپ کیا خدمت چاہتے ہیں؟''

ظہیر نے بڑی سادگی سے کہا۔ ''پاکستان کے تقریباً تمام ڈسٹری بیوٹر آپ کو جانتے ہیں۔ میری یہاں ان لوگوں سے واقفیت نہیں۔ بڑی نوازش ہو گی اگر آپ میری فلم کی ڈسٹری بیوشن کا بندوبست کر دیں۔''

سعید نے کہا۔ ''آپ فلم تیار کریں۔ انشا اللہ ہو جائے گا۔''

''آپ کی بڑی مہربانی ہے۔'' یہ کہہ کر ظہیر نے میز پر پڑے ہوئے پیڈ پر پنسل سے ایک پھول سا بنایا ''سعید صاحب، مجھے سو فیصدی یقین ہے کہ میں کام یاب رہوں گا۔۔۔ ہیروئن میری بیوی ہو گی۔''

سعید نے پوچھا۔ ''آپ کی بیوی؟''

''جی ہاں!''

''پہلے کسی فلم میں کام کر چکی ہیں؟''

''جی نہیں۔'' ظہیر نے پیڈ پر پھول کے ساتھ شاخ بناتے ہوئے کہا۔ ''میں نے شادی یہاں لاہور میں آ کر کی ہے۔۔۔ میرا ارادہ تو نہیں تھا کہ اسے فلم لائن میں لاؤں مگر اس کو شوق ہے۔۔۔ بہت شوق ہے۔ ہر روز ایک فلم دیکھتی ہے۔۔۔ میں آپ کو اس کا فوٹو دکھاتا ہوں۔''

ظہیر نے میز کا دروازہ کھول کر ایک لفافہ نکالا اور اس میں سے اپنی بیوی کا فوٹو سرکا کر سعید کی طرف بڑھا دیا۔

سعید نے فوٹو دیکھا۔ معمولی خد و خال کی جوان عورت تھی۔ تنگ ماتھا۔ باریک ناک موٹے موٹے ہونٹ۔ آنکھیں بڑی بڑی اور اداس۔

یہ آنکھیں ہی تھیں جو اس کے چہرے کے دوسرے خطوط کے مقابلے میں سب سے نمایاں تھیں۔ سعید نے غور سے ان کو دیکھنا چاہا مگر معیوب سمجھا اور فوٹو میز پر رکھ دیا۔

ظہیر نے پوچھا۔ ''کیا خیال ہے آپ کا؟''

سعید کے پاس اس سوال کا جواب تیار نہیں تھا۔ اس کے دل و دماغ پر دراصل وہ آنکھیں چھائی ہوئی تھیں۔ بڑی بڑی اداس آنکھیں۔ غیر ارادی طور پر اس نے میز پر سے فوٹو اٹھایا اور ایک نظر دیکھ کر پھر وہیں رکھ دیا۔ اور کہا'' آپ زیادہ بہتر جانتے ہیں۔''

ظہیر نے پیڑ پر ایک اور پھول بنانا شروع کیا۔ ' ' یہ فوٹو اچھی نہیں۔ ۔۔ذرا سی ہلی ہوئی ہے۔ ' '

اتنے میں پچھلے دروازے کا پردہ ہلا اور ظہیر کی بیوی داخل ہوئی۔۔۔وہی بڑی بڑی اداس آنکھیں۔ظہیر

اس کی طرف دیکھ کر مسکرایا۔ ' ' عجیب و غریب نام ہے اس کا۔۔۔بسم اللہ ! ' ' پھر سعید کی طرف اشارہ کیا۔

' ' یہ میرے دوست سعید صاحب۔ ' '

بسم نے کہا۔ ' ' آداب عرض۔ ' '

سعید نے اس کا جواب اٹھ کر دیا۔ ' ' تشریف رکھیے۔ ' '

بسم اللہ دوپٹہ ٹھیک کرتی سعید کے پاس والی کرسی پر بیٹھ گئی۔ ہلکے پیازی رنگ کے کلف لگے ململ کے مہین

دوپٹے کے پیچھے اس کے سینے کا ابھار چغلیاں کھا رہا تھا۔سعید نے اپنی نگاہیں دوسری طرف پھیر لیں۔

ظہیر نے فوٹو واپس لفافے میں رکھا اور سعید سے کہا۔ ' ' مجھے سو فیصدی یقین ہے کہ بسم اللہ پہلے ہی فلم

میں کامیاب ثابت ہو گی۔ لیکن سمجھ میں نہیں آتا کہ اس کا فلمی نام کیا رکھوں۔بسم اللہ ٹھیک معلوم نہیں ہوتا۔

کیا خیال ہے آپ کا؟ ' '

سعید نے بسم اللہ کی طرف دیکھا۔اس کی بڑی بڑی اداس آنکھوں میں وہ ایک لحظے کے لیے جیسے ڈوب

سا گیا۔فوراً ہی نگاہ اس طرف سے ہٹا کر اس نے ظہیر سے کہا۔ ' ' جی ہاں۔۔۔بسم اللہ ٹھیک نہیں ہے۔

کوئی اور نام ہونا چاہیے۔ ' '

تھوڑی دیر تک اِدھر اُدھر کی باتیں ہوتی رہیں۔بسم اللہ خاموش تھی۔اس کی بڑی بڑی اداس آنکھیں بھی

خاموش تھیں۔سعید نے اس دوران میں ان آنکھوں کے اندر کئی بار ڈبکیاں لگائیں۔ظہیر اور وہ دونوں باتیں

کرتے رہے۔بسم اللہ خاموش بیٹھی اپنی بڑی بڑی اداس آنکھوں پر چھائی ہوئی سیاہ پلکیں جھپکا کی۔اس

کے ہلکے پیازی رنگ کے کلف لگے ململ کے مہین دوپٹے کے پیچھے اس کے سینے کا ابھار برابر چغلیاں کھاتا

رہا۔سعید ادھر دیکھتا تو ایک دھکے کے ساتھ اس کی نظریں دوسری طرف پلٹ جاتیں۔

بسم اللہ کا رنگ گہرا سانولا تھا۔فوٹو میں اس رنگت کا پتا نہیں چلتا تھا۔اس گہرے سانولے رنگ پر اس کی

بڑی بڑی کالی آنکھیں اور بھی زیادہ اداس ہو گئی تھیں۔سعید نے کئی مرتبہ سوچا کہ اس اداسی کا باعث کیا

ہے؟۔۔۔اس کی ساخت ہی کچھ ایسی ہے کہ وہ اداس دکھائی دیتی ہیں یا کوئی اور وجہ ہے۔کوئی معقول بات

سعید کے ذہن میں نہ آئی۔

ظہیر بمبئی کی باتیں شروع کرنے والا تھا کہ بسم اللہ اٹھی اور چلی گئی۔اس کی چال میں بے ڈھنگا پن تھا، جیسے

اس نے اونچی ایڑی کے چپل نئے نئے استعمال کرنے شروع کیے۔ غرارے کی نشست بھی ٹھیک نہیں تھی۔ سلوٹوں کا گراؤ بھدا تھا۔ اس کے علاوہ سعید نے یہ بھی محسوس کیا کہ ادب سے بسم اللہ محض کوری ہے۔۔۔ لیکن اس کے گہرے سانولے چہرے پر دو بڑی بڑی سیاہ آنکھیں، اداس ہونے کے باوجود کس قدر جذبات انگیز تھیں!

چند ہی ملاقاتوں میں ظہیر سے سعید کے تعلقات بہت گہرے ہو گئے۔ ظہیر بے حد سادہ دل تھا۔ اس خاص چیز سے سعید بہت متاثر ہوا تھا۔ اس کی کسی بھی بات میں بناوٹ نہیں ہوتی تھی۔ خیال جس شکل میں پیدا ہوتا تھا سادہ الفاظ میں تبدیل ہو کر اس کی زبان پر آ جاتا تھا۔ کھانے پینے اور رہنے سہنے کے معاملے میں بھی وہ سادگی پسند تھا۔

جب بھی سعید اس کے یہاں جاتا۔ ظہیر اس کی خاطر تواضع کرتا۔ سعید نے اس سے کئی بار کہا کہ تم یہ تکلیف نہ کیا کرو مگر وہ نہ مانا۔ وہ اکثر کہا کرتا ''اس میں کیا تکلیف ہے، آپ کا اپنا گھر ہے۔''

سعید نے جب تقریباً ہر روز ظہیر کے ہاں جانا شروع کیا تو اس نے سوچا کہ یہ بہت بری بات ہے۔ وہ میری اتنی عزت کرتا ہے۔ مجھے اپنا دوست سمجھتا ہے اور میں اس سے صرف اس لیے ملتا ہوں کہ مجھے اس کی بیوی سے دلچسپی پیدا ہو گئی ہے۔ یہ بہت بری بات ہے۔

اس کے ضمیر نے کئی دفعہ اسے ٹوکا مگر وہ برابر ظہیر کے ہاں جاتا رہا۔

بسم اللہ اکثر آ جاتی تھی۔ شروع شروع میں وہ خاموش بیٹھی رہتی۔ پھر آہستہ آہستہ اس نے باتوں میں حصہ لینا شروع کر دیا۔ لیکن گفتگو کے لحاظ سے وہ خام تھی۔ سعید کو دکھ ہوتا تھا کہ وہ اچھی اچھی باتیں کرنا کیوں نہیں جانتی۔

کئی مرتبہ ایسا ہوا کہ ظہیر گھر سے باہر تھا۔ سعید نے آواز دی تو بسم اللہ بولی۔ ''باہر گئے ہوئے ہیں۔'' یہ سن کر سعید کچھ دیر کھڑا رہا کہ شاید وہ اس سے کہے، اندر آ جایئے۔ ابھی آتے ہیں۔ مگر ایسا نہ ہوا۔

ظہیر کے فلم کا چکر چل رہا تھا۔ اس کا ذکر قریب قریب ہر روز ہوتا۔ ظہیر کہتا مجھے اتنی جلدی نہیں ہے۔ ہر ایک چیز آرام سے ہو گی۔ اور اپنے وقت پر ہو گی۔

سعید کو ظہیر کے فلم سے کوئی دلچسپی نہیں تھی۔ اس کو اگر دلچسپی تھی تو بسم اللہ سے جس کی بڑی بڑی اداس آنکھوں میں وہ کئی بار غوطے لگا چکا تھا۔ اور اس کی یہ دلچسپی دن بہ دن بڑھتی جا رہی تھی۔ جس کا احساس اس کے لیے بہت تکلیف دہ تھا کیونکہ یہ کھلی ہوئی بات تھی کہ وہ اپنے دوست ظہیر کی بیوی سے جسمانی رشتہ پیدا

کرنے کا خواہاں تھا۔

دن گزرتے گئے۔ ظہیر کے فلم کا کام وہیں کا وہیں تھا۔ سعید ایک دن اس سے ملنے گیا تو وہ کہیں باہر گیا ہوا تھا۔ چلنے ہی والا تھا کہ بسم اللہ نے کہا۔ ''اندر آ جائیے وہ کہیں دور نہیں گئے۔''

سعید کا دل دھڑکنے لگا۔ کچھ توقف کے بعد وہ کمرے میں داخل ہوا اور کرسی پر بیٹھ گیا۔ بسم اللہ میز کے پاس کھڑی تھی۔ سعید نے جرأت سے کام لے کر اس سے کہا۔ ''بیٹھیے۔''

بسم اللہ اس کے سامنے والی کرسی پر بیٹھ گئی۔ تھوڑی دیر خاموش رہی اس کے بعد سعید نے اس کی آنکھوں کی طرف دیکھ کر کہا۔ ''ظہیر آئے نہیں ابھی تک؟''

بسم اللہ نے مختصر جواب دیا۔ ''آ جائیں گے۔''

تھوڑی دیر پھر خاموش رہی۔ اس دوران میں کئی مرتبہ سعید نے بسم اللہ کی آنکھوں کی طرف دیکھا۔ اس کے دل میں خواہش پیدا ہوئی کہ اٹھ کر ان کو چومنا شروع کر دے۔ اس قدر چومے کہ ان کی ساری اداسی دھل جائے مگر سعید نے اس خواہش پر قابو پا کر اس سے کہا۔ ''آپ کو فلم میں کام کرنے کا بہت شوق ہے؟''

بسم اللہ نے ایک جمائی لی اور جواب۔ ''ہے تو سہی۔''

سعید ناصح بن گیا۔ ''یہ لائن اچھی نہیں۔ میرا مطلب ہے بڑی بدنام ہے۔'' اس کے بعد اس نے فلم لائن کی تمام برائیاں بیان کرنا شروع کر دیں۔ ظہیر کا خیال آیا تو اس نے رخ بدل دیا۔ ''آپ کو شوق ہے تو خیر دوسری بات ہے۔ کیریکٹر مضبوط ہو تو آدمی کسی بھی لائن میں ثابت قدم رہ سکتا ہے۔ پھر ظہیر خود اپنا فلم بنا رہا ہے لیکن آپ کسی دوسرے کے فلم میں کام ہرگز نہ کیجیے گا۔''

بسم اللہ خاموش رہی۔ سعید کو اس کی یہ خاموشی بہت بری معلوم ہوئی۔ پہلی مرتبہ اس کو تنہائی میں اس سے ملنے کا موقع ملا تھا مگر وہ بولتی ہی نہیں تھی۔ سعید نے ایک دو مرتبہ ڈرتے ڈرتے ٹوہ لینے والی نگاہوں سے اسے دیکھا مگر کوئی ردِ عمل پیدا نہ ہوا۔ تھوڑی دیر خاموش رہنے کے بعد وہ اس سے مخاطب ہوا۔ ''اچھا تو پان ہی کھلائیے۔''

بسم اللہ اٹھی۔ ریشمی قمیض کے پیچھے اس کے سینے کا نمایاں ابھار ہلا۔ سعید کی نگاہوں کو دھکا سا لگا۔ بسم اللہ دوسرے کمرے میں گئی تو وہ ڈر ڈر کے تیکھی تیکھی باتیں سوچنے لگا۔

تھوڑی دیر کے بعد وہ پان لے کر آئی اور سعید کے پاس کھڑی ہو گئی۔ ''لیجیے۔''

سعید نے شکریہ کہہ کر پان لیا تو اس کی انگلیاں بسم اللہ کی انگلیوں سے چھوئیں اس کے سارے بدن میں

برقی لہر دوڑ گئی۔اس کے ساتھ ہی ضمیر کا کانٹا اس کے دل میں چُبھا۔

بسم اللہ سامنے کرسی پر بیٹھ گئی۔اس کے گہرے سانولے چہرے سے سعید کو کچھ پتہ نہیں چلتا تھا۔سعید نے سوچا '' کوئی اور عورت ہوتی تو فوراً سمجھ جاتی کہ میں اسے کن آنکھوں سے دیکھ رہا ہوں۔لیکن یہ شاید سمجھ گئی ہو۔شاید نہ بھی سمجھی ہو کچھ سمجھ میں نہیں آتا۔''

سعید کا دماغ بے حد مضطرب تھا۔ایک طرف بسم اللہ کا ستانے والا وجود تھا۔اس کی بڑی بڑی اداس آنکھیں۔ اس کے سینے میں نمایاں ابھار۔دوسری طرف ظہیر کا خیال، اس کے ضمیر کا کانٹا۔سعید عجب الجھن میں پھنس گیا تھا۔بسم اللہ کی طرف سے کوئی اشارہ نہیں ملتا تھا۔اس کا مطلب صاف تھا کہ جو چیز سعید سوچ رہا ہے ناممکن ہے۔مگر وہ پھر اس کو انہی نگاہوں سے دیکھ رہا تھا۔

تھوڑی دیر خاموش رہنے کے بعد وہ اس سے مخاطب ہوا۔ '' ظہیر نہیں آئے میرا خیال ہے۔ میں چلتا ہوں۔''

بسم اللہ نے خلافِ توقع کہا۔ '' نہیں نہیں بیٹھیے۔''

'' آپ تو کوئی بات ہی نہیں کرتیں۔'' یہ کہہ کر سعید اٹھا۔

بسم اللہ نے پوچھا۔ '' چلے؟''

سعید نے اس کی طرف ٹوہ لینے والی نگاہوں سے دیکھا۔ '' جی نہیں، بیٹھتا ہوں۔ آپ کو اگر کوئی اعتراض نہ ہو۔''

بسم اللہ نے ایک جمائی لی۔ '' مجھے کیا اعتراض ہو گا۔''

بسم اللہ کی آنکھوں میں خمار سا پیدا ہو گیا تھا۔سعید نے کہا۔ '' آپ کو شاید نیند آ رہی ہے۔''

'' جی ہاں رات جاگتی رہی۔''

سعید نے ذرا بے تکلفی سے پوچھا۔ '' کیوں!''

بسم اللہ نے ایک اور جمائی لی۔ '' کہیں باہر گئے ہوئے تھے۔''

سعید بیٹھ گیا۔تھوڑی دیر کے بعد بسم اللہ سو گئی۔اس کے سینے کا نمایاں ابھار ریشمی قمیض کے پیچھے سانس کے زیر و بم سے ہولے ہولے ہل رہا تھا۔بڑی بڑی اداس آنکھیں اب بند تھیں۔دایاں بازو ایک طرف ڈھلک گیا تھا۔آستین اوپر کو اٹھ گئی تھی۔سعید نے دیکھا گہرے سانولے رنگ کی کلائی پر ہندی کے حروف کھدے ہوئے تھے۔اتنے میں ظہیر آ گیا۔

سعید اس کی آمد پر سٹپٹا سا گیا۔ ظہیر نے اس سے ہاتھ ملایا۔ اپنی بیوی بسم اللہ کی طرف دیکھا۔ ''ارے سو رہی ہے۔''

سعید نے کہا۔ ''میں جا رہا تھا۔'' کہنے لگیں ظہیر صاحب ابھی آ جائیں گے۔ آپ بیٹھیے۔ میں بیٹھا تو آپ سو گئیں۔''

ظہیر ہنسا۔ سعید بھی ہنسنے لگا۔

''بھئی واہ، اٹھو اٹھو۔'' ظہیر نے بسم اللہ کے سر پر ہاتھ پھیرا۔

بسم اللہ نے ایک لمبی آہ بھری اور اپنی بڑی بڑی اداس آنکھیں کھول دیں۔ اور اس کے ساتھ ساتھ اب ان میں ویرانی سی بھی تھی۔

''چلو چلو، اٹھو۔ ایک ضروری کام پر جانا ہے۔'' بسم اللہ سے یہ کہہ کر ظہیر سعید سے مخاطب ہوا۔ ''معاف کیجیے گا سعید صاحب، میں ایک کام سے جا رہا ہوں۔ انشاء اللہ کل ملاقات ہو گی۔''

سعید چلا گیا۔ دوسرے روز اس نے ظہیر کے ہاں جانے سے پہلے یہ دعا مانگی کہ وہ گھر پر نہ ہو۔ وہاں پہنچا تو باہر کئی آدمی جمع تھے۔ سعید کو ان سے معلوم ہوا کہ بسم اللہ ظہیر کی بیوی نہیں تھیں۔ وہ ایک ہندو لڑکی تھی جو فسادوں میں یہاں رہ گئی تھی۔ ظہیر اس سے پیشہ کراتا تھا۔ پولیس ابھی ابھی اسے برآمد کر کے لے گئی ہے۔

وہ بڑی بڑی سیاہ اور اداس آنکھیں اب سعید کا پیچھا کرتی رہتی ہیں۔

بغیر اجازت

نعیم ٹہلتا ٹہلتا ایک باغ کے اندر چلا گیا۔۔۔اس کو وہاں کی فضا بہت پسند آئی۔۔۔گھاس کے ایک تختے پر لیٹ کر اس نے خود کلامی شروع کر دی۔

''کیسی پر فضا جگہ ہے ۔۔۔حیرت ہے کہ آج تک میری نظروں سے اوجھل رہی۔۔۔نظریں۔۔۔ اوجھل۔''

اتنا کہہ کر وہ مسکرایا۔

''نظر ہو تو چیزیں نظر بھی نہیں آتیں۔۔۔آہ کہ نظر کی بے نظری!'' دیر تک وہ گھاس کے اس تختے پر لیٹا اور ٹھنڈک محسوس کرتا رہا۔ لیکن اس کی خود کلامی جاری تھی۔

''یہ نرم نرم گھاس کتنی فرحت ناک ہے! آنکھیں پاؤں کے تلووں میں چلی آئیں ۔۔۔اور یہ پھول ۔۔۔ یہ پھول اتنے خوبصورت نہیں جتنی ان کی ہر جائی خوشبو ہے ۔۔۔ہر شے جو ہر جائی ہو۔۔۔خوبصورت ہوتی ہے ۔۔۔ہر جائی عورت ۔۔۔ہر جائی مرد ۔۔۔کچھ سمجھ میں نہیں آتا ۔۔۔یہ خوبصورت چیزیں پہلے پیدا ہوئی تھیں ۔۔۔یا خوبصورت خیال ۔۔۔ہر خیال خوبصورت ہوتا ہے ۔۔۔مگر مصیبت یہ ہے کہ ہر پھول خوبصورت نہیں ہوتا۔۔۔مثال کے طور پر یہ پھول ۔۔۔''

اس نے اٹھ کر ایک پھول کی طرف دیکھا اور اپنی خود کلامی جاری رکھی، ''یہ اس ٹہنی پر اکڑوں بیٹھا ہے۔۔۔ کتنا سفلہ دکھائی دیتا ہے بہر حال، یہ جگہ خوب ہے ۔۔۔ایک بہت بڑا دماغ معلوم ہوتی ہے ۔۔۔روشنی بھی ہے ۔۔۔سائے بھی ہیں ۔۔۔ایسا محسوس ہوتا ہے کہ اس وقت میں نہیں بلکہ یہ جگہ سوچ رہی ہے ۔یہ پر فضا جگہ جو اتنی دیر میری نظروں سے اوجھل رہی۔'' اس کے بعد نعیم فرطِ مسرت میں کوئی غزل گانا شروع کر

دیتا ہے ۔۔۔ کہ اچانک موٹر کے ہارن کی کرخت آواز اس کے سازِ دل کے سارے تار جھنجھوڑ دیتی ہے ۔ وہ چونک کر اٹھتا ہے ۔۔۔ دیکھتا ہے کہ ایک موٹر پاس کی روش پر کھڑی ہے اور ایک لمبی لمبی مونچھوں والا آدمی اس کی طرف قہر آلود نگاہوں سے دیکھ رہا ہے ۔۔۔ اس مونچھوں والے آدمی نے گرج کر کہا:

"اے تم کون ہو؟"

نعیم جو اپنے ہی نشے میں سرشار تھا، چونکا، "یہ موٹر اس باغ میں کہاں سے آ گئی؟"

مونچھوں والا جو اس باغ کا مالک تھا، بڑ بڑایا۔

"وضع قطع سے تو آدمی شریف معلوم ہوتا ہے مگر یہاں کیسے گھس آیا ۔۔۔ کس اطمینان سے لیٹا تھا جیسے اس کے باوا کا باغ ہے ۔" پھر اس نے بلند آواز میں للکار کے نعیم سے کہا :

"اماں ۔۔۔ کچھ سنتے ہو؟"

نعیم نے جواب دیا، "حضور سن رہا ہوں ۔۔ تشریف لے آئیے ۔۔۔ یہاں بہت پرفضا جگہ ہے ۔۔۔"

باغ کا مالک بھنّا گیا، "تشریف کا بچہ ۔۔۔ اِدھر آؤ ۔۔۔"

نعیم لیٹ گیا۔

"بھئی مجھ سے نہ آیا جائے گا، تم خود ہی چلے آؤ ۔۔ واللہ! بڑی دل فریب جگہ ہے تمہاری سب کوفت دور ہو جائے گی ۔۔۔"

باغ کا مالک موٹر سے نکلا ۔۔۔ اور غصے میں بھرا ہوا نعیم کے پاس آیا:

"اٹھو یہاں سے!"

نعیم کے کانوں میں اس کی تیکھی آواز بہت ناگوار گزری، "اتنے اونچے نہ بولو ۔۔۔ آؤ، میرے پاس لیٹ جاؤ ۔۔۔ بالکل خاموش جس طرح کہ میں لیٹا ہوا ہوں ۔۔۔ آنکھیں بند کر لو ۔۔۔ اپنا سارا جسم ڈھیلا چھوڑ دو ۔۔۔ دماغ کی ساری بتیاں گل کر دو ۔۔۔ پھر جب تم اس اندھیرے میں چلو گے تو ٹٹولتی ہوئی تمہاری انگلیاں غیر ارادی طور پر ایسے قمقمے روشن کریں گی جن کے وجود سے تم بالکل غافل تھے ۔ آؤ میرے ساتھ لیٹ جاؤ ۔۔۔"

باغ کے مالک نے ایک لحظہ سوچا ۔۔۔ نعیم سے کہا، "دیوانے معلوم ہوتے ہو ۔۔۔"

نعیم مسکرایا، "نہیں ۔۔۔ تم نے کبھی دیوانے دیکھے ہی نہیں ۔۔۔ میری جگہ یہاں اگر کوئی دیوانہ ہوتا تو وہ ان بکھری ہوئی جھاڑیوں اور ٹہنیوں پر بچوں کے گالوں کے مانند لٹکے ہوئے پھولوں سے کبھی مطمئن نہ

ہوتا۔۔۔دیوانگی اطمینان کا نام نہیں میرے دوست۔۔۔لیکن آؤ! دیوانگی کی باتیں کریں۔''

''بکواس بند کرو۔۔۔نکل جاؤ یہاں سے۔''

باغ کے مالک کو طیش آگیا۔۔۔اس نے اپنے ڈرائیور کو بلایا اور کہا کہ نعیم کو دھکے مار کر باہر نکال دے۔

''ارے تم کون ہو؟ بڑے بدتمیز معلوم ہوتے ہو۔''

جب نعیم باہر جا رہا تھا تو اس نے گیٹ پر ایک بورڈ دیکھا جس پر یہ لکھا تھا، ''بغیر اجازت اندر آنا منع ہے۔'' وہ مسکرایا۔

حیرت ہے کہ یہ میری نظروں سے اوجھل رہا۔۔۔نظر ہو تو بعض چیزیں نظر نہیں بھی آتیں۔۔۔آہ نظر کی یہ بے نظری۔

یہاں سے نکل کر وہ ایک آرٹ کی نمائش میں چلا گیا تا کہ اپنا ذہنی تکدر دور کر سکے۔ ہال میں داخل ہوتے ہی اس کو عورتوں اور مردوں کا جھرمٹ نظر آیا جو دیواروں پر لگی پینٹنگز دیکھ رہا تھا۔

ایک مرد کسی پارسی عورت سے کہہ رہا تھا، ''مسز فوجدار۔۔۔یہ پینٹنگ دیکھی آپ نے؟''

مسز فوجدار نے تصویر کو ایک نظر دیکھنے کے بعد ایک عورت شیریں کی طرف بڑے غور سے دیکھا اور اس مرد سے جو غالباً اس کا ہونے والا شوہر تھا کہا، ''تم نے دیکھا، شیریں کتنی سج بن کر آئی ہے!''

ایک نوجوان عورت ایک نو عمر لڑکی سے کہہ رہی تھی، ''ثریا! ادھر آ کے تصویریں دیکھ۔۔۔تو وہاں کھڑی کیا کر رہی ہے؟''

ثریا کو تصویروں سے کوئی دلچسپی نہیں تھی، اصل میں اس کو ایک بوائے فرینڈ سے ملنا تھا۔

ایک ادھیڑ عمر کا مرد جسے پینٹنگ سے کوئی دلچسپی نہیں تھی، اپنے ادھیڑ عمر کے دوست سے کہہ رہا تھا، ''بلی زکام کی وجہ سے نڈھال ہے، ورنہ ضرور آتی۔۔۔آپ جانتے ہی ہیں پینٹنگز سے اسے کتنی دلچسپی ہے، اب تو وہ بہت اچھی تصویریں بنا لیتی ہے، پرسوں اس نے پنسل کاغذ لے کر اپنے چھوٹے بھائی کی سائیکل کی تصویر اتاری۔۔۔میں تو دنگ رہ گیا۔''

نعیم پاس کھڑا تھا۔۔۔اس نے ہلکے سے طنز کے ساتھ کہا، ''ہو بہو سائیکل معلوم ہوتی ہوگی!''

دونوں دوست بھونچکے سے ہو کر رہ گئے کہ یہ کون بدتمیز ہے۔ چنانچہ ان میں سے ایک نے نعیم سے پوچھا، ''آپ کون۔۔۔؟''

نعیم بوکھلا گیا۔

’’میں ۔۔ میں ۔۔ ۔۔‘‘

’’میں میں کیا کرتے ہو ۔۔ بتاؤ تم کون ہو؟‘‘

نعیم نے سنبھل کر کہا، ’’آپ ذرا آرام سے پوچھے ۔۔۔ میں آپ کو بتا سکتا ہوں ۔۔ ۔۔‘‘

’’تم یہاں آئے کیسے؟‘‘

نعیم کا جواب بڑا مختصر تھا، ’’جی پیدل ۔۔ ۔۔‘‘

عورتوں اور مردوں نے جو اس پاس کھڑے تصویریں دیکھنے کی بجائے خدا معلوم کن چیزوں پر تبصرہ کر رہے تھے، ہنسنا شروع کر دیا ۔۔۔ اتنے میں اس نمائش کا ناظم آیا۔ اس کو نعیم کی گستاخی کے متعلق بتایا گیا تو اس نے بڑے کڑے انداز میں اس سے پوچھا، ’’تمہارے پاس کارڈ ہے؟‘‘

’’بغیر اجازت تم اندر چلے آئے۔ جاؤ بھاگ جاؤ یہاں سے۔‘‘

نعیم ایک تصویر کو دیر تک دیکھنا چاہتا تھا مگر اسے بادل ناخواستہ وہاں سے نکلنا پڑا ۔۔۔ سیدھا اپنے گھر گیا، دروازے پر دستک دی۔ اس کا نوکر فضلو باہر نکلا۔ نعیم نے اس سے درخواست کی، ’’کیا میں اندر آ سکتا ہوں؟‘‘

فضلو بوکھلا گیا، ’’حضور ۔۔ حضور ۔۔۔ یہ آپ کا اپنا گھر ہے۔ اجازت کیسی؟‘‘

نعیم نے کہا، ’’نہیں فضلو ۔۔۔ یہ میرا گھر نہیں ۔۔۔ یہ گھر جو مجھے راحت بخشتا ہے، کیسے میرا ہو سکتا ہے ۔۔۔ مجھے اب ایک نئی بات معلوم ہوئی ہے۔‘‘

فضلو نے بڑے ادب سے پوچھا، ’’کیا سرکار؟‘‘

نعیم نے کہا، ’’یہی کہ یہ میرا گھر نہیں ۔۔۔ البتہ اس کا گرد و غبار ۔۔۔ اس کی تمام غلاظتیں میری ہیں ۔۔۔ وہ تمام چیزیں جن سے مجھے کوفت ہوتی ہے، میری ہیں، لیکن وہ تمام چیزیں جن سے مجھے راحت پہنچتی ہے کسی اور کی ۔۔۔ خدا جانے کس کی ۔۔۔ میں اب ڈرتا ہوں ۔۔۔ کسی اچھی چیز کو اپنانے سے خوف لگتا ہے ۔۔ یہ پانی میرا نہیں ۔۔۔ یہ ہوا میری نہیں ۔۔۔ یہ آسمان میرا نہیں ۔۔۔ وہ لحاف جو میں سردیوں میں اوڑھتا ہوں، میرا نہیں ۔۔۔ اس لیے کہ میں اس سے راحت طلب کرتا تھا ۔۔ فضلو جاؤ ۔۔ تم بھی میرے نہیں ۔۔ ۔۔‘‘

نعیم نے فضلو کو کوئی بات کرنے نہ دی۔

وہ چلا گیا۔

رات کے دس بج چکے تھے ۔

ہیرامنڈی کے ایک کوٹھے سے '' پیا بن ناہیں آوت چین '' کے بول باہر اڑاڑ کے آرہے تھے نعیم اس کوٹھے پر چلا گیا۔

اندر مجرا سننے والے تین چار مردوں کی طرف دیکھا ۔۔۔ اور طوائف سے کہا، '' ان اصحاب کو کوئی اعتراض تو نہیں ہوگا؟ ''

طوائف مسکرائی، '' انہیں کیا اعتراض ہوسکتا ہے ۔۔۔؟ ادھر مسند پر بیٹھیے گاؤ تکیہ لے لیجیے! ''

نعیم بیٹھ گیا ۔۔۔ اس نے کمرے کا جائزہ لیا اور اس طوائف سے کہا، '' یہ کتنی اچھی جگہ ہے! ''

طوائف سنجیدہ ہوگئی، '' آپ کیا میرا مذاق اڑانے آئے ہیں ۔۔۔ یہ اچھی جگہ ہے ۔۔۔ جسے تمام شرفا حد سے زیادہ گندی جگہ سمجھتے ہیں ۔۔۔ ''

نعیم نے اس سے کہا، '' یہ اچھی جگہ اس لیے ہے کہ یہاں '' بغیر اجازت کے آنا منع ہے '' کا بورڈ آویزاں نہیں ہے ۔۔۔ ''

یہ سن کر طوائف اور اس کا مجرا سننے والے تماش بین ہنسنے لگے۔ نعیم نے ایسا محسوس کیا کہ دنیا ایک اس قسم کی طوائف ہے جس کا مجرا سننے کے لیے اس قسم کے چغد آتے ہیں ۔

بلاؤز

کچھ دنوں سے مومن بہت بے قرار تھا۔ اُس کو ایسا محسوس ہوتا تھا کہ اُس کا وُجود کچا پھوڑا سا بن گیا تھا۔ کام کرتے وقت، باتیں کرتے ہوئے حتیٰ کہ سوچنے پر بھی اُسے ایک عجیب قسم کا درد محسوس ہوتا تھا۔ ایسا درد جس کو وہ بیان بھی کرنا چاہتا تو نہ کر سکتا۔

بعض اوقات بیٹھے بیٹھے وہ ایک دم چونک پڑتا۔ دھندلے دھندلے خیالات جو عام حالتوں میں بے آواز بلبلوں کی طرح پیدا ہو کر مِٹ جایا کرتے ہیں مومن کے دماغ میں بڑے شور کے ساتھ پیدا ہوتے اور شور ہی کے ساتھ پھٹتے تھے۔ اِس کے علاوہ اُس کے دل و دماغ کے نرم و نازک پردوں پر ہر وقت جیسے خار دار پاؤں والی چیونٹیاں سی رینگتی تھیں۔ ایک عجیب قسم کا کھنچاؤ اُس کے اَعضاء میں پیدا ہو گیا تھا۔ جس کے باعث اُسے بہت تکلیف ہوتی تھی۔ اُس تکلیف کی شدّت جب بڑھ جاتی تو اُس کے جی میں آتا کہ اپنے آپ کو ایک بڑے ہاؤن میں ڈال دے اور کسی سے کہے، ''مجھے کوٹنا شروع کر دو۔''

باورچی خانہ میں گرم مصالحہ کوٹتے وقت جب لوہے سے لوہا ٹکراتا اور دَھمکوں سے چھت میں ایک گونج سی دوڑ جاتی تو مومن کے ننگے پیروں کو یہ لرزش بہت بھلی معلوم ہوتی تھی۔ پیروں کے ذریعے سے یہ لرزش اُس کی تَنی ہوئی پنڈلیوں اور رانوں میں دوڑتی ہوئی اُس کے دل تک پہنچ جاتی، جو تیز ہوا میں رکھے ہوئے دِیے کی طرح کانپنا شروع کر دیتا۔ مومن کی عمر پندرہ برس کی تھی۔ شاید سولہواں بھی لگا ہو۔ اُسے اپنی عمر کے متعلق صحیح اندازہ نہیں تھا۔ وہ ایک صحت مند اور تندرست لڑکا تھا۔ جس کا لڑکپن تیز قدمی سے جوانی کے میدان کی طرف بھاگ رہا تھا۔ اُسی دوڑ نے، جس سے مومن بالکل غافل تھا، اُس کے لہو کے ہر قطرے میں سنسنی پیدا کر دی تھی۔ وہ اِس کا مطلب سمجھنے کی کوشش کرتا تھا مگر ناکام رہتا۔

اُس کے جسم میں کئی تبدیلیاں رونما ہو رہی تھیں۔ گردن جو پہلے پتلی تھی اب موٹی ہو گئی تھی۔ بانہوں کے پٹھوں میں اینٹھن سی پیدا ہو گئی تھی۔ گنٹھ نکل رہا تھا۔ سینے پر گوشت کی تہ موٹی ہو گئی تھی۔ اور اب کچھ دنوں سے پستانوں میں گولیاں سی پڑ گئی تھیں۔ جگہ اُبھر آئی تھی جیسے کسی نے ایک ایک بنٹا اندر داخل کر دیا ہے۔ اُن اُبھاروں کو ہاتھ لگانے سے مومن کو بہت درد محسوس ہوتا تھا۔ کبھی کبھی کام کرنے کے دوران میں غیر ارادی طور پر جب اُس کا ہاتھ اُن گولیوں سے چھو جاتا تو وہ تڑپ اُٹھتا۔ قمیص کے موٹے اور گہر درے کپڑے سے بھی اُس کو تکلیف دہ سرسراہٹ محسوس ہوتی تھی۔

غسل خانے میں نہاتے وقت یا باورچی خانے میں جب کوئی اور موجود نہ ہو، مومن اپنی قمیص کے بٹن کھول کر ان گولیوں کو غور سے دیکھتا تھا۔ ہاتھوں سے مسلتا تھا۔ درد ہوتا تو ٹیسیں اُٹھتیں۔ اُس کا سارا جسم پھلوں سے لدے ہوئے پیڑ کی طرح جسے زور سے ہلایا گیا ہو کانپ کانپ جاتا۔ مگر اس کے باوجود وہ اُس درد پیدا کرنے والے کھیل میں مشغول رہتا تھا۔ کبھی کبھی زیادہ دبانے پر یہ گولیاں پچک جاتیں اور ان کے منہ سے لیس دار لعاب نکل آتا۔ اس کو دیکھ کر اس کا چہرہ کان کی لووں تک سُرخ ہو جاتا۔ وہ سمجھتا کہ اس سے کوئی گناہ سرزد ہو گیا ہے ۔

گناہ اور ثواب کے متعلق مومن کا علم بہت محدود تھا۔ ہر وہ فعل جو ایک انسان دوسرے انسانوں کے سامنے نہ کر سکتا ہو، اُس کے خیال کے مطابق گناہ تھا۔ چنانچہ جب شرم کے مارے اس کا چہرہ کان کی لووں تک سُرخ ہو جاتا تو وہ جھٹ سے اپنی قمیص کے بٹن بند کر لیتا۔ اور دل میں عہد کرتا کہ آئندہ ایسی فضول حرکت کبھی نہیں کرے گا۔ لیکن اس عہد کے باوجود دوسرے تیسرے روز تخلیے میں وہ پھر اس کھیل میں مشغول ہو جاتا۔

مومن سے گھر والے سب خوش تھے ۔ وہ بڑا محنتی لڑکا تھا۔ ہر کام وقت پر کر دیتا تھا اور کسی کو شکایت کا موقع نہ دیتا تھا۔ ڈپٹی صاحب کے یہاں اُسے کام کرتے ہوئے صرف تین مہینے ہوئے تھے لیکن اس قلیل عرصے میں اُس نے گھر کے ہر فرد کو اپنی محنت کش طبیعت سے متاثر کر لیا تھا۔ چھ روپے مہینے پر وہ نوکر ہوا تھا مگر دوسرے مہینے ہی اُس کی تنخواہ میں دو روپے بڑھا دیے گئے تھے ۔ وہ اِس گھر میں بہت خوش تھا۔ اِس لیے کہ اُس کی یہاں قدر کی جاتی تھی۔ مگر وہ اب کچھ دنوں سے بے قرار تھا۔ ایک عجیب قسم کی آوارگی اُس کے دماغ میں پیدا ہو گئی تھی۔ اس کا جی چاہتا تھا کہ سارا دن بے مطلب بازاروں میں گھومتا پھرے ۔ یا کسی سنسان مقام پر جا کر لیٹا رہے۔

اب کام میں اُس کا جی نہیں لگتا تھا لیکن اس بے دلی کے ہوتے ہوئے بھی وہ کاہلی نہیں برتتا تھا۔ چنانچہ یہی وجہ ہے کہ گھر میں کوئی بھی اُس کے اندرونی انتشار سے واقف نہیں تھا۔ رضیہ تھی سو وہ دن بھر باجا بجانے، نئی نئی فلمی طرزیں سیکھنے اور رسالے پڑھنے میں مصروف رہتی تھی۔ اُس نے کبھی مومن کی نگرانی ہی نہیں کی تھی۔ شکیلہ البتہ مومن سے اِدھر اُدھر کے کام لیتی تھی اور کبھی کبھی اُسے ڈانٹتی بھی تھی۔ مگر اب کچھ دنوں سے وہ بھی چند بلاؤزوں کے نمونے اتارنے میں بے طرح مشغول تھی۔ یہ بلاؤز اُس کی ایک سہیلی کے تھے کہ ۔ جسے نئی نئی تراشوں کے کپڑے پہننے کا بہت شوق تھا شکیلہ اس سے آٹھ بلاوز مانگ کر لائی تھی۔ اور کاغذوں پر اُن کے نمونے اتار رہی تھی۔ چنانچہ اُس نے بھی کچھ دنوں سے مومن کی طرف دھیان نہیں دیا تھا۔

ڈپٹی صاحب کی بیوی سخت گیر عورت نہیں تھی۔ گھر میں دو نوکر تھے یعنی مومن کے علاوہ ایک بڑھیا بھی تھی۔ زیادہ تر باورچی خانے کا کام یہی کرتی تھی مومن کبھی کبھی اُس کا ہاتھ بٹا دیا کرتا تھا۔ ڈپٹی صاحب کی بیوی نے ممکن ہے مومن کی مُستَعدّی میں کوئی کمی دیکھی ہو۔ مگر اُس نے مومن سے اِس کا ذکر نہیں کیا تھا، اور وہ انقلاب جس میں سے مومن کا دل و دماغ اور جسم گزر رہا تھا، اِس سے تو ڈپٹی صاحب کی بیوی بالکل غافل تھی۔ چونکہ اس کا کوئی لڑکا نہیں تھا اِس لیے وہ مومن کی ذہنی اور جسمانی تبدیلیوں کو نہیں سمجھ سکتی تھی اور پھر مومن نو کر تھا۔۔۔نو کروں کے متعلق کون غور و فکر کرتا ہے؟ بچپن سے لے کر بڑھاپے تک وہ تمام منزلیں پیدل طے کر جاتے ہیں اور آس پاس کے آدمیوں کو خبر تک نہیں ہوتی۔

مومن کا بھی بالکل یہی حال تھا۔ وہ کچھ دنوں سے مڑمڑ تا، زندگی کے ایک ایسے راستے پر آ نکلا تھا جو زیادہ لمبا تو نہیں تھا مگر بے حد پُر خطر تھا۔ اِس راستے پر اُس کے قدم کبھی تیز تیز اٹھتے تھے کبھی ہولے ہولے۔۔۔وہ دراصل جانتا نہیں تھا کہ ایسے راستوں پر کس طرح چلنا چاہیے۔ انہیں جلدی طے کر جانا چاہیے یا کچھ وقت لے کر آہستہ آہستہ اِدھر اُدھر کی چیزوں کا سہارا لے کر طے کرنا چاہیے مومن کے ننگے پاؤں کے نیچے آنے والے شباب کی گول گول چکنی بٹیّاں پھسل رہی تھیں۔ وہ اپنا توازن برقرار نہیں رکھ سکتا تھا۔ وہ بے حد مُضطرب تھا۔ اِسی اِضطِراب کے باعث کئی بار کام کرتے کرتے چونک کر وہ غیر ارادی طور پر کسی کھونٹی کو دونوں ہاتھوں سے پکڑ لیتا اور اُس کے ساتھ لٹک جاتا۔ پھر اُس کے دل میں خواہش پیدا ہوتی کہ ٹانگوں سے پکڑ کر اسے اتنا کھینچے کہ وہ ایک مہین تار بن جائے۔ یہ سب باتیں اُس کے دماغ کے کسی ایسے گوشے میں پیدا ہوتی تھیں کہ وہ ٹھیک طور پر اُن کا مطلب نہیں سمجھ سکتا تھا۔ غیر شعوری طور پر وہ چاہتا تھا کہ کچھ ہو۔۔۔کیا ہو۔۔۔؟ بس کچھ ہو۔ میز پر قرینے سے چُنی ہوئی پلیٹیں

ایک دم اُچھلنا شروع کر دیں۔ کیتلی پر رکھا ہوا ڈھکنا پانی کے ایک ہی اُبال سے اوپر کو اُڑ جائے۔ نَل کی جَستی نالی پر دباؤ ڈالے تو وہ دُہری ہو جائے اور اُس میں سے پانی کا ایک فوارہ سا پُھوٹ نکلے۔ اُسے ایک ایسی زبردست انگڑائی آئے کہ اُس کے سارے جوڑ علیحدہ علیحدہ ہو جائیں اور ایک ڈھیلا پن پیدا ہو جائے۔۔۔ کوئی ایسی بات وقوع پذیر ہو جو اُس نے پہلے کبھی نہ دیکھی ہو۔

مومن بہت بے قرار تھا۔

رضیہ نئی فلمی طرزیں سیکھنے میں مشغول تھی۔ اور شکیلہ کاغذوں پر بلاؤزوں کے نمونے اتار رہی تھی۔اور جب اُس نے یہ کام ختم کر لیا تو وہ نمونہ جو اُن میں سب سے اچھا تھا سامنے رکھ کر اپنے لیے اودی ساٹن کا بلاؤز بنانا شروع کیا۔ اب رضیہ کو بھی اپنا باجا اور فلمی گانوں کی کاپی چھوڑ کر اُس کی طرف متوجہ ہونا پڑا۔شکیلہ ہر کام بڑے اہتمام اور چاؤ سے کرتی تھی۔ جب سینے پر ونے بیٹھتی تو اُس کی نشست بڑی پر اطمینان ہوتی تھی۔ اپنی چھوٹی بہن رضیہ کی طرح وہ افراتفری پسند نہیں کرتی تھی۔ ایک ایک ٹانکا سوچ سمجھ کر بڑے اطمینان سے لگاتی تھی تاکہ غلطی کا امکان نہ رہے۔ پیمائش بھی اُس کی بہت صحیح ہوتی تھی، اِس لیے کہ وہ پہلے کاغذ کاٹ کر پھر کپڑا کاٹتی تھی۔ یوں وقت زیادہ صَرف ہوتا تھا مگر چیز بالکل فٹ تیار ہوتی تھی۔

شکیلہ بھرے بھرے جسم کی صحت مند لڑکی تھی۔ اُس کے ہاتھ بہت گدگدے تھے۔ گوشت بھری مخروطی انگلیوں کے آخر میں ہر جوڑ پر ایک نِنھا گڑھا تھا۔ جب وہ مشین چلاتی تھی یہ ننھے ننھے گڑھے ہاتھ کی حرکت سے کبھی کبھی غائب بھی ہو جاتے تھے۔شکیلہ مشین بھی بڑے اطمینان سے چلاتی تھی۔ آہستہ آہستہ اُس کی دو یا تین انگلیاں بڑی رعنائی کے ساتھ مشین کی ہَتّھی کو گھماتی تھیں، اُس کی کلائی میں ایک ہلکا سا خَم پیدا ہو جاتا تھا۔ گردن ذرا اُس طرف کو جھک جاتی تھی اور بالوں کی ایک لٹ جسے شاید اپنے لیے کوئی مستقل جگہ نہیں ملتی تھی نیچے پھسل آتی تھی شکیلہ اپنے کام میں اِس قدر مُنہمِک رہتی کہ اُسے ہٹانے یا جمانے کی کوشش نہیں کرتی تھی۔

جب شکیلہ اودی ساٹن سامنے پھیلا کر اپنے بلاؤز تراشنے لگی تو اُسے ٹیپ کی ضرورت محسوس ہوئی۔ کیونکہ اُن کا اپنا ٹیپ گھِس گھِس کر اب بالکل ٹکڑے ٹکڑے ہو گیا تھا۔ لوہے کا گز موجود تھا۔ مگر اُس سے کمر اور سینے کی پیمائش کیسے ہو سکتی ہے۔ اُس کے اپنے کئی بلاؤز موجود تھے مگر اب وہ پہلے سے کچھ موٹی ہو گئی تھی اِس لیے ساری پیمائشیں دوبارہ کرنا چاہتی تھی۔ قمیض اتار کر اس نے مومن کو آواز دی۔ جب وہ آیا تو اُس سے کہا، ''جاؤ مومن دوڑ کر چھ نمبر سے کپڑے کا گز لے آؤ۔ کہنا شکیلہ بی بی مانگتی ہیں۔''

مومن کی نگاہیں شکیلہ کی سفید بنیان کے ساتھ ٹکرائیں۔ وہ کئی بار شکیلہ بی بی کو ایسی بنیانوں میں دیکھ چکا تھا مگر آج اسے ایک قسم کی جھجک محسوس ہوئی۔ اُس نے اپنی نگاہوں کا رخ دوسری طرف پھیر لیا اور گھبراہٹ میں کہا، ''کیسا گز بی بی جی۔'' شکیلہ نے جواب دیا، ''کپڑے کا گز۔۔۔ ایک گز تو یہ تمھارے سامنے پڑا ہے، یہ لو یہ کا ہے۔ ایک دوسرا گز بھی ہوتا ہے جو کپڑے کا بنا ہوتا ہے۔ جاؤ چھ نمبر میں جاؤ اور دور کے اُن سے یہ گز لے آؤ۔ کہنا شکیلہ بی بی مانگتی ہیں۔''

چھ نمبر کا فلیٹ بالکل قریب تھا، مومن فوراً ہی کپڑے کا گز لے کر آ گیا۔ شکیلہ نے یہ گز اُس کے ہاتھ سے لیا اور کہا، ''یہیں ٹھہر جاؤ، اِسے ابھی واپس لے جانا۔'' پھر وہ اپنی بہن رضیہ سے مخاطب ہوئی، ''اِن لوگوں کی کوئی چیز زیادہ دیر اپنے پاس رکھ لی جائے تو وہ بڑھیا تقاضے کر کر کے پریشان کر دیتی ہے۔۔۔ اِدھر آؤ اور یہ گز لو اور یہاں سے میرا ناپ لو۔'' رضیہ نے شکیلہ کی کمر اور سینے کا ناپ لینا شروع کیا تو اُن کے درمیان کئی باتیں ہوئیں۔ مومن دروازے کی دھلیز میں کھڑا تکلیف دہ خاموشی سے یہ باتیں سنتا رہا۔

''رضیہ تم گز کو کھینچ کر ناپ کیوں نہیں لیتیں۔۔۔ پچھلی دفعہ بھی یہی ہوا تم نے ناپ لیا اور میرے بلاؤز کا ستیا ناس ہو گیا۔ اوپر کے حصہ پر اگر کپڑا فٹ نہ آئے تو اِدھر اُدھر بغلوں میں جھول پڑ جاتے ہیں۔''

''کہاں کالوں، کہاں کا نہ لوں تم تو عجب مخمصے میں ڈال دیتی ہو۔ یہاں کا ناپ لینا شروع کیا تھا تو تم نے کہا ذرا اور نیچے کر لو۔۔۔ ذرا چھوٹا بڑا ہو گیا تو کون سی آفت آ جائے گی۔''

''بھئی واہ۔۔۔ چیز کے فٹ ہونے میں تو ساری خوبصورتی ہے۔ ثریا کو دیکھو کیسے فٹ کپڑے پہنتی ہے۔ مجال ہے جو کہیں شکن پڑے، کتنے خوبصورت معلوم ہوتے ہیں ایسے کپڑے۔۔۔ لو اب تم ناپ لو۔۔۔'' یہ کہہ کر شکیلہ نے سانس کے ذریعے سے اپنا سینہ پُھلانا شروع کیا۔ جب اچھی طرح پھول گیا تو سانس روک کر اُس نے گھٹی گھٹی آواز میں کہا ''لو اب جلدی کرو۔'' جب شکیلہ نے سینے کی ہوا خارج کی تو مومن کو ایسا محسوس ہوا اُس کے اندر کے کئی غبارے پھٹ گئے ہیں۔ اُس نے گھبرا کر کہا، ''گز لائیے بی بی جی۔۔۔ میں دے آؤں۔''

شکیلہ نے اُسے جھٹک دیا، ''ذرا ٹھہر جاؤ۔'' یہ کہتے ہوئے، کپڑے کا گز، اُس کے ننگے بازو سے لپٹ گیا۔ جب شکیلہ نے اُسے اتارنے کی کوشش کی تو مومن کو سفید بغل میں کالے کالے بالوں کا ایک گُچھا نظر آیا۔ مومن کی اپنی بغلوں میں بھی ایسے ہی بال اُگ رہے تھے۔ مگر یہ گُچھا اسے بہت بھلا معلوم ہوا۔ ایک سنسنی سی اُس کے سارے بدن میں دوڑ گئی۔ ایک عجیب و غریب خواہش اُس کے دل میں پیدا ہوئی

کہ کالے کالے بال اُس کی مونچھیں بن جائیں۔۔۔ بچپن میں وہ بُھٹّوں کے کالے اور سنہرے بال نکال کر اپنی مونچھیں بنایا کرتا تھا۔ اُن کو اپنے بالائی ہونٹ پر جماتے وقت جو سرسراہٹ اُسے محسوس ہوا کرتی تھی، اُسی قسم کی سرسراہٹ اِس خواہش نے اُس کے بالائی ہونٹ اور ناک میں پیدا کر دی۔

شکیلہ کا بازو اب نیچے جھک گیا تھا۔ اور اُس کی بغل چُھپ گئی تھی۔ مگر مومن اب بھی کالے کالے بالوں کا وہ گُچھا دیکھ رہا تھا۔ اُس کے تصور میں شکیلہ کا بازو دیر تک ویسے ہی اٹھا رہا اور بغل میں اُس کے سیاہ بال جھانکتے رہے۔ تھوڑی دیر کے بعد شکیلہ نے مومن کو گزر دے دیا اور کہا، ''جاؤ، اُسے واپس دے آؤ۔ کہنا بہت بہت شکریہ ادا کیا ہے۔'' مومن گزر واپس دے کر باہر صحن میں بیٹھ گیا۔ اُس کے دل و دماغ میں دھندلے دھندلے سے خیال پیدا ہو رہے تھے۔ دیر تک وہ اُن کا مطلب سمجھنے کی کوشش کرتا رہا۔ جب کچھ سمجھ میں نہ آیا تو اُس نے غیر اِرادی طور پر اپنا چھوٹا سا ٹرنک کھولا جس میں اُس نے عید کے لیے نئے کپڑے بنوا کر رکھے تھے ۔

جب ٹرنک کا ڈھکنا کھلا اور نئے لَٹّھے کی بُو اُس کی ناک تک پہنچی تو اُس کے دل میں خواہش پیدا ہوئی کہ نہا دھو کر اور یہ نئے کپڑے پہن کر وہ سیدھا شکیلہ بی بی کے پاس جائے اور اسے سلام کرے۔۔۔۔ اُس کی لَٹّھے کی شلوار کس طرح کھٹر کھٹر کرے گی۔۔۔ اور اُس کی رومی ٹوپی۔۔۔'' رومی ٹوپی کا خیال آتے ہی مومن کی نگاہوں کے سامنے اُس کا بُھندنا آ گیا۔ اور بُھندنا فوراً ہی ان کالے کالے بالوں کے گُچھے میں تبدیل ہو گیا جو اُس نے شکیلہ کی بغل میں دیکھا تھا۔ اُس نے کپڑوں کے نیچے سے اپنی نئی رومی ٹوپی نکالی اور اُس کے نرم اور لچکیلے بُھندنے پر ہاتھ پھیرنا شروع ہی کیا تھا کہ اندر سے شکیلہ بی بی کی آواز آئی، ''مومن!''

مومن نے ٹوپی ٹرنک میں رکھی، ڈھکنا بند کیا اور اندر چلا گیا۔ جہاں شکیلہ نمونے کے مطابق اودی ساٹن کے کئی ٹکڑے کاٹ چکی تھی۔ اُن چمکیلے اور پھسل پھسل جانے والے ٹکڑوں کو ایک جگہ رکھ کر وہ مومن کی طرف متوجہ ہوئی ''میں نے تمہیں اتنی آوازیں دیں، سو گئے تھے کیا؟''

مومن کی زبان میں لُکنت پیدا ہو گئی۔ ''نہیں بی بی جی۔''

''تو کیا کر رہے تھے؟''

''کچھ۔۔۔ کچھ بھی نہیں؟''

''کچھ تو ضرور کرتے ہو گے؟'' شکیلہ یہ سوال کیے ہی جا رہی تھی مگر اُس کا دھیان اصل میں بلاؤز کی طرف

تھا۔ جسے اب اُسے کچا کرنا تھا۔مومن نے کھسیانی ہنسی کے ساتھ جواب دیا، ''ٹرنک کھول کر اپنے نئے کپڑے دیکھ رہا تھا۔شکیلہ کھلکھلا کر ہنسی۔ رضیہ نے بھی اُس کا ساتھ دیا۔شکیلہ کو ہنستے دیکھ کر مومن کو ایک عجیب سی تسکین ہوئی۔ اور اُس تسکین نے اُس کے دل میں یہ خواہش پیدا کی کہ وہ کوئی ایسی مَضحکہ خیز طور پر احمقانہ حرکت کرے جس سے شکیلہ کو اور زیادہ ہنسنے کا موقع ملے۔ چنانچہ لڑکیوں کی طرح جھینپ کر اور لہجے میں شرماہٹ پیدا کر کے اُس نے کہا، ''بڑی بی بی جی سے پیسے لے کر میں ریشمی رومال بھی لاؤں گا۔''

شکیلہ نے ہنستے ہوئے اُس سے پوچھا،

'' کیا کرو گے اُس رومال کو؟''

مومن نے جھینپ کر جواب دیا،

'' گلے میں باندھ لوں گا بی بی جی۔۔۔ بڑا اچھا معلوم ہو گا۔''

یہ سن کر شکیلہ اور رضیہ دونوں دیر تک ہنستی رہیں۔ '' گلے میں باندھو گے تو یاد رکھنا میں اُسی سے پھانسی دے دوں گی تمھیں۔''

یہ کہہ کر شکیلہ نے اپنی ہنسی دبانے کی کوشش کی اور رضیہ سے کہا،

'' کمبخت نے مجھے کام ہی بھلا دیا۔ رضیہ میَں نے اسے کیوں بلایا تھا؟''

رضیہ نے جواب نہ دیا اور وہ نئی فلمی طرز گنگنانا شروع کر دیا جو وہ دو روز سے سیکھ رہی تھی۔ اِس دوران میں شکیلہ کو خود ہی یاد آ گیا کہ اُس نے مومن کو کیوں بلایا تھا

'' دیکھو مومن! میَں تمھیں یہ بنیان اتار کر دیتی ہوں۔ دوائیوں کی دکان کے پاس جو ایک دکان نئی کھلی ہے نا، وہی جہاں تم اس دن میرے ساتھ گئے تھے۔ وہاں جاؤ اور پوچھ کے آؤ کہ ایسی چھ بنیانوں کا وہ کیا لے گا۔۔۔ کہنا ہم پوری چھ لیں گے۔ اِس لیے کچھ رعایت ضرور کرے ۔۔۔ سمجھ لیا نا؟''

مومن نے جواب دیا، ''جی ہاں۔''

''اب تم پرے ہٹ جاؤ۔''

مومن باہر نکل کر دروازے کی اوٹ میں ہو گیا۔ چند لمحات کے بعد بنیان اُس کے قدموں کے پاس آ کر گرا اور اندر سے شکیلہ کی آواز آئی، '' کہنا ہم اسی قسم، اسی ڈیزائن کی بالکل یہی چیز لیں گے، فرق نہیں ہونا چاہیے۔''

مومن نے بہت اچھا کہہ کر بنیان اٹھالیا جو پسینے کے باعث کچھ کچھ گیلا ہو رہا تھا۔ جیسے کسی نے بھاپ پر رکھ

کر فوراً ہی ہٹالیا ہو۔ بدن کی بُو بھی اُس میں بسی ہوئی تھی۔ میٹھی میٹھی گرمی بھی تھی۔ یہ تمام چیزیں اُس کو بہت بھلی معلوم ہوئیں۔ وہ اُس بنیان کو جو بلّی کے بچے کی طرح ملائم تھا، اپنے ہاتھوں میں مَسلتا باہر چلا گیا۔ جب بھاؤ واؤ دریافت کر کے بازار سے واپس آیا تو شکیلہ بلاؤز کی سلائی شروع کر چکی تھی۔ اُس سیاہی مائل ساٹن کے بلاؤز کی جو مومن کی رومی ٹوپی کے پُھندنے سے کہیں زیادہ چمکیلی اور لچکدار تھی۔

یہ بلاؤز شاید عید کے لیے تیار کیا جا رہا تھا کیونکہ بِالکل قریب عید اب آ گئی تھی۔ مومن کو ایک دن میں کئی بار بلایا گیا۔ دھاگہ لانے کے لیے، استری نکالنے کے لیے، سُوئی ٹوٹی تو نئی سوئی لانے کے لیے۔ شام کے قریب جب شکیلہ نے دوسرے روز پر باقی کام اٹھا دیا تو دھاگے کے ٹکڑے اور اُودی ساٹن کی بے کار کَترَنیں اٹھانے کے لیے بھی اُسے بلایا گیا مومن نے اچھی طرح جگہ صاف کر دی۔ باقی سب چیزیں اٹھا کر باہر پھینک دیں مگر اُودی ساٹن کی چمکدار کَترَنیں اپنی جیب میں رکھ لیں۔۔۔ بِالکل بے مطلب کیونکہ اُسے معلوم نہیں تھا کہ وہ ان کو کیا کرے گا؟

دوسرے روز اُس نے جیب سے کَترَنیں نکالیں اور الگ بیٹھ کر اُن کے دھاگے الگ کرنے شروع کر دیئے۔ دیر تک وہ اِس کھیل میں مشغول رہا۔ حتیٰ کہ دھاگے کے چھوٹے بڑے ٹکڑوں کا ایک گچھا سا بن گیا اُس کو ہاتھ میں لے کر وہ دباتا رہا، مَسلتا رہا۔۔۔ لیکن اُس کے تصور میں شکیلہ کی وہی بغل تھی جس میں اُس نے کالے کالے بالوں کا چھوٹا سا گچھا دیکھا تھا۔

اُس دن بھی شکیلہ نے اُسے کئی بار بلایا۔۔۔ کالی ساٹن کے بلاؤز کی ہر شکل اُس کی نگاہوں کے سامنے آتی رہی۔ پہلے جب اُسے کترا کیا گیا تھا تو اُس پر سفید دھاگے کے بڑے بڑے ٹانکے جا بجا پھیلے ہوئے تھے۔ پھر اُس پر استری کی گئی جس سے سب شکنیں دور ہو گئیں۔ اور چمک بھی دو بالا ہو گئی۔ اُس کے بعد کچّی حالت ہی میں شکیلہ نے اُسے پہنا، رضیہ کو دکھایا۔ دوسرے کمرے میں سنگھار میز کے پاس جا کر آئینے میں خود اُس کو ہر پہلو سے اچھی طرح دیکھا۔ جب پورا اطمینان ہو گیا تو اُسے اتارا، جہاں جہاں تنگ یا کھلا تھا وہاں نشان بنائے، اور اُس کی ساری خامیاں دور کیں۔ ایک بار پھر پہن کر دیکھا۔ جب بِالکل فِٹ ہو گیا تو پکّی سلائی شروع کی۔

اُدھر اُودی ساٹن کا یہ بلاؤز سیا جا رہا تھا۔ اِدھر مومن کے دماغ میں عجیب و غریب خیالوں کے جیسے ٹانکے سے اِدھر اُدھر ٹِڑ رہے تھے۔۔۔ جب اُسے کمرے میں بلایا جاتا اور اُس کی نگاہیں چمکیلی ساٹن کے بلاؤز پر پڑتیں تو اُس کا جی چاہتا کہ وہ ہاتھ سے چُھو کر اُسے دیکھے۔۔۔ صرف چُھو کر ہی نہیں دیکھے۔۔۔ بلکہ اُس کی

ملائم اور روئیں دار سطح پر دیر تک ہاتھ پھیرتا رہے ہے۔۔۔ اپنے کھردرے ہاتھ۔ اُس نے اُن ساٹن کے ٹکڑوں سے اُس کی ملائمت کا اندازہ کر لیا تھا۔ دھاگے جو اُس نے اُن ٹکڑوں سے نکالے تھے اور بھی زیادہ ملائم ہو گئے تھے۔ جب اُس نے اُن کا گچھا بنایا تھا تو دباتے وقت اُسے معلوم ہوا کہ اُن میں ربڑ سی لچک بھی ہے۔۔۔ وہ جب اندر آ کر بلاؤز کو دیکھتا اُس کا خیال فوراً اُن بالوں کی طرف دوڑ جاتا جو اُس نے شکیلہ کی بغل میں دیکھے تھے۔ کالے کالے بال، مومن سوچتا تھا کیا وہ بھی اُس ساٹن ہی کی طرح ملائم ہوں گے۔

بلاؤز بالآخر تیار ہو گیا۔ مومن کمرے کے فرش پر گیلا کپڑا پھیر رہا تھا کہ شکیلہ اندر آئی۔ قمیض اتار کر اُس نے پلنگ پر رکھی۔ اُس کے نیچے اُسی قسم کا سفید بنیان تھا جس کا نمونہ لے کر مومن بھاؤ دریافت کرنے گیا تھا۔۔۔ اُس کے اوپر شکیلہ نے اپنے ہاتھ کا سِلا ہوا بلاؤز پہنا۔ سامنے کے ہُک لگائے اور آئینہ کے سامنے کھڑی ہو گئی۔

مومن نے فرش صاف کرتے کرتے آئینہ کی طرف دیکھا۔ بلاؤز میں اب جان سی پڑ گئی تھی۔۔۔ ایک دو جگہ پر وہ اِس قدر چمکتا تھا کہ معلوم ہوتا تھا ساٹن کا رنگ سفید ہو گیا ہے۔۔۔ شکیلہ کی پیٹھ مومن کی طرف تھی۔ جس پر ریڑھ کی ہڈی کی لمبی جھری بلاؤز فٹ ہونے کے باعث اپنی پوری گہرائی کے ساتھ نمایاں تھی۔ مومن سے نہ رہا گیا، چنانچہ اُس نے کہا، ''بی بی جی! آپ نے تو درزیوں کو بھی مات کر دیا!''

شکیلہ اپنی تعریف سن کر خوش ہوئی مگر وہ رضیہ کی رائے طلب کرنے کے لیے بے قرار تھی۔ اِس لیے وہ صرف ''اچھا سِلا ہے نا؟'' کہہ کر باہر دوڑ گئی۔۔۔ مومن آئینے کی طرف دیکھتا رہا جس میں بلاؤز کا سیاہ اور چمکیلا عکس دیر تک موجود رہا۔ رات کو جب وہ پھر اُس کمرے میں صُراحی رکھنے کے لیے آیا تو اُس نے کھونٹی پر لکڑی کے ہینگر میں اُس بلاؤز کو دیکھا۔ کمرے میں کوئی موجود نہیں تھا۔ چنانچہ آگے بڑھ کر پہلے اُس نے غور سے دیکھا۔ پھر ڈرتے ڈرتے اُس پر ہاتھ پھیرا۔ ایسا کرتے ہوئے اُسے یہ محسوس ہوا کہ کوئی اُس کے جسم کے ملائم روئیں پر ہولے ہولے بالکل ہوائی لمس کی طرح ہاتھ پھیر رہا ہے۔

رات کو جب وہ سویا تو اُس نے کئی اَوٹ پٹانگ خواب دیکھے۔ ڈپٹی صاحب نے پتھر کے کوئلوں کا ایک بڑا ڈھیر اُسے کوٹنے کو کہا۔ جب اُس نے ایک کوئلہ اٹھایا اور اُس پر ہتھوڑے کی ایک ضرب لگائی تو وہ نرم نرم بالوں کا ایک گچھا بن گیا۔ یہ کالی کھانڈ کے مہین مہین تار تھے جن کا گولہ بنا ہوا تھا۔ پھر یہ گولے کالے رنگ کے غبارے بن کر ہوا میں اڑنا شروع ہوئے۔ بہت اوپر جا کر یہ پھٹنے لگے۔ پھر آندھی آ گئی اور مومن کی رومی ٹوپی کا پھُندنا کہیں غائب ہو گیا۔۔۔ پھُندنے کی تلاش میں وہ

نکلا۔۔۔ دیکھی اور اُن دیکھی جگہوں میں گھومتا رہا۔۔۔ نئے لتّھے کی بُو بھی کہیں سے آنا شروع ہوئی۔ پھر نہ جانے کیا ہوا۔ ایک کالی ساٹن کے بلاؤز پر اُس کا ہاتھ پڑا۔۔۔ کچھ دیر وہ اُس دھڑکتی ہوئی چیز پر ہاتھ پھیرتا رہا۔ پھر دفعتاً ہڑ بڑا کے اُٹھ بیٹھا۔ تھوڑی دیر تک وہ کچھ نہ سمجھ سکا کہ کیا ہو گیا ہے۔ اِس کے بعد اُسے خوف، تعجب اور ایک انوکھی ٹیس کا احساس ہوا۔ اُس کی حالت اُس وقت عجیب و غریب تھی۔۔۔ پہلے اُسے تکلیف دہ حرارت محسوس ہوئی تھی مگر چند لمحات کے بعد ایک ٹھنڈی سی لہر اس کے جسم پر رینگنے لگی۔

بلونت سنگھ مجیٹھیا

شاہ صاحب سے جب میری ملاقات ہوئی تو ہم فوراً بے تکلف ہو گئے۔ مجھے صرف اتنا معلوم تھا کہ وہ سیّد ہیں اور میرے دور دراز کے رشتہ دار بھی ہیں۔ وہ میرے دور یا قریب کے رشتہ دار کیسے ہو سکتے تھے، اس کے متعلق میں کچھ نہیں کہہ سکتا۔ وہ سیّد تھے اور میں ایک محض کشمیری۔

بہر حال، ان سے میری بے تکلفی بہت بڑھ گئی۔ ان کو ادب سے کوئی شغف نہیں تھا۔ لیکن جب ان کو معلوم ہوا کہ میں افسانہ نگار ہوں تو انہوں نے مجھ سے چند کتابیں مستعار لیں اور پڑھیں۔ یہ کتابیں جو افسانوں کے مجموعے تھیں، انہوں نے پڑھیں، اور مجھے بہت تعجب ہوا کہ انہوں نے چند افسانوں کی بہت تعریف کی۔ اتفاق سے یہ افسانے ایسے تھے جو دنیا میں شاہکار تسلیم کیے جا چکے تھے۔

شاہ صاحب میرے پڑوسی تھے۔ انہوں نے ایک مکان الاٹ کرا رکھا تھا، لیکن خاندان کے افراد چونکہ زیادہ تھے اس لیے انہوں نے اپنے فلیٹ کے نیچے موٹر گیراج پر بھی قبضہ کر رکھا تھا۔ اس میں انہوں نے اپنی بیٹھک کا انتظام کیا تھا۔ اوپر زنانہ تھا۔ شاہ صاحب کے دوست بے شمار تھے اس لیے اس گیراج میں وہ ان کی خاطر مدارت کرتے تھے۔

ایک دن ان سے افسانوں کے بارے میں باتیں ہوئیں تو انہوں نے مجھ سے کہا، ''میری زندگی میں ایسی کئی حقیقتیں ہیں جن کو تم افسانے بنا کر پیش کر سکتے ہو۔''

میں ہر وقت افسانوں کی تلاش میں رہتا ہوں، چنانچہ فوراً متوجہ ہوا اور شاہ صاحب سے کہا، ''مجھے امید ہے کہ آپ اچھا مواد دیں گے۔''

شاہ صاحب نے جواباً کہا، ''میں افسانہ نگار نہیں۔۔۔ لیکن میری زندگی میں ایک ایسا واقعہ ہوا ہے جو قابل

ذکر ہے۔۔۔ میں نے قابل ذکر اس لیے کہا ہے کہ آپ بہت بڑے افسانہ نگار ہیں، ورنہ یہ واقعہ جواب میں بیان کرنے والا ہوں، میرے نزدیک بے حد حیرت انگیز ہے۔ ''

میں نے شاہ صاحب سے کہا، ''ایسا بھی کیا حیرت انگیز ہو گا!'' پھر تھوڑے سے وقفے کے بعد اس میں تھوڑی سی اصلاح کی، ''لیکن ہو سکتا ہے کہ آپ کے لیے وہ واقعی حیرت انگیز ہو۔ ''

شاہ صاحب نے کہا، ''جی! میں نہیں کہہ سکتا کہ جو واقعہ میں آپ کو سنانے والا ہوں، ہر شخص کے لیے حیرت کا باعث ہو گا۔۔۔ میں اپنی ذات کے متعلق آپ سے عرض کر رہا ہوں۔۔۔ اور یہ حقیقت ہے کہ میں جو داستان آپ کو سناؤں گا، اس وقت تک میری زندگی میں محیر العقول حیثیت رکھتی ہے۔ ''

شاہ صاحب نے ''نیل کٹر'' سے اپنے ناخن کاٹنے شروع کیے۔ میں ان کی داستان سننے کے لیے بے تاب تھا، مگر شاید وہ آغاز کے متعلق سوچ رہے تھے کہ اپنی داستان کو کہاں سے شروع کریں۔ میرا خیال درست تھا کہ جو کچھ ان پر بیتا تھا، اس کو کئی برس ہو چکے تھے۔ وہ تمام واقعات کی یاد اپنے ذہن میں تازہ کر رہے تھے۔

میں نے سگریٹ سلگایا۔ انہوں نے اپنی دس انگلیوں کے ناخن کاٹ کر ''نیل کٹر'' تپائی پر رکھا اور مجھ سے مخاطب ہوئے۔ ''میں ان دنوں کابل میں تھا'' ۔ یہ کہہ کر چند لمحات خاموش رہے، اس کے بعد بولے۔ ۔۔ ''میری وہاں بہت بڑی دکان تھی جس میں بڑھیا سے بڑھیا سامان موجود رہتا تھا۔ ''

میں نے شاہ صاحب سے پوچھا، ''آپ جنرل مرچنٹ تھے؟ ''

شاہ صاحب نے جواب دیا، ''جی ہاں۔۔۔ کابل کا سب سے بڑا۔ ''

جنرل مرچنٹ۔۔۔ میری دکان میں کابل کی قریب قریب ہر عورت سودا لینے آتی تھی۔۔۔ آپ سے ایک بات عرض کروں۔۔۔ ساتھ کے دکاندار جب یہ دیکھتے تھے کہ کسی روز عورتوں کے بجائے میری دکان میں مرد گاہک آئے ہیں تو وہ مجھ سے فارسی زبان میں افسوس کا اظہار کرتے تھے کہ آغا آج یہ کیا ہوا۔۔۔ کابل کی عورتیں اور لڑکیاں مر گئیں یا تمہارے نصیب سو گئے۔ ''

شاہ صاحب مسکرا دیتے تھے۔۔۔ اس کے علاوہ اور وہ کیا جواب دے سکتے تھے لیکن ان کو اس بات کا پورا احساس تھا کہ ان کی دکان میں گاہکوں کی اکثریت عورتوں اور لڑکیوں کی ہوتی ہے، اور وہ یہ بھی جانتے تھے کہ یہ سب ان کی چرب زبانی کا معجزہ ہے۔

انہوں نے مجھ سے کہا، ''منٹو صاحب! میں بہترین سیلز مین ہوں۔۔۔ خاص طور پر عورتوں کے ساتھ

تو میں اس طرح سودا کر سکتا ہوں کہ یہاں لاہور میں کوئی بھی نہیں کر سکتا۔ بی ۔ اے ہوں۔ ۔ تھوڑی بہت سائیکالوجی بھی میں نے پڑھی ہے، اس لیے مجھے معلوم ہے کہ عورتوں سے کس طرح ''ڈیل'' کیا جا سکتا ہے۔ ۔ ۔ یہی وجہ تھی کہ سارے کابل میں ایک میری دکان ہی ایسی تھی جس میں ہر وقت کوئی نہ کوئی گاہک موجود ہوتا تھا۔''

میں نے شاہ صاحب کی یہ خود تعریفی سنی اور ان سے کہا، ''یقیناً آپ بہترین سیلز مین ہیں کہ آپ کی گفتگو کا انداز ہی اس کا ثبوت ہے۔''

شاہ صاحب مسکرائے، ''مگر مجھے افسوس ہے کہ میں اپنی داستان بہترین سیلز مین کے انداز میں بیان نہیں کر سکوں گا۔''

میں نے ان سے کہا، ''آپ شروع تو کیجیے!''

شاہ صاحب نے چند لمحات اپنے حافظے کو پھر ٹٹولا اور اپنی داستان شروع کی، ''منٹو صاحب! جیسا کہ میں آپ سے پہلے عرض کر چکا ہوں کہ میں کابل میں تھا۔ یہ کوئی دس برس پہلے کی بات ہے جب میری صحت بہت اچھی تھی۔ یوں تو میں اب بھی تنومند کہلاتا ہوں، مگر اس زمانے میں میرا جسم آج کے مقابلے میں دگنا تھا۔ ہر روز ورزش کرتا تھا، سینکڑوں ڈنٹر پیلتا تھا، گدر رکھماتا تھا۔ سگریٹ پیتا تھا نہ شراب، بس ایک اچھا کھانے کی عادت تھی۔ افغانی نہیں، ہندوستانی۔ چنانچہ میں امرتسر سے اپنے ساتھ ایک بہت اچھا کشمیری باورچی لے گیا تھا جو ہر روز میرے لیے لذیذ سے لذیذ کھانے تیار کر کے میز پر رکھتا تھا۔ میری زندگی بڑی ہموار گزرتی تھی۔ آمدنی بہت معقول تھی۔ بینک میں لاکھوں افغانی روپے جمع تھے ۔ ۔ ۔ لیکن۔ ۔ ۔''

شاہ صاحب تھوڑی دیر کے لیے خاموش ہو گئے۔ میں نے ان سے پوچھا۔ ''لیکن کہہ کر آپ چپ ہو گئے۔ ۔ ۔ اس کا یہ مطلب نہیں نکلتا کہ آپ پھر بھی ناخوش تھے۔'' شاہ صاحب نے اعتراف کیا، ''جی ہاں! میں ان تمام آسائشوں کے باوجود ناخوش تھا۔ اس لیے کہ میں اکیلا تھا۔ ۔ ۔ مجرد تھا۔ ۔ ۔ اگر میری دکان میں عورتیں اور لڑکیاں زیادہ نہ آتیں تو بہت ممکن ہے کہ مجھے اپنے تجرد کا احساس نہ ہوتا۔ ۔ ۔ لیکن معاملہ اس کے برعکس تھا۔ کابل کی ہر صاحب ثروت عورت میری دکان میں آتی تھی۔ ۔ ۔ دکان میں داخل ہوتے ہی یہ عورتیں اور لڑکیاں اپنا برقعہ اتار کر ایک طرف رکھتیں اور سودا خریدنے میں مصروف ہو جاتیں۔ منٹو صاحب! آپ کا شاید یہ خیال ہو کہ وہ بڑا شرعی قسم کا لباس پہنتی ہوں گی، مگر حقیقت اس کے بالکل برعکس ہے۔ ۔ ۔ یوں تو وہاں کی عورتیں اور لڑکیاں پردہ کرتی ہیں مگر لباس ٹھیٹ یورپین پہنتی ہیں۔ سکرٹ، کٹے

ہوئے بال، رنگے ہوئے ناخن، پنڈلیاں ننگی۔۔۔ جب وہ میری دکان میں آتی تھیں تو اپنے برقعے اتار کر ایک طرف رکھ دیتی تھیں اور مال دیکھنے میں مصروف ہو جاتی تھیں۔''

شاہ صاحب نے بولنا بند کیا تو میں نے ان سے پوچھا، ''آپ کو ان میں سے کسی سے محبت تو یقیناً ہو گئی ہو گی؟''

شاہ صاحب بہت سنجیدہ ہو گئے، ''جی ہاں! ایک لڑکی سے ہو گئی تھی جو اپنا برقعہ نہیں اتارتی تھی، حتیٰ کہ نقاب بھی نہیں اٹھاتی تھی۔''

میں نے ان سے پوچھا، ''کون تھی وہ؟''

انہوں نے جواب دیا، ''ایک بہت بڑے گھرانے سے متعلق تھی۔ اس کا باپ فوج کا اعلیٰ افسر تھا۔ بڑا سخت گیر۔۔۔ مجھے اس سے صرف اس لیے محبت ہوئی کہ وہ ہاتھوں کے علاوہ اپنے جسم کا کوئی حصہ نہیں دکھاتی تھی۔''

میں نے پوچھا، ''اس کی کیا وجہ؟''

شاہ صاحب نے کہا، ''مجھے معلوم نہیں، اور نہ میں نے اس سے اس بارے میں کبھی استفسار ہی کیا۔۔۔ لیکن میرے تصور میں وہ انتہا درجے کی حسین تھی۔ گوری چٹی۔۔۔ جسم خواہ برقعہ میں لپٹا ہو، لیکن اس کے تناسب کے متعلق اندازہ لگانا زیادہ مشکل نہیں تھا۔۔۔ میں نے چور آنکھوں سے دیکھ لیا تھا کہ وہ جوانی کا آدرش مجسمہ ہے۔۔۔ لیکن مصیبت یہ تھی کہ وہ چند منٹوں کے لیے میری دکان میں آتی تھی۔ چیزیں خرید نے اور ان کی قیمتوں کے بارے میں فیصلہ کرنے میں چند منٹ صرف کرتی تھی اور چلی جاتی تھی۔

میں نے شاہ صاحب سے کہا، ''یہ سلسلہ کب تک جاری رہا۔۔۔''

قریب قریب چھ مہینے تک مجھ میں اتنی ہمت ہی نہیں تھی کہ میں اس سے اپنی محبت کا اظہار کروں۔ میں اس سے بہت مرعوب تھا اس لیے کہ وہ دوسروں سے مختلف تھی۔ اس میں ایک عجیب قسم کی رعونت تھی۔۔۔ میں اس کو بے طرح گھورتا تھا، حالانکہ یہ شائستگی نہیں تھی لیکن میں اپنے دل کے ہاتھوں مجبور تھا۔۔۔ منٹو صاحب! ایک دن میں دکان میں بیٹھا اس کے متعلق سوچ رہا تھا کہ ٹیلی فون کی گھنٹی بجی۔ نو کر نے ریسیور اٹھایا اور مجھ سے کہا کہ کوئی خاتون آپ سے بات کرنا چاہتی ہیں۔۔۔ میں نے سوچا کہ کوئی گاہک ہو گی اور نئے مال کے متعلق پوچھنا چاہتی ہو گی۔ اٹھ کر میں نے ریسیور ہاتھ میں لیا اور پوچھا۔ مادام! آپ کیا چاہتی ہیں؟ ادھر سے آواز آئی کیا آپ سید مظفر علی ہیں؟ میں نے جواب دیا، جی ہاں۔۔۔ ارشاد!

اب میں نے آواز پہچان لی تھی۔۔۔ یہ اسی کی تھی۔۔۔اسی کی جو میری دکان میں برقعہ نہیں اتارتی تھی۔ ۔۔ میں گھبرا گیا۔۔۔ منٹو صاحب! یہ عاشق ہونا بھی ایک عجیب لعنت ہے۔،،

یہ سن کر میں مسکرا دیا، ،، آپ ٹھیک فرماتے ہیں شاہ صاحب۔۔۔ لیکن افسوس ہے کہ میں اس لعنت میں ابھی تک گرفتار نہیں ہوا۔،،

شاہ صاحب کو بہت افسوس ہوا، ،، حد ہو گئی۔۔۔ انسان اپنی جوانی میں کم از کم ایک مرتبہ تو ضرور عشق میں گرفتار ہوتا ہے۔۔۔ خیر، آپ کو ابھی تک عشق نہیں ہوا تو خدا کرے کہ بہت جلد ہو جائے، کیونکہ یہ مرض بہت دلچسپ ہے۔،،

میں نے مسکرا کر شاہ صاحب سے کہا، ،، آپ اپنی داستان بیان کیجیے۔۔۔ مجھے عشق ہو گا تو میں آپ سے وعدہ کرتا ہوں کہ آپ کو اس کی پوری روداد سنا دوں گا۔،،

شاہ صاحب کرسی پر سے اٹھ کر پلنگڑی پر لیٹ گئے اور آنکھیں بند کر لیں، ،، منٹو صاحب۔۔۔ میں اس لڑکی کے عشق میں اس بری طرح گرفتار ہوا کہ ورزش کرنا بھول گیا۔۔۔ وہ میری دکان پر اکثر آتی تھی۔ ۔۔ میں اس کو گھورتا تھا۔۔۔ لیکن دیکھیے میرا دماغ کتنا خراب ہو گیا ہے، یہ اسی عشق خانہ خراب کا باعث ہے۔۔۔ میں آپ سے اس کے ٹیلی فون کی بات کر رہا تھا۔۔۔ جب میں نے ریسیور اٹھایا اور اس کی آواز پہچان لی تو اس نے مجھ سے کہا، ،، دیکھو میں جب بھی تمہاری دکان پر آتی ہوں، تم مجھے گھورتے ہو۔ اگر اپنی خیریت چاہتے ہو، تو ٹھیک ہو جاؤ ورنہ تمہارے حق میں برا ہو گا۔۔۔ منٹو صاحب! میں جواب سوچ ہی رہا تھا کہ اس نے ٹیلی فون کا سلسلہ منقطع کر دیا۔ میں دیر تک گونگے ریسیور کو کان کے ساتھ لگائے کھڑا رہا، اور سوچتا رہا کہ اس دھمکی کا مطلب کیا ہے؟،،

میں نے شاہ صاحب سے پوچھا، ،، کیا وہ دھمکی اصلی تھی؟،،

،، جی ہاں۔۔۔ چوتھے روز وہ میری دکان میں آئی تو میں نے اس کی نقاب کی طرف پھر انہی نگاہوں سے دیکھا تو اس نے جھنجھلا کر میرے ملازموں کے سامنے مجھ سے کہا۔۔۔ ،، تمہیں شرم نہیں آتی کہ تم مجھے اس طرح دیکھتے ہو،، میں سن ہو گیا۔۔۔ لیکن اس نے چند چیزیں خریدیں، دام دیئے اور اپنی موٹر میں بیٹھ کر چلی گئی۔،،

میں شاہ صاحب کی داستان میں کافی دلچسپی لے رہا تھا، ،، عجیب لڑکی تھی۔۔۔ آپ سے اسے نفرت بھی تھی، مگر اس کے باوجود آپ کی دکان میں آتی تھی۔،،

شاہ صاحب نے آنکھیں کھولیں، ''منٹو صاحب! یہی وجہ تھی کہ میرے دل میں یہ خیال پیدا ہوا کہ اس کی نفرت و حقارت مصنوعی ہے، دراصل وہ میری محبت سے متاثر ہو چکی ہے اور محض بناوٹ کے طور پر غصے کا اظہار کرتی ہے۔ لیکن جب ایک روز اس نے مجھے بہت بہت زور سے لعن طعن کی تو میں سرد ہو گیا۔۔۔ پر اس کی محبت تھی جو میرے دل سے جاتی ہی نہیں تھی۔۔۔ میں نے بہت کوشش کی کہ اس کو بھول جاؤں۔ میں نے خود کو سمجھایا کہ تم عجیب بے وقوف ہو۔ ایک لڑکی جس کی تم نے شکل نہیں دیکھی۔۔۔ جو تم سے نفرت کرتی ہے، تم اس سے عشق فرما رہے ہو۔ باز آؤ، تمہارا کاروبار ماشاء اللہ بہت اچھا ہے۔ سارے افغانستان میں تمہاری ساکھ ہے۔ یہ کیا جھک مار رہے ہو۔ لیکن منٹو صاحب! عشق بہت بری بلا ہے۔ میں اس سے اپنا پیچھا نہ چھڑا سکا۔۔۔''

میں نے ان سے کہا، ''آپ خواہ مخواہ داستان طویل بناتے جا رہے ہیں، انجام پر پہنچیے۔''

شاہ صاحب پلنگڑی پر سے اٹھے اور کرسی پر بیٹھ گئے، ''حضرت! ایسی داستانیں اکثر طویل ہوا کرتی ہیں۔ عشق ایک مرض ہے اور جب تک طول نہ پکڑے، مرض نہیں ہوتا۔ محض ایک مذاق ہوتا ہے۔ خیر! اب جب کہ آپ چاہتے ہیں کہ میں اپنی داستان طویل نہ بناؤں تو مختصر طور پر عرض کرتا ہوں کہ میرا عشق جب بہت شدت اختیار کر گیا تو ایک روز میں بے اختیار رونے لگا۔

میرے شہر امرتسر کا ایک اب اشندہ سردار بلونت سنگھ مجیٹھ جو ایک اچھے خاندان کا فرد تھا۔ وہ کابل میں ایک انجینئرنگ فرم میں ملازم تھا۔ کھانے پینے والا آدمی تھا، اس لیے وہ ہر مہینے مجھ سے پچاس ساٹھ روپے قرض لے جاتا تھا۔ مزید قرض لینے کی غرض ہی سے اس وقت میری دکان میں آیا، جب کہ میری آنکھیں نمناک تھیں۔ وہ میرے پاس کرسی پر بیٹھ گیا۔ اس نے معلوم نہیں مجھ سے کیا پوچھا اور میں نے جانے کیا جواب دیا۔ لیکن جب اس نے مجھ سے یہ کہا، ''دوست! تم کو کوئی روگ لگ گیا ہے۔'' تو میں چونک پڑا، نہیں نہیں۔۔۔ ایسی کوئی بات نہیں۔۔۔ سردار بلونت سنگھ مجیٹھیا اپنی گھنی مونچھوں کے اندر مسکرایا۔۔۔ تم جھوٹ بولتے ہو، صاف صاف بتاؤ، تمہیں یہاں کسی سے عشق ہوا ہے۔۔۔ میں خاموش رہا تو وہ پھر بولا، دیکھو اگر کوئی مشکل درپیش ہے تو ہم سب ٹھیک کر دیں گے۔۔۔ جب اس نے اسی قسم کی چند اور باتیں کیں تو میں نے سارا معاملہ اس کو بتا دیا۔''

میں نے پوچھا، ''تو اس نے مشکل آسان کرنے کا کیا گُر بتایا؟''

شاہ صاحب نے کہا، ''اس نے مجھے ایک منتر بتایا۔''

،،منتر!،،

،،جی ہاں۔،،

،،آپ سیّد ہیں۔۔۔کیا آپ منتر جنتر پر ایمان لا سکتے ہیں؟،،

شاہ صاحب نے کہا، ،،لانا تو نہیں چاہیے تھا کہ یہ ہمارے مذہب میں جائز نہیں۔۔۔لیکن اس وقت سردار بلونت سنگھ کا مشورہ ماننا ہی پڑا، اس لیے کہ عشق بری بلا ہے۔۔۔اس نے مجھے ایک منتر بتایا کہ سات رنگوں کے پھول لو۔ان میں سے ہر ایک پر یہ منتر پڑھ کر پھونکو اور منگل کے روز اسی لڑکی کو کسی نہ کسی طریقے سے سنگھا دو۔۔۔یہ منتر مجھے ابھی تک یاد ہے۔،،

میں نے ان سے کہا ،،ذرا سنائیے تو!،،

شاہ صاحب نے ایک لحظے کے لیے اپنے حافظے کو ٹٹولا اور کہا؛

کورو دس مکھیا دیوی

پُھل کھڑے پُھل بسے

پُھل چگے نا ہر سنگھ پیارے

جو کوئی لے پھولوں کی باس

کبھی نہ چھوڑے ہمارا ساتھ

ہمیں چھوڑا کسی اور کو کرے

پیٹ پُھول بھسم ہو مرے

دہائی سلیمان پیر پیغمبر کی!

میں نے یہ منتر سنا تو مجھے اپنا لڑکپن یاد آ گیا جب میں نے منتروں کی ایک کتاب خریدی تھی اور اس میں سے ایک منتر از بر اس غرض سے کیا تھا کہ میں اسکول کے تمام امتحانوں میں پاس ہوتا چلا جاؤں۔۔۔یہ منتر مجھے اب تک یاد ہے۔۔۔

اونگ نما کا مشیری اُٹما دے بھری نگ پرا سواہ۔۔۔

لیکن اس کے پڑھنے کا نتیجہ یہ نکلا کہ میں نویں جماعت میں فیل ہو گیا تھا۔

میں نے اس منتر کا ذکر شاہ صاحب سے نہ کیا اور ان سے پوچھا، ،،تو آپ نے سات رنگ کے پھولوں پر یہ منتر پڑھا؟،،

’’جی ہاں۔۔۔ میں نے سات رنگ کے پھول سوموار کو اکٹھے کیے۔ ان پر یہ منتر پڑھا اور اس لڑکی کو
ٹیلی فون کیا کہ میری دکان میں چیکوسلوواکیا سے بہت اچھا مال آیا ہے، منگل کو وہ آ کے دیکھ لے۔‘‘
میں نے شاہ صاحب سے پوچھا، ’’کیا وہ آئی؟‘‘

’’جی ہاں۔۔۔ وہ آئی۔۔۔ اس نے مجھے ٹیلی فون پر کہہ دیا تھا کہ وہ آئے گی۔ شام کو پانچ بجے کے قریب۔
میں اس کا انتظار کرتا رہا۔ وہ ٹھیک پانچ بج کر پانچ منٹ پر آئی اور اس نے چیکوسلوواکیا کے مال کے متعلق
استفسار کیا۔ غرض یہ ہے کہ مال والا قصہ بالکل فراڈ تھا۔۔۔ میں نے اس سے کہا کہ ملازموں نے ابھی
تک پیٹیاں نہیں کھولیں، آپ کل تشریف لائیے گا۔ وہ بہت جز بز ہوئی۔ میں منتر پڑھے پھولوں کی طرف
دیکھ رہا تھا۔۔۔ اتفاق کی بات کہ اس نے بھی ان پھولوں کی طرف دیکھا اور مجھ سے کہا یہ پھول تمہاری میز
پر کہاں سے آ گئے؟ میں نے جواب دیا یہ میں نے آپ کے لیے خریدے تھے۔ اگر آپ کو پسند ہوں۔۔۔
میرا مطلب ہے اگر آپ کو ان کی خوشبو پسند ہو تو آپ انہیں قبول فرمائیں۔۔۔ اس نے وہ سات پھول
اٹھائے اور انہیں سونگھا۔‘‘

میں نے ان سے پوچھا، ’’اس لڑکی کا ردِّعمل کیا تھا؟‘‘

شاہ صاحب نے جواب دیا، ’’اس نے ناک بھوں چڑھا کر کہا۔۔۔ یہ پھول ہیں؟ ان میں نہ تو خوشبو ہے
نہ بدبو۔۔۔ بہر حال، اس نے وہ پھول سونگھے۔۔۔ چند چیزیں خریدیں اور چلی گئی۔۔۔ شام کو سردار
بلونت سنگھ مجیٹھیا میری دکان پر آیا۔ اس نے مجھ سے پوچھا مجھے کہو، وہ پھول سنگھا دیئے؟ میں نے اس سے
کہا سنگھا تو دیئے لیکن اس کا نتیجہ کیا نکلے گا، یہ مجھے معلوم نہیں۔ سردار بلونت سنگھ ہنسا۔ اس نے بڑے زور
سے میرا ہاتھ دبایا اور کہا دوست! اب تمہارا کام سمجھو کہ پندرہ آنے ہو گیا ہے۔‘‘

مجھے بڑی حیرت تھی کہ منتر کے ذریعے ایسا کام پندرہ آنے کیوں کر ہو سکتا ہے، مگر سیّد صاحب نے کہنا شروع
کیا، ’’منٹو صاحب! آپ یقین مانیے کہ میرا کام پندرہ آنے مکمل ہو گیا۔۔۔ دوسرے دن کو جان کا
ٹیلی فون آیا کہ وہ کچھ چیزیں خریدنے کے لیے آ رہی ہے۔ میں نے اس کا استقبال کیا۔۔۔ وہ کوئی چیز
خریدنا نہیں چاہتی تھی۔ بہت دیر تک وہ میری دکان میں اِدھر اُدھر پھرتی رہی۔ اس کے بعد وہ مجھ سے
مخاطب ہوئی، تم سے میں کئی مرتبہ کہہ چکی ہوں کہ مجھے گھورا نہ کرو۔۔۔ اور وہ جو تم نے پھول سنگھائے
تھے، اس کا کیا مطلب تھا۔۔۔؟‘‘

میں نے کو جان سے لکنت بھرے لہجے میں کہا، ’’میں۔۔۔ میں۔۔۔ وہ پھول جو تھے۔۔۔ پھول

تھے۔۔۔ میں نے۔۔۔ میں نے۔۔۔ مال جو چیکوسلوواکیا سے آیا تھا، کھلا ہوا نہیں تھا، اس لیے میں نے وہ پھول آپ کی خدمت میں پیش کر دیئے۔ کو کو جان برقع میں سخت مضطرب تھی۔ اس نے اضطراب بھرے لہجے میں کہا، ''تم نے مجھے پھول کیوں سنگھائے؟'' میں نے اس سے بڑے معصومانہ انداز میں پوچھا، ''کیا آپ کو اس سے کوئی تکلیف ہوئی۔۔۔'' وہ بڑے گرم انداز میں بولی، ''تکلیف۔۔۔؟ میں ساری رات وہ سات پھول دیکھتی رہی ہوں۔۔۔ پھول آتے تھے اور جب میں انہیں حاصل کرنا چاہتی تھی تو وہ مجھ سے پرے ہٹ جاتے تھے۔۔۔ یہ کیسے پھول تھے؟''

میں نے جواب دیا، ''میرے وطن کے تھے۔۔۔ چونکہ میرے وطن کے تھے، اس لیے میں نے آپ کی خدمت میں پیش کیے۔۔۔ لیکن مجھے حیرت ہے کہ وہ رات بھر آپ کو کیوں نظر آتے اور ستاتے رہے۔۔۔''

میں نے شاہ صاحب سے پوچھا، ''یہ پھول آپ نے کہاں سے منگوائے تھے؟''

شاہ صاحب نے جواب دیا، ''جی! منگوائے کہاں سے تھے، وہیں افغانستان کے تھے۔۔۔ نہایت واہیات قسم کے پھول جن میں خوشبو نام کو بھی نہیں تھی۔۔۔ شام کو سردار بلونت سنگھ آیا، مزید قرض لینے کے لیے۔ اس نے مجھ سے قرض لینے سے پہلے دریافت کیا، ''کہیے شاہ صاحب! اس معاملے کا کیا ہوا؟'' میں نے اس کو ساری بات بتا دی۔۔۔ وہ قرض لینا بھول گیا۔ اپنا بالوں بھرا ہاتھ میرے کندھے پر زور سے مار کر چلّایا۔۔۔ ''شاہ جی! آپ کا کام سولہ آنے ہو گیا ہے۔۔۔ وہسکی کی ایک بوتل منگائیے۔''

شاہ صاحب نے مجھے بتایا کہ انہوں نے وہسکی کی بوتل کے علاوہ ایک ڈبہ سگریٹوں کا بھی منگوایا، جس میں سے سردار بلونت سنگھ مجیٹھیا تمباکو نوشوں کے ٹھیٹ انداز میں پے در پے کئی سگریٹ پھونکتے رہے۔ جب جانے لگے تو انہوں نے شاہ صاحب سے کہا کہ دیکھو ابھی تھوڑی سی کسر باقی ہے۔ اگلے منگل کو تم اور سات پھول لو اور ان پر وہی منتر پڑھ کر اس لڑکی کو سنگھا دو۔۔۔ بیڑا پار ہو جائے گا۔

شاہ صاحب بہت پریشان ہوئے۔ ان کی سمجھ میں نہیں آتا تھا کہ وہ اب کی کو کو جان کو پھول کیسے سنگھا سکیں گے جب کہ وہ اس معاملے کے متعلق شاکی تھی۔ لیکن معاملہ عشق کا تھا، اس لیے شاہ صاحب موت کے منہ میں جانے کے لیے بھی تیار تھے۔

شاہ صاحب نے پشاور سے پھول منگوائے۔۔۔ ان میں سے سات منتخب کیے اور ہر ایک پر منتر پڑھا اور اپنے میز کے گلدان میں رکھ دیئے۔ اس کے علاوہ انہوں نے اپنی دکان میں جا بجا گلدان رکھوائے اور ان میں پھول سجا دیئے۔

پیر کو شاہ صاحب نے کو جان کو ٹیلی فون کیا اور اس سے پھر جھوٹ بولا کہ چیکوسلوواکیا کا مال کھل کھل گیا ہے۔ آپ آئیے اور دیکھ لیجیے۔ کو جان آئی، مگر مال وال موجود نہیں تھا۔ ۔ ۔ شاہ صاحب تھوڑی دیر کے لیے بوکھلائے، پھر ذرا ہوش سنبھال کر اپنے کو لعن طعن کی کہ تم نے ابھی تک مال کیوں نہیں کھولا۔ '' کو جان کے ساتھ اس کی والدہ بوبو جان بھی تھی۔ وہ ایک طرف ٹائلٹ کا سامان دیکھنے میں مصروف تھی۔ کو جان نے جب دکان میں جا بجا پھول دیکھے تو وہ متعجب ہونے کے علاوہ مضطرب بھی ہوئی۔'' میری میز پر وہ خاص پھول پڑے تھے۔ وہ ان کے پاس آئی، گلدان میں سے اٹھا کر اس نے انہیں سونگھا اور مجھ سے کہا، ''یہ افغانستان کے پھول نہیں۔''

میں نے جواب دیا، ''جی ہاں، یہ میرے وطن کے ہیں۔ اور میں نے خاص آپ کے لیے منگوائے ہیں۔ بوبو جان خرید و فروخت میں مشغول تھی۔ اس دوران میں کو جان سے میں نے اپنی والہانہ محبت کا اظہار کیا۔ وہ سخت ناراض ہوئی اور اپنی ماں کے ساتھ چلی گئی۔ ۔ ۔ شام کو سردار بلونت سنگھ مجیٹھیا آیا۔ ۔ ۔ اس سے بات چیت ہوئی۔ میں نے اس کو دس روپے قرض دیے۔ جب اس نے روپے اپنی جیب میں ڈالے تو مجھ سے پوچھا آج منگل ہے۔ وہ پھول سنگھا دیے تھے آپ نے؟ میں نے سارا واقعہ بیان کر دیا۔ ۔ ۔ سردار بلونت سنگھ نے اپنا بالوں بھرا ہاتھ زور سے میرے ہاتھ پر مارا اور کہا شاہ جی، اب کام سترہ آنے پورا ہو گیا ہے۔ ۔ ۔ وہسکی کی ایک بوتل منگاؤ۔''

شاہ صاحب نے وہسکی کی بوتل منگوائی۔ سردار بلونت سنگھ مجیٹھیا نے آدھی دکان میں پی اور آدھی اپنے ساتھ لے گیا۔ میں نے شاہ صاحب سے پوچھا، ''دوسری دفعہ پھول سنگھانے سے کیا نتیجہ برآمد ہوا؟''

شاہ صاحب نے جواب دیا، ''وہ بہت بے چین ہو گئی۔ اسے دن رات اتنے پھول نظر آنے لگے کہ ایک دن وہ سخت اضطراب کی حالت میں آئی۔ برقعہ جو اس نے کبھی اتارا نہیں تھا، کیلے کے چھلکے کی طرح اتار کر ایک طرف پھینکا اور مجھ سے مخاطب ہوئی، ''دیکھو شاہ! تم نے مجھ پر کوئی جادو کر دیا ہے۔ میں نے اس کے چہرے کی طرف دیکھا جو مجھے پہلی بار نظر آیا تھا منٹو صاحب! میں نے اپنی زندگی میں اس جیسی حسین لڑکی اب تک نہیں دیکھی۔ میں اس کو دیکھتا رہا۔ ۔ ۔ اس نے بڑے تیز و تند لہجے میں کہا، ''تم نے مجھے پھول کیوں سنگھائے تھے۔ میں پاگل ہوئی جا رہی ہوں۔ ۔ ۔ دن ہو یا رات، ہر وقت مجھے وہ تمہارے پھول دکھائی دیتے ہیں۔ مجھے معلوم ہے کہ تم مجھ سے محبت کرتے ہو لیکن تمہیں معلوم ہونا چاہیے کہ میں ایک شریف گھرانے کی لڑکی ہوں۔ میرے والدین عنقریب میری شادی کر رہے ہیں۔ تم نے مجھ پر کیا جادو

پھونکا ہے۔۔۔'' یہ کہہ کر اس نے میری میز پر سے گلدان میں سے پھول نکالے اور فرش پر پھینک کر اپنی سینڈل سے مسل دیئے۔ لیکن مجھے محسوس ہوتا تھا کہ وہ ناراض ہونے کے باوجود ناراض نہیں تھی اور چاہتی تھی کہ میں اس سے باتیں کروں۔ لیکن مجھے اس کا یقین نہیں تھا اس لیے خاموش رہا۔۔۔ وہ کچھ دیر غصے کی حالت میں کھڑی رہی۔ اس کے بعد اس نے برقع پہنا اور چلی گئی۔''

میں نے شاہ صاحب سے پوچھا، ''تو سردار بلونت سنگھ مجیٹھیا کا منتر کام کر گیا؟''

''جی ہاں، کام کر گیا۔۔۔'' اس کو پھول ہی پھول نظر آتے تھے۔ میں نے کئی مرتبہ سوچا کہ یہ سب بکواس ہے، مگر کو کو جان کی باتوں سے مجھے یقین ہو گیا کہ منتر اپنا اثر کر گیا ہے، حالانکہ جو منتر آپ سن چکے ہیں، اس میں ایسی کوئی بات نہیں جس سے آدمی کو یہ معلوم ہو کہ وہ اثر کرے گا۔۔۔ لیکن واقعہ یہ ہے کہ وہ جب پھر میری دکان میں آئی تو برقع اتار کر مجھ سے بغل گیر ہو گئی اور رونا شروع کر دیا۔۔۔ میں نے اس کو کئی مرتبہ چوما۔ اس نے کوئی مزاحمت نہ کی۔ تھوڑی دیر کے بعد میری میز پر گلدان میں جو پھول پڑے تھے، اس نے نکالے اور انہیں نوچ کر ایک طرف پھینک دیا۔ اس کے بعد وہ برقع پہن کر تیزی سے باہر نکل گئی۔

داستان کافی طوالت پکڑ رہی تھی۔ میں نے شاہ صاحب سے کہا، ''آپ مختصر فرمایئے کہ انجام کیا ہوا۔۔۔ کیا وہ لڑکی آپ کو مل گئی؟''

شاہ صاحب نے ایک آہ بھری، ''جی نہیں! اس کی شادی ہو گئی۔ مگر حجلۂ عروسی میں داخل ہوتے ہی معلوم نہیں کیا ہوا کہ وہ گری اور گرتے ہی مر گئی۔۔۔ اس کے ہاتھ میں سات پھول تھے مختلف رنگوں کے۔''

میں نے دیکھا کہ شاہ صاحب کی پلنگڑی کے ساتھ تپائی پر پیتل کے پھولدان میں سات مختلف رنگوں کے پھول اڑسے ہوئے تھے۔

بھنگن

'' پرے ہٹیے۔۔۔''

'' کیوں؟''

'' مجھے آپ سے بو آتی ہے۔''

'' ہر انسان کے جسم کی ایک خاص بو ہوتی ہے۔۔۔ آج بیس برسوں کے بعد تمہیں اس سے تنفّر کیوں محسوس ہونے لگا؟''

'' بیس برس۔۔۔ اللہ ہی جانتا ہے کہ میں نے اتنا طویل عرصہ کیسے بسر کیا ہے۔''

'' میں نے کبھی آپ کو اس عرصے میں تکلیف پہنچائی؟''

'' جی کبھی نہیں۔''

'' تو پھر آج اچانک آپ کو مجھ سے ایسی بو کیوں آنے لگی جس سے آپ کی ناک جو ماشااللہ کافی بڑی ہے، اتنی غضب ناک ہو رہی ہے؟''

'' آپ اپنی ناک تو دیکھیے۔۔۔ پکوڑا سی ہے۔''

'' میں اس سے انکار نہیں کرتا۔۔۔ پکوڑے، تم جانتی ہو، مجھے بہت بہت پسند ہیں۔''

'' آپ کو تو ہر واہیات چیز پسند ہوتی ہے۔۔۔ کوڑے کرکٹ میں بھی آپ دلچسپی لیتے ہیں۔''

'' کوڑا کرکٹ ہمارا ہی تو پھیلایا ہوا ہوتا ہے۔۔۔ اس سے آدمی دلچسپی کیوں نہ لے۔۔۔ اور تم جانتی ہو، آج سے دس سال پہلے جب تمہاری ہیرے کی انگوٹھی گم ہو گئی تھی تو اسی کوڑے کے ڈھیر سے میں نے تمہیں تلاش کر کے دی تھی۔''

’’بڑا کرم کیا تھا آپ نے مجھ پر۔‘‘

’’بھئی کرم کا سوال نہیں۔۔۔فارسی کا ایک شعر ہے۔

خاکساراں را بہ حقارت منگر

تو چہ دانی کہ دریں گرد سوارے باشد

’’میں خاک بھی نہیں سمجھی۔‘‘

’’یہی وجہ ہے کہ تم نے ابھی تک مجھے نہیں سمجھا۔۔۔ورنہ بیس برس ایک آدمی کو پہچاننے کے لیے کافی ہوتے ہیں۔‘‘

’’ان بیس برسوں میں آپ نے کون سا ٹھیک پہنچایا ہے مجھے؟‘‘

’’تم دکھ کی بات کرو۔۔۔بتاؤ میں نے کون سا دکھ تمہیں اس عرصے میں پہنچایا؟‘‘

’’ایک بھی نہیں۔‘‘

’’تو پھر یہ کہنے کا کیا مطلب تھا۔۔۔ان بیس برسوں میں آپ نے کون سا سکھ پہنچایا ہے مجھے؟‘‘

’’آپ میرے قریب نہ آئیے۔۔۔میں سونا چاہتی ہوں۔‘‘

’’اس غصے میں نیند آ جائے گی تمہیں؟‘‘

’’خاک آئے گی۔۔۔بہر حال۔۔۔آنکھیں بند کر کے لیٹی رہوں گی اور۔۔۔‘‘

’’اور کیا کریں گی؟‘‘

’’لیٹی اس روز پر آنسو بہاؤں گی جب میں آپ کے پلے باندھی گئی۔‘‘

’’تمہیں یاد ہے وہ دن کیا تھا۔۔۔سن کیا تھا۔۔۔وقت کیا تھا؟‘‘

’’میں کبھی وہ دن بھول سکتی ہوں۔۔۔خدا کرے وہ کسی لڑکی پر نہ آئے۔‘‘

’’تم بتا تو دو۔۔۔میں تمہاری یاد داشت کا امتحان لینا چاہتا ہوں۔‘‘

’’اب آپ میرا امتحان کیا لیں گے۔۔۔پرے ہٹیے۔۔۔مجھے آپ سے بو آ رہی ہے۔‘‘

’’بھی حد ہو گئی ہے۔۔۔تمہاری اتنی لمبی ناک جو کہیں ختم ہونے ہی میں نہیں آتی، اس کو آخر کیا ہو گیا ہے مجھ سے تو اس کو بڑی بھینی بھینی خوشبو آنا چاہیے۔۔۔تم نے مجھ سے ان بیس برسوں میں ہزاروں مرتبہ کہا کہ آپ جب کسی کمرے میں داخل ہوں اور وہاں سے نکل جائیں تو میں پہچان جایا کرتی ہوں کہ آپ وہاں آئے تھے۔‘‘۔۔۔ ’’آپ جھوٹ بول رہے ہیں۔‘‘

’’دیکھو۔۔۔۔ میں نے اپنی زندگی میں آج تک جھوٹ نہیں بولا۔۔۔تم مجھ پر یہ الزام نہ دھرو۔‘‘

’’واہ جی واہ، بڑے آئے آپ کہیں کے سچے۔۔۔میرا سوروپے کا نوٹ آپ نے چرایا اور صاف مکر گئے۔‘‘

’’یہ کب کی بات ہے؟‘‘

’’دو جون سن انیس سو بیالیس کو۔۔۔۔ جب سلمیٰ میرے پیٹ میں تھی۔‘‘

’’یہ تاریخ تمہیں خوب یاد رہی۔‘‘

’’کیوں یاد نہ رہتی۔ جب آپ سے میری اتنی زبردست لڑائی ہوئی تھی۔ میں اندر کمرے میں پڑی تھی۔ آپ نے چابی بڑی صفائی سے میرے تکیے کے نیچے سے نکالی۔ دوسرے کمرے میں جا کر الماری کھولی اور اس میں جو سات سو پڑے تھے، ان میں سے ایک نوٹ اڑا کر لے گئے۔ میں نے جب دو ڈھائی گھنٹوں کے بعد اٹھ کر دیکھا تو آپ سے چخ ہوئی، مگر آپ تھے کہ پروں پر پانی ہی نہیں لیتے تھے۔ آخر میں خاموش ہو گئی۔‘‘

’’یہ دو جون سن انیس سو بیالیس کی بات ہے۔۔۔۔آج کل سن چون چل رہا ہے۔۔۔۔اب اس کے ذکر کا کیا فائدہ؟‘‘

’’فائدہ تو ہر حالت میں آپ ہی کا رہتا ہے۔۔۔۔میری ایک نیلم کی انگوٹھی بھی آپ نے غائب کر دی تھی، لیکن میں نے آپ سے کچھ نہیں کہا تھا۔‘‘

’’دیکھو، میں تمہاری جان کی قسم کھا کر کہتا ہوں، اس نیلم کی انگوٹھی کے متعلق مجھے کچھ معلوم نہیں۔۔۔۔‘‘

’’اور اس سوروپے کے نوٹ کے متعلق۔‘‘

’’اب تمہاری جان کی قسم کھائی تو سچ بتانا ہی پڑے گا۔۔۔۔ میں نے۔۔۔۔ میں نے چرایا ضرور تھا، مگر صرف اس لیے کہ اس مہینے مجھے تنخواہ دیر سے ملنے والی تھی اور تمہاری سالگرہ تھی۔ تمہیں کوئی تحفہ تو دینا تھا۔ ان بیس برسوں میں تمہاری ہر سالگرہ پر میں اپنی استطاعت کے مطابق کوئی نہ کوئی تحفہ پیش کرتا رہا ہوں۔‘‘

’’بڑے تحفے تحائف دیئے ہیں آپ نے مجھے۔‘‘

’’ناشکری تو نہ بنو!‘‘

’’میں کئی دفعہ کہہ چکی ہوں، آپ پرے ہٹ جائیے۔۔۔ مجھے آپ سے بو آتی ہے۔‘‘

’’کس کی؟‘‘

’’یہ آپ کو معلوم ہونا چاہیے۔‘‘

’’میں نے خود کو کئی مرتبہ سونگھا ہے، مگر میری پکوڑا ایسی ناک میں ایسی کوئی بو نہیں گھسی جس پر کسی بیوی کو اعتراض ہو سکے۔‘‘

’’آپ باتیں بنانا خوب جانتے ہیں۔‘‘

’’اور باتیں بگاڑنا تم۔۔۔ میری سمجھ میں نہیں آتا، آج تم اس قدر ناراض کیوں ہو؟‘‘

’’اپنے گریبان میں منہ ڈال کر دیکھیے!‘‘

’’میں اس وقت قمیض پہنے نہیں ہوں۔‘‘

’’کیوں؟‘‘

’’سخت گرمی ہے۔‘‘

’’سخت گرمی ہو یا نرم۔۔۔ آپ کو قمیض تو نہیں اتارنا چاہیے تھی، یہ کوئی شرافت نہیں۔‘‘

’’محترمہ! آپ نے بھی تو قمیض اتار رکھی ہے۔۔۔ اپنے ننگے بدن کو ملاحظہ فرمایئے۔‘‘

’’اوہ۔۔۔ یہ میں نے کیا واہیات پن کیا ہے!‘‘

’’یہ واہیات پن تو آپ گرمیوں میں بیس برس سے کر رہی ہوں۔‘‘

’’آپ جھوٹ بولتے ہیں۔‘‘

’’خیر، جھوٹ تو ہر مرد کی عادت ہوتی ہے۔‘‘

’’آپ مجھ سے دور ہی رہیں۔‘‘

’’کیوں؟‘‘

’’توبہ۔۔۔ لاکھ بار کہہ چکی ہوں کہ مجھے آپ سے بہت گندی بو آ رہی ہے۔‘‘

’’پہلے صرف بو تھی۔۔۔ اب گندی ہو گئی۔‘‘

’’خبردار! جو آپ نے مجھے ہاتھ لگایا!‘‘

’’اس قدر بیزاری آخر کیوں؟‘‘

’’میں اب آپ سے قطعاً بیزار ہو چکی ہوں۔‘‘

’’ان بیس برسوں میں تم نے کبھی ایسی بیزاری کا اظہار نہیں کیا تھا۔‘‘

’’اب تو کر دیا ہے۔‘‘

’’لیکن مجھے معلوم تو ہو کہ اس کی وجہ کیا ہے؟‘‘

’’میں کہتی ہوں، مجھے مت چھوئیے۔‘‘

’’تمہیں مجھ سے اتنی کراہت کیوں ہو رہی ہے؟‘‘

’’آپ ناپاک ہیں۔۔۔ بے حد ذلیل ہیں۔‘‘

’’دیکھو، تم بہت زیادتی کر رہی ہو۔‘‘

’’آپ نے کم کی ہے۔ کوئی شریف آدمی آپ کی طرح ایسی ذلیل حرکت نہیں کر سکتا تھا۔‘‘

’’کون سی؟‘‘

’’آج صبح کیا ہوا تھا؟‘‘

’’آج صبح۔۔۔ بارش ہوئی تھی۔‘‘

’’بارش ہوئی تھی۔۔۔ لیکن اس بارش میں آپ نے کس کو اپنی آغوش میں دبایا ہوا تھا؟‘‘

’’اوہ!‘‘

’’بس اس کا جواب اب ’اوہ‘ ہی ہو گا۔۔۔ میں نے پکڑ جو لیا تھا آپ کو۔‘‘

’’دیکھو میری جان۔۔۔‘‘

’’مجھے اپنی جان وان مت کہیے۔۔۔ آپ کو شرم آنی چاہیے۔‘‘

’’کس بات پر۔۔۔ کس گناہ پر؟‘‘

’’میں کہتی ہوں آدمی گناہ کرے۔۔۔ لیکن ایسی گندگی میں نہ گرے۔‘‘

’’میں کس گندگی میں گرا ہوں؟‘‘

’’آج صبح آپ نے اس۔۔۔ اس۔۔۔‘‘

’’کیا؟‘‘

’’اس بھنگن کو۔۔۔ جوان بھنگن کو جو مٹھائی والے کے ساتھ بھاگ گئی تھی۔‘‘

’’لاحول ولا۔۔۔ تم بھی عجیب عورت ہو۔۔۔ وہ غریب حاملہ ہے۔۔۔ بارش میں جھاڑو دیتے ہوئے اس کو غش آیا اور گر پڑی۔ میں نے اس کو اٹھایا اور اس کے کوارٹر میں لے گیا۔‘‘

’’پھر کیا ہوا؟‘‘

’’تمہیں معلوم نہیں کہ وہ مر گئی؟‘‘

’’ہائے۔۔۔ بے چاری۔۔۔ میں تو ٹھنڈی برف ہو گئی ہوں۔‘‘

،،میرے قریب آ جاؤ۔،،

،،میں قمیض پہن لوں؟،،

،،اس کی کیا ضرورت ہے، تمہاری قمیض میں ہوں۔،،

بُو

برسات کے یہی دن تھے۔ کھڑکی کے باہر پیپل کے پتے اِسی طرح نہا رہے تھے۔ ساگوان کے اِس اسپرنگ دار پلنگ پر، جو اب کھڑکی کے پاس سے تھوڑا اِدھر اُدھر سرکا دیا گیا تھا، ایک گھاٹن لونڈیا رندھیر کے ساتھ چِمٹی ہوئی تھی۔

کھڑکی کے پاس باہر پیپل کے نہائے ہوئے پتے رات کے دو دھیالے اندھیرے میں جُھمکوں کی طرح تھرتھرا رہے تھے۔۔۔۔اور شام کے وقت جب دن بھر ایک انگریزی اخبار کی ساری خبریں اور اشتہار پڑھنے کے بعد، جب وہ بالکنی میں ذرا تفریح کی خاطر آ کھڑا ہوا تھا تو اُس نے اِس گھاٹن لڑکی کو، جو ساتھ والے رسیوں کے کارخانے میں کام کرتی تھی اور بارش سے بچنے کے لیے اِملی کے پیڑ کے نیچے کھڑی تھی، کھانس کھانس کر اپنی طرف متوجہ کر لیا تھا اور اُس کے بعد ہاتھ کے اشارے سے اوپر بلا لیا تھا۔

وہ کئی دن سے شدید قسم کی تنہائی محسوس کر رہا تھا۔ جنگ کے باعث بمبئی کی تقریباً تمام کرسچین چھوکریاں جو سَستے داموں مل جایا کرتی تھیں، عورتوں کی آگزِلری فورس میں بھرتی ہو گئی تھیں، اُن میں سے کئی ایک نے فورٹ کے علاقے میں ڈانس اسکول کھول لیے تھے جہاں صرف فوجی گوروں کو جانے کی اجازت تھی۔۔۔۔۔رندھیر بہت اُداس ہو گیا تھا۔

اُس کی اُداسی کی ایک وجہ تو یہ تھی کہ کرسچین چھوکریاں نایاب ہو گئی تھیں۔ دوسری وجہ یہ بھی تھی کہ فوجی گوروں کے مقابلے میں کہیں زیادہ مہذب، تعلیم یافتہ، صحت مند اور خوبصورت تھا، صرف اِس لیے اُس پر قہوہ خانوں کے دروازے بند کر دیے گئے تھے کہ اُس کی چمڑی سفید نہیں تھی۔

جنگ سے پہلے رندھیر نے گپاڑہ اور تاج ہوٹل کی کئی مشہور و معروف کرسچین لڑکیوں سے جسمانی تعلقات قائم

کر چکا تھا۔ اُسے بخوبی علم تھا کہ اِس قسم کے تعلقات کی کرسچین لڑکوں کے مقابلے میں کہیں زیادہ معلومات رکھتا تھا جن سے لڑکیاں فیشن کے طور پر رومانس لڑاتی ہیں اور بعد میں کسی چُغد سے شادی کر لیتی ہیں۔

رندھیر نے محض دل ہی دل میں ہیزل سے بدلہ لینے کی خاطر اُس گھاٹن لڑکی کو اِشارے سے اوپر بلایا تھا۔ ہیزل اُس کے فلیٹ کے نیچے رہتی تھی اور ہر روز صبح وردی پہن کر کسے ہوئے بالوں پر خاکی رنگ کی ٹوپی ترچھے زاویے سے جَما کر باہر نکلتی تھی اور اِس انداز سے چلتی تھی گویا فٹ پاتھ پر تمام جانے والے اُس کے قدموں کے آگے ٹاٹ کی طرح بچھتے چلے جائیں گے۔

رندھیر نے سوچا تھا کہ آخر کیوں وہ اُن کرسچین چھوکریوں کی طرف اتنا زیادہ راغب ہے۔ اِس میں کوئی شک نہیں کہ وہ اپنے جسم کی تمام قابل نمائش چیزوں کی اچھی طرح نمائش کرتی ہیں۔ کسی قسم کی جھجک محسوس کیے بغیر اپنے اَیّام کی بے ترتیبی کا ذکر کر دیتی ہیں۔ اپنے پُرانے مُعاشقوں کا حال سناتی ہیں۔ ۔ ۔ جب ڈانس کی دُھن سُنتی ہیں تو اپنی ٹانگیں تِھرکانا شروع کر دیتی ہیں۔ یہ سب ٹھیک ہے لیکن کوئی بھی عورت اِن تمام خوبیوں کی حامل ہو سکتی ہے۔

رندھیر نے جب گھاٹن لڑکی کو اِشارے سے اوپر بلایا تو اُسے کسی طرح بھی اِس بات کا یقین نہیں تھا کہ وہ اُسے اپنے ساتھ سُلائے گا لیکن تھوڑی ہی دیر کے بعد اُس نے اُس کے بھیگے ہوئے کپڑے دیکھ کر یہ خیال کیا تھا کہ ایسا نہ ہو کہ بیچاری کو نمونیا ہو جائے تو رندھیر نے اُس سے کہا تھا، ''یہ کپڑے اتار دو۔'' سردی لگ جائے گی۔

وہ رندھیر کی اِس بات کا مطلب سمجھ گئی تھی کیونکہ اُس کی آنکھوں میں شرم کے لال ڈورے تیر گئے تھے لیکن بعد میں جب رندھیر نے اُسے اپنی دھوتی نکال کر دی تو اُس نے کچھ دیر سوچ کر اپنا کاشٹا کھولا جس پر میَل بھِگنے کی وجہ سے اور بھی نمایاں ہو گیا تھا۔ ۔ ۔ کاشٹا کھول کر اُس نے ایک طرف رکھ دیا اور جلدی سے دھوتی اپنی رانوں پر ڈال لی۔ پھر اُس نے اپنی پھنسی پھنسی چولی اتارنے کی کوشش کی جس کے دونوں کناروں کو مِلا کر اُس نے ایک گانٹھ دے رکھی تھی۔ وہ گانٹھ اُس کے تندرست سینے کے ننھے مگر میَلے گڑھے میں جذب سی ہو گئی تھی۔

دیر تک وہ اپنے گِھسے ہوئے ناخنوں کی مدد سے چولی کی گانٹھ کھولنے کی کوشش کرتی رہی جو بھِگنے کی وجہ سے بہت زیادہ مضبوط ہو گئی تھی۔ جب تھک ہار کر بیٹھ گئی تو اُس نے مراٹھی زبان میں رندھیر سے کچھ کہا جس کا مطلب یہ تھا، ''میں کیا کروں۔ ۔ ۔ نہیں کھلتی۔ ''

	

رندھیر اُس کے پاس بیٹھ گیا اور گرہ کھولنے لگا۔ تھک ہار کر اُس نے ایک ہاتھ میں چولی کا ایک سرا پکڑا، دوسرے ہاتھ میں دوسرا۔ اور زور سے کھینچا، گرہ ایک دَم پھسلی، رندھیر کے ہاتھ زور میں اِدھر اُدھر ہٹے، اور دو دھڑکتی ہوئی چھاتیاں نمودار ہوئیں۔

لمحہ بھر کے لیے رندھیر نے سوچا کہ اُس کے اپنے ہاتھوں نے اُس گھاٹن لڑکی کے سینے پر، نرم نرم گُندھی ہوئی مٹی کو ماہر کمھار کی طرح دو پیالوں کی شکل بنا دی ہے ۔

اُس کی صحت مند چھاتیوں میں وہی گدراہٹ، وہی جاذبیت، وہی طراوت، وہی گرم گرم ٹھنڈک تھی جو کمھار کے ہاتھوں سے نکلے ہوئے تازہ تازہ کچے برتنوں میں ہوتی ہے۔

مٹمیلے رنگ کی اُن جوان چھاتیوں میں جو بالکل بے داغ تھیں، ایک عجیب قسم کی چمک محلول تھی، سیاہی مائل گندمی رنگ کے نیچے دھندلی روشنی کی ایک تہہ سی تھی جس نے ایک عجیب و غریب قسم کی چمک پیدا کر دی تھی جو چمک ہوتے ہوئے بھی چمک نہیں تھی۔ اُس کے سینے پر چھاتیوں کے یہ اُبھار، یہ ایسے دیے معلوم ہوتے تھے جو تالاب کے گدلے پانی پر جل رہے ہوں۔

برسات کے یہی دن تھے۔ کھڑکی کے باہر پیپل کے پتے اِسی طرح کپکپا رہے تھے۔ لڑکی کے دونوں کپڑے جو پانی میں شرابور ہو چکے تھے ایک غلیظ ڈھیری کی شکل میں فرش پر پڑے تھے اور وہ رندھیر کے ساتھ چمٹی ہوئی تھی۔ اُس کے ننگے اور میلے بدن کی گرمی رندھیر کے جسم میں وہ کیفیت پیدا کر رہی تھی جو سخت سردیوں میں نائیوں کے غلیظ گرم حمام میں نہاتے وقت محسوس ہوا کرتی ہے۔

ساری رات وہ رندھیر کے ساتھ چمٹی رہی۔۔۔۔ دونوں جیسے ایک دوسرے میں مدغم ہو گئے تھے۔ انہوں نے بہ مشکل ایک دو باتیں کی ہوں گی۔ کیونکہ جو کچھ اُنہیں کہنا تھا، سانسوں، ہونٹوں اور ہاتھوں سے طے ہو رہا تھا۔ رندھیر کے ہاتھ ساری رات اُس کی چھاتیوں پر ہوائی لمس کی طرح پھرتے رہے۔ چھوٹی چھوٹی چوچیاں اور وہ موٹے موٹے مسام جو چاروں طرف ایک سیاہ دائرے کی شکل میں پھیلے ہوئے تھے، اُس ہوائی لمس سے جاگ اُٹھتے اور اُس گھاٹن لڑکی کے سارے جسم میں ایسا ارتعاش پیدا ہو جاتا کہ رندھیر خود بھی ایک لحظے کے لیے کپکپا اُٹھتا۔

ایسی کپکپاہٹوں سے رندھیر کا سینکڑوں بار واسطہ پڑ چکا تھا۔ وہ اُن کو بخوبی جانتا تھا۔ کئی لڑکیوں کے نرم و نازک اور سخت سینوں سے اپنا سینہ ملا کر کئی کئی راتیں گزار چکا تھا۔ وہ ایسی لڑکیوں کے ساتھ بھی لیٹے رہ چکا تھا جو بالکل اُس کے ساتھ لپٹ کر گھر کی وہ ساری باتیں سنا دیا کرتی تھیں جو کسی غیر کے لیے

نہیں ہوتیں۔ وہ ایسی لڑکیوں سے بھی جسمانی تعلق قائم کر چکا تھا جو ساری مَشَقَّت کرتی تھیں اور اُسے کوئی تکلیف نہیں دیتی تھیں۔۔۔ لیکن یہ گھاٹن لڑکی جو پیڑ کے نیچے بھیگی ہوئی کھڑی تھی اور جسے اُس نے اشارے سے اوپر بلالیا تھا، مختلف تھی۔

ساری رات رندھیر کو اُس کے جسم سے ایک عجیب قسم کی بُو آتی رہی تھی۔ اُس بُو کو جو بیک وقت خوشبو بھی تھی اور بدبُو بھی۔۔۔ وہ تمام رات پیتا رہا تھا۔ اُس کے بغلوں سے، اُس کی چھاتیوں سے، اُس کے بالوں سے، اُس کے پیٹ سے، ہر جگہ سے، یہ جو بدبُو بھی تھی اور خوشبو بھی، رندھیر کے ہر سانس میں موجود تھی۔ تمام رات وہ سوچتا رہا تھا کہ یہ گھاٹن لڑکی بالکل قریب ہونے پر بھی ہرگز ہرگز اتنی زیادہ قریب نہ ہوتی اگر اُس کے جسم سے یہ بُو نہ اُٹھتی۔۔۔ یہ بُو جو اُس کے دل و دماغ کی ہر سِلوَٹ میں رینگ رہی تھی۔ اُس کے تمام پرانے اور نئے خیالوں میں رچ گئی تھی۔

اُس بُو نے اُس لڑکی کو اور رندھیر کو ایک رات کے لیے آپس میں حل کر دیا تھا۔ دونوں ایک دوسرے کے اندر داخل ہو گئے تھے، عمیق ترین گہرائیوں میں اتر گئے تھے۔ جہاں پہنچ کر وہ ایک خالص انسانی لذت میں تبدیل ہو گئے تھے۔ ایسی لذت جو لمحاتی ہونے کے باوجود دائی تھی، جو مائل پرواز ہونے کے باوجود ساکن اور جامِد تھی۔۔۔ وہ دونوں ایک ایسا پَنچھی بن گئے تھے جو آسمان کی نیلاہٹوں میں اڑتا اڑتا غیر متحرک دکھائی دیتا ہے۔

اِس بُو کو جو اُس گھاٹن لڑکی کے ہر مسام سے باہر نکلتی تھی، رندھیر اچھی طرح سمجھتا تھا، حالانکہ وہ اُس کا تجزیہ یہ نہیں کر سکتا تھا۔ جس طرح بعض اوقات مٹی پر پانی چھڑکنے سے سوندھی سوندھی باس پیدا ہوتی ہے۔۔۔ لیکن نہیں، وہ بُو کچھ اور ہی قسم کی تھی۔ اُس میں لونڈر اور عطر کا مصنوعی پن نہیں تھا، وہ بالکل اصلی تھی۔۔۔ عورت اور مرد کے باہمی تعلقات کی طرح اصلی اور ازلی۔

رندھیر کو پسینے کی بُو سے سخت نفرت تھی۔ وہ نہانے کے بعد عام طور پر اپنی بغلوں وغیرہ میں خوشبو دار پوڈر لگاتا تھا یا کوئی ایسی دوا استعمال کرتا تھا جس سے پسینے کی بُو دب جائے۔ لیکن حیرت ہے کہ اُس نے کئی بار۔۔۔ ہاں کئی بار اُس گھاٹن لڑکی کی بالوں بھری بغلوں کو چُوما اور اُسے بالکل گھِن نہ آئی بلکہ عجیب طرح کی لذت محسوس ہوئی۔ اُس کی بغلوں کے نرم نرم بال پسینے کے باعث گیلے ہو رہے تھے۔ اُن سے وہی بُو نکلتی تھی جو غایت درجہ قابل فہم ہونے کے باوجود ناقابل فہم تھی۔ رندھیر کو ایسا لگتا تھا کہ وہ اُس بُو کو جانتا ہے، پہچانتا ہے، اُس کا مطلب بھی سمجھتا ہے لیکن کسی اور کو سمجھا نہیں سکتا۔

برسات کے یہی دن تھے۔۔۔۔ یہی، کھڑکی کے باہر جب اُس نے دیکھا تو پیپل کے پتے لرز لرز کر نہا رہے تھے۔ ہوا میں سرسراہٹیں اور پھر پھڑ پھڑاہٹیں کھلی ہوئی تھیں۔ اندھیرا تھا مگر اُس میں دبی دبی، دھندلی سی روشنی بھی سَموئی ہوئی تھی جیسے بارش کے قطروں کے ساتھ لگ کر تاروں کی تھوڑی تھوڑی روشنی اتر آئی ہو۔۔۔۔ برسات کے یہی دن تھے جب رندھیر کے اِس کمرے میں ساگوان کا صرف ایک پلنگ ہوتا تھا مگر اب اُس کے ساتھ ہی ایک دوسرا بھی پڑا تھا اور کونے میں ایک نئی ڈریسنگ ٹیبل بھی موجود تھی۔ دن یہی برسات کے تھے، موسم بھی بالکل ایسا ہی تھا، مگر فضا میں عطر کی تیز خوشبو بسی ہوئی تھی۔

دوسرا پلنگ خالی تھا۔ اُس پلنگ پر جس پر رندھیر اوندھے منہ لیٹا کھڑکی کے باہر پیپل کے لرزتے ہوئے پتوں پر بارش کے قطروں کا رقص دیکھ رہا تھا، ایک گوری چٹّی لڑکی اپنے سَتّر کو ننگے جسم سے چھپانے کی ناکام کوشش کرتے کرتے غالباً سو گئی تھی۔ اُس کی لال ریشمی شلوار دوسرے پلنگ پر پڑی تھی اُس کے گہرے سرخ اُزار بند کا ایک پُھندنا نیچے لٹک رہا تھا۔ پلنگ پر اُس کے دوسرے اترے ہوئے کپڑے بھی پڑے تھے۔ اُس کی سنہری پھولوں والی قمیض، انگیا، جانگیا اور دوپٹہ۔۔۔۔ سب کا رنگ سرخ تھا۔۔۔۔ بے حد سرخ۔ یہ سب کپڑے حِنا کے عطر کی تیز خوشبو میں بسے ہوئے تھے۔ لڑکی کے سیاہ بالوں میں میشِس کے ذرّے گرد کی طرح جَمے ہوئے تھے۔ چہرے پر غازے، سرخی اور میشِت کے اُن ذرات نے مل جل کر ایک عجیب و غریب رنگ پیدا کر دیا تھا۔۔۔۔ بے جان سا اُڑا اُڑا رنگ اور اُس کے گورے سینے پر انگیا کے کچے رنگ نے جابجا لال لال دھبے ڈال دیئے تھے۔

چھاتیاں دودھ کی طرح سفید تھیں جس میں تھوڑی تھوڑی نیلاہٹ بھی تھی۔ بغلوں کے بال منڈے ہوئے تھے جس کے باعث وہاں سرمئی غبار سا پیدا ہو گیا تھا۔ رندھیر کئی بار اُس لڑکی کی طرف دیکھ کر سوچ چکا تھا۔۔۔۔ کیا ایسا نہیں لگتا جیسے میں نے ابھی ابھی کیلیں اکھیڑ کر اُس کو لکڑی کے بند بکس میں سے نکالا ہے۔ کتابوں اور چینی کے برتنوں کی طرح۔ کیونکہ جس طرح کتابوں پر داب کے نشان ہوتے ہیں، چینی کے برتنوں پر پہلنے سے خراشیں حُلنے سے آجاتی ہیں، ٹھیک اِسی طرح اُس لڑکی کے بدن پر بھی کئی نشان تھے۔ جب رندھیر نے اُس کی تنگ اور چُست انگیا کی ڈوریاں کھولی تھیں تو اُس کی پیٹھ پر اور سامنے سینے کے نرم نرم گوشت پر جھریاں سی بنی ہوئی تھیں اور کمر کے اردگرد کَس کر باندھے ہوئے اُزار بند کا نشان۔۔۔۔ وزنی اور نکیلے جڑاؤ نیکلس سے اُس کے سینے پر کئی جگہ پر خراشیں پڑ گئی تھیں۔ جیسے ناخنوں سے بڑے زور سے کھجایا گیا ہو۔

برسات کے وہی دن تھے۔۔۔ پیپل کے نرم کومل پتوں پر بارش کے قطرے گرنے سے ویسی ہی آواز پیدا ہو رہی تھی جیسی رندھیر اُس دن ساری رات سنتا رہا تھا۔ موسم بہت خوشگوار تھا۔ ٹھنڈی ٹھنڈی ہوا چل رہی تھی لیکن اُس میں حنا کے عطر کی تیز خوشبو گھلی ہوئی تھی۔

رندھیر کے ہاتھ بہت دیر تک اُس گوری چٹّی لڑکی کے کچے دودھ ایسے سفید سینے پر ہوائی لمس کی طرح پھرتے رہے۔ اُس کی انگلیوں نے اُس گورے گورے جسم میں کئی ارتعاش دوڑتے ہوئے محسوس کیے تھے ۔ اُس کے نرم نرم جسم کے کئی گوشوں میں سمٹی ہوئی کپکپاہٹوں کا بھی پتہ چلتا تھا جب اُس نے اپنا سینہ اُس کے سینے کے ساتھ ملایا تو رندھیر کے جسم کے ہر مسام نے اُس لڑکی کے بدن کے چھٹے ہوئے تاروں کی آواز سنی۔۔۔ لیکن وہ پکار کہاں تھی؟ وہ پکار جو اُس نے گھاٹن لڑکی کے جسم کی بُو میں سُونگھی تھی۔۔۔۔ وہ پکار جو دودھ کے پیاسے بچے کے رونے سے کہیں زیادہ قابلِ فہم تھی، وہ پکار جو صوتی حدود سے نکل کر بے آواز ہو گئی تھی۔

رندھیر سلاخوں والی کھڑکی سے باہر دیکھ رہا تھا۔ اُس کے بہت قریب پیپل کے پتے لرز رہے تھے۔ مگر وہ اُن کی لرزشوں کے اُس پار کہیں بہت دُور دیکھنے کی کوشش کر رہا تھا، جہاں اُس مٹ میلے بادلوں میں عجیب قسم کی دھندلی روشنی دکھائی دیتی تھی۔۔۔ ٹھیک ویسے ہی جیسی اُس گھاٹن لڑکی کے سینے میں اُسے نظر آئی تھی۔ ایسی روشنی جو راز کی بات کی طرح چھپی ہوئی مگر ظاہر تھی۔

رندھیر کے پہلو میں ایک گوری چٹّی لڑکی۔۔۔ جس کا جسم دودھ اور گھی ملے آٹے کی طرح ملائم تھا، لیٹی تھی۔۔۔ اُس کے سوئے ہوئے جسم سے حنا کے عطر کی خوشبو آ رہی تھی۔۔۔ جو اب تھکی تھکی معلوم ہوتی تھی۔ رندھیر کو یہ دم توڑتی اور حالتِ نزع کو پہنچی ہوئی خوشبو بہت ناگوار معلوم ہوئی۔ اُس میں کچھ کھٹاس تھی۔۔۔ ایک عجیب قسم کی کھٹاس جس طرح بدہضمی کے ڈکاروں میں ہوتی ہے۔ اداس۔۔۔۔ بے رنگ۔۔۔ بے کیف۔

رندھیر نے اپنے پہلو میں لیٹی ہوئی لڑکی کی طرف دیکھا۔ جس طرح میں سفید سفید بے جان پھٹکیاں بے رنگ پانی میں ساکن ہوتی ہیں، اسی طرح اُس لڑکی کی نسوانیت اس کے وجود میں ٹھہری ہوئی تھی، سفید سفید دھبوں کی صورت میں۔ اصل میں رندھیر کے دل و دماغ میں وہ بُو بسی ہوئی تھی جو اُس گھاٹن لڑکی کے جسم سے بغیر کسی بیرونی کوشش کے باہر نکل رہی تھی۔ وہ بُو جو حنا کے عطر سے کہیں زیادہ ہلکی پھلکی اور دُورس تھی۔ جس میں سونگھے جانے کا اضطراب نہیں تھا۔ جو خود بخود ناک کے راستے داخل ہو

کر اپنی صحیح منزل پر پہنچ گئی تھی۔

رندھیر نے آخری کوشش کرتے ہوئے اُس لڑکی کے دو دھیالے جسم پر ہاتھ پھیرا مگر اسے کوئی کپکپاہٹ محسوس نہ ہوئی۔۔۔ اُس کی نئی نویلی بیوی جو فرسٹ کلاس مجسٹریٹ کی لڑکی تھی، جس نے بی۔اے تک تعلیم پائی تھی اور جو اپنے کالج میں سینکڑوں لڑکوں کے دل کی دھڑکن تھی۔ رندھیر کی نبض تیز نہ کر سکی۔ وہ حنا کی مرتی ہوئی خوشبو میں اُس بُو کی جستجو کرتا رہا جو برسات کے اِنہیں دنوں میں، جب کھڑکی کے باہر پیپل کے پتے بارش میں نہار ہے تھے، اسے گھاٹن لڑکی کے میلے جسم سے آئی تھی۔

بی زمانی بیگم

’’زمین شق ہورہی ہے۔ آسمان کانپ رہاہے۔ ہرطرف دھواں ہی دھواں ہے۔ آگ کے شعلوں میں دنیا ابل رہی ہے۔ زلزلے پرزلزلے آرہے ہیں۔ یہ کیا ہورہا ہے؟‘‘

’’تمہیں معلوم نہیں؟‘‘

’’نہیں تو۔‘‘

’’لوسنو۔۔۔۔ دنیا بھر کو معلوم ہے۔‘‘

’’کیا؟‘‘

’’وہی زمانی بیگم۔۔۔۔ وہ موٹی چھڈرو۔‘‘

’’ہاں ہاں، کیا ہوا اسے؟‘‘

’’وہی جو ہوتا ہے لیکن اس عمر میں شرم نہیں آئی بدبخت کو۔‘‘

’’یہ بدبخت زمانی بیگم ہے کون؟‘‘

’’ہائیں وہی اسکندر کی ہوتی سوتی موئی نکھیائی چنگیز کے پاس رہی۔ ہلاکو کی داشتہ بنی۔ کچھ دن اس لنگڑے تیمور کے ساتھ منہ کالا کرتی رہی۔ وہاں سے نکلی تو نپولین کی بغل میں جا گھسی۔ اب یہ موا ہٹلر باقی رہ گیا تھا۔‘‘

’’تو کیا اب ہٹلر کے گھر ہے؟‘‘

’’بوا، گھر گھاٹ کیسا۔ نباہ ہوسکتا ہے کبھی ایسی عورت کا۔‘‘

’’طلاق ہوگئی ہے کیا؟‘‘

’’تم کیسی باتیں کرتی ہو بوا۔۔۔۔ طلاق تو وہاں ہو جو سہرے جلوؤں کی بیاہی ہو اور پھر ایسے مردوں کا کیا

اعتبار ہے۔ دو دن مزے کیے اور چلو چھٹی۔ ''

'' تو اب ہو کیا رہا ہے۔ یہ فضیحتا کس بات کا؟ ''

'' فضیحتا کیا ہے، پورے دنوں سے ہے۔ بچہ پیدا ہونے والا ہے۔ ''

'' تو ہو کیوں نہیں چکتا؟ ''

'' ہاں سچ تو ہے، کوئی پہلوٹھی کا تو ہے نہیں۔ ''

'' ڈاکٹر آ رہے ہیں۔ دیکھو آج نہ کل ہو جائے گا۔ ''

ڈاکٹر آتے رہے۔ لیکن بی زمانی کے بچے پیدا نہ ہوا۔ درد و کرب کی لہروں میں اضافہ ہو گیا۔ زلزلے اور زیادہ زور سے آنے لگے شعلوں کی زبانیں اور زیادہ تیز ہو گئیں۔ ڈاکٹروں نے کانفرنس کی حکمت کی ساری کتابیں چھانی گئیں۔ طے ہوا کہ حاملہ کو طہران لے جائیں۔ وہاں روس کے ماہر ڈاکٹر کو بلایا جائے اور اس سے مشورہ کیا جائے۔ طہران میں خاص طور پر جلدی جلدی ایک میٹرنٹی ہوم تیار کیا گیا۔ بی زمانی بیگم درد سے تڑپتی رہی اور دنیا کے تین بڑے ڈاکٹر مشورہ کرتے رہے۔

ایک بولا، '' صاحبان! اس میں کوئی شک نہیں کہ ہونے والا بچہ ہمارا نہیں لیکن انسانیت کے نام پر ہمیں مریضہ کو اس مشکل سے نجات دلانا ہی پڑے گی۔ ''

دوسرا بولا، '' ہم تین بڑے ڈاکٹر تین قسم کے طریقہ علاج کے ماہر ہیں۔ سب سے پہلے ضرورت اس بات کی ہے کہ ہم ایک طریقہ علاج پر متفق ہوں۔ اگر ایسا ہو گیا تو بی زمانی بیگم کے بچہ پیدا ہونا کوئی مشکل کام نہیں۔ ''

تیسرا بولا، '' بالکل درست ہے۔ آئیے ہم فوراً یہ نیک کام شروع کر دیں۔ ''

تینوں طریقے ملا کر ایک اور طریقہ بنایا گیا۔ جس پر تینوں بڑے ڈاکٹر متفق ہو گئے۔ دنیا کا چہرہ خوشی سے تمتما اٹھا۔ مگر بی زمانی بیگم کے بچہ پیدا نہ ہوا۔

'' یہ کیا ہو رہا ہے۔۔۔ بچہ پیدا کیوں نہیں ہوا ابھی تک؟ ''

'' بچہ تو پیدا ہو رہا تھا مگر اسے روک دیا گیا ہے۔ ''

'' کیوں؟ ''

'' ڈاکٹر سوچ رہے ہیں کہ اسے گود کون لے گا۔ ''

'' ہوں! ''

'' تو فیصلہ کیا ہوا؟ ''

’’تم کیسی باتیں کرتی ہو بوا۔ ایسے معاملوں کا اتنی جلدی فیصلہ کیسے ہو سکتا ہے۔ خیر چھوڑو اس قصے کو۔ کچھ نہ کچھ ہو ہی جائے گا۔ جس کے ہاں اولاد نہیں وہ غریب گود لے لے گا۔‘‘

اولاد ہر ایک کے تھی۔ کسی کے ہاں چار بچے تھے۔ کسی کے ہاں پانچ اور کسی کے ہاں سات۔ اب فیصلہ کیسے ہو۔ ایک اور کانفرنس ہوئی۔ ڈمبارٹن اوکس میں ایک اور میٹرنٹی ہوم افراتفری میں بنایا گیا۔ تینوں بڑے ڈاکٹر وہاں جمع ہوئے۔ ہر ایک نے سوچا۔ ہر ایک نے معاملہ کی اہمیت سمجھنے کی کوشش کی۔ اور بی زمانی بیگم بستر پر پڑی درد سے کراہتی رہی۔

ایک بولا، ’’صاحبان! ہم صاحب اولاد ہیں۔ اس بچے کے وجود کے ہم ذمہ دار نہیں۔ لیکن انسانیت کا تقاضا ہے کہ ہم اس کی پیدائش میں ہر ممکن طریقے سے مدد کریں۔ آخر اس میں ہونے والے بچے کا کیا قصور ہے۔‘‘

دوسرا، ’’ہم ڈاکٹر ہیں۔ ہمارا مذہب دوا ہے۔ ہم چاہیں تو اس ہونے والے ناخلف بچے ہی کو جس سے ہمارا کوئی رشتہ نہیں، ایک فرماں بردار، اطاعت شعار، آزادی پسند اور انسانیت دوست نوجوان بنا سکتے ہیں۔‘‘

تیسرا بولا، بالکل درست ہے۔ اس بچے کی پیدائش سے دنیا کا ایک بہت بڑا بوجھ دور ہو جائے گا۔ ہم ڈاکٹر ہیں۔ اپنے فرض سے ہمیں غافل نہیں رہنا چاہیے۔‘‘

طے ہو گیا۔۔۔ ایک دستاویز پر انگوٹھے لگا دیے گئے کہ یہ ہونے والے بچے کو یہ تینوں ڈاکٹر گود لیں گے۔ تینوں مل کر اس کی پرورش کریں گے۔۔۔ لیکن بی زمانی بیگم کی تکلیف پھر بھی رفع نہ ہوئی۔ وہ پڑی درد سے کراہتی رہی۔

’’آخر یہ مصیبت کیا ہے؟‘‘

’’کچھ سمجھ میں نہیں آتا۔‘‘

’’قصہ یہ ہے کہ بچے کو گود لینے کا تو فیصلہ ہو گیا ہے لیکن اس بی زمانی کا بھی تو کچھ بندوبست ہونا چاہیے۔‘‘

’’میں تو کہتی ہوں۔ سات جھاڑو اور حقے کا پانی۔‘‘

’’لعنت بھیجیں موئی حرافہ پر۔‘‘

’’نہیں بوا۔ وہ سوچ رہے ہیں کہ یہ کم بخت کہیں پھر۔۔۔‘‘

’’اوہ۔۔۔‘‘

ایک اور کانفرنس ہوئی۔۔۔ تینوں بڑے ڈاکٹر آخری بار پوٹسڈم میں جمع ہوئے۔ جلدی جلدی ایک

میٹرنٹی ہوم تیار کیا گیا۔ بی زمانی بیگم درد سے پیچ و تاب کھاتی رہی اور اِدھر کانفرنس ہوتی رہی۔

ایک بولا، ''صاحبان! دنیا کی فلاح اور بہبودی کے لیے آج اس بات کا قطعی طور پر فیصلہ ہو جانا چاہیے کہ بی زمانی بیگم کا یہ بچہ اس کا آخری بچہ ہو۔''

دوسرا بولا، ''دنیا کے تھن اس عورت کے لاتعداد حرامی بچوں کو دودھ پلا پلا کر سوکھ گئے ہیں۔ اب ہمیں اس کو بانجھ کرنا ہی پڑے گا۔''

تیسرا بولا، ''بالکل درست ہے۔ ہونے والے بچے کی صحت اور تندرستی کا خیال رکھتے ہوئے بھی ہمیں ایسا ہی کرنا چاہیے۔''

طے ہو گیا کہ بچہ فوراً پیدا کیا جائے اور بی زمانی بیگم کو ہمیشہ کے لیے بانجھ کر دیا جائے۔ عمل جراحی شروع ہوا۔ میٹرنٹی ہوم کے باہر دنیا کی ساری قومیں جمع ہو گئیں۔ بہت دیر تک سناٹا چھایا رہا۔ اس کے بعد میٹرنٹی ہوم کا دروازہ پھٹ سے کھلا۔ ایک سفید پوش نرس باہر نکلی اور اس نے اپنی باریک آواز میں اعلان کیا،

''مبارک ہو، بی زمانی بیگم کے بچہ پیدا ہو گیا ہے۔ زچہ اور بچہ دونوں بے ہوش ہیں۔''

دنیا کی ساری قومیں فکر و تردد میں غرق ہو گئیں۔ ایک بوڑھا لنگوٹی پہنے کھانستا کھنکارتا نرس کی طرف بڑھا۔ نرس نے پوچھا، ''تم کون ہو۔۔۔؟''

بوڑھے نے اپنے خشک ہونٹوں پر زبان پھیری اور لرزاں آواز میں کہا، ''میرا نام ہندوستان ہے۔''

''اوہ۔۔۔کیا چاہتے ہو تم؟''

''میں صرف یہ پوچھنے آیا ہوں کہ لڑکا ہوا ہے یا لڑکی؟''

دنیا کی ساری قومیں بے اختیار کھلکھلا کر ہنس پڑیں۔

بیگو

'' تسلیاں اور دلاسے بے کار ہیں۔ لوہے اور سونے کے یہ مرکب میں چھٹانکوں پھانک چکا ہوں۔ کون سی دوا ہے جو میرے حلق سے نہیں اتاری گئی، میں آپ کے اخلاق کا ممنون ہوں مگر ڈاکٹر صاحب میری موت یقینی ہے۔ آپ کیسے کہہ رہے ہیں کہ میں دق کا مریض نہیں۔ کیا میں ہر روز خون نہیں تھوکتا؟ آپ یہی کہیں گے کہ میرے گلے اور دانتوں کی خرابی کا نتیجہ ہے مگر میں سب کچھ جانتا ہوں۔ میرے دونوں پھیپھڑے خانۂ زنبور کی طرح مُشبّک ہو چکے ہیں۔ آپ کے انجکشن مجھے دوبارہ زندگی نہیں بخش سکتے۔ دیکھیے میں اس وقت آپ سے باتیں کر رہا ہوں مگر سینے پر ایک وزنی انجن دوڑتا ہوا محسوس کر رہا ہوں۔ معلوم ہوتا ہے کہ میں ایک تاریک گڑھے میں اتر رہا ہوں۔

قبر بھی تو ایک تاریک گڑھا ہے۔ آپ میری طرف اس طرح نہ دیکھیے ڈاکٹر صاحب، مجھے اس چیز کا کامل احساس ہے کہ آپ اپنے ہسپتال میں کسی مریض کا مرنا پسند نہیں کرتے مگر جو چیز اٹل ہے وہ ہو کے رہے گی۔ آپ ایسا کیجیے کہ مجھے یہاں سے رخصت کر دیجیے۔ میری ٹانگوں میں تین چار میل چلنے کی قوت ابھی باقی ہے۔ کسی قریب کے گاؤں میں چلا جاؤں گا۔ اور... مگر میں تو رو رہا ہوں۔ نہیں نہیں۔ ڈاکٹر صاحب یقین کیجیے۔ میں موت سے خائف نہیں۔ یہ میرے جذبات ہیں، جو آنسوؤں کی شکل میں باہر نکل رہے ہیں۔ آہ! آپ کیا جانیں۔ اس مدقوق کے سینے سے کیا کچھ باہر نکلنے کو مچل رہا ہے۔ میں اپنے انجام سے باخبر ہوں۔ آج سے پانچ برس پہلے بھی میں اس وحشت ناک انجام سے باخبر تھا۔ جانتا تھا۔ اور اچھی طرح جانتا تھا کہ کچھ عرصہ کے بعد میری زندگی کی دوڑ ختم ہو جائے گی۔ میں نے اس گیند کو جسے آپ زندگی کے نام سے پکارتے ہیں، خود اپنے پاؤں پر کلہاڑی مار کر کاٹا ہے۔ اس میں کسی کا کوئی قصور نہیں۔

واقعہ یہ ہے کہ میں اس کھیل میں لذت محسوس کر رہا ہوں۔ لذت۔۔۔ ہاں لذت۔۔۔۔ میں نے اپنی زندگی کی کئی راتیں حسن فروش عورتوں کے تاریک اڈوں پر گزاری ہیں۔ شراب کے نشے میں چُور میں کس نے کس بے دردی سے خود کو اس حالت میں پہنچایا۔ مجھے یاد ہے۔ انہی اڈوں کی سیاہ پیشہ عورت۔۔۔ کیا نام تھا اس کا۔۔۔؟ ہاں گلزار، مجھے اس بری طرح اپنی جوانی کو کیچڑ میں لت پت کرتے دیکھ کر مجھ سے ہمدردی کرنے لگ گئی تھی۔ بے وقوف عورت، اس کو کیا بتاتا کہ میں اس کیچڑ میں کس کا عکس دیکھنے کی کوشش کر رہا تھا۔ مجھے گلزار اور اس کی دیگر ہم پیشہ عورتوں سے نفرت تھی اور اب بھی ہے لیکن کیا آپ مریضوں کو زہر نہیں کھلاتے اگر اس سے اچھے نتائج کی امید ہو۔ میرے درد کی دوا ہی تاریک زندگی تھی۔ میں نے بڑی کوشش اور مصیبتوں کے بعد اس انجام کو بلایا ہے جس کی کچھ روئداد آپ نے میرے سرہانے ایک تختی پر لکھ کر لٹکا رکھی ہے۔ میں نے اس کے انتظار میں ایک ایک گھڑی کس بے تابی سے کاٹی ہے، آہ! کچھ نہ پوچھیے! لیکن اب مجھے دلی تسکین حاصل ہو چکی ہے۔ میری زندگی کا مقصد پورا ہو گیا۔

میں دِق اور سِل کا مریض ہوں۔ اس مرض نے مجھے کھوکھلا کر دیا ہے۔۔۔ آپ حقیقت کا اظہار کیوں نہیں کر دیتے۔ بخدا اس سے مجھے اور تسکین حاصل ہوگی۔ میرا آخری سانس آرام سے نکلے گا۔۔۔ ہاں ڈاکٹر صاحب یہ تو بتائیے، کیا آخری لمحات واقعی تکلیف دہ ہوتے ہیں؟ میں چاہتا ہوں میری جان آرام سے نکلے۔ آج میں واقعی بچوں کی سی باتیں کر رہا ہوں۔ آپ اپنے دل میں یقیناً مسکراتے ہوں گے کہ میں آج معمول سے بہت زیادہ باتونی ہو گیا ہوں۔۔۔ دیا جب بجھنے کے قریب ہوتا ہے تو اس کی روشنی تیز ہو جایا کرتی ہے۔ کیا میں جھوٹ کہہ رہا ہوں۔۔۔؟ آپ تو بولتے ہی نہیں ہوں اور میں بولے جا رہا ہوں۔ ہاں ہاں بیٹھیے، میرا جی چاہتا ہے آج کسی سے باتیں کیے جاؤں۔ آپ نہ آتے تو خدا معلوم میری کیا حالت ہوتی۔۔۔ آپ کا سفید سوٹ آنکھوں کو کس قدر بھلا معلوم ہو رہا ہے۔ کفن بھی اسی طرح صاف ستھرا ہوتا ہے پھر آپ میری طرف اس طرح کیوں دیکھ رہے ہیں۔

آپ کو کیا معلوم کہ میں مرنے کے لیے کس قدر بے تاب ہوں۔ اگر مرنے والوں کو کفن خود پہننا ہو تو آپ دیکھتے میں اس کو کتنی جلدی اپنے گرد لپیٹ لیتا۔ میں کچھ عرصہ اور زندہ رہ کر کیا کروں گا؟ جب کہ وہ مر چکی ہے۔ میرا زندہ رہنا فضول ہے۔ میں نے اس موت کو بہت مشکلوں کے بعد اپنی طرف آمادہ کیا ہے اور اب میں اس موقع کو ہاتھ سے جانے نہیں دے سکتا۔ وہ مر چکی ہے اور اب میں بھی مر رہا ہوں۔ میں نے اپنی سنگ دلی۔۔۔ وہ مجھے سنگ دل کے نام سے پکارا کرتی تھی، کی قیمت ادا کر دی ہے۔ اور خدا گواہ

ہے کہ اس کا کوئی بھی سکہ کھوٹا نہیں۔ میں پانچ سال تک ان کو پرکھتا رہا ہوں۔ میری عمر اس وقت پچیس برس کی ہے۔ آج سے ٹھیک سات برس پہلے میری اس سے ملاقات ہوئی تھی۔ آہ ان سات برسوں کی روئداد کتنی حیرت افزا ہے۔ اگر کوئی شخص اس کی تفصیل کاغذوں پر پھیلا دے تو انسانی دلوں کی داستانوں میں کیسا دلچسپ اضافہ ہو۔ دنیا ایک ایسے دل کی دھڑکن سے آشنا ہو گی جس نے اپنی غلطی کی قیمت خون کی ان تھوکوں میں ادا کی ہے۔ جنہیں آپ ہر روز جلاتے رہتے ہیں کہ ان کے جراثیم دوسروں تک نہ پہنچیں۔ آپ میری بکواس سنتے سنتے کیا تنگ تو نہیں آ گئے۔ خدا معلوم کیا کیا کچھ بکتا رہوں۔ تکلیف سے کام نہ لیجیے، آپ واقعی کچھ نہیں سمجھ سکتے، میں خود نہیں سمجھ سکا صرف اتنا جانتا ہوں کہ بُت سے واپس آ کر میرے دل و دماغ کا ہر جوڑ ہل گیا تھا۔ اب یعنی آج جب کہ میرے جنون کا دورہ ختم ہو چکا ہے اور موت کو چند قدم کے فاصلے پر دیکھ رہا ہوں۔ مجھے یوں محسوس ہوتا ہے کہ وہ وزن جو میری چھاتی کو دابے ہوئے تھا، ہلکا ہو گیا ہے اور میں پھر زندہ ہو رہا ہوں موت میں زندگی۔۔۔ کیسی دلچسپ چیز ہے! آج میرے ذہن سے دھند کے تمام بادل اٹھ گئے ہیں۔ میں ہر چیز کو روشنی میں دیکھ رہا ہوں۔ سات برس پہلے کے تمام واقعات اس وقت میری نظروں کے سامنے ہیں۔

دیکھیے۔۔۔ میں لاہور سے گرمیاں گزارنے کے لیے کشمیر کی تیاریاں کر رہا ہوں۔ سوٹ سلوائے جا رہے ہیں۔ بوٹ ڈبوں میں بند کیے جا رہے ہیں۔ ہولڈال اور ٹرنک کپڑوں سے پُر کیے جا رہے ہیں۔ میں رات کی گاڑی سے جموں روانہ ہوتا ہوں۔ شمیم میرے ساتھ ہے۔ گاڑی کے ڈبے میں بیٹھ کر ہم عرصہ تک باتیں کرتے رہتے ہیں۔ گاڑی چلتی ہے۔ شمیم چلا جاتا ہے۔ میں سو جاتا ہوں۔ دماغ ہر قسم کی فکر سے آزاد ہے۔ صبح جموں کے اسٹیشن پر جا گیا ہوں۔ کشمیر کی حسین وادی کی ہونے والی سیر کے خیالات میں مگن لاری پر سوار ہوتا ہوں۔ بُت سے ایک میل کے فاصلے پر لاری کا پہیہ پنکچر ہو جاتا ہے۔ شام کا وقت ہے اس لیے رات بُت کے ہوٹل میں کاٹنی پڑتی ہے۔ اس ہوٹل کا کمرہ بے حد غلیظ معلوم ہوتا ہے مگر کیا معلوم تھا کہ مجھے وہاں پورے دو مہینے رہنا پڑے گا۔ صبح سویرے اٹھتا ہوں تو معلوم ہوتا ہے کہ لاری کے انجن کا ایک پرزہ بھی خراب ہو گیا ہے۔ اس لیے مجبوراً ایک دن اور بُت میں ٹھہرنا پڑے گا۔ یہ سن کر میری طبیعت کس قدر افسردہ ہو گئی تھی! اس افسردگی کو دور کرنے کے لیے میں۔۔۔ میں اس روز شام کو سیر کے لیے نکلتا ہوں۔ چیڑ کے درختوں کا تنفس، جنگلی پرندوں کی نغمہ سرائیاں، سیب کے لدے ہوئے درختوں کا حسن اور غروب ہوتے ہوئے سورج کا دلکش سماں، لاری والے کی بے احتیاطی اور رنگ میں بھنگ ڈالنے والی

تقدیر کی گستاخی کا رنج افزا خیال محو کر دیتا ہے۔

میں نیچر کے مسرت افزا مناظر سے لطف اندوز ہوتا ہوا سڑک کے ایک موڑ پر پہنچتا ہوں۔۔۔ دفعۃً میری نگاہیں اس سے دو چار ہوتی ہیں۔ بیگو مجھ سے بیس قدم کے فاصلے پر اپنی بھینس کے ساتھ کھڑی ہے۔۔۔ جس داستان کا انجام اس وقت آپ کے پیش نظر ہے۔ اس کا آغاز یہیں سے ہوتا ہے۔

وہ جوان تھی۔ اس کی جوانی پر بُوٹ کی فضا پوری شدت کے ساتھ جلوہ گر تھی۔ سبز لباس میں ملبوس وہ سڑک کے درمیان مکئی کا ایک دراز قد بوٹا معلوم ہو رہی تھی۔ چہرے کے تانبے تابناں رنگ پر اس کی آنکھوں کی چمک نے ایک عجیب کیفیت پیدا کر دی تھی۔ جو چشمے کے پانی کی طرح صاف اور شفاف تھیں۔۔۔۔

میں اس کو کتنا عرصہ دیکھتا رہا۔ یہ مجھے معلوم نہیں۔ لیکن اتنا یاد ہے کہ میں نے دفعۃً اپنا سینہ موسیقی سے لبریز پایا اور پھر میں مسکرا دیا۔ اس کی بہکی ہوئی نگاہوں کی توجہ بھینس سے ہٹ کر میرے تبسم سے ٹکرائی۔ میں گھبرا گیا۔ اس نے ایک تیز تجسس سے میری طرف دیکھا جیسے وہ کسی بُھولے ہوئے خواب کو یاد کر رہی ہے۔ پھر اس نے اپنی چھڑی کو دانتوں میں دبا کر کچھ سوچا اور مسکرا دی، اس کا سینہ چشمے کے پانی کی طرح دھڑک رہا تھا۔ میرا دل بھی میرے پہلو میں انگڑائیاں لے رہا تھا۔۔۔ اور یہ پہلی ملاقات کس قدر لذیذ تھی۔ اس کا ذائقہ ابھی میرے جسم کی ہر رگ میں موجود ہے۔۔۔ وہ چلی گئی۔۔۔ میں اس کو آنکھوں سے اوجھل ہوتے دیکھتا رہا۔ وہ اس انداز سے چل رہی تھی جیسے کچھ یاد کر رہی ہے۔ کچھ یاد کرتی ہے مگر پھر بھول جاتی ہے۔ اس نے جاتے ہوئے پانچ چھ مرتبہ میری طرف مڑ کر دیکھا۔ لیکن اُسے فوراً پھیر لیا۔

جب وہ اپنے گھر میں داخل ہو گئی جو سڑک کے نیچے مکئی کے چھوٹے سے کھیت کے ساتھ بنا ہوا تھا، میں اپنی طرف متوجہ ہوا۔ میں اس کی محبت میں گرفتار ہو چکا تھا۔ اس احساس نے مجھے سخت متحیر کیا۔ میری عمر اس وقت اٹھارہ سال کی تھی۔ کالج میں اپنے ہم جماعت طلبہ کی زبانی محبت کے متعلق بہت کچھ سن چکا تھا۔ عشقیہ داستانیں بھی اکثر میرے زیر مطالعہ رہی تھیں۔ مگر محبت کے حقیقی معانی میری نظروں سے پوشیدہ تھے۔ اس کے جانے کے بعد جب میں نے ایک ناقابل بیان تلخی اپنے دل کی دھڑکنوں میں حل ہوتی ہوئی محسوس کی تو میں نے خیال کیا کہ شاید اسی کا نام محبت ہے۔۔۔ یہ محبت ہی تھی۔ عورت سے محبت کرنے کا پہلا مقصد یہ ہوتا ہے کہ وہ مرد کی ہو جائے یعنی وہ اس سے شادی کر لے اور آرام سے اپنی بقایا زندگی گزار دے۔ شادی کے بعد یہ محبت کروٹ بدلتی ہے۔ پھر مرد اپنی محبوبہ کے کاندھوں پر ایک گھر تعمیر کرتا ہے۔ میں نے جب بیگو سے اپنے دل کو وابستہ ہوتے محسوس کیا تو فطری طور پر میرے دل میں اس رفیقۂ حیات

کا خیال پیدا ہوا جس کے متعلق میں اپنے کمرے کی چار دیواری میں کئی خواب دیکھ چکا تھا۔ اس خیال کے آتے ہی میرے دل سے یہ صدا اٹھی، ''دیکھو سعید! یہ لڑکی ہی تمہارے خوابوں کی پری ہے۔'' چنانچہ میں تمام واقعے پر غور کرتا ہوا ہوٹل واپس آیا اور ایک ماہ کے لیے ہوٹل کا وہ کمرہ کرائے پر اٹھا لیا جو مجھے بے حد غلیظ محسوس ہوا تھا۔ مجھے اچھی طرح یاد ہے کہ ہوٹل کا مالک میرے اس ارادے کو سن کر بہت متحیر ہوا تھا۔ اس لیے کہ میں صبح اس کی غلاظت پسندی پر ایک طویل لیکچر دے چکا تھا۔ داستان کتنی طویل ہوتی جا رہی ہے مگر مجھے معلوم ہے کہ آپ اسے غور سے سن رہے ہیں۔۔۔ ہاں ہاں آپ سگریٹ سلگا سکتے ہیں۔ میرے گلے میں آج کھانسی کے آثار محسوس نہیں ہوتے۔ آپ کی ڈبیا دیکھ کر میرے ذہن میں ایک اور واقعہ کی یاد تازہ ہو گئی ہے۔ بیگو بھی سگریٹ پیا کرتی تھی۔ میں نے کئی بار اسے گولڈ فلیک کی ڈبیاں لا کر دی تھیں۔ وہ بڑے شوق سے ان کو منہ میں دبا کر دھوئیں کے بادل اڑایا کرتی تھیں۔ دھواں۔۔۔! میں اس نیلے نیلے دھوئیں کو اب بھی دیکھ رہا ہوں جو اس کے گیلے ہونٹوں پر رقص کیا کرتا تھا۔۔۔ ہاں تو دوسرے روز میں شام کو اسی وقت ادھر سیر کو گیا۔ جہاں مجھے وہ سڑک پر ملی تھی۔ دیر تک سڑک کے ایک کنارے پتھروں کی دیوار پر بیٹھا رہا مگر وہ نظر نہ آئی۔

اٹھا اور ٹہلتا ٹہلتا آگے نکل گیا۔ سڑک کے دائیں ہاتھ ڈھلوان تھی جس پر چیڑ کے درخت اگے ہوئے تھے۔ بائیں ہاتھ بڑے بڑے پتھروں کے کٹے پھٹے سر ابھر رہے تھے۔ ان پر جمی ہوئی مٹی کے ڈھیلوں میں گھاس اگی ہوئی تھی۔ ہوا ٹھنڈی اور تیز تھی۔ چیڑ کے تاگا نما پتوں کی سرسراہٹ کانوں کو بہت بھلی معلوم ہوتی تھی۔ جب موڑ مڑا تو دفعتاً میری نگاہیں سامنے اٹھیں۔ مجھ سے سو قدم کے فاصلے پر وہ اپنی بھینس کو ایک سنگین حوض سے پانی پلا رہی تھی۔ میں قریب پہنچا مگر اس کو نظر بھر کے دیکھنے کی جرأت نہ کر سکا اور آگے نکل گیا اور جب واپس مڑا تو وہ گھر جا چکی تھی۔ اب ہر روز اس طرف سیر کو جانا میرا معمول ہو گیا مگر بیس روز تک اس سے ملاقات نہ کر سکا۔

میں نے کئی بار باؤلی پر پانی پیتے وقت اس سے ہم کلام ہونے کا ارادہ کیا۔ مگر زبان گنگ ہو گئی۔ کچھ بول نہ سکا۔ قریباً ہر روز میں اس کو دیکھتا مگر رات میں جب تصور میں اس کی شکل دیکھنا چاہتا تو ایک دھند سی چھا جاتی۔ یہ عجیب بات ہے کہ میں اس کی شکل کو اس کے باوجود کہ اسے ہر روز دیکھتا تھا بھول جاتا تھا۔ بیس دنوں کے بعد ایک روز چار بجے کے قریب جب کہ میں ایک باؤلی کے اوپر چیڑ کے سائے میں لیٹا تھا۔ وہ خورد سال لڑکے کو لے کر اوپر چڑھی۔ اس کو اپنی طرف آتا دیکھ کر میں سخت گھبرا گیا۔ دل میں

یہی آئی کہ وہاں سے بھاگ جاؤں لیکن اس کی سکت بھی نہ رہی۔ وہ میری طرف دیکھے بغیر آگے نکل گئی۔ چونکہ اس کے قدم تیز تھے اس لیے لڑکا اس کے پیچھے رہ گیا۔ میں اٹھ کر بیٹھ گیا۔اس کی پیٹھ میری طرف تھی۔ دفعتاً لڑکے نے ایک چیخ ماری اور چشم زدن میں چیڑ کے خشک پتوں پر سے پھسل کر نیچے آ رہا۔ میں فوراً اٹھا اور بھاگ کر اسے اپنے بازوؤں میں تھام لیا۔چیخ سن کر وہ مڑی اور دوڑنے کے لیے بڑھے ہوئے قدم روک کر آہستہ آہستہ میری طرف آئی۔ اپنی جوان آنکھوں سے مجھے دیکھا اور لڑکے سے یہ کہا، ''خدا جانے تم کیوں گر پڑتے ہو؟''

میں نے گفتگو شروع کرنے کا ایک موقع پا کر اس سے کہا، ''بچہ ہے اس کی انگلی پکڑ لیجیے۔ان پتوں نے خود مجھے کئی بار اوندھے منہ گرا دیا ہے۔''

یہ سن کر وہ کھلکھلا کر ہنسی پڑی، ''آپ کے ہیٹ نے تو خوب لڑھکنیاں کھائی ہوں گی۔''

''آپ ہنستی کیوں ہیں؟ کسی کو گرتے دیکھ کر آپ کی طبعیت اتنی شاد کیوں ہوتی ہے اور جو کسی روز آپ گر پڑیں تو۔۔۔وہ گھڑا جو ہر روز شام کے وقت آپ گھر لے جاتی ہیں کس بری طرح زمین پر گر کر ٹکڑے ٹکڑے ہو جائے گا۔''

''میں نہیں گر سکتی۔۔۔'' یہ کہتے ہوئے اس نے دفعتاً نیچے باؤلی کی طرف دیکھا۔اس کی بھینس نالے پر بندھے ہوئے پل کی طرف خراماں خراماں جا رہی تھی۔ یہ دیکھ کر اس نے اپنے حلق سے ایک عجیب قسم کی آواز نکالی۔اس کی گونج ابھی تک میرے کانوں میں محفوظ ہے۔ کس قدر جوان تھی یہ آواز۔اس نے بڑھ کر لڑکے کو کاندھے پر اٹھا لیا۔اور بھینس کو ''اے چھلاں، اے چھلاں'' کے نام سے پکارتی ہوئی چشم زدن میں نیچے اتر گئی۔بھینس کو واپس موڑ کر اس نے میری طرف دیکھا اور گھر کو چل دی۔

اس ملاقات کے بعد اس سے ہم کلام ہونے کی جھجک دور ہو گئی۔ ہر روز شام کے وقت باؤلی پر یا چیڑ کے درختوں تلے میں اس سے کوئی نہ کوئی بات شروع کر دیتا۔شروع شروع میں ہماری گفتگو کا موضوع بھینس تھا۔ پھر میں نے اس سے اس کا نام دریافت کیا اور اس نے میرا۔اس کے بعد گفتگو کا رخ اصل مطلب کی طرف آ گیا۔ایک روز دو پہر کے وقت جب وہ نالے میں ایک بڑے سے پتھر پر بیٹھی اپنے کپڑے دھو رہی تھی۔ میں اس کے پاس بیٹھ گیا۔ مجھے کسی خاص بات کا اظہار کرنے پر تیار دیکھ کر اس نے جنگلی بلی کی طرح میری طرف گھور کر دیکھا۔اور زور زور سے اپنی شلوار کو پتھر پر جھٹکتے ہوئے کہا، ''آپ کشمیر کب جا رہے ہیں۔یہاں بُھوت میں کیا دھرا ہے جو آپ یہاں ٹھہرے ہوئے ہیں۔''

یہ سن کر میں نے مستفسرانہ نگاہوں سے اس کی طرف دیکھا۔ گویا میں اس کے سوال کا جواب خود اس کی
زبان سے چاہتا ہوں۔ اس نے نگاہیں نیچی کر لیں اور مسکراتے ہوئے کہا، ''آپ سیر کرنے کے لیے آئے
ہیں۔ میں نے سنا ہے کشمیر میں بہت سے باغ ہیں۔ آپ وہاں کیوں نہیں چلے جاتے؟''

موقع اچھا تھا۔ چنانچہ میں نے دل کے تمام دروازے کھول دیئے۔ وہ میرے جذبات کے بہتے ہوئے
دھارے کا شور خاموشی سے سنتی رہی۔ میری آواز نالے کے پانی کی گنگناہٹ میں جو ننھے ننھے سنگ ریزوں
سے کھیلتا ہوا بہہ رہا تھا ڈوب کر ابھر رہی تھی۔ ہمارے سروں کے اوپر اخروٹ کے گھنے درخت میں
چڑیاں چہچہا رہی تھیں۔ ہوا اس قدر تر و تازہ اور لطیف تھی کہ اس کا ہر جھونکا بدن پر ایک خوش گوار کپکپی طاری
کر دیتا تھا۔ میں اس سے پورا ایک گھنٹہ گفتگو کرتا رہا۔ اس سے صاف لفظوں میں کہہ دیا کہ میں تم سے محبت
کرتا ہوں اور شادی کا خواہش مند ہوں۔ یہ سن کر وہ بالکل متحیر نہ ہوئی۔ لیکن اس کی نگاہیں جو دُور پہاڑیوں
کی سیاہی اور آسمان کی نیلاہٹ کو آپس میں مِلتا ہوا دیکھ رہی تھیں، اس بات کی مظہر تھیں کہ وہ کسی گہرے
خیال میں مُستغرَق ہے۔ کچھ عرصہ خاموش رہنے کے بعد اس نے میرے اصرار پر صرف اتنا جواب دیا۔
''اچھا آپ کشمیر نہ جائیں۔''

یہ جواب اختصار کے باوجود حوصلہ افزا تھا۔۔۔ اس ملاقات کے بعد ہم دونوں بے تکلف ہو گئے۔ اب پہلا
سا جھاب نہ رہا۔ ہم گھنٹوں ایک دوسرے کے ساتھ باتیں کرتے رہتے۔ ایک روز میں نے اس سے نشانی
کے طور پر کچھ مانگا تو اس نے بڑے بھولے بھولے انداز میں اپنے سر کے کلپ اتار کر میری ہتھیلی پر رکھ دیئے
اور مسکرا کر کہا، ''میرے پاس یہی کچھ ہے۔'' یہ کلپ میرے پاس ابھی تک محفوظ ہیں۔

خیر کچھ دنوں کی طول طویل گفتگوؤں کے بعد میں نے اس کی زبان سے وہ مجھ سے شادی کرنے
پر رضامند ہے۔ مجھے اچھی طرح یاد ہے کہ جب اس روز شام کو اس نے اپنے گھٹڑے کو سر پر سنبھالتے
ہوئے اپنی رضامندی کا اظہار ان الفاظ میں کیا تھا کہ ''ہاں میں چاہتی ہوں۔'' تو میری مسرت کی کوئی
انتہا نہ رہی تھی۔ مجھے یہ بھی یاد ہے کہ ہوٹل کو واپس آتے ہوئے میں کچھ گایا بھی تھا۔ اس پر مسرت شام
کے چوتھے روز جب کہ میں آنے والی ساعتِ سعید کے خواب دیکھ رہا تھا، یکایک اس مکان کی تمام دیواریں
گر پڑیں جن کو میں نے بڑے پیار سے استوار کیا تھا۔ بستر میں پڑا تھا کہ صبح سیالکوٹ کے ایک صاحب
جو بغرض تبدیلی آب و ہوا بٹوت میں قیام پذیر تھے۔ اور ایک حد تک بیگو سے میری محبت کو جانتے تھے۔
میری۔۔۔ چارپائی پر بیٹھ گئے اور نہایت ہی متفکرانہ لہجہ میں کہنے لگے۔

''وزیر بیگم سے آپ کی ملاقاتوں کا ذکر آج بُوت کے ہر بچے کی زبان پر ہے۔ میں وزیر بیگم کے کیریکٹر سے ایک حد تک واقف تھا۔ اس لیے کہ سیالکوٹ میں اس لڑکی کے متعلق بہت کچھ سن چکا ہوں۔ مگر یہاں بُوت میں اس کی تصدیق ہو گئی ہے۔ ایک ہفتہ پہلے یہاں کا قصائی اس کے متعلق ایک طویل حکایت سنا رہا تھا۔ پرسوں پان والا آپ سے ہمدردی کا اظہار کر رہا تھا کہ آپ عصمت باختہ لڑکی کے دام میں پھنس گئے ہیں۔ کل شام کو ایک اور صاحب کہہ رہے تھے کہ آپ ٹوٹی ہوئی ہنڈیا خرید رہے ہیں۔ میں نے یہ بھی سنا ہے کہ بعض لوگ اس سے آپ کی گفتگو پسند نہیں کرتے۔ اس لیے کہ جب سے آپ بُوت میں آئے ہیں وہ ان کی نظروں سے اوجھل ہو گئی ہے۔ میں نے آپ سے حقیقت کا اظہار کر دیا ہے۔ اب آپ بہتر سوچ سکتے ہیں۔

عصمت باختہ لڑکی، ٹوٹی ہوئی ہنڈیا، لوگ اس سے میری گفتگو کو پسند نہیں کرتے، مجھے اپنی سماعت پر یقین نہ آتا تھا۔ بیگو اور ۔۔۔ اس کا خیال ہی نہیں کیا جا سکتا تھا۔ مگر جب دوسرے روز مجھے ہوٹل والے نے نہایت ہی رازدارانہ لہجے میں چند باتیں کہیں تو میری آنکھوں کے سامنے تاریک دھند سی چھا گئی، ''بابو جی، آپ بُوت میں سیر کے لیے آئے ہیں مگر دیکھتا ہوں کہ آپ یہاں کی ایک حسن فروش لڑکی کی محبت میں گرفتار ہیں، اس کا خیال اپنے دل سے نکال دیجیے۔ میرا اس لڑکی کے گھر آنا جانا ہے، مجھے یہ بھی معلوم ہوا ہے کہ آپ نے اس کو کچھ کپڑے بھی خرید دیئے ہیں۔ آپ نے یقیناً اور بھی روپے خرچ کیے ہوں گے، معاف کیجیے مگر یہ سراسر حماقت ہے۔ میں آپ سے یہ باتیں ہرگز نہ کرتا کیونکہ یہاں بیسیوں عیش پسند مسافر آتے ہیں مگر آپ کا دل ان سیاہیوں سے پاک نظر آتا ہے۔ آپ بُوت سے چلے جائیں، اس قماش کی لڑکی سے گفتگو کرنا اپنی عزت خطرے میں ڈالنا ہے۔''

ظاہر ہے کہ ان باتوں نے مجھے بے حد افسردہ بنا دیا تھا۔ وہ مجھ سے سگریٹ، مٹھائی اور اسی قسم کی دوسری معمولی اشیا طلب کیا کرتی تھی اور میں بڑے شوق اور محبت سے اس کی یہ خواہش پوری کیا کرتا تھا۔ اس میں ایک خاص لطف تھا۔ مگر اب ہوٹل والے کی بات نے میرے ذہن میں مُہیب خیالات کا ایک تلاطم برپا کر دیا۔ گزشتہ ملاقاتوں کے جتنے نقوش میرے دل و دماغ میں محفوظ تھے اور جنہیں میں ہر روز بڑے پیار سے اپنے تصور میں لا کر ایک خاص قسم کی مٹھاس محسوس کیا کرتا تھا، دفعتاً تاریک شکل اختیار کر گئے۔ مجھے اس کے نام ہی سے عُفوّئت آنے لگی۔ میں نے اپنے جذبات پر قابو پانے کی بہت کوشش کی مگر بے سود۔ میرا دل جو ایک کالج کے طالب علم کے سینے میں دھڑکتا تھا، اپنے خوابوں کی یہ بری اور بھیانک تعبیر دیکھ کر چلّا

اٹھا۔اس کی باتیں جو کچھ عرصہ پہلے بہت بھلی معلوم ہوتی تھیں ریاکاری میں ڈوبی ہوئی معلوم ہونے لگیں۔ میں نے گزشتہ واقعات، بیگو کی نقل و حرکت، اس کی جنبش اور اپنے گردو پیش کے ماحول کو پیشِ نظر رکھ کر عمیق مطالعہ کیا تو تمام چیزیں روشن ہوگئیں، اس کا ہر شام کو ایک مریض کے ہاں دودھ لے کر جانا اور وہاں ایک عرصہ تک بیٹھی رہنا، باؤلی پر ہر کَس و ناکَس سے بے باکانہ گفتگو، دوپٹے کے بغیر ایک پتھر سے دوسرے پر اچھل کود، اپنی ہم عمر لڑکیوں سے کہیں زیادہ شوخ اور آزاد روی۔۔۔ وہ یقیناً عصمت باختہ لڑکی ہے۔‘‘

میں نے یہ رائے مرتب تو کر لی۔ مگر آنسوؤں سے میری آنکھیں گیلی ہوگئیں۔خوب رویا مگر دل کا بوجھ ہلکا نہ ہوا۔ میں چاہتا تھا کہ ایک بار، آخری بار اس سے بِلوں اور اس کے منہ پر اپنے تمام غصے کو تھوک دوں۔ یہی صورت تھی جس سے مجھے کچھ سکون حاصل ہو سکتا تھا۔ چنانچہ میں شام کو باؤلی کی طرف گیا۔ وہ پگڈنڈی پر انار کی جھاڑیوں کے پیچھے بیٹھی میرا انتظار کر رہی تھی۔اس کو دیکھ کر میرا دل کسی قدر دُھڑکا۔میرا حلق اس روز کی تلخی کبھی فراموش نہیں کر سکتا۔اس کے قریب پہنچا اور پاس ہی ایک پتھر پر بیٹھ گیا۔چھلاں اس کی بھینس اور اس کا بچھڑا چند گزوں کے فاصلے پر بیٹھے جگالی کر رہے تھے۔ میں نے گفتگو کا آغاز کرنا چاہا مگر کچھ نہ کہہ نہ سکا۔ غصے اور افسردگی نے میری زبان پر قُفل لگا دیا تھا۔ مجھے خاموش دیکھ کر اس کی آنکھوں کی چمک ماند پڑ گئی، جیسے چشمے کے پانی میں کسی نے اپنے مٹی بھرے ہاتھ دھو دیئے ہیں۔ پھر وہ مسکرائی، یہ مسکراہٹ مجھے کسی قدر مصنوعی اور پھیکی معلوم ہوئی۔ میں نے سر جھکا لیا اور سنگ ریزوں سے کھیلنا شروع کر دیا تھا۔شاید میرا رنگ زرد پڑ گیا تھا۔اس نے غور سے میری طرف دیکھا اور کہا، ‘‘ آپ بیمار ہیں؟ ’’

اس کا یہ کہنا تھا کہ میں برس پڑا، ‘‘ ہاں بیمار ہوں، اور یہ بیماری تمہاری دی ہوئی ہے، تمہیں نے یہ روگ لگایا ہے بیگو! میں تمہارے چال چلن کی سب کہانی سن چکا ہوں اور تمہارے سارے حالات سے باخبر ہوں۔ ’’

میری جُھبتی ہوئی باتیں سن کر اور بدلے ہوئے تیور دیکھ کر وہ بھونچکا سی رہ گئی اور کہنے لگی، ‘‘اچھا تو میں اچھی لڑکی نہیں ہوں۔ آپ کو میرے چال چلن کے متعلق سب کچھ معلوم ہو چکا ہے، میری سمجھ میں نہیں آتا کہ یہ آپ کیسی بہکی بہکی باتیں کر رہے ہیں۔ ’’

میں چلایا، ‘‘ گویا تم کو معلوم ہی نہیں۔ ذرا اپنے گریبان میں منہ ڈال کر دیکھو تو اپنی سیہ کاریوں کا سارا نقشہ تمہاری آنکھوں تلے گھوم جائے گا۔ ’’ میں طیش میں آ گیا، کتنی بھولی بنتی ہو۔ جیسے کچھ جانتی ہی نہیں۔ پروں پر پانی پڑنے ہی نہیں دیتیں۔ میں کیا کہہ رہا ہوں، بھلا تم کیا سمجھو، جاؤ جاؤ بیگو، تم نے مجھے سخت دکھ

پہنچایا ہے۔‘‘ یہ کہتے کہتے میری آنکھوں میں آنسو ڈبڈبا آئے۔وہ بھی سخت مضطرب ہو گئی اور جل کر بول اٹھی، ''آخر میں بھی تو سنوں کہ آپ نے میرے بارے میں کیا کیا سنا ہے۔ پر آپ تو رو رہے ہیں۔‘‘

''ہاں، رو رہا ہوں۔اس لیے کہ تمہارے افعال ہی اتنے سیاہ ہیں کہ ان پر ماتم کیا جائے تم پا کبازوں کی قدر کیا جانو۔اپنا جسم بیچنے والی لڑکی کی محبت کیا جانے تم صرف اتنا جانتی ہو کہ کوئی مرد آئے اور تمہیں اپنی چھاتی سے بھینچ کر چومنا چاٹنا شروع کر دے اور جب سیر ہو جائے تو اپنی راہ لے۔ کیا یہی تمہاری زندگی ہے۔‘‘

میں غصے کی شدت سے دیوانہ ہو گیا تھا۔ جب اس نے میری زبان سے اس قسم کے سخت کلمات سنے تو اس نے ایسا ظاہر کیا جیسے اس کی نظر میں یہ سب گفتگو ایک مُعمّہ ہے۔اس وقت طیش کی حالت میں مَیں نے اس کی حالت کو نمائشی خیال کیا اور ایک قہقہہ لگاتے ہوئے کہا، ''جاؤ! میری نظروں سے دور ہو جاؤ تم ناپاک ہو۔‘‘

یہ سن کر اس نے ڈری ہوئی آواز میں صرف اتنا کہا، ''آپ کو کیا ہو گیا ہے؟‘‘

''مجھے کیا ہو گیا۔۔۔ کیا ہو گیا ہے۔‘‘ میں پھر برس پڑا، ''اپنی زندگی کی سیاہ کاریوں پر نظر دوڑاؤ۔۔۔ تمہیں سب کچھ معلوم ہو جائے گا تم میری بات اس لیے نہیں سمجھتی ہو کہ میں تم سے شادی کرنے کا خواہش مند تھا، اس لیے کہ میرے سینے میں شہوانی خیالات نہیں، اس لیے کہ میں تم سے صرف محبت کرتا ہوں۔ جاؤ مجھے تم سے سخت نفرت ہے۔‘‘

جب میں بول چکا تو اس نے تھوک نگل کر اپنے حلق کو صاف کیا اور تھرتھرائی ہوئی آواز میں کہا، ''شاید آپ یہ خیال کرتے ہوں گے کہ جان بوجھ کر اَن جان بن رہی ہوں۔ مگر سچ جانیے مجھے کچھ معلوم نہیں آپ کیا کہہ رہے ہیں۔ مجھے یاد ہے کہ ایک شام آپ سٹرک پر سے گزر رہے تھے، آپ نے میری طرف دیکھا تھا اور مسکرا دیئے تھے۔ یہاں بیسیوں لوگ ہم لڑکیوں کو دیکھتے ہیں اور مسکرا کر چلے جاتے ہیں۔ پھر آپ متواتر باؤلی کی طرف آتے رہے۔ مجھے معلوم تھا آپ میرے لیے آتے ہیں مگر اسی قسم کے کئی واقعہ میرے ساتھ گزر چکے ہیں۔ ایک روز آپ نے میرے ساتھ باتیں کیں اور اس کے بعد ہم دونوں ایک دوسرے سے ملنے لگے۔ آپ نے شادی کے لیے کہا میں۔۔۔ مان گئی۔ مگر اس سے پہلے اس قسم کی کئی درخواستیں سن چکی ہوں۔ جو مرد بھی مجھ سے ملتا ہے دوسرے تیسرے روز میرے کان میں کہتا ہے، ''بیگو دیکھ میں تیری محبت میں گرفتار ہوں۔ رات دن تو ہی میرے دل و دماغ میں بستی رہتی تو۔‘‘ آپ نے بھی مجھ سے یہی کہا۔اب بتایئے محبت کیا چیز ہے۔ مجھے کیا معلوم کہ آپ نے دل میں کیا چھپا رکھا ہے۔

یہاں آپ جیسے کئی لوگ ہیں جو مجھ سے یہی کہتے ہیں، بیگو تمہاری آنکھیں کتنی خوبصورت ہیں جی چاہتا ہے کہ صدقے ہو جاؤں۔ تمہارے ہونٹ کس قدر پیارے ہیں ان کو چوم لوں۔۔۔وہ مجھے چومتے رہے ہیں کیا یہ محبت نہیں ہے؟

کئی بار میرے دل میں خیال آیا ہے کہ محبت کچھ اور ہی چیز ہے مگر میں پڑھی لکھی نہیں، اس لیے مجھے کیا معلوم ہو سکتا ہے۔ میں نے قاعدہ پڑھنا شروع کیا مگر چھوڑ دیا۔ اگر میں پڑھوں تو پھر چھلاں اور اس کے بچھڑے کا پیٹ کون بھرے، آپ اخبار پڑھ لیتے ہیں اس لیے آپ کی باتیں بڑی ہوتی ہیں۔ میں کچھ نہیں سمجھ سکتی چھوڑئیے۔ اس قصے کو آ ئیے کچھ اور باتیں کریں مجھے آپ سے مل کر بہت خوشی ہوئی ہے۔ میری ماں کہہ رہی تھیں کہ بیگو تو ہیٹ والے بابو کے پیچھے دیوانی ہو گئی ہے۔ ''

میری نظروں کے سامنے سے وہ تاریک پردہ اٹھنے لگا تھا جو اس انجام کا باعث تھا۔ مگر دفعتاً میرے جوش اور غصے نے پھر اسے گرا دیا۔ بیگو کی گفتگو بے حد سادہ اور معصومیت سے پُرتھی مگر مجھے اس کا ہر لفظ بناوٹ میں لپٹا نظر آیا۔ میں ایک لمحہ بھی اس کی اہمیت پر غور نہ کیا۔

'' بیگو، میں بچہ نہیں ہوں کہ تم مجھے چکنی چپڑی باتوں سے بے وقوف بنا لوگی۔ '' میں نے غصہ میں اس سے کہا، '' یہ فریب کسی اور کو دینا۔ کہتے ہیں کہ جھوٹ کے پاؤں نہیں ہوتے، تم نے ابھی اپنی زبان سے اس بات کا اعتراف کیا ہے اب میں کیا کہوں۔ ''

'' نہیں نہیں کہیے! '' اس نے کہا۔

'' کئی لوگ تمہارے منہ کو چومتے رہے ہیں۔ تمہیں شرم آنی چاہیے! ''

'' ہاں آپ تو سمجھتے ہی نہیں۔ اب میں کیا جھوٹ بولتی ہوں۔ میں خود تھوڑا ہی ان کے پاس جاتی ہوں اور منہ بڑھا کر چومنے کو کہتی ہوں۔ اگر آپ اس روز میرے بالوں کو چومنا چاہتے جب کہ آپ ان کی تعریف کر رہے تھے، تو کیا میں انکار کر دیتی! میں کس طرح انکار کر سکتی ہوں، مجھے چھلاں بہت پیاری لگتی ہے اور میں ہر روز اس کو چومتی ہوں۔ اس میں کیا ہرج ہے میں چاہتی ہوں کہ لوگ میرے بالوں، میرے ہونٹوں اور میرے گالوں کی تعریف کریں اس سے مجھے خوشی ہوتی ہے، خبر نہیں کیوں؟ میں صبح سویرے اٹھتی ہوں اور چھلاں کو لے کر گھاس چرانے کے لیے باہر چلی جاتی ہوں، دوپہر کو روٹی کھا کر پھر گھر سے نکل آتی ہوں۔ شام کو پانی بھرتی ہوں۔ ہر روز میرا یہی کام ہے، مجھے یاد ہے کہ آپ نے مجھ سے کئی مرتبہ کہا تھا کہ میں پانی بھرنے نہ آیا کروں۔ بھینس نہ چرایا کروں۔ شاید آپ اسی وجہ سے ناراض ہو رہے ہیں۔

مگر یہ تو بتائیے کہ میں گھر پر رہوں تو پھر آپ ملاقات کیونکر کرسکیں گے؟ میں نے سنا ہے کہ پنجاب میں لڑکیاں گھر سے باہر نہیں نکلتیں مگر ہم پہاڑی لوگ ہیں، ہمارا یہی کام ہے۔

’’تمہارا یہی کام ہے کہ ہر رہ گزر سے لپٹنا شروع کر دو۔ تم پہاڑی لوگوں کے چلن مجھ سے چھپے ہوئے نہیں، یہ تقریر کسی اور کو سنانا۔ گھر پر رہو یا باہر رہو۔ اب مجھے اس سے کوئی سروکار نہیں۔ ان پہاڑیوں میں رہ کر جو سبق تم نے سیکھا ہے وہ مجھے پڑھانے کی کوشش نہ کرو‘‘

’’آپ بہت تیز ہو جاتے جا رہے ہیں، بہت چل نکلے ہیں۔‘‘ اس نے قدرے بگڑ کر کہا، ’’معلوم ہوتا ہے لوگوں نے آپ کے بہت کان بھرے ہیں۔ مجھے بھی تو پتہ لگے کہ وہ کون‘‘، ’’مرن جوگے‘‘ ہیں جو میرے متعلق آپ کو ایسی باتیں سناتے رہے ہیں۔ آپ خواہ مخواہ اتنے گرم ہوتے جا رہے ہیں۔ یہ سچ ہے کہ میں مردوں کے ساتھ باتیں کرتی ہوں ملتی ہوں مگر۔۔۔‘‘ یہ کہتے ہوئے اس کے گال سرخ ہو گئے۔ مگر میں نے اس کی طرف دھیان نہ دیا۔

ایک لمحہ خاموش رہنے کے بعد وہ پھر بولی۔ آپ کہتے ہیں کہ میں بری لڑکی ہوں یہ غلط ہے۔ میں پگلی ہوں۔۔۔ سچ مچ پگلی ہوں۔ کل آپ کے چلے جانے کے بعد میں پتھر پر بیٹھ کر دیر تک روتی رہی۔ جانے کیوں۔ ایسا کئی دفعہ ہوا ہے کہ میں گھنٹوں رویا کرتی ہوں۔ آپ ہنسیں گے مگر اس وقت بھی میرا جی چاہتا ہے کہ یہاں سے اٹھ بھاگوں اور اس پہاڑی کی چوٹی پر بھاگتی ہوئی چڑھ جاؤں اور پھر کودتی پھاندتی نیچے اتر جاؤں۔ میرے دل میں ہر وقت ایک بے چینی سی رہتی ہے۔ بھینس چراتی ہوں، پانی بھرتی ہوں، لکڑیاں کاٹتی ہوں۔ لیکن یہ سب کام میں اوپرے دل سے کرتی ہوں۔ میرا جی کسی کو ڈھونڈتا ہے۔ معلوم نہیں کس کو۔۔۔ میں دیوانی ہوں۔‘‘

بیگو کی یہ عجیب و غریب باتیں جو در حقیقت اس کی زندگی کا ایک نہایت الجھا ہوا باب تھیں اور جسے بغور مطالعہ کرنے کے بعد سب راز حل ہو سکتے تھے، اس وقت مجھے کسی مجرم کا غیر مربوط بیان معلوم ہوئیں، بیگو اور میرے درمیان اس قدر تاریک اور موٹا پردہ حائل ہو گیا تھا کہ حقیقت کی نقاب کشائی بہت مشکل تھی۔

’’تم دیوانی ہو۔‘‘ میں نے اس سے کہا، ’’کیا مردوں کے ساتھ بیٹھ کر جھاڑیوں کے پیچھے پہروں باتیں کرتے رہنا بھی اس دیوانگی ہی کی ایک شاخ ہے۔۔۔؟ بیگو، تم پگلی ہو مگر اپنے کام میں آٹھوں گانٹھ ہوشیار!‘‘

’’میں باتیں کرتی ہوں، ان سے ملتی ہوں، میں نے اس سے کب انکار کیا ہے۔ ابھی ابھی میں نے آپ سے

اپنے دل کی سچی بات کہی تو آپ نے مذاق اڑانا شروع کر دیا۔ اب میں کچھ اور کہوں تو اس سے کیا فائدہ ہو گا۔ آپ کبھی مانیں گے ہی نہیں۔ ''

'' نہیں، نہیں، کہو، کیا کہتی ہو، تمہارا نیا فلسفہ بھی سن لوں۔ ''

'' سنیے پھر۔ '' یہ کہہ کر اس نے تھکی ہوئی ہرنی کی طرح میری طرف دیکھا اور آہ بھر کر بولی، '' یہ باتیں جو میں آج آپ کو سنانے لگی ہوں میری زبان سے پہلے کبھی نہیں نکلیں۔ میں یہ آپ کو بھی نہ سناتی مگر مجبوری ہے۔ آپ عجیب و غریب آدمی ہیں۔ میں بہت سے لوگوں سے ملتی رہی ہوں۔ مگر آپ بالکل نرالے ہیں۔ شاید یہی وجہ ہے کہ مجھے آپ سے۔۔۔ وہ ہچکچائی، ہاں آپ سے پیار ہو گیا ہے۔ آپ نے کبھی مجھ سے غیر بات نہیں کہی۔ حالانکہ میں جس سے ملتی رہی ہوں وہ مجھ سے کچھ اور ہی کہتا تھا۔ میری اماں جانتی ہے کہ میں گھر میں ہر وقت آپ ہی کی باتیں کرتی رہتی ہوں میرا منہ تھکتا ہی نہیں۔ آپ نے نہیں کہا، پر میں نے گاہکوں کے پاس دودھ لے جانا چھوڑ دیا۔ لوگوں سے باتیں کرنا چھوڑ دیں۔ پانی بھرنے کے لیے بھی زیادہ چھوٹی بہن ہی کو بھیجتی رہی ہوں۔ آپ کے آنے سے پہلے میں لوگوں سے ملتی رہی ہوں۔ اب میں آپ کو بتاؤں کہ میں ان سے کیوں ملتی تھی۔۔۔ مجھے کوئی مرد بھی بلاتا تو میں اسی سے باتیں کرنے لگتی تھی۔ اس لیے۔۔۔ نہیں نہیں میں نہیں بتاؤں گی۔۔۔ میرا دل جو چاہتا تھا وہ ان لوگوں کے پاس نہیں تھا، میں بری نہیں، اللہ کی قسم، بے گناہ ہوں، خدا معلوم لوگ مجھے برا کیوں کہتے ہیں۔ آپ بھی مجھے برا کہتے ہیں۔ جس طرح آپ نے آج میرے منہ پر اتنی گالیاں دی ہیں اگر آپ کے بجائے کوئی اور ہوتا تو میں اس کا منہ نوچ لیتی مگر آپ۔۔۔ اب میں کیا کہوں، میں بہت بدل گئی ہوں، آپ، بہت اچھے آدمی ہیں۔ میں خیال کرتی تھی کہ آپ مجھے کچھ سکھائیں گے، مجھے اچھی اچھی باتیں بتائیں گے۔ لیکن آپ مجھ سے خواہ مخواہ لڑ رہے ہیں۔۔۔ آپ کو کیا معلوم کہ میں آپ کی کتنی عزت کرتی ہوں۔ میں نے آپ کے سامنے کبھی گالی بھی نہیں دی۔ حالانکہ ہمارے گھر سارا دن گالی گلوچ ہوتی رہتی ہے۔ ''

میری سمجھ میں کچھ نہ آیا کہ وہ کیا کہہ رہی ہے ڈاکٹر صاحب! اس پہاڑی لڑکی کی گفتگو کس قدر سادہ تھی۔ مگر افسوس ہے کہ اس وقت میرے کانوں میں روئی ٹھنسی ہوئی تھی۔ اس کے ہر لفظ سے مجھے عصمت فروشی کی بو آ رہی تھی۔ میں کچھ نہ سمجھ سکا۔

'' بیگو! تم ہزار قسمیں کھاؤ مگر مجھے یقین نہیں آتا۔ اب جو تمہارے جی میں آئے کرو۔ میں کل بوت چھوڑ کر جا رہا ہوں میں نے تم سے محبت کی، مگر تم نے اس کی قدر نہ کی، تم نے میرے دل کو بہت دکھ دیا ہے۔۔۔ ۔۔۔

خیر اب جاتا ہوں، مجھے اور کچھ نہیں کہنا۔،،

مجھے جاتا دیکھ کر وہ سخت مُضطرب ہو گئی اور میرا بازو پکڑ کر اور پھر اسے فوراً چھوڑ کر تھرائی ہوئی آواز میں صرف اس قدر کہا، ،، آپ جا رہے ہیں؟،،

میں نے جواب دیا، ،، ہاں جا رہا ہوں تا کہ تمہارے چاہنے والوں کے لیے میدان صاف ہو جائے۔،،

،، آپ نہ جائیے، اللہ کی قسم میرا کوئی چاہنے والا نہیں۔،، یہ کہتے ہوئے اس کی آنکھیں نمناک ہو گئیں، ،، نہ جائیے، نہ جائیے نہ ۔۔۔۔،، آخری الفاظ اس کی گلو گیر آواز میں دب گئے۔ اس کا رونا میرے دل پر کچھ اثر نہ کر سکا۔ میں چل پڑا۔ مگر اس نے مجھے بازو سے پکڑ لیا اور روتی ہوئی آواز میں کہا۔ ،، آپ خفا کیوں ہو گئے ہیں۔ میں آئندہ کسی آدمی سے بات نہ کروں گی۔ اگر آپ نے مجھے کسی مرد کے ساتھ دیکھا تو آپ اس چھڑی سے جتنا چاہیے پیٹ لیجیے گا۔ آیئے گھر چلیں۔ میں آپ کے لیے حقہ تازہ کر کے لاؤں گی۔ ،،

میں خاموش رہا اور اس کا ہاتھ چھوڑ کر پھر چل پڑا۔ اس وقت بیگو سے ایک منٹ کی گفتگو کرنا بھی مجھے گراں گزر رہا تھا۔ میں چاہتا تھا کہ وہ لڑکی میری نظروں سے ہمیشہ کے لیے اوجھل ہو جائے، میں نے بمشکل دو گز کا فاصلہ طے کیا ہو گا کہ وہ میرے سامنے آ کھڑی ہوئی۔ اس کے بال پریشان تھے، آنکھوں کے ڈورے سرخ اور ابھرے ہوئے تھے، سینہ آہستہ آہستہ دھڑک رہا تھا۔

اس نے پوچھا، ،، کیا آپ واقعی جا رہے ہیں؟،،

میں نے تیزی سے جواب دیا، ،، تو اور کیا جھوٹ بک رہا ہوں۔،،

،، جائیے۔،،

میں نے اس کی طرف دیکھا۔ اس کی آنکھوں سے اشک رواں تھے اور گال آنسوؤں کی وجہ سے میلے ہو رہے تھے مگر اس کی آنکھوں میں ایک عجیب قسم کی چمک ناچ رہی تھی۔

،، جائیے۔،، یہ کہہ کر وہ الٹے پاؤں مڑی۔ اس کا قد پہلے سے لمبا ہو گیا تھا۔

میں نے نیچے اترنا شروع کر دیا۔ تھوڑی دور جا کر میں نے جھاڑیوں کے پیچھے سے رونے کی آواز سنی۔ وہ رو رہی تھی۔ وہ تھرائی ہوئی آواز ابھی تک میرے کانوں میں آ رہی ہے۔ یہ ہے میری داستانِ ڈاکٹر صاحب، میں نے اس پہاڑی لڑکی کی محبت کو ٹھکرا دیا۔ اس غلطی کا احساس مجھے پورے دو سال بعد ہوا۔ جب میرے ایک دوست نے مجھے یہ بتایا کہ بیگو نے میرے جانے کے بعد اپنے شباب کو دونوں ہاتھوں سے لٹانا شروع کر دیا اور دق کے مریضوں سے ملنے کی وجہ سے وہ خود اس کا شکار ہو گئی۔ بعد ازاں مجھے معلوم ہوا کہ

اس مرض نے بالآخر اسے قبر کی گود میں سلا دیا۔۔۔اس کی موت کا باعث میرے سوا اور کون ہو سکتا ہے۔ وہ زندگی کی شاہراہ پر اپنا راستہ تلاش کرتی تھی مگر میں اس کو بھول بھلیوں میں چھوڑ کر بھاگ آیا جس کا نتیجہ یہ ہوا کہ وہ بھٹک گئی، میں مجرم تھا۔ چنانچہ میں نے اپنے لیے وہی موت تجویز کی جس سے وہ دو چار ہوئی۔ وہ وزن جو میں پانچ سال اپنی چھاتی پر اٹھائے پھرتا رہا ہوں، خدا کا شکر ہے کہ اب ہلکا ہو گیا ہے۔

میں مریض کی داستان خاموشی سے سنتا رہا۔ وہ بول چکا تو پھر بھی خاموش رہا۔ میں نہیں چاہتا تھا کہ اس کے جذبات پر رائے زنی کروں۔ چنانچہ وہاں سے اٹھ کر چلا گیا۔ مجھے کئی مریضوں کی داستانیں سننے کا اتفاق ہوا ہے مگر یہ نہایت عجیب و غریب اور پر اثر داستان تھی۔ گو مریض بیماری کی وجہ سے ہڈیوں کا ڈھانچہ رہ گیا تھا۔ مگر حیرت ہے کہ اس نے اپنے طویل بیان کو کس طرح جاری رکھا۔

صبح کے وقت میں اس کا ٹمپریچر دیکھنے کے لیے آیا مگر وہ مر چکا تھا۔ سفید چادر اوڑھے وہ بڑے سکون سے سو رہا تھا۔ جب اس کو غسل دینے لگے تو ہسپتال کے ایک نوکر نے مجھے بلایا، ''ڈاکٹر صاحب اس کی مٹھی میں کچھ ہے۔'' میں نے اس کی بند مٹھی کو آدھا کھول کر دیکھا، لوہے کے دو کلپ تھے۔ اس کی بیگو کی یادگار! ''ان کو نکالنا نہیں، یہ اس کے ساتھ ہی دفن ہوں گے۔ میں نے غسل دینے والوں سے کہا اور دل میں غم کی ایک عجیب و غریب کیفیت لیے دفتر چلا گیا۔ ''

بیمار

عجب بات ہے کہ جب بھی کسی لڑکی یا عورت نے مجھے خط لکھا بھائی سے مخاطب کیا اور بے ربط تحریر میں اِس بات کا ضرور ذکر کیا کہ وہ شدید طور پر علیل ہے۔ میری تصانیف کی بہت تعریفیں کیں۔ زمین و آسمان کے قُلابے ملا دیئے۔

میری سمجھ میں نہیں آتا تھا کہ یہ لڑکیاں اور عورتیں جو مجھے خط لکھتی ہیں بیمار کیوں ہوتی ہیں۔ شاید اس لیے کہ میں خود اکثر بیمار رہتا ہوں یا کوئی اور وجہ ہوگی جو اس کے سوا اور کوئی نہیں ہو سکتی کہ وہ میری ہمدردی چاہتی ہیں۔ میں ایسی لڑکیوں اور عورتوں کے خطوط کا عموماً جواب نہیں دیا کرتا، لیکن بعض اوقات دے بھی دیا کرتا ہوں آخر انسان ہوں۔ خط اگر بہت ہی درد ناک ہو تو اس کا جواب دینا انسانی فرائض میں شامل ہو جاتا ہے۔ پچھلے دنوں مجھے ایک خط موصول ہوا، جو کافی لمبا تھا۔ اُس میں بھی ایک خاتون نے جس کا نام میں ظاہر نہیں کرنا چاہتا یہ لکھا تھا کہ وہ میری تحریروں کی شیدائی ہے لیکن ایک عرصے سے بیمار ہے۔ اُس کا خاوند بھی دائم المریض ہے۔ اس نے اپنا خیال ظاہر کیا تھا کہ جو بیماری اسے لگی ہے اس کے خاوند کی وجہ سے ہے۔ میں نے اس خط کا جواب نہ دیا لیکن اس کی طرف سے دوسرا خط آیا جس میں یہ گِلہ تھا کہ میں نے اس کے پہلے خط کی رسید تک نہ بھیجی۔ چنانچہ مجھے مجبوراً اس کو خط لکھنا پڑا مگر بڑی احتیاط کے ساتھ۔ میں نے اس خط میں اُس سے ہمدردی کا اظہار کیا۔ اس نے لکھا تھا کہ وہ اور بھی زیادہ علیل ہو گئی ہے اور مرنے کے قریب ہے۔۔۔۔ یہ پڑھ کر میں بہت متاثر ہوا تھا۔ چنانچہ اِسی تاثر کے ماتحت میں نے بڑے جذباتی انداز میں اسے یہ خط لکھا اور اس کو سمجھانے کی کوشش کی کہ زندگی زندہ رہنے کے لیے ہے اس سے مایوس ہو جانا موت ہے، اگر تم خود میں اتنی قوت ارادی پیدا کر لو تو بیماری کا نام و نشان تک نہ رہے گا۔ میں

پچھلے دنوں موت کے منہ میں تھا، سب ڈاکٹر جواب دے چکے تھے لیکن میں نے کبھی موت کا خیال بھی نہیں کیا۔ نتیجہ اس کا یہ نکلا کہ ڈاکٹر حیرت میں گم ہو کے رہ گئے اور میں ہسپتال سے باہر نکل آیا۔ میں نے اس کو یہ بھی لکھا کہ قوتِ ارادی ہی ایک ایسی چیز ہے جو ہر ناممکن چیز کو ممکن بنا دیتی ہے۔ تم اگر بیمار ہو تو خود کو یقین دلا دو کہ تم بیمار نہیں اچھی بھلی تندرست ہو۔

میرے اس خط کے جواب میں اُس نے جو کچھ لکھا اُس سے میں نے یہ نتیجہ اَخذ کیا کہ اس پر میرے وَعظ کا کوئی اثر نہیں ہوا۔ بڑا طویل خط تھا۔ پانچ صفحوں پر مشتمل ۔۔۔ اس کی منطق اور اس کا فلسفہ عجیب قسم کا تھا۔ وہ اِس بات پر مُصِر تھی کہ خدا کو یہ منظور نہیں کہ وہ زیادہ دیر تک اس دنیا میں زندہ رہے۔ اس کے علاوہ اس نے یہ بھی لکھا تھا کہ میں اپنی تازہ کتابیں اسے بھیجوں۔ میں نے دونئی کتابیں اس کو بھیج دیں۔ ان کی رسید آ گئی۔ بہت بہت شکریہ ادا کیا گیا تھا اور میری تعریفیں ہی تعریفیں تھیں۔ مجھے بڑی کوفت ہوئی۔ جو کتابیں میں نے اس کو بھیجی تھیں، میری نظر میں اُن کی کوئی وقعت نہیں تھی۔ اس لیے کہ وہ صرف ہر روز کچھ کمانے کے لیے لکھی گئی تھیں۔ چنانچہ میں نے اسے لکھا کہ تم نے میری دو کتابوں کی جو اتنی تعریف کی ہے، غلط ہے ۔۔۔ یہ کتابیں محض بکواس ہیں، تم میری پرانی کتابیں پڑھو۔ اس میں تم پوری طرح مجھے جلوہ گر پاؤ گی۔ میں نے اس خط میں افسانہ نویسی کے فن پر بہت کچھ لکھ دیا تھا۔ بعد میں مجھے افسوس ہوا کہ میں نے یہ جھک کیوں ماری۔ اگر لکھنا ہی تھا تو کسی رسالے یا پرچے کے لیے لکھتا۔ یہ کیا ہے ایک عورت کو جس کے تم صورت آشنا بھی نہیں اتنا طویل اور پُرمغز خط لکھ دیا ہے۔ بہر حال جب لکھ دیا تھا تو اسے پوسٹ کرنا ہی تھا۔ اس کا جواب تیسرے روز آ گیا۔ ۔۔۔ اب کے مجھے پیارے بھائی جان سے مخاطب کیا گیا تھا۔ اس نے میری پرانی تصنیفات منگوا لی تھیں اور وہ انہیں پڑھ رہی تھی لیکن بیماری روز بروز بڑھ رہی تھی۔ اس نے مجھ سے پوچھا کہ وہ کسی حکیم کا علاج کیوں نہ کرائے، کیوں کہ وہ ڈاکٹروں سے بالکل ناامید ہو چکی تھی۔ میں نے اسے جواب میں لکھا، علاج تم کسی سے بھی کراؤ۔ خواہ وہ ڈاکٹر ہو یا حکیم ۔۔۔ لیکن یاد رکھو سب سے زیادہ اچھا معالج خود آدمی آپ ہوتا ہے۔ ۔۔۔ اگر تم اپنی ذہنی پریشانیاں دور کر دو تو چند روز میں تندرست ہو جاؤ گی۔

میں نے اس موضوع پر ایک طویل لیکچر لکھ کر اُس کو بھیجا۔ ایک مہینے کے بعد اس کی رسید پہنچی، جس میں یہ لکھا تھا کہ اس نے میری نصیحت پر عمل کیا۔ لیکن خاطر خواہ نتیجہ برآمد نہیں ہوا اور یہ کہ وہ مجھ سے ملنے آ رہی ہے۔ دو تین روز میں حیدر آباد سے بمبئی پہنچ جائے گی اور چند روز میرے ہاں ٹھہرے گی۔ میں بہت

پریشان ہوا، چھڑا چھانٹ تھا مگر ایک فلیٹ میں رہتا تھا جس میں دو کمرے تھے۔ میں نے سوچا اگر یہ محترمہ آ گئیں تو میں ایک کمرہ ان کو دے دوں گا۔۔۔ اس میں وہ چند دن گزارنا چاہیں گزار لیں۔۔۔ علاج کا بندوبست بھی ہو جائے گا، اس لیے کہ وہاں کا ایک بڑا حکیم میرا بڑا مہربان تھا۔

چھ روز تک آپ یہ سمجھیے کہ میں سُولی پر لٹکا رہا۔ اخبار والے نے دروازے پر دستک دی تو میں یہ سمجھا کہ وہ محترمہ تشریف لے آئیں۔ باورچی خانے میں نوکر نے اگر کسی برتن پر راکھ ملنا شروع کی تو میرا دل دھک دھک کرنے لگا کہ شاید یہ آواز اس عورت کے سینڈلوں کی ہے۔ میں ہندو مسلم فسادات کی خبریں پڑھ رہا تھا کہ دروازے پر دستک ہوئی۔ میں نے سمجھا کہ دودھ والا ہے۔ چنانچہ میں نے نوکر کو آواز دی، ''دیکھو رحیم کون ہے؟''

رحیم چائے بنا رہا تھا۔ وہ ابلتی ہوئی کیتلی کو ویسے ہی چولھے پر چھوڑ کر باہر نکلا اور دروازہ کھولا۔۔۔ تھوڑی دیر کے بعد وہ میرے کمرے میں آیا اور مجھ سے مخاطب ہو کر کہا، ''ایک عورت آئی ہے۔'' میں حیرت زدہ ہو گیا ''عورت؟''

''جی ہاں۔۔۔ ایک عورت باہر کھڑی ہے۔۔۔ وہ آپ سے ملنا چاہتی ہے۔''

میں سمجھ گیا کہ یہ عورت وہی ہو گی۔۔۔ بیمار، جو مجھے خط لکھتی رہی ہے۔ چنانچہ میں نے رحیم سے کہا اس کو اندر لے آؤ اور بڑے کمرے میں بٹھا دو اور کہہ دو کہ صاحب ابھی آ جائیں گے۔''

''جی اچھا۔'' یہ کہہ کر رحیم چلا گیا۔

میں نے اخبار ایک طرف رکھ دیا اور سوچنے لگا کہ یہ عورت کس قسم کی ہو گی۔ دق کی ماری ہوئی یا فالج زدہ۔۔۔ میرے پاس کیوں آئی ہے۔۔۔؟ نہیں مجھ سے ملنے آئی ہے، غالباً یہاں کسی طبیب سے اپنا علاج کرانے آئی ہے۔۔۔ میں اٹھا اور غسل خانے میں چلا گیا۔۔۔ وہاں دیر تک نہاتا رہا اور سوچتا رہا کہ یہ عورت جو اس کو اتنے لمبے چوڑے خط لکھتی رہی اور جس کو کوئی خطرناک بیماری چمٹی ہوئی ہے کس شکل و صورت کی ہو گی؟ بے شمار شکلیں میرے تصور میں آئیں۔ پہلے میں نے سوچا اپاہج ہو گی اور مجھے اس کو کچھ دینا پڑے گا۔

اتفاق کی بات ہے کہ تین تاریخ تھی جب وہ آئی۔ میرے پاس تنخواہ کے تین سو روپے تھے جو اِدھر اُدھر کے بل ادا کر کے بچ گئے تھے۔ اس لیے میری پریشانی میں اضافہ نہ ہوا۔ میں نے نہاتے ہوئے یہ فیصلہ کر لیا کہ اگر اسے مدد کی ضرورت ہے تو میں اسے ایک سو روپے دے دوں گا۔ لیکن فوراً مجھے خیال آیا کہ شاید اس کو دِق ہوا اور مجھے اس کو ہسپتال میں داخل کرانا پڑے۔۔۔ یہ کام کوئی مشکل نہیں تھا اس

لیے کہ میرے کئی دوست جے جے ہسپتال میں کام کرتے تھے۔ میں ان میں کسی ایک سے بھی کہہ دوں کہ اس معذور عورت کو داخل کرلو تو وہ بھی انکار نہ کریں گے۔

میں کافی دیر تک نہاتا اور اس عورت کے متعلق سوچتا رہا۔۔۔ عورتوں سے ملتے ہوئے بڑی الجھن محسوس ہوتی تھی۔ یہی وجہ ہے کہ میں نے ایک جگہ نکاح تو کر لیا لیکن ڈیڑھ برس تک یہی سوچتا رہا کہ اسے اگر اپنے گھر لے آؤں تو کیا ہو گا؟'' ''جو ہونا تھا وہ تو خیر ہو ہی جاتا مگر سب سے بڑا مسئلہ جو مجھے پریشان کیے ہوئے تھا، یہ تھا کہ جس نے ساری زندگی میں کسی عورت کی قربت حاصل نہیں کی اپنی بیوی سے کس طرح پیش آتا۔

اب ایک عورت ساتھ والے کمرے میں بیٹھی میرا انتظار کر رہی تھی اور میں ڈونگے پہ ڈونگے بھرکے اپنے بدن پر بے کار ڈال رہا تھا۔ میں اصل میں خود کو اس عورت سے ملاقات کرنے کے لیے تیار کر رہا تھا۔

کافی دیر نہانے کے بعد میں غسل خانے سے باہر نکلا۔ کمرے میں جاکر کپڑے تبدیل کیے۔ بالوں میں تیل لگایا۔ کنگھی کی اور سوچتے سوچتے پلنگ پر لیٹ گیا۔ چند لمحات کے بعد رحیم آیا اور اس نے مجھ سے کہا، ''وہ عورت پوچھتی ہے کہ آپ کب فارغ ہوں گے؟'' میں نے رحیم سے کہا، ''ان سے کہہ دو بس پانچ منٹ میں آتے ہیں، کپڑے تبدیل کر رہے ہیں۔'' رحیم ''جی اچھا'' کہہ کر چلا گیا۔

میں نے سوچا کہ اب اور زیادہ سوچنا فضول ہے۔۔۔ چلو اس سے مل ہی لیں۔ اتنی خط و کتابت ہوتی رہی ہے اور پھر وہ اتنی دُور سے ملنے آئی ہے، بیمار ہے۔ انسانی شرافت کا تقاضا ہے کہ اس کی خاطر داری اور دل جوئی کی جائے۔ میں نے پلنگ پر سے اٹھ کر سلیپر پہنے اور دوسرے کمرے میں جہاں وہ عورت تھی، داخل ہوا۔ وہ برقع پہنے تھی، میں سلام کر کے ایک طرف بیٹھ گیا۔

مجھے اس کے برقعے کے سیاہ نقاب میں صرف اس کی ناک دکھائی دی جو کافی تیکھی تھی۔۔۔ میں بہت الجھن محسوس کر رہا تھا کہ اس سے کیا کہوں۔ بہر حال میں نے گفتگو کا آغاز کیا، ''مجھے بہت افسوس ہے کہ آپ کو اتنی دیر انتظار کرنا پڑا۔۔۔ دراصل میں اپنی عادت کی وجہ سے۔۔۔'' اس عورت نے میری بات کاٹ کر کہا، ''جی کوئی بات نہیں۔۔۔ آپ خواہ مخواہ تکلیف کرتے ہیں۔۔۔ میں تو انتظار کی عادی ہو چکی ہوں۔''

میری سمجھ میں کچھ نہ آیا میں کیا کہوں۔ بس جو لفظ زبان پر آئے اگل دیے۔ ''آپ کس کا انتظار کرتی رہی ہیں؟'' اس نے اپنے چہرے پر نقاب تھوڑی سی اٹھائی، اس لیے کہ وہ اپنے ننھے سے رومال سے اپنے آنسو پونچھنا چاہتی تھی۔ آنسو پونچھنے کے بعد اس نے مجھ سے پوچھا، ''آپ نے کیا کہا تھا مجھ سے؟'' اس کی ٹھوڑی بڑی پیاری تھی جیسے بنارسی آم کی کیسری۔ جب اس کی نقاب اٹھی تھی تو میں نے اس کی ایک

جھلک دیکھ لی تھی۔ میں تو اس کے سوال کا جواب نہ دے سکا اس لیے کہ میں اس کی تھوڑی میں گم ہو گیا تھا۔

آخر اسے ہی بولنا پڑا، ''آپ نے پوچھا تھا تم کس کا انتظار کرتی رہی ہو۔۔۔جواب سننا چاہتے ہیں آپ؟''

''جی ہاں۔۔۔فرمایئے۔۔۔لیکن دیکھیے کوئی ایسی بات نہ ہو جس سے قنوطیَت کا اظہار ہو۔''

اس عورت نے اپنی نقاب الٹ دی۔ مجھے ایسا محسوس ہوا کہ کالی بدلیوں میں چاند نکل آیا ہے۔ اس نے نیچی نگاہوں سے مجھ سے کہا، ''جانتے ہیں آپ میں کون ہوں؟'' میں نے جواب دیا، ''جی نہیں۔'' اس نے کہا، ''میں آپ کی بیوی ہوں۔۔۔جس سے آپ نے آج سے ڈیڑھ برس پہلے نکاح کیا تھا۔۔۔ میں آپ کو لکھتی رہی ہوں کہ میں بیمار ہوں۔ میں بیمار نہیں لیکن اگر آپ نے اسی طرح مجھے انتظار میں رکھا تو یقیناً مر بھی جاؤں گی۔''

میں دوسرے روز ہی اس کو گھر لے آیا بڑے ٹھاٹ سے۔۔۔اب میں بہت خوش ہوں۔ یہ واقعہ مجھے میرے ایک دوست نے جو افسانہ نگار اور شاعر ہے سنایا تھا، جسے میں نے اپنے انداز میں رقم کر دیا۔

پانچ دن

جموں توی کے راستے کشمیر جایئے تو ٹیڈ کے آگے ایک چھوٹا سا پہاڑی گاؤں بٹوت آتا ہے۔ بڑی پُر فضا جگہ ہے۔ یہاں دق کے مریضوں کے لیے ایک چھوٹا سا سینی ٹوریم ہے۔ یوں تو آج سے آٹھ نو برس پہلے بٹوت میں پورے تین مہینے گزار چکا ہوں، اور اس صحت افزا مقام سے میری جوانی کا ایک ناپختہ رومان بھی وابستہ ہے مگر اس کہانی سے میری کسی بھی کمزوری کا تعلق نہیں۔

چھ سات مہینے ہوئے، مجھے بٹوت میں اپنے ایک دوست کی بیوی کو دیکھنے کے لیے جانا پڑا جو وہاں سینی ٹوریم میں زندگی کے آخری سانس لے رہی تھی۔ میرے وہاں پہنچتے ہی ایک مریض چل بسا اور بے چاری پہ دا کے سانس جو پہلے اُکھڑے ہوئے تھے اور بھی غیر یقینی ہو گئے۔ میں نہیں کہہ سکتا کیا وجہ تھی لیکن میرا خیال ہے کہ محض اتفاق تھا کہ چار روز کے اندر اس چھوٹے سے سینی ٹوریم میں تین مریض اوپر تلے مر گئے۔ جوں ہی کوئی بستر خالی ہوتا یا تیمار داری کرتے کرتے تھکے ہوئے انسانوں کی تھکی ہوئی چیخ پکار سنائی دیتی، سارے سینی ٹوریم پر ایک عجیب قسم کی خاکستری اداسی چھا جاتی اور وہ مریض جو امید کے پتلے دھاگے کے ساتھ چمٹے ہوتے تھے، یاس کی اتھاہ گہرائیوں میں ڈوب جاتے۔

میرے دوست کی بیوی پہ دا تو بالکل دم بخود ہو جاتی۔ اس کے پتلے ہونٹوں پر موت کی زردیاں کانپنے لگتیں اور اس کی گہری آنکھوں میں ایک نہایت ہی رحم انگیز اِستِفسار پیدا ہو جاتا۔ سب سے آگے ایک خوف زدہ ''کیوں؟'' اور اس کے پیچھے بہت سے ڈرپوک ''نہیں!''

تیسرے مریض کی موت کے بعد میں باہر برآمدے میں بیٹھ کر زندگی اور موت کے متعلق سوچنے لگا۔۔۔ سینی ٹوریم ایک مرتبان سا لگتا ہے جس میں یہ مریض، پیاز کی طرح، سِرکے میں ڈوبے ہوئے ہیں۔ ایک

کانٹا آتا ہے اور جو پیاز اچھی طرح گل گئی ہے، اُسے ڈھونڈتا ہے اور نکال کرلے جاتا ہے۔ یہ کتنی مضحکہ خیز تشبیہ تھی۔ لیکن جانے کیوں بار بار یہی میرے ذہن میں آئی۔ میں اس سے زیادہ اور کچھ نہ سوچ سکا کہ موت ایک بہت ہی بھونڈی چیز ہے۔۔۔یعنی آپ اچھے بھلے جی رہے ہیں، ایک مرض کہیں سے آن چمٹتا ہے اور مر جاتے ہیں۔ افسانوی نقطۂ نظر سے بھی زندگی کی کہانی کا یہ انجام کچھ چست معلوم نہیں ہوتا۔

برآمدے سے اٹھ کر اندر داخل ہوا۔ دس پندرہ قدم اٹھائے ہوں گے کہ پیچھے سے آواز آئی۔

’’دفنا آئے آپ نمبر بائیس کو!‘‘

میں نے مڑ کر دیکھا۔ سفید بستر پر دو کالی آنکھیں مسکرا رہی تھیں۔ یہ آنکھیں جیسا کہ مجھے بعد میں معلوم ہوا۔ ایک بنگالی عورت کی تھیں جو دوسرے مریضوں سے بالکل الگ طریقے پر اپنی موت کا انتظار کر رہی تھی۔ اس نے یہ جب کہا ’’دفنا آئے آپ نمبر بائیس کو؟‘‘ تو مجھے ایسا محسوس ہوا کہ ہم انسان کو نہیں بلکہ ایک عدد دفنا کر آ رہے ہیں۔ اور سچ پوچھیے تو اس مریض کو قبر کے سپرد کرتے ہوئے میرے دل و دماغ کے کسی کونے میں بھی یہ احساس پیدا نہیں ہوا تھا کہ وہ ایک انسان تھا، اور اس کی موت سے دنیا میں ایک خلا پیدا ہو گیا ہے۔

میں جب مزید گفتگو کرنے کے لیے اس بنگالی عورت کے پاس بیٹھا جس کی سیاہ فام آنکھیں ایسی ہول ناک بیماری کے باوجود تر و تازہ اور چمکیلی تھیں تو اس نے ٹھیک اُسی طرح مسکرا کر کہا، ’’میرا نمبر چار ہے۔‘‘ پھر اس نے اپنی سفید چادر کی چند سلوٹیں اپنے استخوانی ہاتھ سے درست کیں اور بڑے بے تکلف انداز میں کہا، ’’آپ مردوں کو جلانے دفنانے میں کافی دلچسپی لیتے ہیں۔‘‘ میں نے یونہی سا جواب دیا، ’’نہیں تو۔۔۔‘‘ اس کے بعد یہ مختصر گفتگو ختم ہو گئی اور میں اپنے دوست کے پاس چلا گیا۔

دوسرے روز میں حسبِ معمول سیر کو نکلا۔ ہلکی ہلکی پھوار گر رہی تھی جس سے فضا بہت ہی پیاری اور معصوم ہو گئی تھی، یعنی جیسے اس کو ان مریضوں سے کوئی سروکار ہی نہیں جو اس میں جراثیم بھرے سانس لے رہے تھے۔۔۔ چیڑ کے لانبے لانبے درخت، نیلی نیلی دھند میں لپٹی ہوئی پہاڑیاں، سڑک پر لڑھکتے ہوئے پتھر۔۔۔ پست قد مگر صحت مند بھینسیں۔۔۔ ہر طرف خوبصورتی تھی۔۔۔ ایک پُر اعتماد خوبصورتی جسے کسی چور کا کھٹکا نہیں تھا۔

میں سیر سے لوٹ کر سینی ٹوریم میں داخل ہوا تو مریضوں کے اترے ہوئے چہروں ہی سے مجھے معلوم ہو گیا کہ ایک اور عدد چل بسا ہے۔۔۔ گیارہ نمبر، یعنی پدّا۔

اس کی دھنسی ہوئی آنکھوں میں جو کھلی رہ گئی تھیں میں اپنے بہت سے خوفزدہ ''کیوں'' اور ان کے پیچھے بے شمار ڈر پوک ''نہیں'' منجمد پائے۔۔۔ بے چاری!!

پانی برس رہا تھا، اس لیے خشک ایندھن جمع کرنے میں بڑی دِقّت کا سامنا کرنا پڑا۔ بہر حال، اس غریب کی لاش کو آگ کے سپرد کر دیا گیا۔ میرا دوست وہیں چِتا کے پاس بیٹھا رہا اور میں اس کا سامان ٹھیک کرنے کے لیے سینی ٹوریم آ گیا۔۔۔ اندر داخل ہوتے ہوئے مجھے پھر اس بنگالی عورت کی آواز آئی۔

''بہت دیر لگ گئی آپ کو۔''

''جی ہاں، بارش کی وجہ سے خشک ایندھن نہیں مل رہا تھا اس لیے دیر ہو گئی۔''

''اور جگہوں پر تو ایندھن کی دکانیں ہوتی ہیں، پر میں نے سنا ہے یہاں اِدھر اُدھر سے خود ہی لکڑیاں کاٹنی اور چُننی پڑتی ہیں۔''

''جی ہاں۔''

''ذرا بیٹھ جائیے۔''

میں اس کے پاس اسٹول پر بیٹھ گیا۔ تو اس نے ایک عجیب سا سوال کیا، ''تلاش کرتے کرتے جب آپ کو خشک لکڑی کا ٹکرا مل جاتا ہو گا تو آپ بہت خوش ہوتے ہوں گے؟'' اس نے میرے جواب کا انتظار نہ کیا اور اپنی چمکیلی آنکھوں سے مجھے بغور دیکھتے ہوئے کہا، ''موت کے متعلق آپ کا کیا خیال ہے؟''

''میں نے کئی بار سوچا ہے لیکن سمجھ نہیں سکا۔''

وہ داناؤں کی طرح مسکرائی اور بچوں کے سے انداز میں کہنے لگی، ''میں کچھ کچھ سمجھ سکی ہوں۔۔۔ اس لیے کہ بہت موتیں دیکھ چکی ہوں۔۔۔ اِتنی کہ آپ شاید ہزار برس بھی زندہ رہ کر نہ دیکھ سکیں۔۔۔ میں بنگال کی رہنے والی ہوں جہاں کا قحط آج کل بہت مشہور ہے۔۔۔ آپ کو تو پتہ ہی ہو گا۔ لاکھوں آدمی وہاں مر چکے ہیں۔۔۔ بہت سی کہانیاں چھپ چکی ہیں۔ سینکڑوں مضمون لکھے جا چکے ہیں۔ پھر بھی سنا ہے کہ انسان کی اس بپتا کا اچھی طرح نقشہ نہیں کھینچا جا سکا۔۔۔ موت کی اُسی منڈی میں، موت کے متعلق میں نے سوچا۔''

میں نے پوچھا، ''کیا؟''

اس نے اسی انداز سے جواب دیا، ''میں نے سوچا کہ ایک آدمی کا مرنا موت ہے۔۔۔ ایک لاکھ آدمیوں کا مرنا تماشا ہے۔۔۔ سچ کہتی ہوں موت کا وہ خوف جو کبھی مرے دل پر ہوا کرتا تھا، بالکل دور ہو گیا۔۔۔ ہر بازار میں دس بیس اَرتھیاں اور جنازے نظر آئیں تو کیا موت کا اصلی مطلب فوت نہیں ہو جائے گا۔۔۔

میں صرف اتنا ہی سمجھ سکی ہوں کہ ایسی بے تحاشا موتوں پر رونا بے کار ہے ۔۔۔ بیوقوفی ہے ۔۔۔اول تو اتنے آدمیوں کا مر جانا ہی سب سے بڑی حماقت ہے۔''

میں نے فوراً ہی پوچھا، '' کس کی؟''، کسی کی بھی ہو ۔۔۔ حماقت، حماقت ہے۔۔۔ ایک بھرے شہر پر آپ اوپر سے بم گرا دیجیے ۔۔۔ لوگ مر جائیں گے۔۔۔ کنوؤں میں زہر ڈال دیجیے ۔۔۔ جو بھی ان کا پانی پیے گا مر جائے گا۔۔۔ یہ کال، قحط، جنگ اور بیماریاں سب واہیات ہیں۔۔۔ان سے مر جانا بالکل ایسا ہی ہے جیسے اوپر سے چھت آ گرے۔ لیکن، دل کی ایک جائز خواہش کی موت، بہت بڑی موت ہے۔۔۔ انسان کو مارنا کچھ نہیں، لیکن اس کی فطرت کو ہلاک کرنا بہت بڑا ظلم ہے۔''

یہ کہہ کر وہ کچھ دیر کے لیے چپ ہو گئی۔ لیکن پھر کروٹ بدل کر کہنے لگی، ''میرے خیالات پہلے ایسے نہیں تھے۔ سچ پوچھیے تو مجھے سوچنے کا وُقوف ہی نہیں تھا۔ لیکن اس قحط نے مجھے ایک بالکل نئی دنیا میں پھینک دیا۔'' رک کر ایک دم وہ میری طرف متوجہ ہوئی۔ میں اپنی کاپی میں یادداشت کے طور پر اس کی چند باتیں نوٹ کر رہا تھا۔

''یہ آپ کیا لکھ رہے ہیں؟''

میں نے صاف گوئی سے کام لیا اور کہا، ''میں افسانہ نگار ہوں ۔۔۔ جو باتیں مجھے دلچسپ معلوم ہوں، نوٹ کر لیا کرتا ہوں۔''

''اوہ۔۔۔ تو پھر میں آپ کو اپنی پوری کہانی سناؤں گی۔''

تین گھنٹے تک، نحیف آواز میں وہ مجھے اپنی کہانی سناتی رہی۔ میں اب اپنے الفاظ میں اسے بیان کرتا ہوں۔ غیر ضروری تفصیلات میں جانے کی ضرورت نہیں۔ بنگال میں جب قحط پھیلا اور لوگ دھڑا دھڑ مرنے لگے تو سکینہ کو اس کے چچا نے ایک اوباش آدمی کے پاس پانچ سو روپے میں بیچ دیا جو اسے لاہور لے آیا اور ایک ہوٹل میں ٹھہرا کر اس سے روپیہ کمانے کی کوشش کرنے لگا۔ پہلا آدمی جو اس کے پاس اس غرض سے لایا گیا، ایک خوبصورت اور تندرست نوجوان تھا۔ قحط سے پہلے جب روٹی کپڑے کی فکر نہیں تھی، وہ ایسے ہی نوجوان کے خواب دیکھا کرتی تھی جو اس کا شوہر بنے۔ مگر یہاں اس کا سودا کیا جا رہا تھا۔ ایک ایسے فعل کے لیے اسے مجبور کیا جا رہا تھا جس کے تصور ہی سے وہ کانپ اٹھتی تھی۔ جب وہ کلکتے سے لاہور لائی گئی تو اسے معلوم تھا کہ اس کے ساتھ کیا سلوک ہونے والا ہے۔ وہ باشعور لڑکی تھی۔ اچھی طرح جانتی تھی کہ چند ہی روز میں اسے ایک سکہ بنا کر جگہ جگہ بُنایا جائے گا۔ اس کو یہ سب

کچھ معلوم تھا لیکن اس قیدی کی طرح جو رحم کی امید نہ ہونے پر بھی آس لگائے رہتا ہے، وہ کسی ناممکن حادثے کی متوقع تھی۔۔۔ یہ حادثہ تو نہ ہوا لیکن خود اس میں اتنی ہمت پیدا ہو گئی کہ وہ رات کو کچھ اپنی ہوشیاری سے اور کچھ اس نوجوان کی خامکاری کی بدولت ہوٹل سے بھاگ نکلنے میں کام یاب ہو گئی۔

اب لاہور کی سڑکیں تھیں اور ان کے نئے خطرے۔ قدم قدم پر ایسا لگتا تھا کہ لوگوں کی نظریں اسے کھا جائیں گی۔ لوگ اسے کم دیکھتے تھے، لیکن اس کی جوانی کو جو چُھپنے والی چیز نہیں تھی، کچھ اتنا زیادہ گھورتے تھے، جیسے برمے سے اس کے اندر سوراخ کر رہے ہیں۔ سونے چاندی کا کوئی زیور یا موتی ہوتا تو وہ شاید لوگوں کی نظروں سے بچا لیتی۔ مگر وہ ایک ایسی چیز کی حفاظت کر رہی تھی جس پر کوئی بھی آسانی کے ساتھ ہاتھ مار سکتا تھا۔

تین دن اور تین راتیں وہ کبھی اِدھر کبھی اُدھر گھومتی بھٹکتی رہی۔ بھوک کے مارے اس کا برا حال تھا مگر اس نے کسی کے آگے ہاتھ نہ پھیلایا کیونکہ اسے ڈر تھا کہ اس کا یہ پھیلا ہوا ہاتھ، اس کی عصمت سمیت، کسی اندھیری کوٹھری میں کھینچ لیا جائے گا۔۔۔ دکانوں میں سجی ہوئی مٹھائیاں دیکھتی تھی۔ بھٹیار خانوں میں لوگ بڑے بڑے نوالے اٹھاتے تھے۔ اس کے ہر طرف کھانے پینے کی چیزوں کا بڑی بے دردی سے استعمال ہوتا تھا۔۔۔ لیکن جیسے دنیا میں اس کے مقسُوم کا کوئی دانہ ہی نہیں رہا تھا۔

اسے زندگی میں پہلی بار کھانے کی اہمیت معلوم ہوئی۔ پہلے اس کو کھانا ملتا تھا، اب وہ کھانے سے ملنا چاہتی تھی اور مل نہیں سکتی تھی۔ چار روز کے فاقوں نے اسے اپنی ہی نظروں میں ایک بہت بڑا شہید تو بنا دیا لیکن اس کے جسم کی ساری بنیادیں ہل گئیں۔ وہ جو روحانی تسکین ہوتی ہے ایک وقت آ گیا کہ وہ بھی سکڑنے لگی۔

چوتھے روز شام کو وہ ایک گلی میں سے گزر رہی تھی۔ جانے کیا جی میں آئی کہ ایک مکان کے اندر گھس گئی۔ اندر چل کر خیال آیا کہ نہیں، کوئی پکڑ لے گا۔۔۔ اور تمام کیے کرائے پر پانی پھر جائے گا۔ اب اس میں اتنی طاقت بھی تو نہیں۔ لیکن سوچتے سوچتے وہ صحن کے پاس پہنچ چکی تھی۔۔۔ ملگجے اندھیرے میں اس نے گھڑونچیوں پر دو صاف گھڑے دیکھے۔ اور ان کے ساتھ ہی پھلوں سے بھرے ہوئے دو تھال۔۔۔ سیب۔۔۔ ناشپاتیاں۔۔۔ انار۔۔۔ اس نے سوچا انار بکواس ہے۔۔۔ سیب اور ناشپاتیاں ٹھیک ہیں۔۔۔ گھڑے کے اوپر چپنی کے بجائے ایک پیالہ پڑا تھا۔۔۔ اس نے طشتری اٹھا کر دیکھا تو ملائی سے پُر تھا۔ اس نے اٹھا لیا اور پیشتر اس کے کہ وہ کچھ سوچ سکے، جلدی جلدی اس نے نوالے اٹھانے شروع کیے۔ ساری ملائی اس کے پیٹ میں تھی۔۔۔ کتنا راحت بخش لمحہ تھا! بھول گئی کہ کسی غیر کے مکان میں ہے۔۔۔۔۔۔

وہیں بیٹھ کر اس نے سیب اور ناشپاتیاں کھانا شروع کر دیں۔۔۔ گھڑونچی کے نیچے کچھ اور بھی تھا۔۔۔ یخنی۔۔۔ ٹھنڈی تھی لیکن اس نے ساری پتیلی ختم کر دی۔۔۔ ایک دم جانے کیا ہوا۔ پیٹ کی گہرائیوں سے غبار سا اٹھا اور اس کا سر چکرانے لگا۔ وہ اٹھ کھڑی ہوئی۔ کہیں سے کھانسی کی آواز آئی۔ بھاگنے کی کوشش کی مگر چکرا کر گری اور بے ہوش ہو گئی۔

جب ہوش آیا تو وہ ایک صاف ستھرے بستر میں لیٹی تھی۔ سب سے پہلے اسے خیال آیا۔ کہیں میں لوٹی تو نہیں گئی۔۔۔ لیکن فوراً ہی اسے اطمینان ہو گیا کہ وہ صحیح سلامت تھی۔۔۔ کچھ اور سوچنے ہی لگی تھی کہ پتلی پتلی کھانسی کی آواز آئی۔ ایک ہڈیوں کا ڈھانچہ کمرے میں داخل ہوا۔

سکینہ نے اپنے گاؤں میں بہت سے قحط کے مارے انسان دیکھے تھے مگر یہ انسان ان سے بہت مختلف تھا۔ بے چارگی اس کی آنکھوں میں بھی تھی مگر اس میں وہ اناج کی ترسی ہوئی خواہش نہیں تھی۔ اس نے پیٹ کے بھوکے دیکھے تھے جن کی نگاہوں میں ایک ننگی اور بھوندی لپچاہٹ تھی لیکن اس مرد کی نگاہوں میں اسے ایک چلمن سی نظر آئی۔۔۔ ایک دھندلا پردہ جس کے پیچھے سے وہ ڈر ڈر کر اس کی طرف دیکھ رہا تھا۔

خوف زدہ سکینہ کو ہونا چاہیے لیکن سہما ہوا وہ تھا۔۔۔ اس نے رک رک کر کچھ جھینپتے ہوئے عجیب قسم کا حجاب محسوس کرتے ہوئے اس سے کہا، ''جب تم کھا رہی تھیں تو میں تم سے دور کھڑا تھا۔۔۔ اُف! میں نے کن مشکلوں سے اپنی کھانسی روکے رکھی کہ تم آرام سے کھا سکو اور میں یہ خوبصورت منظر زیادہ دیر تک دیکھ سکوں۔ بھوک بڑی پیاری چیز ہے۔ لیکن ایک میں ہوں کہ اس نعمت سے محروم ہوں۔ نہیں، محروم نہیں کہنا چاہیے کیونکہ میں نے خود اس کو ہلاک کیا ہے۔

سکینہ کچھ بھی سمجھ نہ سکی۔۔۔ وہ ایک پہیلی تھی جو بوجھتے بوجھتے ایک اور پہیلی بن جاتی تھی۔ لیکن اس کے باوجود سکینہ کو اس کی باتیں اچھی لگیں جن میں انسانیت کی گرمی تھی۔ چنانچہ اس نے اپنی ساری آپ بیتی اس کو سنا دی۔ وہ خاموش سنتا رہا جیسے اس پر اثر ہی نہیں ہوا۔ لیکن جب سکینہ اس کا شکریہ ادا کرنے لگی تو اس کی آنکھیں جو بے آنسوؤں سے بے نیاز معلوم ہوتی تھیں ایک دم نمناک ہو گئیں اور اس نے بھرائی ہوئی آواز میں کہا، ''یہیں رہ جاؤ سکینہ۔۔۔ میں دق کا بیمار ہوں۔۔۔ مجھے کوئی کھانا۔۔۔ کوئی پھل اچھا نہیں لگتا۔ تم کھایا کرنا اور میں تمہیں دیکھا کروں گا۔۔۔'' لیکن فوراً ہی وہ مسکرانے لگا، ''کیا حماقت ہے۔۔۔ کوئی اور سنتا تو کیا کہتا۔۔۔ یعنی دوسرا کھایا کرے اور میں دیکھا کروں گا۔۔۔ نہیں سکینہ۔۔۔ ویسے میری دلی خواہش ہے کہ تم یہیں رہو۔۔۔''

سکینہ کچھ سوچنے لگی، ''جی نہیں۔۔۔میرا مطلب ہے آپ اس گھر میں اکیلے ہیں اور میں۔۔۔نہیں نہیں۔۔۔بات یہ ہے کہ میں۔۔۔'' یہ سن کر اس کو کچھ ایسا صدمہ پہنچا کہ وہ تھوڑی دیر کے لیے بالکل کھو سا گیا۔ جب بولا تو اس کی آواز کھلی تھی، ''میں دس برس تک اسکول میں لڑکیاں پڑھاتا رہا ہوں ہمیشہ میں نے ان کو اپنی بچیاں سمجھا۔۔۔تم۔۔۔تم ایک اور ہو جاؤ گی۔ '' سکینہ کے لیے کوئی اور جگہ ہی نہیں تھی چنانچہ وہ اس پروفیسر کے ہاں ٹھہر گئی۔

وہ ایک برس اور چند مہینے زندہ رہا۔ اس دوران میں بجائے اس کے کہ سکینہ اس کی خبر گیری کرتی، الٹا وہ کہ بیمار تھا، اس کو آسائش و آرام پہنچانے میں کچھ اس بے کلی سے مصروف رہا جیسے ڈاک سے جانے والی ہے اور وہ جلدی جلدی ایک خط میں جو بات اس کے ذہن میں آتی ہے لکھتا جا رہا ہے۔ اُس کی اِس توجہ نے سکینہ کو جسے توجہ کی ضرورت تھی۔ چند مہینوں میں نکھار دیا۔ اب پروفیسر اس سے کچھ دور رہنے لگا۔ مگر اس کی توجہ میں کوئی فرق نہ آیا۔ آخری دنوں میں اچانک اس کی حالت خراب ہوگئی۔ ایک رات جب کہ سکینہ اس کے پاس ہی سو رہی تھی، وہ ہڑبڑا کر اٹھا اور زور سے چلانے لگا، ''سکینہ۔۔۔! سکینہ۔۔۔!! '' یہ چیخیں سن کر سکینہ گھبرا گئی۔ پروفیسر کی دھنسی ہوئی آنکھوں میں وہ چمن سی ہوا کرتی تھی، موجود نہیں تھی۔ اب ایک اتھاہ دکھ سکینہ کو ان میں نظر آیا۔۔۔ پروفیسر نے کانپتے ہوئے ہاتھوں سے سکینہ کے ہاتھ پکڑے اور کہا، ''میں مر رہا ہوں۔۔۔لیکن اس موت کا مجھے دکھ نہیں۔۔۔کیونکہ بہت سی موتیں میرے اندر واقع ہو چکی ہیں۔ تم سننا چاہتی ہو میری داستان۔۔۔ جاننا چاہتی ہو میں کیا ہوں۔۔۔سنو۔۔۔ ایک جھوٹ ہوں۔۔۔بہت بڑا جھوٹ۔۔۔ میری ساری زندگی اپنے آپ سے جھوٹ بولنے اور پھر اسے سچ بنانے میں گزری ہے۔۔۔ اُف کتنا تکلیف دہ، غیر فطری اور غیر انسانی کام تھا۔۔۔ میں نے ایک خواہش کو مارا تھا لیکن مجھے یہ معلوم نہیں تھا کہ اس قتل کے بعد مجھے اور بہت سے خون کرنے پڑیں گے۔ میں سمجھتا تھا کہ ایک مسام بند کر دینے سے کیا ہوگا۔۔۔ لیکن مجھے اس کی خبر نہیں تھی کہ پھر مجھے اپنے جسم کے سارے دروازے بند کرنے پڑیں گے۔

سکینہ! یہ میں جو کچھ کہہ رہا ہوں فلسفیانہ بکواس ہے، سیدھی بات یہ ہے کہ میں اپنا کیریکٹر اونچا کرتا رہا اور خود انتہائی پستیوں کے دلدل میں دھنستا چلا گیا۔ میں مر جاؤں گا اور یہ کیریکٹر۔۔۔ یہ بے رنگ پھر را میری خاک پر اڑتا رہے گا۔۔۔ وہ تمام لڑکیاں جنہیں میں اسکول میں پڑھایا کرتا تھا۔۔۔ کبھی مجھے یاد کریں گی تو کہیں گی ایک فرشتہ تھا جو انسانوں میں چلا آیا تھا۔ تم بھی میری نیکیوں کو نہیں بھولو گی۔۔۔لیکن

حقیقت یہ ہے کہ جب سے تم اس گھر میں آئی ہو۔۔۔ ایک لمحہ بھی ایسا نہیں گزرا جب میں نے تمہاری جوانی کو دُزدِیدہ نگاہوں سے نہ دیکھا ہو۔۔۔ میں نے تصور میں کئی بار تمہارے ہونٹوں کو چوما ہے۔۔۔ کئی بار میں نے تمہاری بانہوں پر اپنا سر رکھا ہے۔۔۔ لیکن ہر بار مجھے ان تصویروں کو پرزے پرزے کرنا پڑا۔ پھر ان پرزوں کو جلا کر میں نے راکھ بنائی کہ ان کا نام و نشان تک باقی نہ رہے۔ میں مر جاؤں گا۔۔۔ کاش مجھ میں اتنی ہمت ہوتی کہ اپنے اس اونچے کیریکٹر کو ایک لمبے بانس پر لنگور کی طرح بٹھا دیتا، اور ڈگڈگی بجا کر لوگوں کو اکٹھا کرتا کہ آؤ دیکھو اور عبرت حاصل کرو۔''

اس واقعہ کے بعد پروفیسر صرف پانچ روز زندہ رہا۔۔۔ سکینہ کا بیان ہے کہ مرنے سے پہلے وہ بہت خوش تھا۔۔۔ جب وہ آخری سانس لے رہا تھا تو اس نے سکینہ سے صرف اتنا کہا، ''سکینہ! میں لالچی نہیں۔۔۔ زندگی کے یہ آخری پانچ دن میرے لیے بہت ہیں۔۔۔ میں تمہارا شکر گزار ہوں۔''

پری

کشمیری گیٹ دہلی کے ایک فلیٹ میں انور کی ملاقات پرویز سے ہوئی۔ وہ قطعاً متاثر نہ ہوا۔ پرویز نہایت ہی بے جان چیز تھی۔ انور نے جب اس کی طرف دیکھا اور اس کو آداب عرض کہا تو اس نے سوچا، ''یہ کیا ہے... عورت ہے یا مولی۔''

پرویز اتنی سفید تھی کہ اس کی سفیدی بے جان سی ہو گئی تھی۔ جس طرح مولی ٹھنڈی ہوتی ہے اسی طرح اس کا سفید رنگ بھی ٹھنڈا تھا۔ کمر میں ہلکا سا خم تھا جیسا کہ اکثر مولیوں میں ہوتا ہے۔ انور نے جب اس کو دیکھا تو اس نے سبز دوپٹہ اوڑھا ہوا تھا۔ غالباً یہی وجہ ہے کہ اس کو پرویز ہو بہو مولی نظر آئی جس کے ساتھ سبز پتے لگے ہوں۔

انور سے ہاتھ ملا کر پرویز اپنے ننھے سے کتے کو گود میں لے کر کرسی پر بیٹھ گئی۔ اس کے سرخی لگے ہونٹوں پر جو اس کے سفید ٹھنڈے چہرے پر ایک دہکتا ہوا انگارہ سا لگتے تھے، ضعیف سی مسکراہٹ پیدا ہوئی۔ کتے کے بالوں میں اپنی لمبی لمبی انگلیوں سے کنگھی کرتے ہوئے اس نے دیوار کے ساتھ لٹکتی ہوئی انور کے دوست جمیل کی تصویر کی طرف دیکھتے ہوئے کہا، ''آپ سے مل کر بہت خوشی ہوئی۔'' انور کو اس کے ساتھ مل کر قطعاً خوشی نہیں ہوئی تھی۔ رنج بھی نہیں ہوا۔ اگر وہ سوچتا تو یقینی طور پر اپنے صحیح رد عمل کو بیان نہ کر سکتا۔ دراصل پرویز سے مل کر وہ فیصلہ نہیں کر سکتا تھا کہ وہ ایک لڑکی سے ملا ہے یا اس کی ملاقات کسی لڑکے سے ہوئی ہے۔ یا سردیوں میں کرکٹ کے میچ دیکھتے ہوئے اس نے ایک مولی خرید لی ہے۔

انور نے اس کی طرف غور سے دیکھا۔ اس کی آنکھیں خوبصورت تھیں۔ بس ایک صرف یہی چیز تھی جس کے متعلق تعریفی الفاظ میں کچھ کہا جا سکتا تھا۔ ان آنکھوں کے علاوہ پرویز کے جسم کے ہر حصے پر نکتہ چینی

ہوسکتی تھی۔ بانہیں بہت پتلی تھیں جو چھوٹی آستینوں والی قمیض میں سے بہت ہی بے آلود انداز میں باہر کو نکلی ہوئی تھیں۔ اگر اس کے سر پر سبز دوپٹہ نہ ہوتا تو انور نے یقیناً اس کو فرجیدیر سمجھا ہوتا جس کا رنگ عام طور پر اکتا دینے والا اسفید ہوتا ہے۔

اس کے ہونٹوں پر جیتے جیتے لہو جیسی سرخی بہت کھل رہی تھی۔ برف کے ساتھ آگ کا کیا جوڑ ۔۔۔؟ اس کی چھوٹی آستینوں والی قمیض سفید کمبرک کی تھی۔ شلوار سفید لٹھے کی تھی۔ سینڈل بھی سفید تھے۔ اس تمام سفیدی پر اس کا سبز دوپٹہ اتنا انقلاب انگیز نہیں تھا۔ مگر اس کے سرخی لگے ہونٹ ایک عجیب ساہنگامہ خیز تضاد بن کر اس کے چہرے کے ساتھ چمٹے ہوئے تھے۔

صحن میں جب وہ چند قدم چل کر جمیل کی طرف اپنے ننھے سے کتے کو دیکھتی ہوئی بڑھی تھی، تو انور نے محسوس کیا تھا کہ یہ عورت جو کہ آرہی ہے عورت نہیں شکاری ہے۔ اس سے ہاتھ ملاتے وقت اسے ایسا لگا تھا جیسے اس کا ہاتھ کسی لاش نے پکڑ لیا ہے۔ مگر جب اس نے باتیں شروع کیں تو وہ ٹھنڈی گرفت جو اس کے ہاتھ کے ساتھ چمٹی ہوئی تھی، کچھ گرم ہونے لگی۔

وہ آوارہ خیال تھی۔ اس کی باتیں سب کی سب بے جوڑ تھیں۔ موسم کا ذکر کرتے کرتے وہ اپنے درزی کی طرف لڑھک گئی۔ درزی کی بات ابھی ادھوری ہی تھی کہ اس کو اپنے کتے کی چھینکوں کا خیال آ گیا۔ کتے نے چھینکا تو اس نے اپنے خاوند کے متعلق یہ کہنا شروع کر دیا، ''وہ بالکل میرا خیال نہیں رکھتے۔ دیکھیے ابھی تک دفتر سے نہیں آئے۔''

انور کے لیے پرویز اور اس کا خاوند دونوں بالکل نئے تھے۔ وہ پرویز کو جانتا تھا نہ اس کے خاوند کو۔ گفتگو کے دوران میں صرف اس کو اس قدر معلوم ہوا کہ پرویز کا خاوند جمیل کا پڑوسی ہے اور ایکسپورٹ امپورٹ کا کام کرتا ہے۔ البتہ اس نے یہ ضرور محسوس کیا کہ پرویز گفتگو کے آغاز سے گفتگو کے اختتام تک اس کو ایسی نظروں سے دیکھتی تھی جن میں جنسی بلاوا تھا۔ انور کو حیرت تھی کہ ایک ٹھنڈی مولی میں یہ بلاوا کیسے ہو سکتا ہے۔ وہ اٹھ کر جانے لگی تو اس نے گود سے اپنے ننھے کتے کو اتارا اور اس سے کہا، ''چلو ٹینی چلیں۔''

پھر مسز جمیل سے جیگر ڈول کے بارے میں کچھ پوچھ کر اپنے سرخ ہونٹوں پر چھدری سی مسکراہٹ پیدا کر کے انور کی طرف ہاتھ بڑھا کر اس نے کہا، ''میرے ہنر بند سے مل کر آپ کو بہت خوشی ہوگی۔''

ایک بار پھر انور نے فرجیدیر میں اپنا ہاتھ دھویا اور سوچا، ''مجھے اس کے ہنر بند سے مل کر کیا خوشی ہوگی۔ جب کہ یہ خود اس سے ناخوش ہے ۔۔۔۔ اس نے کہا تھا کہ وہ میرا بالکل خیال نہیں رکھتے۔''

دیر تک وہ جمیل اور اس کی بیوی سے باتیں کرتا رہا کہ شاید ان میں سے کوئی پرویز کے متعلق بات کرے گا اور اس کو اس عورت کے بارے میں کچھ معلومات حاصل ہوں گی جس کو اس نے ٹھنڈی موئی سمجھا تھا۔ مگر کوئی ایسی بات نہ ہوئی، جو پرویز کی شخصیت پر روشنی ڈالتی۔ جیگر وَل کا ذکر آیا تو مسز جمیل نے صرف اتنا کہا، ''پری کا ٹیسٹ رنگوں کے بارے میں بہت اچھا ہے۔''

''پرویز۔۔۔ پری،'' انور نے سوچا، ''کتنی غلط تخفیف ہے۔ یہ خستہ سی ریڑھ کی ہڈی والی عورت جس کا رنگ اکتا دینے والی حد تک سفید ہے۔۔۔ اس کو پری کہا جائے کیا یہ کوہ قاف کی تو ہین نہیں؟''

جب پرویز کے متعلق اور کوئی بات نہ ہوئی تو انور نے جمیل سے رخصت چاہی، ''اچھا بھائی میں چلتا ہوں۔'' پھر وہ مسز جمیل سے مخاطب ہوا، ''بھابھی آپ کی پری بڑی دلچسپ چیز ہے۔''

مسز جمیل مسکرائی، ''کیوں؟''

انور نے یونہی کہہ دیا تھا۔ مسز جمیل نے کیوں کہا تو اس کو کوئی جواب نہ سوجھا۔ تھوڑے سے توقف کے بعد وہ مسکرایا، ''کیا آپ کے نزدیک وہ دلچسپ نہیں؟ کون ہیں یہ محترمہ؟''

مسز جمیل نے کوئی جواب نہ دیا۔ جمیل نے اس کی طرف دیکھا تو اس نے نظریں جھکا لیں۔ جمیل مسکرا کر اٹھا اور انور کے کاندھے کو دبا کر اس نے کٹک کر کہا، ''چلو تمہیں بتاتا ہوں کون ہیں یہ محترمہ۔۔۔ بڑی واجبِ تعظیم ہستی ہیں۔''

''آپ کو تو بس کوئی موقع ملنا چاہیے،'' مسز جمیل کے لہجے میں جھنجھلاہٹ تھی۔

جمیل ہنسا، ''کیا میں غلط کہتا ہوں کہ پری واجبِ تعظیم ہستی نہیں؟''

''میں نہیں جانتی،'' یہ کہہ کر مسز جمیل اٹھی اور اندر کمرے میں چلی گئی۔ جمیل نے پھر انور کا کندھا دبایا اور اس سے مسکراتے ہوئے کہا، ''بیٹھ جاؤ۔۔۔ تمہاری بھابھی نے ہمیں پری کے متعلق باتیں کرنے کا موقع دے دیا ہے۔''

انور بیٹھ گیا۔ جمیل نے سگریٹ سلگایا اور اس سے پوچھا، ''تمہیں پری میں کیا دلچسپی نظر آئی؟''

انور نے کچھ دیر اپنے دماغ کو کریدا، ''دلچسپی۔۔۔؟ میں کچھ نہیں کہہ سکتا میرا خیال ہے اس کا غیر دلچسپ ہونا ہی شاید اس دلچسپی کا باعث ہے۔''

جمیل نے چٹکی بجا کر سگریٹ کی راکھ جھاڑی، ''لفظوں کا الٹ پھیر نہیں چلے گا۔۔۔ صاف صاف بتاؤ تمہیں اس میں کیا دلچسپی نظر آئی؟''

انور کو یہ جرح پسند نہ آئی، ''مجھے جو کچھ کہنا تھا۔ میں نے کہہ دیا ہے۔''

جمیل ہنسا، پھر ایک دم سنجیدہ ہو کر اس نے سامنے کمرے کی طرف دیکھا اور دبی زبان میں کہا، ''بڑی خطرناک عورت ہے انور۔''

انور نے حیرت سے پوچھا، ''کیا مطلب؟''

''مطلب یہ کہ محترمہ دو آدمیوں کا خون کرا چکی ہے۔''

انور کی آنکھوں کے سامنے معاً پرویز کا سفید رنگ آ گیا، مسکرا کر کہنے لگا، ''اس کے باوجود لہو کی ایک چھینٹ بھی نہیں اس میں۔'' لیکن فوراً ہی اس کو معاملے کی سنگینی کا خیال آیا تو اس نے سنجیدہ ہو کر جمیل سے پوچھا، ''کیا کہا تم نے ۔ ۔ ۔؟ دو آدمیوں کا خون؟''

انور نے چٹکی بجا کر سگریٹ کی راکھ جھاڑی، ''جی ہاں ۔ ۔ ۔ ایک کیپٹن تھا۔ دوسرا سر بہاؤالدین کا لڑکا۔''

''کون سر بہاؤالدین؟''

''اماں وہی ۔ ۔ ۔ جو ایگریکلچرل ڈیپارٹمنٹ میں خدا معلوم کیا تھے۔''

انور کو کچھ پتہ نہ چلا۔ بہاؤالدین کو چھوڑ کر اس نے جمیل سے پوچھا۔

''کیسے خون ہوا ان دونوں کا؟''

''جیسے ہوا کرتا ہے۔ کالج میں کیپٹن صاحب سے پری کا یارانہ تھا۔ شادی کر کے جب وہ بمبئی گئی تو وہاں سر بہاؤالدین کے لڑکے سے راہ و رسم پیدا ہو گئی۔ اتفاق سے ٹریننگ کے سلسلے میں کپتان صاحب وہاں پہنچے۔ پرانے تعلقات قائم کرنا چاہے تو سر بہاؤالدین کے لڑکے آڑے آئے۔ ایک پارٹی میں دونوں کی چخ ہوئی۔ دوسرے روز کپتان صاحب نے پستول داغ دیا۔ رقیب وہیں ڈھیر ہو گئے، پری کو بہت افسوس ہوا۔ سر بہاؤالدین کے لڑکے کی موت کے غم میں اس نے کئی دن سوگ میں کاٹے۔ جب کپتان صاحب کو پھانسی ہوئی تو لوگ کہتے ہیں۔ اس کی آنکھوں نے ہزار ہا اصلی آنسو بہائے ۔ ۔ ۔ اس کے بعد ایک نوجوان پارسی اس کے دامِ محبت میں گرفتار ہو گیا۔ وصل کی رات جب اسے پتہ چلا کہ اس کی محبوبہ شادی شدہ ہے تو اس نے اپنے باپ کی ڈسپنسری سے زہر لے کر کھا لیا۔''

انور نے کہا، ''یہ تین خون ہوئے۔''

جمیل مسکرایا، ''نوجوان پارسی خوش قسمت تھا، اس کے باپ نے اسے موت کے منہ سے بچا لیا۔''

''بڑی عجیب و غریب عورت ہے۔'' یہ کہہ کر انور سوچنے لگا کہ پرویز جس میں کشش نام کو بھی نہیں کیسے

ان ہنگاموں کا باعث ہوئی۔ کپتان نے اس میں کیا دیکھا۔سر بہاؤالدین کے لڑکے کو اس میں کیا چیز نظر آئی۔۔۔؟ اور اس نوجوان پارسی نے اس ڈھیلی ڈھالی عورت میں کیا دلکشی دیکھی؟

انور نے پرویز کو تصور میں نگاہ کر کے دیکھا۔ ڈھیلی ڈھالی ہڈیوں کا ایک ڈھانچہ جس پر سفید سفید گوشت منڈھا ہوا تھا۔خون کے بغیر کولھے دبلے پتلے لڑکے کے کولھوں جیسے تھے۔ریڑھ کی ہڈی میں کوئی دم نہیں تھا۔ ایسا معلوم تھا کہ اگر اس کے سر پر ہاتھ رکھ کر کسی نے دبایا تو وہ دو نیم ہو جائے گی۔ بال کٹے ہوئے تھے جو ہائیڈروجن پر آ کسائیڈ کے استعمال سے اپنا قدرتی رنگ کھو چکے تھے۔۔۔ کیا تھا اس کے سراپا میں۔۔۔؟ ایک فقط اس کی آنکھیں کچھ غنیمت تھیں۔

انور نے سوچا صرف آنکھیں کون چاہتا پھرتا ہے۔۔۔ کوئی بات ہونی چاہیے۔۔۔ لیکن حیرت ہے کہ اس ٹھنڈی مولی نے اتنے بڑے ہنگامے پیدا کیے۔ مجھ سے تو جب اس نے ہاتھ ملایا تھا تو میں نے خیال کیا تھا کہ مجھے بدبو دار ڈکاریں آنی شروع ہو جائیں گی۔۔۔ کچھ سمجھ میں نہیں آتا۔ لیکن کچھ نہ کچھ ہے ضرور اس پری میں۔

جمیل نے اسے بتایا کہ راولپنڈی میں پرویز کے کالج کے رومانس مشہور ہیں۔اس زمانے میں اس کے بیک وقت تین تین چار چار لڑکوں سے رومان چلتے تھے۔ چھ لڑکے اسی کے باعث کالج بدر ہوئے۔ایک کو بیمار ہو کر سینے ٹوریم میں داخل ہونا پڑا۔انور کی حیرت بڑھ گئی۔اس نے جمیل سے پوچھا۔کون ہے اس کا خاوند ۔۔۔؟ اور خود کس کی لڑکی ہے؟'' جمیل نے جواب دیا، ''بہت بڑے باپ کی۔۔۔ کسی زمانے میں احمد آباد ہائی کورٹ کے چیف جسٹس تھے، آج کل ریٹائرڈ ہیں۔۔۔ خاوند اس کا ہندو ہے۔''

''ہندو؟''

''نہیں، اب عیسائی ہو چکا ہے۔''

''کیا کرتا ہے؟''

''میرا خیال ہے شروع میں اس کا ذکر آیا تھا کہ ایکسپورٹ امپورٹ کا کام کرتا ہے۔''

انور کو یاد آ گیا، ''ہاں، ہاں کچھ ایسی بات ہوئی تھی۔۔۔ شاید بھابی جان نے بتایا تھا؟''

جمیل اور انور تھوڑی دیر خاموش رہے۔جمیل نے سگریٹ سلگایا اور اِدھر اُدھر دیکھ کر کہ اس کی بیوی نہ سن رہی ہو، انور کا کاندھا دبا کر سرگوشی میں کہا، ''تم پری سے ضرور ملو۔۔۔ دیکھنا کیا ہوتا ہے؟''

انور نے خود سے پوچھا مگر جمیل سے کہا، ''کیا ہو گا؟''

جمیل کے ہونٹوں میں ایک شریری سی مسکراہٹ پیدا ہوئی، ''وہی ہو گا جو منظورِ خدا ہو گا۔'' پھر اس نے آواز دبا کر کہا، ''کل شام چائے وہیں پئیں گے۔ اس کا خاوند رات کو آتا ہے۔''

پروگرام طے ہو گیا۔ پرویز کے متعلق اتنی باتیں سن کر اس کے دماغ میں کھد بدی سی ہو رہی ہے۔ وہ بار بار سوچتا تھا ملاقات پر کیا ہوا ہو گا۔۔۔کوئی غیر معمولی چیز وقوع پذیر ہو گی۔۔۔ہو سکتا ہے جمیل نے مذاق کیا ہو۔۔۔ہو سکتا ہے جمیل نے جو کچھ بھی اس کے بارے میں کہا سراسر تا پا غلط ہو۔ لیکن پھر اسے خیال آتا، جمیل کو خواہ مخواہ جھوٹ بولنے کی کیا ضرورت تھی۔''

دوسرے روز شام کو جمیل اور وہ دونوں پری کے ہاں آ گئے۔ وہ غسل خانے میں نہا رہی تھی۔ نوکر نے ان کو بڑے کمرے میں بٹھا دیا۔ انور ووگ کی ورق گردانی کرنے لگا۔ دفعتاً جمیل اٹھا، ''میں سگریٹ بھول آیا۔۔۔ابھی آتا ہوں،'' یہ کہہ کر وہ چلا گیا۔

انور ''ووگ،'' میں چھپی ہوئی ایک تصویر دیکھ رہا تھا کہ اسے کمرے میں کسی اور کی موجودگی کا احساس ہوا۔ نظریں اٹھا کر اس نے دیکھا تو پرویز تھی۔ انور سٹپٹا گیا۔ اس نے سفید پاجامہ پہنا ہوا تھا جو جا بجا گیلا تھا۔ ململ کا کرتہ اس کے پانی سے تر بدن کے ساتھ چپکا ہوا تھا۔ مسکرا کر اس نے انور سے کہا، ''آپ بڑے انہماک سے تصویریں دیکھ رہے تھے۔''

پرچہ چھوڑ کر انور اٹھا۔ اس نے کچھ کہنا چاہا مگر پرویز اس کے پاس آ گئی۔ پرچہ اٹھا کر اس نے ایک ہاتھ سے اپنے کٹے ہوئے بالوں کو ایک طرف کیا۔ اور مسکرا کر کہا، ''مجھے معلوم ہے کہ آپ آئے ہیں تو میں ایسے ہی چلی آئی۔'' یہ کہہ کر اس نے اپنے ململ کے گیلے کرتے کو دیکھا جس میں دو کالے دھبے صاف دکھائی دے رہے تھے۔ پھر اس نے انور کا ہاتھ پکڑا، ''چلیے اندر چلیں۔''

انور منمنایا، ''جمیل۔۔۔جمیل بھی ساتھ تھا میرے۔۔۔سگریٹ بھول آیا تھا۔ لینے گیا ہے۔''

پرویز نے انور کو کھینچا، ''وہ آ جائے گا۔۔۔چلیے۔''

انور کو جانا ہی پڑا۔ جس کمرے میں وہ داخل ہوئے اس میں کوئی کرسی نہیں تھی۔ دو اسپرنگوں والے ساگوانی پلنگ تھے۔ ایک ڈریسنگ ٹیبل تھی۔ اس کے ساتھ ایک اسٹول پڑا تھا۔ پری اس اسٹول پر بیٹھ گئی اور ایک پلنگ کی طرف اشارہ کر کے انور سے کہا، ''بیٹھیے۔''

انور ہچکچاتے ہوئے بیٹھ گیا۔ اس نے چاہا کہ جمیل آ جائے، کیونکہ اسے بے حد الجھن ہو رہی تھی۔ پرویز کے گیلے کرتے کے ساتھ چمٹے ہوئے دو کالے دھبے اس کو اندھی آنکھیں لگتے تھے جو اس کے سینے کو

گھور گھور کر دیکھ رہی ہیں۔ انور نے اٹھ کر جانا چاہا، ''میرا خیال ہے میں جمیل کو بلا لاؤں،'' مگر وہ اس کے ساتھ پلنگ پر بیٹھ گئی۔ ڈریسنگ ٹیبل پر رکھے ہوئے فریم کی طرف اشارہ کرکے اس نے انور سے کہا، ''یہ میرے ہذ بنڈ ہیں۔ ۔ ۔ ۔ بہت ظالم آدمی ہے جمیل صاحب۔''

انور منمنایا، ''آپ مذاق کرتی ہیں۔''

''جی نہیں۔ ۔ ۔ میرے اور اس کے مزاج میں زمین و آسمان کا فرق ہے۔ ۔ ۔ اصل میں شادی سے پہلے مجھے دیکھ لینا چاہیے تھا کہ وہ مجھے سمجھتا ہے کہ نہیں۔ ۔ ۔ جس چیز کا مجھے شوق ہو اسے بالکل پسند نہیں ہوتی۔ ۔ ۔ آپ بتائیے۔'' یہ کہتی ہوئی وہ اوٹ لگا کر پلنگ پر اوندھی لیٹ گئی، ''اس طرح لیٹنے میں کیا کوئی ہرج ہے؟''

انور ایک کونے میں سرک گیا۔ اسے کوئی جواب نہ سوجھا۔ اس نے صرف اتنا سوچا، ''اس کا درمیانی حصہ کتنا غیر نسوانی ہے۔''

پرویز اوندھی لیٹی رہی، ''آپ نے جواب نہیں دیا مجھے۔ ۔ ۔ بتائیے اس طرح لیٹنے میں کیا کوئی ہرج ہے؟''

انور کا حلق سوکھنے لگا، ''کوئی ہرج نہیں۔''

''لیکن اس کو ناپسند ہے۔ ۔ ۔ خدا معلوم کیوں۔'' یہ کہہ کر پرویز نے گردن ٹیڑھی کرکے انور کی طرف دیکھا، ''آدمی اس طرح لیٹے تو معلوم ہوتا ہے تیر رہا ہے ۔ ۔ ۔ میں لیٹوں تو اوپر بڑا تکیہ رکھ لیا کرتی ہوں۔ ذرا اٹھائیے نا وہ تکیہ اور میرے اوپر رکھ دیجیے۔''

انور کا حلق بالکل خشک ہو گیا۔ اس کی سمجھ میں نہیں آتا کیا کرے۔ اٹھنے لگا تو پرویز نے اپنی پتلی ٹانگ سے اس کو روکا، ''بیٹھ جائیے نا!''

''جی میں جمیل۔ ۔ ۔''

وہ مسکرائی، ''جمیل بے وقوف ہے، ایک دن مجھ سے باتیں کر رہا تھا۔ میں نے اس سے کہا ''اپنے خاوند کے سوا میرا اور کسی سے وہ تعلق نہیں رہا جو ایک مرد اور عورت میں ہوتا ہے۔ تو وہ ہنسنے لگا۔ ۔ ۔ مجھے تو ویسے بھی اس تعلق سے نفرت ہے۔ ۔ ۔ ذرا تکیہ اٹھا کر رکھ دیجیے نا میرے اوپر!'' انور اسی بہانے اٹھا۔ تکیہ دوسرے کونے میں پڑا تھا۔ اسے اٹھایا اور پرویز کے درمیانی حصہ پر جو کہ بہت ہی غیر نسوانی تھا رکھ دیا۔ پرویز مسکرائی، ''شکریہ۔ ۔ ۔ بیٹھیے اب باتیں کریں۔''

''جی نہیں۔ ۔ ۔ آپ تکیے سے باتیں کریں۔ میں چلا۔'' یہ کہہ کر انور پسینہ پونچھتا باہر نکل گیا۔

پریشانی کا سبب

نعیم میرے کمرے میں داخل ہوااور خاموشی سے کرسی پر بیٹھ گیا۔ میں نے اس کی طرف نظر اٹھا کر دیکھا اور اخبار کی آخری کاپی کے لیے جو مضمون لکھ رہا تھا اس کو جاری رکھنے ہی والا تھا کہ معًا مجھے نعیم کے چہرے پر ایک غیر معمولی تبدیلی کا احساس ہوا۔ میں نے چشمہ اتار کر اس کی طرف پھر دیکھا اور کہا، ''کیا بات ہے نعیم؟ معلوم ہوتا ہے تمہاری طبیعت ناساز ہے۔''

نعیم نے اپنے خشک لبوں پر زبان پھیری اور جواب دیا، ''کیا بتاؤں، عجیب مشکل میں جان پھنس گئی ہے۔ بیٹھے بٹھائے ایک ایسی بات ہوئی ہے کہ میں کسی کو منہ دکھانے کے قابل نہیں رہا۔'' میں نے کاغذ کی جتنی پرچیاں لکھی تھیں جمع کر کے ایک طرف رکھ دیں اور زیادہ دلچسپی لے کر اس سے پوچھا، ''کوئی حادثہ پیش آ گیا۔۔۔ فلم کمپنی میں کسی ایکٹرس سے۔'' نعیم نے فوراً ہی کہا، ''نہیں بھائی، ایکٹرس ویکٹرس سے کچھ بھی نہیں ہوا۔ ایک اور ہی مصیبت میں جان پھنس گئی ہے۔ تمہیں فرصت ہو تو میں ساری داستان سناؤں۔''

نعیم میرا دوست ہے۔ جب سے وہ بمبئی آیا ہے، اس سے میری دوستی چلی آ رہی ہے۔ وہ یوں کہ بمبئی آتے ہی اس نے میرے اخبار میں کام کیا اور خود کو بہت سی اہلیتوں کا مالک ثابت کیا۔ پھر آہستہ آہستہ جب مجھے اس کے اعلیٰ خاندان کا پتا چلا اور اسی قسم کی دوسری واقفیتیں نکلتی آئیں تو میرے دل میں اس کی عزت اور بھی زیادہ ہو گئی، چنانچہ چھ مہینے کے مختصر عرصے ہی میں وہ میرا بے تکلف دوست بن گیا۔

نعیم نے میرے اخبار کو دلچسپ بنانے کے لیے مجھ سے زیادہ کوششیں کیں۔ ہر ہفتے جب اس نے ایک نئی کہانی لکھنی شروع کی اور میں نے اس کی تیار کردہ چار کہانیاں پڑھیں تو مجھے اس بات کا احساس ہوا کہ اخبار میں اگر نعیم پڑا رہا تو اس کی تمام دکاوتیں تباہ ہو جائیں گی، چنانچہ میں نے موقع ملتے ہی ایک فلم کمپنی

میں اس کی سفارش کی اور وہ مکالمہ نگار کی حیثیت سے فوراً ہی وہاں ملازم ہو گیا۔

فلم کمپنی کی ملازمت کے دوران میں نعیم نے وہاں کے سیٹھوں اور ڈائریکٹروں پر کیسا اثر ڈالا، اس کے متعلق مجھے کچھ علم نہیں۔ میں بے حد مصروف آدمی ہوں لیکن نعیم سے ایک دو بار مجھے اتنا ضرور معلوم ہوا تھا کہ وہاں اس کا کام پسند کیا گیا ہے۔ اب ایکا ایکی نہ جانے کیا حادثہ پیش آیا تھا جو اس کا رنگ یوں ہلدی کی طرح زرد پڑ گیا تھا۔

نعیم بے حد شریف آدمی ہے۔ اس سے کسی نامعقول حرکت کی توقع ہی نہیں ہو سکتی تھی، میں سخت متحیر ہوا کہ ایسی کون سی اُفتاد پڑی نعیم کسی کو اپنا منہ دکھانے کے قابل نہ رہا۔ میں نے اس سے اجازت لیکر جلدی جلدی آخری کاپی کے لیے مضمون کا بقایا حصہ مکمل کیا اور تمام پرچیاں کاتب کو دے کر اس کے پاس بیٹھ گیا، ''بھئی معاف کرنا میں فوراً ہی تمہاری داستان نہ سن سکا۔۔۔ لیکن میں پوچھتا ہوں یہ داستان آخر بنی کیسے ۔۔۔تم۔۔۔تم۔۔۔خیر چھوڑو اس قصّے کو، تم مجھے سارا واقعہ سناؤ۔''

نعیم نے جیب سے سگرٹ نکال کر سلگایا اور کہا، ''اب میں تمہیں کیا بتاؤں، جو کچھ ہوا، میری اپنی بیوقوفی کی بدولت ہوا۔ ہماری فلم کمپنی میں ایک ایکٹر ہے۔ عاشق حسین اول درجے کا چغد ہے۔ چوں کہ دوسروں کی طرح میں اسے ستاتا نہیں ہوں اس لیے وہ مجھ پر بری طرح فریفتہ ہے، یہ فریفتہ میں نے اس لیے اس لیے کہا ہے کہ وہ مجھ سے اسی طرح باتیں کرتا ہے جس طرح خوبصورت عورتوں سے کی جاتی ہیں۔''

میں ہنس پڑا، ''پر تم اتنے خوبصورت تو نہیں ہو۔''

نعیم کے پیلے چہرے پر بھی ہنسی کی لال لال دھاریاں پھیل گئیں، ''کچھ سمجھ میں نہیں آتا کہ وہ کیا ہے ۔ دراصل وہ اپنے اخلاص اور اپنی بے لوث محبت کا اظہار کرنا چاہتا ہے اور چوں کہ اسے ایسا کرنے کا طریقہ نہیں آتا اس لیے اس کا پیار وہی شکل اختیار کر لیتا ہے جو اس کو غالباً اپنی بیوی سے ہو گا۔۔۔ ہاں تو یہ عاشق حسین صاحب جو اول درجے کے رقاص ہیں اور رقص کے سوا اور کچھ بھی نہیں جانتے۔ پرسوں شوٹنگ کے بعد مجھے ملے۔ سیٹ پر میں نے ان کے مکالمے درست کرنے میں کافی محنت کی تھی، اس کا حق ادا کرنے کے لیے انہوں نے فوراً ہی کچھ سوچا اور کہا، ''نعیم صاحب، میں آپ سے کچھ عرض کرنا چاہتا ہوں۔''

میں نے کہا، ''فرمائیے۔'' انہوں نے پھر کچھ سوچا اور کہا، ''دن بھر کام کرنے کے بعد میں تھک گیا ہوں آپ بھی ضرور تھک گئے ہوں گے۔ چلیے، کہیں گھوم آئیں۔۔۔''

اب میں یہاں اپنی ایک کمزوری بتا دوں موسم اگر خوش گوار ہو تو میں عموماً بہک جاتا ہوں۔ شام کا جھٹپٹا تھا۔

ہلکی ہلکی ہوا چل رہی تھی اور فضا میں ایک عجیب قسم کی اداسی گھلی ہوئی تھی۔ جوان کنوارے آدمیوں کے دل میں ایسی اداسی ضرور موجود ہوتی ہے جو پھیل کر ایسے موقعوں پر بہت وسعت اختیار کر لیا کرتی ہے۔ میرے بدن پر ایک کپکپی سی طاری ہو گئی جب میں نے جُوہُو کے سمندری کنارے کا تصور کیا جہاں شام کو نم آلود ہوائیں یوں چلتی ہیں جیسے بھاری بھاری ریشمی ساڑھیاں پہن کر عورتیں چلتی ہیں۔۔۔ میں فوراً تیار ہو گیا۔

'' چلیے، مگر کہاں جائیے گا۔'' اب عاشق حسین نے پھر سوچا اور کہا، ''کہیں بھی چلے چلیں گے۔۔ یہاں سے باہر تو نکلیں۔۔۔'' ہم دونوں گیٹ سے باہر نکلے اور موڑ پر بس کا انتظار کرنے لگے۔''

یہاں تک کہہ کر نعیم رک گیا۔ اس کے چہرے کی زردی اب دور ہو رہی تھی۔ میں نے اس کے پیکٹ سے ایک سگرٹ نکال کر سلگایا اور کہا، ''تم دونوں گیٹ سے باہر نکل کر بس کا انتظار کرنے لگے۔''

نعیم نے سر ہلایا، ''اور شامتِ اعمال ادھر سے عاشق حسین کے ایک مارواڑی دوست کا گزر ہوا۔ وہ موٹر میں جا رہا تھا کہ اچانک عاشق حسین کی نظر اس پر پڑی۔ فوراً ہی اس نے مارواڑی زبان میں اپنے دوست کو ٹھہرنے کے لیے کہا۔ موٹر رکی، عاشق حسین نے اس سے مارواڑی زبان میں چند باتیں کیں پھر دوڑ کر میرے پاس آیا اور کہنے لگا، ''چلیے، کام بن گیا، موٹر مل گئی، اسی میں چلتے ہیں۔'' میں چل پڑا۔

موٹر میں داخل ہونے سے پہلے عاشق نے اپنے مارواڑی دوست سے جو شکل و صورت کے اعتبار سے ڈرائیور معلوم ہوتا تھا، تعارف کرایا اور حسبِ معمول مبالغے سے کام لیتے ہوئے کہا، ''یہ مارواڑ کے بہت بڑے سیٹھ ہیں۔ یہاں ایک کاروبار کے سلسلے میں آئے ہیں۔ میرے بہت مہربان دوست ہیں۔'' اور میرے متعلق اپنے دوست سے کہا، ''یہ ہندوستان کے بہت بڑے اسٹوری رائٹر ہیں۔'' ہندوستان کے بہت بڑے اسٹوری رائٹر اور مارواڑ کے بہت بڑے سیٹھ نے ہاتھ ملائے۔ دونوں اپنی اپنی جگہ رسمی طور پر خوش ہوئے اور موٹر چلی۔۔۔''

یہ سن کر میں مسکرایا، ''نعیم، اس مارواڑی سیٹھ کے متعلق تمہاری رائے بہت خراب معلوم ہوتی ہے۔ کیا آگے چل کر یہ ولن کا پارٹ ادا تو نہیں کرے گا۔''

''تم پہلے پوری داستان سن لو۔ پھر سوچنا کہ ولن کون ہے اور ہیرو کون۔ لیکن اس میں کوئی شک نہیں کہ اس کہانی کی ہیروئن زہرہ ہے۔۔۔ زہرہ جس کو میں نے اپنی زندگی میں پہلی مرتبہ کل دادر کی ایک فوجداری عدالت میں دیکھا ہے۔۔۔ ایک مجرم کی حیثیت میں۔''

یہ کہتے ہوئے نعیم کے کان کی لویں شرم کے باعث سُرخ ہو گئیں۔ داستان سننے کے دوران میں پہلی مرتبہ زہرہ

کے اچانک ذکر سے مجھے سخت تعجب ہوا۔ میں نے کہا، ''نعیم۔ یہ تو بالکل الگزنڈریو کا افسانہ معلوم ہوتا ہے ۔ یہ زہرہ بالکل پو کے افسانوں کے غیرمتوقع انجام کی طرح اس داستان میں آئی ہے ۔ یہ عورت کون ہے؟'' ''میں قطعاً نہیں جانتا، یعنی اگر مجھے اس عورت کے متعلق کچھ علم ہو تو مجھ پر لعنت۔ خدا معلوم کون ہے، پر اب میں اتنا جانتا ہوں کہ اس نے ہم لوگوں پر فوجداری مقدمہ دائر کر رکھا ہے ۔ جرم ڈاکہ اور چوری ہے ۔'' میں نے تعجب سے پوچھا، ''ڈاکہ اور چوری۔'' نعیم کے لہجے نے ایسی متانت اختیار کر لی جس میں روحانی اذیت کی جھلک صاف دکھائی دیتی تھی۔ کہنے لگا، ''ہاں، ڈاکہ اور چوری۔ مجھے دفعات اچھی طرح یاد نہیں مگر ان کا مطلب یہی ہے کہ ہم نے مداخلت بیجا کی، زہرہ کے گھر پر ڈاکہ ڈالا۔ اور اس کی چند قیمتی اشیا چرا کر لے گئے، لیکن یہ تو داستان کا انجام ہے ۔ پہلے کے واقعات تمہیں سناؤں پھر اس طرف آتا ہوں۔۔۔ میں کیا کہہ رہا تھا؟''

میں نے جواب دیا، ''یہ کہ تم اس مارواڑی کی موٹر میں بیٹھ گئے ۔''

''ہاں میں عاشق حسین کے کہنے پر اس منحوس مارواڑی کی موٹر میں بیٹھ گیا۔ موٹر وہ خود چلا رہا تھا۔ اس کے ساتھ ہی اگلی سیٹ پر ایک اور آدمی بیٹھا تھا جو اس سے کم منحوس نہیں تھا۔ عاشق حسین نے شاید اس کے متعلق کہا تھا کہ وہ موٹریں بنانے کا کام کرتا ہے ۔ خیر موٹر مختلف بازاروں سے ہوتی ہوئی دادر کی طرف جا نکلی۔ ظاہر تھا کہ ہم جوہُو جائیں گے، چنانچہ میں بہت خوش تھا۔ جوہُو کی گیلی گیلی ریت سے مجھے بے حد پیار ہے، کبھی کبھی ادھر جا کر میں گیلی ریت پر ضرور لیٹا کرتا ہوں اور دیر تک کھلے آسمان کی طرف دیکھا کرتا ہوں جو اتنا ہی پُر اَسرار اور ناقابلِ رسائی دکھائی دیتا ہے جتنا کہ ایک اجنبی عورت کا تصور۔۔۔۔ سامنے رات کی سرمئی روشنی میں سمندر کروٹیں لیتا ہے، اوپر گدلے آسمان پر تارے یوں چمکتے ہیں جیسے انہونی باتیں کسی جوان آدمی کے دل میں ٹمٹما رہی ہوں۔ ایک عجیب کیفیت ہوتی ہے ۔ دُور، اُس پار جہاں آسمان اور سمندر کوئی واضح خط بنائے بغیر آپس میں گھل مل جاتے ہیں، ایک ایسی دھندلی روشنی نظر آیا کرتی ہے جو خوبصورت شعروں کی طرح مصنوعی ہوتی ہے ۔۔۔ میں جوہُو کی سیر کے خیال میں مگن تھا کہ عاشق حسین نے موٹر کو دادر ہی میں ایک جگہ ٹھہرا لیا اور مجھ سے کہا، ''چلیے، کچھ پی لیں۔''

جیسا کہ تمہیں معلوم ہے، بیئر مجھے پیاری ہے ۔ عاشق حسین کو خدا معلوم کہاں سے اس بات کا پتا چلتا تھا کہ میں پیا کرتا ہوں۔۔۔ خیر، ہم چاروں یار بار میں داخل ہوئے ۔ ایک بوتل بیئر کی میں نے پی اور ایک عاشق حسین نے ۔ مارواڑی سیٹھ اور موٹریں بنانے والے نے کچھ نہ پیا۔ ہم جلدی ہی فارغ ہو گئے ۔ پھر

موٹر میں بیٹھے اور جُوہُو کا رخ کیا مگر فوراً ہی عاشق حسین کو ایک کام یاد آ گیا، ''وہ مجھے تو اپنی شاگرد زہرہ کے ہاں جانا ہے ۔ آج اس سے ملنے کا میں نے وعدہ کیا تھا۔۔۔نعیم صاحب اگر آپ کو اعتراض نہ ہو تو پانچ منٹ لگیں گے۔اس کا مکان بالکل قریب ہے۔'' مجھے کیا اعتراض ہو سکتا تھا، چنانچہ اس نے موٹر ایک گلی میں ٹھہرا لی اور اکیلا سامنے والے مکان کی طرف بڑھا۔''

میں نے پوچھا، ''یہ گلی کس طرف ہے؟''

نعیم نے جواب دیا، ''دادر ہی میں ہے۔۔۔اُدھر جہاں پارسیوں کے بے شمار مکان ہیں، غالباً اُس محلے کو پارسی کالونی کہتے ہیں۔

ہاں تو عاشق حسین موٹر سے نکل کر سامنے مکان کی طرف بڑھا۔ایک چھوٹا سا دو منزلہ مکان تھا۔ بغیچہ پھٹے کر کے عاشق نے دروازہ پر دستک دی۔ جب کسی نے دروازہ نہ کھولا تو عاشق نے دوسری بار زور سے دستک دی۔اندر سے کسی عورت کی آواز آئی، ''کون ہے؟'' عاشق حسین نے بلند آواز میں جواب دیا، ''عاشق۔'' اندر سے خَشم آلُود آواز آئی، ''عاشق کی۔۔۔'' عاشق حسین نے یہ گالی سن کر ہماری طرف دیکھا اور زور سے دروازہ کھٹکھٹانا اور یہ کہنا شروع کیا، ''دروازہ کھولو۔۔۔دروازہ کھولو۔'' یہ سن کر میں نے کہا، ''اس عورت نے شاید عاشق کا غلط مطلب سمجھا، ورنہ جیسا کہ تم ابھی کہہ چکے ہو وہ عاشق کی شاگرد تھی۔''

''جانے بلا، کیا تھی اور کیا ہے۔ ہو سکتا ہے کہ عاشق حسین نے جھوٹ ہی بولا ہو اور بیئر کی ایک بوتل پینے کے بعد زہرہ کا خیال اس کے دماغ میں آ گیا ہو۔کسی نے اس سے کبھی کہا ہو گا کہ فلاں نمبر کے فلیٹ میں ایک عورت زہرہ رہتی ہے۔۔۔لیکن اس سے کیا بحث ہے۔عاشق حسین نے اودھم مچانا شروع کر دی۔اندر سے گالیاں آتی رہیں اور پیشتر اس کے کہ میں اسے منع کر سکتا، تین چار دھکے مار کر اس نے دروازہ توڑا اور زبردستی اندر داخل ہو گیا۔جب یہ شور ہوا تو اس پاس کے رہنے والے پارسی اکٹھے ہو گئے۔میں بے حد پریشان ہوا، چنانچہ اسی پریشانی میں موٹر سے باہر نکلا اور عاشق کو باہر لانے کی خاطر اس مکان میں داخل ہو گیا۔

میرے پیچھے پیچھے عاشق کے دونوں ساتھی بھی چلے آئے۔ میں نے اس فلیٹ کے تینوں کمرے دیکھے مگر نہ عاشق نظر آیا نہ اس کی شاگرد زہرہ۔ خدا معلوم کہاں غائب ہو گئے تھے۔ گھر کے پرلی طرف دوسرا راستہ تھا، ممکن ہے وہ ادھر سے باہر نکل گئے ہوں۔ میں چند منٹ ان تین کمروں میں رہا۔ جب کوئی سراغ

نہ ملا تو باہر نکل کر موٹر میں بیٹھ گیا۔ وہ پارسی جو گلی میں جمع ہو گئے تھے گھور گھور کر میری طرف دیکھنے لگے ۔ میں اور زیادہ پریشان ہو گیا۔ بیئر کا سارا نشہ جو دماغ میں تھا اتر کر میری ٹانگوں میں چلا آیا۔ میرے جی میں آئی کہ عاشق اس کے ساتھیوں اور ان کی موٹر کو وہیں چھوڑ کر بھاگ جاؤں مگر ۔۔۔ عجب مشکل میں میری جان پھنس گئی تھی۔ اگر بھاگنے کی کوشش کرتا تو یقیناً وہ پارسی، جو مجھے چڑیا گھر کا بندر سمجھ کر گھور رہے تھے پکڑ لیتے ۔

دس بارہ منٹ اسی شش و پنج میں گزرے ۔ اس کے بعد عاشق اور اس کے دونوں دوست مکان میں سے باہر نکلے اور موٹر میں بیٹھ گئے ۔ میں نے عاشق سے کوئی بات نہ پوچھی ۔ موٹر چلی اور جب دادر کا حلقہ آیا تو میں نے اس سے کہا، ''مجھے یہیں اتار دو، میں بس میں گھر چلا جاؤں گا۔'' عاشق کے دماغ سے جوہُو کی سیر کا خیال نکل گیا تھا، اس نے اپنے مارواڑی دوست سے موٹر روکنے کے لیے کہا، چنانچہ میں ان سے رخصت لے کر گھر چلا آیا اور اس واقعہ کو بھول گیا۔''

نعیم نے ایک سگریٹ اور سلگایا اور کچھ دیر کے لیے خاموش ہو گیا۔ میں نے پوچھا، ''اس کے بعد کیا ہوا؟''

''مجھے گرفتار کر لیا گیا۔'' نعیم نے بڑی تلخی کے ساتھ کہا، ''اس بے وقوف کے بچے عاشق حسین سے جب پولیس والوں نے پوچھا کہ تمہارے ساتھ اور کون تھا تو اس نے اپنے مارواڑی دوست، اس موٹر بنانے والے کا اور میرا نام لے دیا۔۔۔ ہم تینوں ایک گھنٹے کے اندر اندر گرفتار کر لیے گئے ۔''

میں نے پوچھا، ''یہ کب کی بات ہے ۔۔۔؟ تم نے مجھے اطلاع کیوں نہ دی۔''

نعیم نے جواب دیا، ''کل دو ڈھائی بجے کے قریب ہماری گرفتاریاں عمل میں آئیں۔ میں نے تمہیں ٹیلی فون پر ضرور مطلع کیا ہوتا اگر میرے حواس بجا ہوتے ۔ بخدا میں سخت پریشان تھا۔ پولیس انسپکٹر ٹیکسی میں ہم سب کو تھانے لے گیا۔ وہاں بیانات قلم بند ہوئے تو مجھے پتا چلا کہ عاشق حسین کے وہ مارواڑی دوست جو کسی کاروبار کے سلسلے میں یہاں آئے تھے زہرہ کا پنکھا اٹھا کر اپنے ساتھ لے آئے تھے ۔ بجلی کا یہ پنکھا پولیس نے ان سے حاصل کر لیا تھا۔''

یہ سن کر میں نے تشویش ناک لہجہ میں کہا، ''اس سے تو چوری صاف ثابت ہوتی ہے ۔''

''چوری ثابت ہوتی ہے جبھی تو میں اس قدر پریشان ہوں اور سچ پوچھو تو اگر یہ ثابت نہ بھی ہوتی تو میری پریشانی اسی قدر رہتی۔ تھانے اور عدالت میں جانا بے حد شرم ناک ہے، پر اب کیا کیا جائے ۔ جو ہونا تھا ہو چکا ہے ۔ اس خفت سے چھٹکارا نہیں مل سکتا جو مجھے اٹھانا پڑے گی اور اٹھانا پڑ رہی ہے ۔ میں بالکل بے

گناہ ہوں یعنی ظاہر ہے کہ زہرہ کو میں بالکل نہیں جانتا، اس کے مکان پر مکان اگر میں گیا تو محض عاشق حسین کی وجہ سے، اس چغد کے کہنے پر جو ایک بوتل بیئر بھی ہضم نہیں کر سکتا۔''

نعیم کے چہرے پر نفرت اور غصے کے ملے جلے جذبات دیکھ کر مجھے بے اختیار ہنسی آگئی، ''بھئی، بہت برے پھنسے۔'' نعیم نے اسی انداز میں کہا، ''ہنسی میں پھنسی اسی کو کہتے ہیں۔۔۔کل۔۔۔اپنی زندگی میں پہلی مرتبہ میں نے عدالت کا منہ دیکھا اور وہ زہرہ بھی پہلی مرتبہ مجھے نظر آئی۔''

میں نے فوراً ہی پوچھا، ''کیسی ہے؟''

نعیم نے بے پروائی سے جواب دیا، ''بری نہیں، یعنی شکل صورت کے اعتبار سے خاصی ہے۔۔۔بیضوی چہرہ ہے جس پر کیلوں اور مہاسوں کے داغ نظر آتے ہیں۔ لمبے لمبے کالے بال ہیں۔ پیشانی تنگ ہے ۔ جوان ہے ۔ ایسا معلوم ہوتا ہے کہ حال ہی میں اس نے یہ دھندا شروع کیا ہے۔''

میں نے بغیر کسی مطلب کے یوں ہی پوچھا، ''کیسا دھندا؟''

نعیم شرما سا گیا، ''ارے بھئی، وہی جو عورتیں کرتی ہیں۔۔۔زہرہ کے چہرے پر اس کی چھاپ دور سے نظر آ سکتی ہے۔۔۔مجھے اس عورت پر اتنا غصہ کبھی نہ آتا مگر جب مجسٹریٹ نے میری طرف اشارہ کر کے پوچھا، ''تم اس کو پہچانتی ہو؟'' تو زہرہ نے میری طرف اپنی بڑی بڑی دھلی ہوئی آنکھوں سے دیکھ کر کہا، ''ہاں صاحب پہچانتی ہوں۔ اسی نے میرا چاندی کاٹی سیٹ اٹھایا تھا۔'' جب اس نے یہ جھوٹ بولا تو خدا کی قسم جی میں آئی ملعونہ کے حلق میں کھڑے کا ایک ڈنڈا نکال کر ٹھونس دوں۔ اتنا بڑا جھوٹ!!''

اس پر میں نے کہا، ''بھئی جھوٹ تو بولے گی۔۔۔اس کے بغیر کام کیسے چلے گا۔ اسے اپنا کیس مضبوط بھی تو بنانا ہے۔۔۔اب تو تمہیں قہر درویش بر جان درویش سب کچھ سننا پڑے گا۔''

''ٹھیک ہے۔'' نعیم نے بڑی پریشانی کے ساتھ کہا، ''جو کچھ ہو گا اسے ہر حالت میں سہناہی پڑے گا مگر۔۔۔مگر۔۔۔میں کیا بتاؤں میں کس قدر پریشان ہو گیا ہوں، کچھ سمجھ میں نہیں آتا۔۔۔اگر کسی مرد نے مجھ پر ایسا مقدمہ دائر کیا ہوتا تو مجھے اتنی پریشانی نہ ہوتی مگر ذرا غور تو کرو، وہ عورت ہے۔۔۔اور میں عورتوں کی تعظیم کرتا ہوں۔''

میں نے پوچھا، ''کیوں؟'' نعیم نے بڑی سادگی سے جواب دیا، ''اس لیے کہ میں عورتوں کو جانتا ہی نہیں۔ کسی عورت سے ملنے اور اس سے کھل کر بات چیت کرنے کا مجھے کبھی موقع ہی نہیں ملا۔ اب زندگی میں پہلی مرتبہ عورت آئی ہے تو مدعی بن کر۔'' میں نے ہنسنا شروع کر دیا۔ نعیم نے اس پر بگڑ کر کہا، ''

تم ہنستے ہو مگر یہاں میری جان پر بنی ہے ۔ ۔ ۔ دو دن سے میں کمپنی نہیں جا رہا۔ ۔ ۔ وہاں یہ بات ضرور پہنچ چکی ہو گی۔ سیٹھ صاحب کے سامنے میں کیا منہ لے کے جاؤں گا۔ انہوں نے اگر کچھ پوچھا تو میں کیا جواب دوں گا۔ ''

میں نے کہا، ''جو اصل بات ہے ان کو بتا دینا۔''

''وہ تو میں بتا ہی دوں گا مگر خدا کے لیے سوچو تو سہی کہ میری پوزیشن کیا ہے ۔ ۔ ۔ میں سیٹھ صاحب کی بے حد عزت کرتا ہوں اس لیے کہ وہ میرے آقا ہیں، اگر انہوں نے مجھے بد کردار سمجھ کر برطرف کر دیا تو عمر بھر کے لیے میں داغ دار ہو جاؤں گا۔ ملازمت کھونے کا مجھے اتنا افسوس نہیں ہو گا مگر یہاں سوال عزت و ناموس کا ہے ۔ وہ ضرور بد گمان ہو جائیں گے ۔ میں ان کی طبیعت سے اچھی طرح واقف ہوں، میری سچی باتوں کو بھی وہ جھوٹا ہی سمجھیں گے ۔ فلم کمپنی میں ہر شخص جھوٹ بولتا ہے ۔ وہ خود بھی ہمیشہ جھوٹ بولتے ہیں۔ ۔ ۔ اب میں کیا کروں۔ ۔ ۔ کچھ سمجھ میں نہیں آتا۔''

میں نے ہر ممکن طریقے سے نعیم کی اخلاقی جرأت بڑھانے کی کوشش کی مگر ناکام رہا۔ وہ بے حد ڈرپوک ہے ۔ خاص کر عورتوں کے معاملے میں تو اس کی بزدلی بہت ہی زیادہ ہے ۔ دراصل معاملہ بھی سنگین تھا، اگر برقی پنکھا برآمد نہ ہوتا تو کیس بالکل معمولی رہ جاتا۔ مگر پولیس اس مارواڑی سے پنکھا حاصل کر چکی تھی اس لیے ظاہر ہے کہ زہرہ ایک حد تک سچی تھی۔

نعیم زیادہ دیر تک میرے پاس نہ ٹھہرا اور چلا گیا۔ دوسرے روز شام کو وہ پھر آیا۔ اس کی پریشانی اور بھی زیادہ بڑھی ہوئی تھی۔ آتے ہی کہنے لگا۔ ''بھائی ایک مصیبت میں تو جان پھنسی تھی، اب ایک اور آفت گلے پڑ گئی ہے ۔'' میں نے تشویش کے ساتھ کہا، ''کیا ہوا۔ ۔ ۔ ؟ کیا کوئی اور کیس کھڑا ہو گیا۔''

''نہیں، کیس وہی ہے، مگر ایک ایسی بات ہوئی ہے جو میرے وہم و گمان میں بھی نہ تھی۔'' نعیم نے کرسی پر بیٹھ کر اضطراب کے ساتھ ٹانگ ہلانا شروع کی۔ ''آج صبح سیٹھ صاحب نے مجھے بلانے کے لیے موٹر بھیجی۔ مجھے جانا ہی پڑا۔ حالاں کہ میں ارادہ کر چکا تھا کہ کبھی نہیں جاؤں گا۔ بخدا فلم کمپنی میں داخل ہوتے وقت میری حالت وہی تھی جو حساس ملزموں کی ہوتی ہے ۔ شرم کے مارے میرا حلق سوکھ رہا تھا۔ سر بھاری ہو گیا تھا۔ نیچی نظریں کیے جب میں سیٹھ صاحب کے کمرے میں داخل ہوا تو وہ اٹھ کھڑے ہوئے ۔ بڑے تپاک کے ساتھ انہوں نے پہلی مرتبہ میرے ساتھ ہینڈ شیک کیا اور ہنس کر کہنے لگے، ''منشی صاحب، آپ نے کمال کر دیا۔ آپ تو چھپے رستم نکلے ۔ بیٹھیے تشریف رکھیے ۔''

میں ندامت میں غرق کرسی پر بیٹھ گیا۔ وہ بھی بیٹھ گئے ۔ پھر انہوں نے ایسی باتیں شروع کیں کہ میرے اوسان خطا ہو گئے ۔ کہنے لگے، ''آپ گھبراتے کیوں ہیں، سب ٹھیک ہو جائے گا آپ بتائیے کہ یہ زہرہ ہے کیسی ۔۔۔؟ کچھ اچھی ہے ۔۔۔؟ بھئی آپ نے تو کمال کر دیا۔ میں سنتا ہوں کہ آپ نے پی کر وہ دھمال مچائی کہ پارسی کالونی کے سب آدمی وہاں اکٹھے ہو گئے۔ کسی نے مجھ سے کہا تھا کہ آپ زہرہ کی ساری اتار کر لے گئے۔۔۔ پہلے بھی تو آپ اس کے ہاں آتے جاتے ہوں گے، پھر حرام زادی نے پولیس میں رپورٹ کیوں لکھوائی، پر کیا پتا ہے آپ نے بہت زیادہ شرارتیں کی ہوں۔۔۔''

ایسی ہی بے شمار باتیں انہوں نے مجھ سے کیں۔ میں خاموش رہا۔ اس کے بعد انہوں نے چائے منگوائی۔ ایک پیالہ میرے لیے بنایا اور پھر وہی گفتگو شروع کر دی، ''چاندی کا ٹی سیٹ جو آپ اٹھا کر لے گئے تھے، مجھے اگر آپ پریزنٹ کر دیں تو میں آپ کو اپنے وکیل کے پاس لے چلتا ہوں، ایسی اچھی وکالت کرے گا کہ زہرہ کی طبیعت صاف ہو جائے گا۔۔۔ میں سنتا ہوں زہرہ شکل صورت کی اچھی ہے، تو بھئی اس مقدمے کے بعد اسے لے آؤ نا، اپنی فلم میں اسے کوئی چھوٹا سا رول دے دیں گے۔۔۔ اور ہاں، یہ آپ نے اچھا کیا کہ اسی کی شراب پی اور اسی کی چیزیں اڑا کر لے گئے۔۔۔! پر آپ ایک درجن آدمی اپنے ساتھ کیوں لے گئے تھے؟ بیچاری اتنے آدمی دیکھ کر گھبرا گئی ہو گی۔'' بات بات پر وہ ہنستے تھے جیسے گفتگو کے لیے انہیں ایک نہایت ہی دلچسپ موضوع مل گیا ہے۔ تعجب ہے کہ اس سے پہلے انہوں نے کبھی میرے سلام کا جواب بھی نہیں دیا تھا۔''

میں نے کہا، ''تو کیا ہوا، تمہیں خوش ہونا چاہیے کہ وہ تم پر ناراض نہ ہوئے۔'' نعیم بگڑ کر کہنے لگا، ''یہ بھی تم نے خوب کہا کہ مجھے خوش ہونا چاہیے۔ وہ مجھے مجرم سمجھ رہے تھے جو کہ میں نہیں ہوں۔۔۔ میں کیا کہہ سکتا تھا۔ خاموش رہا۔ تھوڑی دیر کے بعد انہوں نے خزانچی کو بلایا اور مجھے سو روپے ایڈوانس دلوائے حالاں کہ دو مہینے سے کسی ملازم کو تنخواہ نہیں مل رہی۔''

میں نے کہا، ''تو کیا برا ہوا؟''

''ارے بھئی تم ساری بات تو سن لو،'' نعیم کھینچ گیا، ''سو روپے دلوا کر انہوں نے کہا یہ آپ اپنے پاس رکھیے آپ کو مقدمہ کے لیے ضرورت ہو گی۔ وکیل کا بندوبست میں ابھی کیے دیتا ہوں۔'' ٹیلی فون پر انہوں نے فوراً ہی وکیل سے بات کی۔ پھر مجھے اپنی موٹر میں بٹھا کر اس کے پاس لے گئے۔ ساری باتیں اس کو سمجھائیں اور کہا، ''دیکھیے، اس مقدمہ میں جان لڑا دیجیے گا۔۔۔ بات بالکل معمولی ہے، اس لیے کہ منشی

صاحب سے زہرہ کے تعلقات بہت پرانے ہیں۔۔۔،، ،،میں کیا کہتا۔وہاں بھی خاموش رہا۔

،،میں نے ہنس کر نعیم سے کہا، ،،اب بھی خاموش رہو۔تمہارا کیا بگڑ گیا ہے؟،،

نعیم اٹھ کھڑا ہوا اور اضطراب کے ساتھ ٹہلنے لگا، ،،ابھی کچھ بگڑا ہی نہیں۔عدالت میں مجھے بیان دینا پڑے

گا کہ زہرہ میری داشتہ ہے اور میں اسے ایک مدت سے جانتا ہوں۔۔۔اور۔۔۔اور۔۔۔سیٹھ صاحب

نے آج شام مجھے مدعو کیا ہے ۔کہتے تھے گرین چلیں گے ۔وہاں کچھ شغل رہے گا۔۔میری جان عجب

مصیبت میں پھنس گئی ہے ۔۔سمجھ میں نہیں آتا کیا ہو رہا ہے ۔۔۔،،

پڑھیے کلمہ

لا الہ الّا اللہ محمد رسول اللہ ۔۔۔۔۔۔

آپ مسلمان ہیں، یقین کریں میں جو کچھ کہوں گا، سچ کہوں گا۔ پاکستان کا اس معاملے سے کوئی تعلق نہیں۔ قائدِاعظم جناح کے لیے میں جان دینے کے لیے تیار ہوں۔ لیکن میں سچ کہتا ہوں اس معاملے سے پاکستان کا کوئی تعلق نہیں۔ آپ اتنی جلدی نہ کیجیے ۔۔۔۔۔ مانتا ہوں، ان دنوں ہٹلر کے زمانے میں آپ کو فرصت نہیں، لیکن آپ خدا کے لیے میری پوری بات تو سن لیجیے ۔۔۔۔۔ میں نے تکا رام کو ضرور مارا ہے، اور جیسا کہ آپ کہتے ہیں تیز چھری سے اس کا پیٹ چاک کیا ہے، مگر اس لیے نہیں کہ وہ ہندو تھا۔ اب آپ پوچھیں گے کہ تم نے اس لیے نہیں مارا تو پھر کس لیے مارا ۔۔۔۔ لیجیے میں ساری داستان ہی آپ کو سنا دیتا ہوں۔

پڑھیے کلمہ، لا الہ الّا اللہ محمد رسول اللہ ۔۔۔۔۔ کس کافر کو معلوم تھا کہ میں اس لفڑے میں پھنس جاؤں گا۔ پچھلے ہندو مسلم فساد میں مَیں نے تین ہندو مارے تھے۔ لیکن آپ یقین مانیے وہ مارنا کچھ اور ہے، اور یہ مارنا کچھ اور ہے۔ خیر، آپ سنئے کہ ہوا کیا، میں نے اس تکا رام کو کیوں مارا۔

کیوں صاحب عورت ذات کے متعلق آپ کا کیا خیال ہے ۔۔۔۔ میں سمجھتا ہوں بزرگوں نے ٹھیک کہا ہے ۔۔۔۔ اس کے چکتروں سے خدا ہی بچائے ۔۔۔۔ پھانسی سے بچ گیا تو دیکھیے کانوں کو ہاتھ لگاتا ہوں، پھر کبھی کسی عورت کے نزدیک نہیں جاؤں گا ۔۔۔۔ لیکن صاحب عورت بھی اکیلی سزاوار نہیں۔ مرد سالے بھی کم نہیں ہوتے۔ بس، کسی عورت کو دیکھا اور ریشہ خطمی ہو گئے۔ خدا کو جان دینی ہے۔ انسپکٹر صاحب! رکما کو دیکھ کر میرا بھی یہی حال ہوا تھا۔

اب کوئی مجھ سے پوچھے۔ بندہ خدا تو ایک پینتیس روپے کا ملازم، تجھے بھلا عشق سے کیا کام۔ کرایہ وصول کر اور چٹا تھام۔ لیکن آفت یہ ہوئی صاحب کہ ایک دن جب سولہ نمبر کی کھولی کا کرایہ وصول کرنے گیا اور دروازہ ٹھوکا تو اندر سے رکما بائی نکلی۔ یوں تو میں رکما بائی کو کئی دفعہ دیکھ چکا تھا لیکن اس دن بخت نے بدن پر تیل ملا ہوا تھا اور ایک پتلی دھوتی لپیٹ رکھی تھی۔ جانے کیا ہوا مجھے، جی چاہا اس کی دھوتی اتار کر زور زور سے مالش کر دوں۔ بس صاحب اسی روز سے اس بندہ ناکارہ نے اپنا دل، دماغ سب کچھ اس کے حوالے کر دیا۔

کیا عورت تھی ۔۔۔ بدن تھا پتھر کی طرح سخت، مالش کرتے کرتے ہانپنے لگ گیا تھا مگر وہ اپنے باپ کی بیٹی یہی کہتی رہی، '' تھوڑی دیر اور ۔ ''

شادی شدہ ۔۔۔ جی ہاں شادی شدہ تھی اور خان چوکیدار نے کہا تھا کہ اس کا ایک یار بھی ہے۔ لیکن آپ سارا قصہ سن لیجیے ۔۔۔ یار وار سب ہی اس میں آ جائیں گے۔

جی ہاں، بس اس روز سے عشق کا بھوت میرے سر پر سوار ہو گیا۔ وہ بھی کچھ کچھ سمجھ گئی تھی کیونکہ کبھی کبھی کن انکھیوں سے میری طرف دیکھ کر مسکرا دیتی تھی ۔۔۔ لیکن خدا گواہ ہے جب بھی وہ مسکرائی، میرے بدن میں خوف کی ایک تھر تھری سی دوڑ گئی۔ پہلے میں سمجھتا تھا کہ یہ معشوق کو پاس دیکھنے کا ۔۔۔ وہ ۔۔۔ ۔۔۔ ہے ۔۔۔ لیکن بعد میں معلوم ہوا ۔۔۔ لیکن آپ شروع ہی سے سنیے۔

وہ تو میں آپ سے کہہ چکا ہوں کہ رکما بائی سے میری آنکھ لڑ گئی تھی۔ اب دن رات میں سوچتا تھا کہ اسے پٹایا کیسے جائے۔ کم بخت، اس کا خاوند ہر وقت کھولی میں بیٹھا لکڑی کے کھلونے بناتا رہتا، کوئی چانس ملتا ہی نہیں تھا۔ ایک دن بازار میں، میں نے اس کے خاوند کو جس کا نام ۔۔۔ خدا آپ کا بھلا کرے کیا تھا جی ہاں ۔۔۔ گردھاری ۔۔۔ لکڑی کے کھلونے چادر میں باندھے لے جاتے دیکھا تو میں نے جھٹ سے سولہ نمبر کی کھولی کا رخ کیا۔ دھڑکتے دل سے میں نے دروازے پر دستک دی۔ دروازہ کھلا۔ رکما بائی نے میری طرف گھور کے دیکھا۔ خدا کی قسم میری روح لرز گئی۔ بھاگ گیا ہوتا وہاں سے، لیکن اس نے مسکراتے ہوئے مجھے اندر آنے کا اشارہ کیا۔

جب اندر گیا تو اس نے کھولی کا دروازہ بند کر کے مجھ سے کہا، '' بیٹھ جاؤ! '' میں بیٹھ گیا تو اس نے میرے پاس آ کر کہا، '' دیکھو میں جانتی ہوں تم کیا چاہتے ہو۔ لیکن جب تک گردھاری زندہ ہے، تمہاری مراد پوری نہیں ہو سکتی۔ ''

میں اٹھ کھڑا ہوا۔ اسے پاس دیکھ کر میرا خون گرم ہو گیا تھا۔ کنپٹیاں ٹھک ٹھک کر رہی تھیں۔ کم بخت نے آج بھی بدن پر تیل ملا ہوا تھا اور وہی پتلی دھوتی لپیٹی ہوئی تھی۔ میں نے اسے بازوؤں سے پکڑ لیا اور دبا کر کہا، ''مجھے کچھ معلوم نہیں، تم کیا کہہ رہی ہو؟'' اف! اس کے بازوؤں کے پٹھے کس قدر سخت تھے ۔۔۔ عرض کرتا ہوں۔ میں بیان نہیں کر سکتا کہ وہ کس قسم کی عورت تھی۔

خیر، آپ داستان سنیے۔

میں اور زیادہ گرم ہو گیا اور اسے اپنے ساتھ چمٹا لیا، ''گرد دھاری جائے جہنم میں ۔۔۔ تمہیں میری بننا ہو گا۔''

رکما نے مجھے اپنے جسم سے الگ کیا اور کہا، ''دیکھو تیل لگ جائے گا۔'' میں نے کہا، ''لگنے دو۔'' اور پھر اسے اپنے سینے کے ساتھ بھینچ لیا۔۔۔ یقین مانیے اگر اس وقت آپ مارے کوڑوں کے میری پیٹھ کی چمڑی ادھیڑ دیتے، تب بھی میں اسے علیحدہ نہ کرتا۔ لیکن کم بخت نے ایسا پکارا کہ جہاں اس نے مجھے پہلے بٹھایا تھا، خاموش ہو کر بیٹھ گیا۔ مجھے معلوم تھا وہ سوچ کیا رہی ہے۔ گرد دھاری سالا باہر ہے، ڈر کس بات کا ہے ۔۔۔ تھوڑی دیر کے بعد مجھ سے رہا نہ گیا تو میں نے اس سے کہا، ''رکما! ایسا اچھا موقع پھر کبھی نہیں ملے گا۔'' اس نے بڑے پیار سے میرے سر پر ہاتھ پھیرا اور مسکرا کر کہا، ''اس سے بھی اچھا موقع ملے گا۔۔۔ لیکن تم یہ بتاؤ جو کچھ میں کہوں گی کرو گے؟'' صاحب میرے سر پر تو بھوت سوار تھا۔ میں نے جوش میں آ کر جواب دیا، ''تمہارے لیے میں پندرہ آدمی قتل کرنے کو تیار ہوں۔'' یہ سن کر وہ مسکرائی، ''مجھے وشواس ہے۔'' خدا کی قسم ایک بار پھر میری روح لرز گئی۔ لیکن میں نے سوچا شاید زیادہ جوش آنے پر ایسا ہوا ہے۔ بس وہاں میں تھوڑی دیر اور بیٹھا، پیار اور محبت کی باتیں کیں، اس کے ہاتھ کے بنے ہوئے بھیجے کھائے اور چپکے سے باہر نکل آیا۔ گو وہ سلسلہ نہ ہوا، لیکن صاحب ایسے سلسلے پہلے ہی دن تھوڑے ہوتے ہیں۔ میں نے سوچا، پھر سہی! دس دن گزر گئے۔ ٹھیک گیارہویں دن، رات کے دو بجے ہاں دو ہی کا عمل تھا۔۔۔ کسی نے مجھے آہستہ سے جگایا۔ میں نیچے سیڑھیوں کے پاس جو جگہ ہے نا، وہاں سوتا ہوں۔ آنکھیں کھول کر میں نے دیکھا۔ ارے رکما بائی۔ میرا دل دھڑکنے لگا۔ میں نے آہستہ سے پوچھا، ''کیا ہے؟'' اس نے ہولے ہولے کہا، ''آؤ میرے ساتھ ۔۔۔'' میں ننگے پاؤں اس کے ساتھ ہو لیا۔ میں نے اور کچھ نہ سوچا اور وہیں کھڑے کھڑے اس کو سینے کے ساتھ بھینچ لیا۔ اس نے میرے کان میں کہا، ''ابھی ٹھہرو۔'' پھر بتی روشن کی، میری آنکھیں چندھیا سی گئیں۔

تھوڑی دیر کے بعد میں نے دیکھا کہ سامنے چٹائی پر کوئی سو رہا ہے۔ منہ پر کپڑا ہے۔ میں نے اشارے سے پوچھا، ''یہ کیا؟''، رکما نے کہا، ''بیٹھ جاؤ۔''، میں الو کی طرح بیٹھ گیا۔ وہ میرے پاس آئی اور بڑے پیار سے میرے سر پر ہاتھ پھیر کر اس نے ایسی بات کہی جس کو سن کر میرے اوسان خطا ہو گئے ۔۔۔ بالکل برف ہو گیا۔ صاحب ۔۔۔ کاٹو تو لہو نہیں بدن میں ۔۔۔ جانتے ہیں رکما نے مجھ سے کیا کہا۔۔۔ پڑھیے کلمہ! لا الہ الّااللہ محمد رسول اللہ۔۔۔ میں نے اپنی زندگی میں ایسی عورت نہیں دیکھی ۔۔۔ کم بخت نے مسکراتے ہوئے مجھ سے کہا، ''میں نے گردھاری کو مار ڈالا ہے۔'' آپ یقین کیجیے، اس نے اپنے ہاتھوں سے ایک ہٹے کٹے آدمی کو قتل کیا تھا۔۔۔ کیا عورت تھی صاحب ۔۔۔ مجھے جب بھی وہ رات یاد آتی ہے، قسم خداوند پاک کی رونگٹے کھڑے ہو جاتے ہیں۔ اس نے مجھے وہ چیز دکھائی جس سے اس ظلم نے گردھاری کا گلا گھونٹا تھا۔ بجلی کے تاروں کی گندھی ہوئی ایک مضبوط طرح رسی سی تھی۔ لکڑی پھنسا کر اس نے زور سے کچھ ایسے پیچ دیئے تھے کہ بے چارے کی زبان اور آنکھیں باہر نکل آئی تھیں ۔۔۔ کہتی تھی بس یوں چٹکیوں میں کام تمام ہو گیا تھا۔

کپڑا اٹھا کر جب اس نے گردھاری کی شکل دکھائی تو میری ہڈیاں تک برف ہو گئیں۔ لیکن وہ عورت جانے کیا تھی۔ وہیں لاش کے سامنے اس نے مجھے اپنے ساتھ لپٹا لیا۔ قرآن کی قسم! میرا خیال تھا کہ ساری عمر کے لیے نامرد ہو گیا ہوں۔ مگر صاحب! جب اس کا گرم گرم پنڈا میرے بدن کے ساتھ لگا اور اس نے ایک عجیب و غریب قسم کا پیار کیا تو اللہ جانتا ہے چودہ طبق روشن ہو گئے۔ زندگی بھر وہ رات مجھے یاد رہے گی۔۔۔ سامنے لاش پڑی تھی لیکن رکما اور میں دونوں اس سے غافل ایک دوسرے کے اندر دھنسے ہوئے تھے۔ صبح ہوئی تو ہم دونوں نے مل کر گردھاری کی لاش کے تین ٹکڑے کیے، اوزار اس کے موجود تھے، اس لیے زیادہ تکلیف نہ ہوئی۔ ٹھیک ٹھاک کافی ہوئی پر لوگوں نے سمجھا ہو گا گردھاری کھلونے بنا رہا ہے ۔۔۔ آپ پوچھیں گے بندۂ خدا تم نے ایسے گھناؤنے کام میں کیوں حصہ لیا۔ پولیس میں رپٹ کیوں نہ لکھوائی ۔۔۔ صاحب، عرض یہ ہے کہ اس کم بخت نے مجھے ایک ہی رات میں اپنا غلام بنا لیا تھا۔ اگر وہ مجھ سے کہتی تو شاید میں نے پندرہ آدمیوں کا خون بھی کر ہی دیا ہوتا۔ یاد ہے نا! میں نے ایک دفعہ اس سے جوش میں آ کر کیا کہا تھا۔

اب مصیبت یہ تھی کہ لاش کو ٹھکانے کیسے لگایا جائے۔ رکما کچھ بھی ہو، آخر عورت ذات تھی۔ میں نے اس سے کہا، جان من! تم کچھ فکر نہ کرو۔ فی الحال ان ٹکڑوں کو ٹرنک میں بند کر دیتے ہیں۔ جب رات آئے گی

تو میں اٹھا کر لے جاؤں گا۔ اب خدا کا کرنا ایسا ہوا صاحب کہ اس روز ہلڑ ہوا۔ پانچ چھ علاقوں میں خوب مار ماری ہوئی۔ گورنمنٹ نے چھتیس گھنٹے کا کرفیو لگا دیا۔ میں نے کہا عبدالکریم! کچھ بھی ہو، لاش آج ہی ٹھکانے لگا دو۔۔۔۔ چنانچہ دو بجے اٹھا۔۔۔۔ اوپر سے ٹرنک لیا۔ خدا کی پناہ! کتنا وزن تھا۔ مجھے ڈر تھا رستے میں کوئی پیلی پگڑی والا ضرور ملے گا اور کرفیو آرڈر کی خلاف ورزی میں دھر لے گا۔ مگر صاحب، جسے اللہ رکھے اسے کون چکھے۔ جس بازار سے گزرا، اس میں سناٹا تھا۔ ایک جگہ۔۔۔۔ بازار کے پاس مجھے ایک چھوٹی سی مسجد نظر آئی۔ میں نے ٹرنک کھولا اور لاش کے ٹکڑے نکال کر اندر ڈیوڑھی میں ڈال دیئے اور واپس چلا آیا۔ قربان اس کی قدرت کے، صبح پتہ چلا کہ ہندوؤں نے اس مسجد کو آگ لگا دی۔ میرا خیال ہے گرد ھاری اس کے ساتھ ہی جل کر راکھ ہو گیا ہو گا۔ کیونکہ اخباروں میں کسی لاش کا ذکر نہیں تھا۔ اب صاحب، بقول شخصے میدان خالی تھا۔ میں نے رکما سے کہا چالی میں مشہور کر دو کہ گرد ھاری باہر کام گیا ہے۔ میں رات کو دو ڈھائی بجے آ جایا کروں گا اور عیش کیا کریں گے۔۔۔۔ مگر اس نے کہا نہیں عبدل، اتنی جلدی نہیں۔ ابھی ہم کو کم از کم پندرہ بیس روز تک نہیں ملنا چاہیے۔ بات معقول تھی، اس لیے میں خاموش رہا۔

سترہ روز گزر گئے۔۔۔۔ کئی بار ڈراؤنے خوابوں میں گرد ھاری آیا۔ لیکن میں نے کہا۔۔۔۔ سالے مر کھپ چکا ہے۔ اب میرا کیا بگاڑ سکتا ہے۔ اٹھارہویں روز صاحب، میں اسی طرح سیڑھیوں کے پاس چارپائی پر سو رہا تھا کہ رکما رات کے بارہ۔۔۔۔ بارہ نہیں تو ایک ہو گا، آئی اور مجھے اوپر لے گئی۔

چٹائی پر ننگی لیٹ کر اس نے مجھ سے کہا، ''عبدل میرا بدن دکھ رہا ہے، ذرا چمپی کر دو۔ میں نے فوراً تیل لیا اور مالش کرنے لگا لیکن آدھے گھنٹے میں ہی ہانپنے لگا۔ میرے پسینے کی کئی بوندیں اس کے چکنے بدن پر گریں۔ لیکن اس نے یہ نہ کہا، بس کر عبدل تم تھک گئے ہو۔ آخر مجھے ہی کہنا پڑا، ''رکما بھئی، اب خلاص۔۔۔۔''، وہ مسکرائی۔۔۔۔ میرے خدا کیا مسکراہٹ تھی۔ تھوڑی دیر دم لینے کے بعد میں چٹائی پر بیٹھ گیا۔ اس نے اٹھ کر بتی بجھائی اور میرے ساتھ لیٹ گئی۔ چمپی کر کے میں اس قدر تھک گیا تھا کہ کسی چیز کا ہوش نہ رہا۔ رکما کے سینے پر ہاتھ رکھا اور سو گیا۔

جانے کیا بجا تھا۔ میں ایک دم ہڑ بڑا کے اٹھا۔ گردن میں کوئی سخت سی چیز دھنس رہی تھی۔ فوراً مجھے اس تار والی رسی کا خیال آیا لیکن اس سے پہلے کہ میں اپنے آپ کو چھڑانے کی کوشش کر سکوں، رکما میری چھاتی پر چڑھ بیٹھی۔ ایک دو ایسے مروڑے دیئے کہ میری گردن کڑ کڑ بول اٹھی۔ میں نے شور مچانا چاہا، لیکن آواز میرے پیٹ میں رہی۔ اس کے بعد میں بے ہوش ہو گیا۔

میرا خیال ہے چار بجے ہوں گے۔ آہستہ آہستہ مجھے ہوش آنا شروع ہوا۔ گردن میں بہت زور کا درد تھا۔ میں ویسے ہی دم سادھے پڑا رہا اور ہولے ہولے ہاتھ سے رسی کے مروڑے کھولنے شروع کیے۔۔۔۔ ایک دم آوازیں آنے لگیں۔ میں نے سانس روک لیا۔ کمرے میں گھپ اندھیرا تھا۔ آنکھیں پھاڑ پھاڑ کر دیکھنے کی کوشش کی پر کچھ نظر نہ آیا۔ جو آوازیں آ رہی تھیں، ان سے معلوم ہوتا تھا دو آدمی کشتی لڑ رہے ہیں۔ رکما ہانپ رہی تھی۔۔۔ ہانپتے ہانپتے اس نے کہا، ''تکارام! بتی جلا دو۔'' تکارام نے ڈرتے ہوئے لہجے میں کہا، ''نہیں نہیں، رکما نہیں۔۔۔'' رکما بولی۔۔۔ ''بڑے ڈرپوک ہو۔۔۔ صبح اس کے تین ٹکڑے کر کے لے جاؤ گے کیسے!''

میرا بدن بالکل ٹھنڈا ہو گیا۔ تکارام نے کیا جواب دیا۔ رکما نے پھر کیا کہا۔ اس کا مجھے کچھ ہوش نہیں۔ پتہ نہیں کب ایک دم روشنی ہوئی اور میں آنکھیں جھپکتا اٹھ بیٹھا۔ تکارام کے منہ سے زور کی چیخ نکلی اور وہ دروازہ کھول کر بھاگ گیا۔ رکما نے جلدی سے کواڑ بند کیے اور کنڈی چڑھا دی۔۔۔ صاحب میں آپ سے کیا بیان کروں، میری حالت کیا تھی۔ آنکھیں کھلی تھیں۔ دیکھ رہا تھا، سن رہا تھا لیکن ہلنے جلنے کی بالکل سکت نہیں تھی۔ یہ تکارام میرے لیے کوئی نیا آدمی نہیں تھا۔ ہماری چالی میں اکثر آم بیچنے آیا کرتا تھا۔ رکما نے اس کو کیسے پھنسایا، اس کا مجھے علم نہیں۔

رکما میری طرف گھور گھور کے دیکھ رہی تھی جیسے اس کو اپنی آنکھوں پر یقین نہیں۔ وہ مجھے مار چکی تھی۔ لیکن میں اس کے سامنے زندہ بیٹھا تھا۔ خیر وہ مجھ پر جھپٹنے کو تھی کہ دروازے پر دستک ہوئی اور بہت سے آدمیوں کی آوازیں آئیں۔ رکما نے جھٹ سے میرا بازو پکڑا اور گھسیٹ کر مجھے غسل خانے کے اندر ڈال دیا۔ اس کے بعد اس نے دروازہ کھولا، پڑوس کے آدمی تھے۔

انہوں نے رکما سے پوچھا، ''خیریت ہے۔ ابھی ابھی ہم نے چیخ کی آواز سنی تھی۔'' رکما نے جواب دیا، ''خیریت ہے۔ مجھے سوتے میں چلنے کی عادت ہے۔۔۔ دروازہ کھول کر باہر نکلی تو دیوار کے ساتھ ٹکرا گئی اور ڈر کر منہ سے چیخ نکل گئی۔'' پڑوس کے آدمی یہ سن کر چلے گئے۔ رکما نے کواڑ بند کیے اور کنڈی چڑھا دی۔ اب مجھے اپنی جان کی فکر ہوئی۔۔۔ آپ یقین مانیے م، یہ سوچ کر کہ وہ ظالم مجھے زندہ نہیں چھوڑے گی، ایک دم میرے اندر مقابلے کی بے پناہ طاقت آ گئی۔ بلکہ میں نے ارادہ کر لیا کہ رکما کے ٹکڑے ٹکڑے کر دوں گا۔

غسل خانے سے باہر نکلا تو دیکھا کہ وہ بڑی کھڑکی کے کپٹ کھولے باہر جھانک رہی ہے۔ میں ایک دم

لپکا۔ چوتڑوں پر سے اوپر اٹھایا اور باہر دھکیل دیا۔ یہ سب یوں چٹکیوں میں ہوا۔ دھپ سی آواز آئی اور میں دروازہ کھول کر نیچے اتر گیا۔ ساری رات میں چارپائی پر لیٹا اپنی گردن پر جو بہت بری طرح زخمی ہو رہی تھی ۔۔۔ آپ نشان دیکھ سکتے ہیں ۔۔۔ تیل مل مل کر سوچتا رہا کہ کسی کو پتہ نہیں چلے گا۔۔۔ اس نے پڑوسیوں سے کہا تھا کہ اسے سوتے میں چلنے کی عادت ہے۔

مکان کے اس طرف جہاں میں نے اسے گرایا تھا جب اس کی لاش دیکھی جائے گی تو لوگ یہی سمجھیں گے کہ سوتے میں چلی ہے اور کھڑکی سے باہر گر پڑی ہے ۔۔۔ خدا خدا کر کے صبح ہوئی۔ گردن پر میں نے رومال باندھ لیا تا کہ زخم دکھائی نہ دیں۔ نو بج گئے، بارہ ہو گئے، مگر رکما کی لاش کی کوئی بات ہی نہ ہوئی۔ جدھر میں نے اس کو گرایا تھا، ایک تنگ گلی ہے۔ دو بلڈنگوں کے درمیان دو طرف دروازے ہیں تا کہ لوگ اندر داخل ہو کر پیشاب پاخانہ نہ کریں۔ پھر بھی دو بلڈنگوں کی کھڑکیوں میں سے پھینکا ہوا کچرا کافی جمع ہوتا ہے جو ہر روز صبح سویرے بھنگن اٹھا کر لے جاتی ہے۔ میں نے سوچا شاید بھنگن نہیں آئی، آئی ہوتی تو اس نے دروازہ کھولتے ہی رکما کی لاش دیکھی ہوتی اور شور بر پا کر دیا ہوتا۔

قصہ کیا تھا! میں چاہتا تھا کہ لوگوں کو جلد اس بات کا پتہ چل جائے۔ دو بج گئے تو میں نے جی کڑا کر کے خود ہی دروازہ کھولا۔ لاش تھی نہ کچرا۔ یا مظہر العجائب! رکما گئی کہاں ۔۔۔ قرآن کی قسم کھا کر کہتا ہوں مجھے اس پھانسی کے پھندے سے بچ نکلنے کا اتنا تعجب نہیں ہو گا جتنا کہ رکما کے غائب ہونے کا ہے۔ تیسری منزل سے میں نے اسے گرایا تھا، پتھروں کے فرش پر۔ بچی کیسے ہو گی۔۔۔ لیکن پھر سوال ہے کہ اس کی لاش کون اٹھا کر لے گیا۔ عقل نہیں مانتی، لیکن صاحب کچھ پتہ نہیں وہ ڈائن زندہ ہو ۔۔۔ چالی میں تو یہی مشہور ہے کہ یا تو کسی مسلمان نے گھر ڈال لیا ہے یا مار ڈالا ہے ۔۔۔ واللہ اعلم بالصواب ۔۔۔ مار ڈالا ہے تو اچھا کیا ہے۔ گھر ڈال لیا ہے تو جو حشر اس غریب کا ہو گا آپ جانتے ہی ہیں ۔۔۔ خدا بچائے صاحب۔ اب تکا رام کی بات سنئے۔ اس واقعے کے ٹھیک بیس روز بعد وہ مجھ سے ملا اور پوچھنے لگا، ''بتاؤ! رکما کہاں ہے؟'' میں نے کہا، ''مجھے کچھ علم نہیں۔'' کہنے لگا، ''نہیں، تم جانتے ہو ۔۔۔'' میں نے جواب دیا، ''بھائی قرآن مجید کی قسم! مجھے کچھ معلوم نہیں۔'' بولا ''نہیں، تم جھوٹ بولتے ہو تم نے اسے مار ڈالا ہے۔ میں پولیس میں رپٹ لکھوانے والا ہوں کہ پہلے تم نے گردھاری کو مارا پھر رکما کو۔'' یہ کہہ کر وہ تو چلا گیا۔ لیکن صاحب میرے پسینے چھوٹ گئے۔ بہت دیر تک کچھ سمجھ میں نہ آیا کیا کروں۔ ایک ہی بات سوجھی کہ اس کو ٹھکانے لگا دوں ۔۔۔ آپ ہی سوچیے اس کے علاوہ اور علاج بھی کیا تھا۔ چنانچہ صاحب

اسی وقت چھپ کر چھری تیز کی اور تکارام کو ڈھونڈنے نکل پڑا۔

اتفاق کی بات ہے، شام کو چھ بجے وہ مجھے اسٹریٹ کے ناکے پر موتری کے پاس مل گیا۔موسمیوں کی خالی ٹوکری باہر رکھ کر وہ پیشاب کرنے کے لیے اندر گیا۔ میں بھی لپک کر اس کے پیچھے۔ دھوتی کھول ہی رہا تھا کہ میں نے زور سے پکارا، '' تکارام۔۔۔ !'' پلٹ کر اس نے میری طرف دیکھا۔ چھری میرے ہاتھ ہی میں تھی۔ایک دم اس کے پیٹ میں بھونک دی۔اس نے دونوں ہاتھوں سے اپنی باہر نکلتی ہوئی انتڑیاں تھامیں اور دوہرا ہو کر گر پڑا۔ چاہیے تو یہ تھا کہ باہر نکل کر نو دو گیارہ ہو جاتا مگر بے وقوفی دیکھیے، بیٹھ کر اس کی نبض دیکھنے لگا کہ آیا مرا ہے یا نہیں۔ میں نے اتنا سنا تھا کہ نبض ہوتی ہے، انگوٹھے کی طرف یا دوسری طرف، یہ مجھے معلوم نہیں تھا۔ چنانچہ ڈھونڈتے ڈھونڈتے دیر لگ گئی۔ اتنے میں ایک کانسٹیبل پتلون کے بٹن کھولتے کھولتے اندر آیا اور میں دھر لیا گیا۔ بس صاحب یہ ہے پوری داستان۔۔۔ پڑھیے کلمہ، لا الٰہ الّا اللہ محمد رسول اللہ ! جو میں نے رتی بھر بھی جھوٹ بولا ہو۔

پسینہ

’’میرے اللہ۔۔۔! آپ تو پسینے میں شرابور ہو رہے ہیں۔‘‘

’’نہیں۔ کوئی اتنا زیادہ تو پسینہ نہیں آیا۔‘‘

’’ٹھہریے میں تولیہ لے کر آؤں۔‘‘

’’تولیے تو سارے دھوبی کے ہاں گئے ہوئے ہیں۔‘‘

’’تو میں اپنے دوپٹے ہی سے آپ کا پسینہ پونچھ دیتی ہوں۔‘‘

’’تمہارا دوپٹہ ریشمیں ہے۔ پسینہ جذب نہیں کر سکے گا۔‘‘

’’پسینے کے یہ قطرے مجھ سے نہیں دیکھے جاتے۔ آپ کا یہ کہنا ٹھیک ہے کہ ریشمیں کپڑا پانی جذب نہیں کر سکتا۔۔۔ لیکن میں آپ کا تولیہ ہوں۔۔۔ کیا میں آپ کا پسینہ خشک نہیں کر سکتی۔‘‘

’’آج گرمی زیادہ تھی۔ سائیکل پر یہاں آتے آتے میں قریب قریب بیہوش ہو گیا تھا۔‘‘

’’ہائے اللہ!‘‘

’’نہیں۔۔۔ بس میں چند منٹوں میں ٹھیک ہو گیا۔ ایک دوست تھا، اس نے مجھے آموں کا شربت پلا دیا۔‘‘

’’آموں کا شربت بھی ہوتا ہے؟‘‘

’’ہر شے کا شربت بنایا جا سکتا ہے۔‘‘

’’میرا بھی؟‘‘

’’تمہارا شربت تو میں ہر روز پیتا ہوں۔۔۔ لیکن اس کا ذائقہ اچھا نہیں ہوتا۔‘‘

’’شریر کہیں کے۔‘‘

’’شرارت تو تمہاری ہوتی ہے کہ تم مٹھاس میں کھٹائی ڈال دیتی ہو۔‘‘

’’کھٹائی تو آپ ڈالتے ہیں۔۔۔۔ میں تو مصری کی ڈلی ہوں۔‘‘

’’مانتا ہوں۔۔۔۔ لیکن کبھی کبھی

’’آپ مجھ سے وہ زیادہ نہ کیجیے۔۔۔ اِدھر آیئے، میں آپ کی ٹائی اُتاروں۔‘‘

’’آج اتنا تکلف کیوں کیا جا رہا ہے؟‘‘

’’آپ محبت کو تکلف کہتے ہیں؟‘‘

’’اس کے متعلق میں تفصیلات میں جانا نہیں چاہتا۔۔۔۔ ویسے میں اتنا ضرور کہہ سکتا ہوں کہ اتنی محبت کا اظہار تم نے پہلے کبھی نہیں کیا۔‘‘

’’آپ محبت کو کیا جانیں۔‘‘

’’انسان اگر محبت ہی کو جان پہچان نہیں سکتا تو میں سمجھتا ہوں وہ حیوان بھی نہیں۔۔۔ کوئی بے حِس چیز ہے۔۔۔ پتھر ہے۔۔۔ سڑک پر گرا ہوا روڑا ہے۔‘‘

’’اِدھر آیئے، میں آپ کی ٹائی اتاروں۔‘‘

’’اس تکلف کی کیا ضرورت ہے؟‘‘

’’میری سمجھ میں نہیں آتا کہ آپ تکلف کی بات کیوں کرتے ہیں۔۔۔ میں نے کبھی آپ سے تکلف برتا ہے؟‘‘

’’آج پہلی مرتبہ۔‘‘

’’آپ اتنے ذہین ہیں۔۔۔ بتایئے اس تکلف کی وجہ کیا ہے؟‘‘

’’میں اتنا ذہین نہیں ہوں۔‘‘

’’آپ کسرِ نفسی سے کام لے رہے ہیں۔‘‘

’’جناب میں کسرِ نفسی سے کام نہیں لے رہا۔۔۔ ایک حقیقت تھی جو میں نے بیان کر دی؟‘‘

’’میرے پاس تو آیئے، میں آپ کا پسینہ پونچھ دوں۔۔۔ گرمی میں بے حال ہو کے آ رہے ہیں۔‘‘

’’کوئی اتنی زیادہ بے حالی نہیں۔ ویسے اس میں کوئی شک نہیں کہ آج درجہ حرارت بہت بڑھا ہوا ہے۔۔۔ سننے میں آیا ہے کہ آج دس آدمی اس حدت کے باعث مر گئے ہیں۔‘‘

’’میں کہتی ہوں، آپ اتنے روپے خرچ کرتے ہیں۔۔۔ کیوں نہیں گھر میں ایک ’’کولر‘‘ لے آتے۔‘‘

’’کولر کی کیا ضرورت ہے؟ تم خود بہت بڑی کولر ہو۔۔۔اتنی گرمی میں گھر آیا ہوں۔ تمہاری باتوں ہی نے مجھے ایسی ٹھنڈک پہنچادی ہے جو سب سے بڑا کولر بھی نہیں پہنچا سکتا۔‘‘

’’آپ نے اب میرا مذاق اڑانا شروع کر دیا۔‘‘

’’تمہاری قسم۔۔۔میں ایسی گستاخی کبھی نہیں کر سکتا۔‘‘

’’میری قسم آپ نے کیوں کھائی ہے؟‘‘

’’اس لیے کہ بڑی لذیذ ہے۔‘‘

’’یعنی آدمی کو وہی قسمیں کھانی چاہئیں جو مزیدار ہوں۔‘‘

’’یقیناً‘‘

’’آپ سے میں کبھی جیت نہیں سکتی۔‘‘

’’میں تو ہمیشہ ہارتا ہوں۔‘‘

’’آپ کب ہارے ہیں۔۔۔ہار تو ہمیشہ میری ہی ہوتی رہی ہے۔‘‘

’’اچھا، اب ذرا میں آرام کرنا چاہتا ہوں۔۔۔میری شلوار قمیص نکال دو‘‘

’’الماری میں صرف ایک پائجامہ موجود ہے‘‘

’’بنیان ہو گی‘‘

’’جی نہیں۔۔۔تین میلی پڑی ہیں جو نوکر نے ابھی تک نہیں دھوئیں‘‘

’’ایسی چھوٹی چھوٹی چیزیں تو تمہیں خود دھو لینا چاہئیں‘‘

’’آپ کو کیا معلوم کہ صابن کتنا وہابیات ہوتا ہے۔۔۔؟ چھالے پڑ جاتے ہیں ہاتھوں میں۔‘‘

’’نوکروں کے ہاتھوں میں بھی یقیناً چھالے پڑتے ہوں گے۔‘‘

’’آپ ہمیشہ نوکروں کی طرف داری کرتے ہیں۔‘‘

’’کیا وہ انسان نہیں؟‘‘

’’خیر چھوڑیئے اس قصّے کو۔۔۔اِدھر آیئے۔۔۔میں آپ کی ٹائی اُتار دوں۔‘‘

’’یہ کون سی اتنی بڑی مہم ہے، جو آپ بہ سر کرنا چاہتی ہیں۔‘‘

’’میں آپ سے بحث کرنا نہیں چاہتی۔۔۔یہ بتایئے کہ آپ کو چلنے میں تکلیف کیوں محسوس ہو رہی ہے؟‘‘

’’جوتا ذرا تنگ ہے؟‘‘

’’یہ وہی ہے ناجو آپ نے پچھلے مہینے لیا تھا۔‘‘

’’ہاں، وہی ہے۔۔۔ آج پہلی مرتبہ پہنا ہے۔‘‘

’’دیکھ کے نہیں لیا تھا۔‘‘

’’دیکھ کر ہی لیا تھا۔۔۔ پہنا بھی تھا۔۔۔ پر۔۔۔‘‘

’’چھوٹا کیسے ہو گیا۔‘‘

’’جو چیز استعمال نہ کی جائے، سکڑ جاتی ہے۔‘‘

’’یہ عجیب منطق ہے۔‘‘

’’عورتوں کو اپنے خاوندوں کی ہر بات عجیب منطق معلوم ہوتی ہے۔‘‘

’’میں نے کہا: اِدھر آئیے، آپ کی ٹائی اُتار دوں۔‘‘

’’پہلے تو میں یہ تکلیف دہ جوتے اُتارنا چاہتا ہوں۔‘‘

’’بیٹھ جایئے۔۔۔ میں اُتار دیتی ہوں۔‘‘

’’آج تم اتنی مہربان کیوں ہو۔۔۔؟ پہلے تو۔۔۔‘‘

’’اب نخرے نہ بگھاریئے۔۔۔ بیٹھیے کرسی پر۔‘‘

’’یہاں سب کرسیاں اس قابل کہاں ہیں کہ اُن پر آدمی بیٹھے۔‘‘

’’میں نے آپ سے کہا تھا کہ جب ان کا بید بالکل ناکارہ ہو جائے گا تو میں سب کی سب ٹھیک کرا دوں گی۔‘‘

’’یہ تمہاری عجیب منطق تھی جس کے متعلق میں نے کچھ کہنا مناسب نہیں سمجھا تھا کہ مبادا تم ناراض ہو جاؤ۔‘‘

’’بات دراصل یہ ہے کہ میں چاہتی تھی کہ جب تک یہ کرسیاں کام دیتی ہیں، ان کی مرمت نہ کرائی جائے۔۔۔ کیونکہ انہیں مقررہ وقت پر پھر مرمت طلب ہونا ہے۔۔۔ جتنے دن نکل جائیں ٹھیک ہے۔‘‘

’’میرا خیال ہے، تم بھی مرمت طلب ہو۔‘‘

’’دیکھیے۔۔۔ میں ایسی باتیں پسند نہیں کرتی۔۔۔ آپ بڑے بے لگام ہوتے جا رہے ہیں۔‘‘

’’چلیے۔۔۔ میں خاموش ہو جاتا ہوں۔‘‘

’’آپ خاموش ہی اچھے لگتے ہیں۔‘‘

’’۔۔۔۔‘‘

’’۔۔۔۔‘‘

'' ، ، ،

'' آپ خاموش کیوں ہو گئے؟ ''

'' تم ہی نے تو مجھ سے کہا تھا کہ آپ خاموش ہی اچھے لگتے ہیں۔ ''

'' میں نے یہ تو نہیں کہا تھا کہ آپ منہ میں گھنگھنیاں ڈال کے بیٹھ رہیں۔ ''

'' تم مجھے کچھ کھانے کے لیے دو ''

'' میں کیا دوں۔۔۔ آپ باہر سے کھا کر آ رہے ہیں۔ ''

'' تم نے کیسے جانا؟ ''

'' آپ کی پتلون بتا رہی ہے۔۔۔ سالن کے داغ لگے ہیں۔۔۔ ضرور آپ نے کسی ہوٹل میں اپنے دوست کے ساتھ عیاشی کی ہوگی۔ ''

'' عیاشی تو خیر نہیں کی، لیکن مجبوراً اپنے افسر کے ساتھ ایک دعوت میں شریک ہونا پڑا۔۔۔ اور تم جانتی ہو۔۔۔ اچھی طرح جانتی ہو کہ میں صرف اپنے گھر کا پکا ہوا کھانا پسند کرتا ہوں۔۔۔ وہاں میں نے صرف چند لقمے منہ میں ڈالے اور ہاتھ اٹھا لیا۔۔۔ اس لیے کہ کھانا بڑا واہیات تھا۔۔۔ اس میں تمہارے ہاتھوں کا نمک نہیں تھا۔ ''

'' لیکن یہ پتلون پر دھبے کیسے پڑے؟ ''

'' اس لیے کہ سالن واہیات تھا۔ مجھ سے دو مرتبہ چاول نیچے گر گئے۔ ''

'' چاول تو آپ سے ہمیشہ نیچے گرتے رہتے ہیں۔ ''

'' اس کو چھوڑو۔۔۔ مجھے یہ بتاؤ کہ فرش پر شربت کس نے گرایا تھا۔ اور۔۔۔ اور۔۔۔ یہ گلاس۔۔۔ جگ۔۔۔ کوئی مہمان آیا تھا؟ ''

'' ہاں۔۔۔ میری ایک سہیلی آئی تھی۔ ''

'' کون؟ ''

'' آپ اسے نہیں جانتے۔۔۔ کوئٹے کی تھی، جو میرے ساتھ پڑھتی تھی۔ اس کی حال ہی میں شادی ہوئی ہے۔ مجھ سے ملنے آئی تھی۔ ''

'' اس سے کیا باتیں ہوئیں؟ ''

'' میں آپ کو کیوں بتاؤں۔۔۔ ویسے وہ اپنے خاوند سے بہت خوش تھی۔ ''

’’ہر عورت کو اپنے خاوند سے خوش ہونا چاہیے۔۔۔اس میں اس کی کیا برتری ہے؟‘‘

’’نہیں۔۔۔وہ۔۔۔‘‘

’’کیا؟‘‘

’’ایسی ایسی باتیں سنائیں جو۔۔۔جو مجھے معلوم ہی نہیں تھیں۔۔۔شاید آپ کو بھی معلوم نہ ہوں۔۔۔‘‘

’’اس گفتگو کو چھوڑیئے۔۔۔آیئے میں آپ کے جوتے اتار دوں۔۔۔‘‘

’’یہ کام میں خود بھی کر سکتا ہوں۔‘‘

’’نہیں میں آج خود کروں گی۔۔۔پہلے ٹائی اتارنے دیجیے۔‘‘

’’اتار لیجیے۔‘‘

’’آپ آج کتنے اچھے لگتے ہیں۔‘‘

’’اس کی وجہ کیا ہے۔۔۔؟ پہلے تو میں تمہیں کبھی اچھا نہیں لگا تھا۔۔۔آج یک بیک یہ انقلاب کیسے پیدا ہو گیا؟‘‘

’’انقلاب کیسا۔۔۔؟ میں شروع ہی سے آپ سے محبت کرتی ہوں۔۔۔میرا سارا دوپٹہ گیلا ہو گیا ہے۔۔۔ توبہ، آپ کو اتنا پسینہ کیوں آ رہا ہے؟‘‘

’’چلیے اندر،‘‘

’’چلو،‘‘۔۔۔ ’’یہاں باہر کی بہ نسبت گرمی کس قدر کم ہے؟‘‘

’’ہاں۔۔۔!‘‘

’’اس شُو نے تو آپ کے پاؤں کی انگلیوں پر چھندیاں ڈال دی ہیں۔‘‘

’’ہر تنگ چیز راحت کا باعث ہوتی ہے۔‘‘

’’میں بھی آج سے تنگ ہو گئی ہوں۔‘‘

’’مجھ سے،‘‘

’’نہیں۔۔۔میری سہیلی نے مجھے بتایا تھا کہ اس کا خاوند۔۔۔خیر آپ اس قصے کو چھوڑیئے۔۔۔اس نے بڑی تنگ اور چُست چولی پہنی ہوئی تھی۔۔۔‘‘

’’میں نے اب دیکھا ہے کہ تم بھی اسی قسم کا بلاؤز پہنے ہو۔۔۔کہاں سے لیا تم نے؟‘‘

’’آج ہی اس کے درزی سے سلوایا ہے۔‘‘

’’اور میں جو ساڑھی لایا ہوں۔‘‘

’’وہ اس سے میچ نہیں کرتی۔۔۔خیر میں آپ کے ساتھ چلوں گی اور اس دکان میں کوئی اور ساڑھی پسند کر لوں گی۔‘‘

’’اُس سہیلی سے تم نے کیا باتیں کیں؟‘‘

’’آپ لیٹ جائیے۔۔۔، پھر آپ کو پسینہ آرہا ہے۔۔۔ میں آپ کو اس کی تمام باتیں سنا دوں گی۔‘‘

’’تم اپنی سہیلی سے ایسی باتیں ہر روز سنا کرو۔۔۔تا کہ ہماری زندگی خوش گوار رہے۔۔اور تم میرے پسینے کو اپنے دوپٹے سے اسی طرح پونچھتی رہو۔‘‘

’’آپ کا پسینہ تو اب میرا لہو بن گیا ہے۔‘‘

پشاور سے لاہور تک

وہ انٹر کلاس کے زنانہ ڈبے سے نکلی، اس کے ہاتھ میں چھوٹا سا اٹیچی کیس تھا۔ جاوید پشاور سے اسے دیکھتا چلا آ رہا تھا۔ راولپنڈی کے اسٹیشن پر گاڑی کافی دیر ٹھہری تو وہ ساتھ والے زنانہ ڈبے کے پاس سے کئی مرتبہ گزرا۔ لڑکی حسین تھی، جاوید اس کی محبت میں گرفتار ہو گیا، اس کی ناک کی پھننگ پر چھوٹا سا تل تھا، گالوں میں ننھے ننھے گڑھے تھے جو اس کے چہرے پر بہت بھلے لگتے تھے۔

راولپنڈی اسٹیشن پر اس لڑکی نے کھانا منگوایا، بڑے اطمینان سے ایک ایک نوالہ اٹھا کر اپنے منہ میں ڈالتی رہی۔ جاوید دور یہ سب کچھ دیکھتا رہا، اس کا جی چاہتا تھا کہ وہ بھی اس کے ساتھ بیٹھ جائے اور دونوں مل کر کھانا کھائیں۔ وہ یقیناً اس کے پاس پہنچ جاتا مگر مصیبت یہ تھی کہ ڈبہ زنانہ تھا، عورتوں سے بھرا ہوا، یہی وجہ ہے کہ جرأت نہ کر سکا۔ لڑکی نے کھانا کھانے کے بعد ہاتھ دھوئے جو بہت نازک تھے۔ لمبی لمبی مخروطی انگلیاں جن کو اس نے اچھی طرح صاف کیا اور اٹیچی کیس سے تولیہ نکال کر اپنے ہاتھ پونچھے، پھر اطمینان سے اپنی سیٹ پر بیٹھ گئی۔ جاوید گاڑی چلنے تک اس کی طرف دیکھتا رہا۔ آخر اپنے ڈبے میں سوار ہو گیا اور اسی لڑکی کے خیالوں میں غرق ہو گیا۔

معلوم تو یہ ہوتا ہے کہ بڑے اچھے گھرانے کی ہے۔ دونوں کلائیوں میں قریب قریب بارہ بارہ سونے کی چوڑیاں ہوں گی۔ کانوں میں ٹاپس بھی تھے۔ دو انگلیوں میں، اگر میرا اندازہ غلط نہیں، ہیرے کی انگوٹھیاں ہیں، لباس بہت عمدہ، ساٹن کی شلوار، ٹفٹیا کی قمیض، شفون کا دوپٹہ۔ حیرت ہے کہ گھٹیا درجے میں کیوں سفر کر رہی ہے؟

پشاور سے آئی ہے۔۔۔ وہاں کی عورتیں تو سخت پردہ کرتی ہیں۔۔۔ لیکن یہ برقعے کے بغیر وہاں سے گاڑی

میں سوار ہوئی اور اس کے ساتھ کوئی مرد بھی نہیں۔۔۔ نہ کوئی عورت، اکیلی سفر کر رہی ہے، آخر یہ قصہ کیا ہے؟ میرا خیال ہے پشاور کی رہنے والی نہیں۔۔۔ وہاں کسی عزیز سے ملنے گئی ہوگی۔۔۔ مگر اکیلی کیوں؟ کیا اسے ڈر نہیں لگا کہ اٹھا کر لے جائے گا کوئی۔۔۔ ایسے تنہا حسن پر تو ہر مرد جھپٹا مارنا چاہتا ہے۔ پھر جاوید کو ایک اندیشہ ہوا کہ شادی شدہ تو نہیں؟

وہ دراصل دل میں تہیہ کر چکا تھا کہ اس لڑکی کا پیچھا کرے گا اور رومان لڑا کر اس سے شادی کرے گا، وہ حرام کاری کا بالکل قائل نہیں تھا۔ کئی اسٹیشن آئے اور گزر گئے۔۔۔ اسے صرف راولپنڈی تک جانا تھا کہ وہاں ہی اس کا گھر تھا مگر وہ بہت آگے نکل گیا۔ ایک اسٹیشن پر چیکنگ ہوئی جس کے باعث اسے جرمانہ ادا کرنا پڑا مگر اس نے اس کی کوئی پروانہ کی۔

ٹکٹ چیکر نے پوچھا، ’’ آپ کو کہاں تک جانا ہے؟ ‘‘

جاوید مسکرایا، ’’ جی ابھی تک معلوم نہیں۔۔۔ آپ لاہور کا ٹکٹ بنا دیجیے کہ وہی آخری اسٹیشن ہے۔ ‘‘ ٹکٹ چیکر نے اسے لاہور کا ٹکٹ بنا دیا، روپے وصول کیے اور دوسرے اسٹیشن پر اتر گیا، جاوید بھی اترا کہ ٹرین کو ٹائم ٹیبل کے مطابق پانچ منٹ ٹھہرنا تھا۔

ساتھ والے کمپارٹمنٹ کے پاس گیا، وہ لڑکی کھڑکی کے ساتھ لگی دانتوں میں خلال کر رہی تھی، جاوید کی طرف جب اس نے دیکھا تو اس کے دل و دماغ میں چیونٹیاں دوڑنے لگیں، اس نے محسوس کیا کہ وہ اس کی موجودگی سے غافل نہیں ہے، سمجھ گئی ہے کہ وہ بار بار صرف اسے ہی دیکھنے آتا ہے۔ جاوید کو دیکھ کر وہ مسکرائی، اس کا دل باغ باغ ہو گیا۔۔۔ مگر جاوید فرطِ جذبات کی وجہ سے فوراً وہاں سے ہٹ کر اپنے ڈبے میں چلا گیا اور رومانوں کی دنیا کی سیر کرنے لگا۔۔۔ اس کو ایسا محسوس ہوتا تھا کہ اس کے آس پاس کی تمام چیزیں مسکرا رہی ہیں۔ ٹرین کا پنکھا مسکرا رہا ہے۔۔۔ کھڑکی سے باہر تار کے کھمبے مسکرا رہے ہیں۔۔۔ انجن کی سیٹی مسکرا رہی ہے، اور وہ بدصورت مسافر جو اس کے ساتھ بیٹھا تھا، اس کے موٹے موٹے ہونٹوں پر بھی مسکراہٹ ہے۔۔۔ اس کے اپنے ہونٹوں پر مسکراہٹ نہیں تھی لیکن اس کا دل مسکرا رہا تھا۔

اگلے اسٹیشن پر جب وہ ساتھ والے کمپارٹمنٹ کے پاس گیا تو وہ لڑکی وہاں نہیں تھی۔ اس کا دل دھک سے رہ گیا، کہاں چلی گئی؟ کہیں پچھلے اسٹیشن پر تو نہیں اتر گئی جہاں اس نے ایک مسکراہٹ سے مجھے نوازا تھا۔۔۔؟ نہیں نہیں غسل خانے میں ہوگی۔

وہ واقعی غسل خانے ہی میں تھی۔ ایک منٹ کے بعد وہ کھڑکی میں نمودار ہوئی۔ جاوید کو دیکھ کر مسکرائی اور

ہاتھ کے اشارے سے اس کو بلایا۔ جاوید کانپتا لرزتا کھڑکی کے پاس پہنچا۔ اس لڑکی نے بڑی مہین اور سریلی آواز میں کہا، ''ایک تکلیف دینا چاہتی ہوں آپ کو۔۔۔ مجھے دو سیب لا دیجیے۔۔۔'' یہ کہہ کر اس نے اپنا پرس نکالا اور ایک روپے کا نوٹ جاوید کی طرف بڑھا دیا۔

جاوید نے جو اس غیر متوقع بلاوے سے قریب قریب برق زدہ تھا، ایک روپے کا نوٹ پکڑ لیا لیکن فوراً اس کے ہوش و حواس برقرار ہو گئے۔ نوٹ واپس دے کر اس نے اس لڑکی سے کہا، ''آپ یہ رکھیے۔۔۔ میں سیب لے آتا ہوں،'' اور ریلیٹ فارم پر اس ریڑھی کی طرف دوڑا جس میں پھل بیچے جاتے تھے، اس نے جلدی جلدی چھ سیب خریدے کیونکہ وسل ہو چکی تھی۔ دوڑا دوڑا وہ اس لڑکی کے پاس آیا، اس کو سیب دیئے اور کہا، ''معاف کیجیے گا۔۔۔ وسل ہو رہی تھی اس لیے میں اچھے سیب چن نہ سکا۔''

لڑکی مسکرائی۔۔۔ وہی دلفریب مسکراہٹ۔۔۔ گاڑی حرکت میں آئی۔ جاوید اپنے کمپارٹمنٹ میں داخل ہوتے کانپ رہا تھا لیکن بہت خوش تھا، اس کو ایسا محسوس ہو رہا تھا کہ اس کو دونوں جہان مل گئے ہیں، اس نے اپنی زندگی میں کبھی کسی سے محبت نہیں کی تھی، لیکن اب وہ اس کی لذت سے لطف اندوز ہو رہا تھا۔

اس کی عمر پچیس برس کے قریب تھی، اس نے سوچا کہ اتنی دیر میں کتنا خشک رہا ہوں۔ آج معلوم ہوا ہے کہ محبت انسان کو کتنی تر و تازہ بنا دیتی ہے۔۔۔ وہ سیب کھا رہی ہو گی۔۔۔ لیکن اس کے گال تو خود سیب ہیں، میں نے جو سیب اس کو دیئے ہیں کیا وہ ان کو دیکھ کر شرمندہ نہیں ہوں گے۔

وہ میری محبت کے اشاروں کو سمجھ گئی جب ہی تو وہ مسکرائی اور اس نے مجھے ہاتھ کے اشارے سے بلایا اور کہا کہ میں اسے سیب لا دوں۔ مجھ سے اگر وہ کہتی کہ گاڑی کا رخ پلٹ دوں تو میں خدا کی قسم اس کی خاطر یہ بھی کر دیتا۔ گو مجھ میں اتنی طاقت نہیں لیکن محبت میں آدمی بہت بڑے بڑے کام سرانجام دے سکتا ہے۔۔۔ فرہاد نے شیریں کے لیے پہاڑ کاٹ کر نہر نہیں کھودی تھی؟

میں بھی کتنا بے وقوف ہوں اس سے اور کچھ نہیں تو کم از کم یہی پوچھ لیا ہوتا کہ تمہیں کہاں تک جانا ہے۔۔۔ خیر میں لاہور تک کا ٹکٹ تو بنوا چکا ہوں۔۔۔ ہر اسٹیشن پر دیکھ لیا کروں گا۔ ویسے وہ اب مجھے بتائے بغیر جائے گی بھی نہیں۔۔۔ شریف خاندان کی لڑکی ہے۔۔۔ میرے جذبہ محبت نے اسے کافی متاثر کیا ہے۔۔۔ سیب کھا رہی ہے، کاش کہ میں اس کے پاس بیٹھا ہوتا، ہم دونوں کو ایک سیب کو بیک وقت اپنے دانتوں سے کاٹتے۔۔۔ اس کا منہ میرے منہ سے کتنا قریب ہوتا۔

میں اس کے گھر کا پتہ لوں گا۔۔۔ ذرا اور باتیں کر لوں، پھر راولپنڈی پہنچ کر می سے کہوں گا کہ میں نے

ایک لڑکی دیکھ لی ہے اس سے میری شادی کردیجیے، وہ میری بات کبھی نہیں ٹالیں گی۔۔۔بس ایک دو مہینے کے اندر اندر شادی ہوجائے گی۔اگلے اسٹیشن پر جب جاوید اسے دیکھنے گیا تو وہ پانی پی رہی تھی، وہ جرأت کرکے آگے بڑھا اور اس سے مخاطب ہوا، ''آپ کو کسی اور چیز کی ضرورت ہو تو فرمایئے۔'' لڑکی مسکرائی۔۔۔دلفریب مسکراہٹ، ''مجھے سگریٹ لادیجیے۔''

جاوید نے بڑی حیرت سے پوچھا، ''آپ سگریٹ پیتی ہیں؟''

وہ لڑکی پھر مسکرائی، ''جی نہیں۔۔۔یہاں ایک عورت ہے، پردہ دار۔۔۔اس کو سگریٹ پینے کی عادت ہے۔''

''اوہ! میں ابھی لایا۔۔۔کس برانڈ کے سگریٹ ہوں؟''

''میرا خیال ہے وہ گولڈ فلیک پیتی ہے۔''

''میں ابھی حاضر کیے دیتا ہوں۔'' یہ کہہ کر جاوید اسٹال کی طرف دوڑا، وہاں سے اس نے دو پیکٹ لیے اور اس لڑکی کے حوالے کردیئے، اس نے شکریہ اس عورت کی طرف سے ادا کیا جو سگریٹ پینے کی عادی تھی۔

جاوید اب اور بھی خوش تھا کہ اس لڑکی سے ایک اور ملاقات ہوگئی مگر اس بات کی بڑی الجھن تھی کہ وہ اس کا نام نہیں جانتا تھا، اس نے کئی مرتبہ خود کو کوسا کہ اس نے نام کیوں نہ پوچھا، اتنی باتیں ہوتی رہیں لیکن وہ اس سے اتنا بھی نہ کہہ سکا، ''آپ کا نام؟'' اس نے ارادہ کرلیا کہ اگلے اسٹیشن پر جب گاڑی ٹھہرے گی تو وہ اس سے نام ضرور پوچھے گا، اسے یقین تھا کہ وہ فوراً بتا دے گی کیونکہ اس میں قباحت ہی کیا تھی۔

اگلا اسٹیشن بہت دیر کے بعد آیا، اس لیے کہ فاصلہ بہت لمبا تھا۔جاوید کو بہت کوفت ہو رہی تھی، اس نے کئی مرتبہ ٹائم ٹیبل دیکھا، گھڑی بار بار دیکھی۔۔۔اس کا جی چاہتا تھا کہ انجن کو پر لگ جائیں تاکہ وہ اڑ کر جلدی اگلے اسٹیشن پر پہنچ جائے۔

گاڑی ایک دم رک گئی، معلوم ہوا کہ انجن کے ساتھ ایک بھینس ٹکرا گئی ہے۔۔۔وہ اپنے کمپارٹمنٹ سے اتر کر ساتھ والے ڈبے کے پاس پہنچا مگر لڑکی اپنی سیٹ پر موجود نہیں تھی۔مسافروں نے مری کٹی ہوئی بھینس کو پٹری سے ہٹانے میں کافی دیر لگا دی۔اتنے میں وہ لڑکی جو غالباً دوسری طرف تماشا دیکھنے میں مشغول تھی، آئی اور اپنی سیٹ پر بیٹھ گئی، جاوید پر جب اس کی نظر پڑی تو مسکرائی۔۔۔وہی دلفریب مسکراہٹ۔جاوید کھڑکی کے پاس گیا مگر اس کا نام پوچھ نہ سکا۔لڑکی نے اس سے کہا، ''یہ بھینسیں کیوں گاڑی کے نیچے آجاتی ہیں؟'' جاوید کو کوئی جواب نہ سوجھا، گاڑی چلنے والی تھی اس لیے وہ اپنے کمپارٹمنٹ میں چلا گیا۔

کئی اسٹیشن آئے مگر وہ نہ اترا۔ آخر لاہور آ گیا، پلیٹ فارم پر جب گاڑی رکی تو وہ جلدی جلدی باہر نکلا، لڑکی موجود تھی، جاوید نے اپنا سامان نکلوایا اور اس سے جس نے ہاتھ میں اٹیچی کیس پکڑا ہوا تھا، کہا، ''لائیے! یہ اٹیچی کیس مجھے دے دیجیے۔'' اس لڑکی نے اٹیچی کیس جاوید کے حوالے کر دیا۔ قلی نے جاوید کا سامان اٹھایا اور دونوں باہر نکلے، تانگہ لیا۔ جاوید نے اس سے پوچھا، ''آپ کو کہاں جانا ہے؟'' لڑکی کے ہونٹوں پر وہی دلفریب مسکراہٹ پیدا ہوئی، ''جی ہیرامنڈی۔'' جاوید یہ کھلا سا گیا، ''کیا آپ وہاں رہتی ہیں؟'' لڑکی نے بڑی سادگی سے جواب دیا۔۔۔ ''جی ہاں۔۔۔ میرا مکان دیکھ لیں، آج رات میرا مجرا سننے ضرور آئیے گا۔''

جاوید پشاور سے لے کر لاہور تک اپنا مجرا اس سن چکا تھا، اس نے اس طوائف کو اس کے گھر چھوڑا اور اس تانگے میں سیدھا لاریوں کے اڈے پہنچا اور راولپنڈی روانہ ہو گیا۔

پھاتو

تیز بخار کی حالت میں اسے اپنی چھاتی پر کوئی ٹھنڈی چیز رینگتی محسوس ہوئی۔ اس کے خیالات کا سلسلہ ٹوٹ گیا۔ جب وہ مکمل طور پر بیدار ہوا تو اس کا چہرہ بخار کی شدت کے باعث تمتما رہا تھا۔ اس نے آنکھیں کھولیں اور دیکھا پھاتو فرش پر بیٹھی، پانی میں کپڑا بھگو کر اس کے ماتھے پر لگا رہی ہے۔

جب پھاتو نے اس کے ماتھے سے کپڑا اتارنے کے لیے ہاتھ بڑھایا تو اس نے اسے پکڑ لیا۔ اور اپنے سینے پر رکھ کر ہولے ہولے پیار سے اپنا ہاتھ اس پر پھیرنا شروع کر دیا۔

اس کی سرخ آنکھیں دو انگارے بن کر دیر تک پھاتو کو دیکھتی رہیں۔ وہ اس دھکتی ہوئی ٹکٹکی کی تاب نہ لا سکی اور ہاتھ چھڑا کر اپنے کام میں مصروف ہو گئی۔ اس پر وہ اٹھ کر بستر میں بیٹھ گیا۔۔۔ پھاتو سے، جس کا اصل نام فاطمہ تھا، اس کو غیر محسوس طور پر محبت ہو گئی تھی، حالانکہ وہ جانتا تھا کہ وہ کردار و اطوار کی اچھی نہیں۔۔۔ محلے میں جتنے لونڈے ہیں اس سے عشق لڑا چکے ہیں۔ لیکن یہ سب یہ جانتے ہوئے بھی اس کو پھاتو سے محبت ہو گئی تھی۔

وہ اگر بخار میں مبتلا نہ ہوتا تو یقیناً اس سے اپنے اس جذبے کا اظہار کبھی نہ کیا ہوتا۔۔۔ مگر تیز بخار کے باعث اس کو اپنے دل و دماغ پر کوئی اختیار نہیں رہا تھا۔ یہی وجہ ہے کہ اس نے اونچی آواز میں پھاتو کو پکارنا شروع کیا۔ ''ادھر آؤ۔۔۔ میری طرف دیکھو۔ جانتی ہو، میں تمہاری محبت میں گرفتار ہوں، بہت بری طرح تمہاری محبت میں گرفتار ہوں۔۔۔ اس طرح تمہاری محبت میں پھنس گیا ہوں جیسے کوئی دلدل میں پھنس جائے۔ میں جانتا ہوں تم کیا ہو۔۔۔ میں جانتا ہوں تم اس قابل نہیں ہو کہ تم سے محبت کی جائے۔ مگر یہ سب کچھ جانتے بوجھتے تم سے محبت کرتا ہوں لعنت ہو مجھ پر۔ لیکن چھوڑو ان باتوں کو۔۔۔ اور میری

طرف دیکھو، میں بخار کے علاوہ تمہاری محبت میں بھی پھنکا جارہا ہوں۔ پھاتو ۔۔۔ پھاتو ۔۔۔ میں ۔۔۔ میں ۔۔۔ میں ،، اس کے خیالات کا سلسلہ ٹوٹ گیا اور اس پر ہذیانی کیفیت طاری ہوگئی۔ اس نے ڈاکٹر مکند لال بھاٹیہ سے کونین کے نقصانات پر بحث شروع کردی۔

چند لمحات کے بعد وہ اپنی ماں سے جو وہاں موجود نہیں تھی، مخاطب ہوا، ،، بی بی جی میرے دماغ میں بے شمار خیالات آ رہے ہیں۔ آپ حیران کیوں ہوتی ہیں۔ مجھے پھاتو سے محبت ہے، اسی پھاتو سے جو ہمارے پڑوس میں پنج بندوں کے ہاں ملازم تھی اور جو اب آپ کی ملازم ہے۔ آپ نہیں جانتیں اس لڑکی نے مجھے کتنا ذلیل کرادیا ہے۔ یہ محبت نہیں خسرہ ہے، نہیں خسرے سے بڑھ چڑھ کر۔ اس کا کوئی علاج نہیں۔ مجھے تمام ذلتیں برداشت کرنی ہوں گی۔ ساری گلی کا کوڑا کرکٹ اپنے سر پر اٹھانا ہوگا۔ یہ سب کچھ ہوکے رہے گا، یہ سب کچھ ہوکے رہے گا۔ ،،

آہستہ آہستہ اس کی آواز کمزور ہوتی گئی اور اس پر غنودگی طاری ہوگئی۔ اس کی آنکھیں نیم وا تھیں۔ ایسا لگتا تھا کہ اس کی پلکوں پر بوجھ سا آن پڑا ہے۔ پھاتو پلنگ کے پاس فرش پر بیٹھی اس کی بے جوڑ ہذیانی گفتگو سنتی رہی۔ مگر اس پر کچھ اثر نہ ہوا۔ وہ ایسے بیماروں کی کئی مرتبہ تیارداری کر چکی تھی۔

بخار کی حالت میں جب اس نے اپنی محبت کا اعتراف کیا تو پھاتو نے اس کے متعلق کیا محسوس کیا، کچھ نہیں کہا جاسکتا۔ اس لیے کہ اس کا گوشت بھرا چہرہ جذبات سے بالکل عاری تھا۔ ممکن ہے کہ اس کے دل کے کسی گوشے میں ہلکی سی سرسراہٹ پیدا ہوئی ہو مگر یہ چربی کی تہوں سے نکل کر باہر نہ آ سکی۔

پھاتو نے رومال نچوڑ کر تازہ پانی میں بھگو یا اور اس کے ماتھے پر رکھنے کے لیے اٹھی۔ اب کی بار اسے اس لیے اٹھنا پڑا کہ اس نے کروٹ بدلی تھی۔ جب اس نے آہستہ سے اُدھر سے مڑ کر اس کے ماتھے پر گیلا رومال جمایا تو اس کی نیم وا آنکھیں یوں کھلیں جیسے لال لال زخموں کے منہ ٹانکے ادھڑ جانے سے کھل جاتے ہیں۔ اس نے ایک لمحے کے لیے پھاتو کے جھکے ہوئے چہرے کی طرف دیکھا۔ اس کے گال تھوڑے سے نیچے لٹک آئے تھے۔ پھر ایک دم جانے اس پر کیا وحشت سوار ہوئی، اس نے پھاتو کو اپنے دونوں بازوؤں میں جکڑ کر اس زور سے اپنی چھاتی کے ساتھ بھینچا کہ اس کی ریڑھ کی ہڈی کڑ کڑ بول اٹھی۔ پھر اس نے اس کو اپنی رانوں پر لٹا کر اس کے موٹے اور گدگدے ہونٹوں پر اس زور سے اپنے تپتے ہوئے ہونٹ پیوست کیے جیسے وہ انہیں داغنا چاہتا ہے۔

اس کی گرفت اس قدر زبردست تھی کہ پھاتو کوشش کے باوجود خود کو آزاد نہ کرسکی۔ اس کے ہونٹ دیر تک

179

اس کے ہونٹوں پر استری ہی کرتے رہے۔ پھر اچانک ہانپتے ہوئے اس نے پھاتو کو ایک جھٹکے سے الگ کر دیا اور اٹھ کر بستر میں یوں بیٹھ گیا جیسے اس نے کوئی ڈراؤنا خواب دیکھا تھا۔

پھاتو ایک طرف سمٹ گئی۔ وہ سہم گئی تھی۔ اس کے لبوں پر ابھی تک اس کی پپڑی جمے ہونٹ سرک رہے تھے۔ جب پھاتو نے کنکھیوں سے اس کی طرف دیکھا تو اس پر برس پڑا، ''تم یہاں کیا کر رہی ہو؟ تم بھوتنی ہو۔۔۔ ڈائن ہو۔۔۔ میرا کلیجہ نکال کر چبانا چاہتی ہو۔۔۔ جاؤ۔۔۔ جاؤ۔۔۔''

یہ کہتے کہتے اس نے اپنے وزنی سر کو دونوں ہاتھوں میں تھام لیا جیسے وہ گر پڑے گا اور وہ لے ہو لے بڑبڑانے لگا، ''پھاتو مجھے معاف کر دو۔ مجھے کچھ معلوم نہیں کہ میں کیا کہہ رہا ہوں۔ میں بس صرف ایک بات اچھی طرح جانتا ہوں کہ مجھے تم سے دیوانگی کی حد تک محبت ہے، اس لیے کہ تم سے محبت کی جائے، میں تم سے محبت کرتا ہوں اس لیے کہ تم نفرت کے قابل ہو۔۔۔ تم عورت نہیں ہو۔۔۔ ایک سالم مکان ہو۔۔ ایک بہت بڑی بلڈنگ ہو۔ مجھے تمہارے سب کمروں سے محبت ہے۔۔۔ اس لیے کہ وہ غلیظ ہیں۔۔۔ شکستہ ہیں۔ کیا یہ عجیب بات نہیں؟''

پھاتو خاموش رہی۔ اس پر ابھی تک اس آہنی گرفت اور اس کے خوف ناک بوسے کا اثر موجود تھا۔ وہ اٹھ کر کمرے سے باہر جانے کا ارادہ ہی کر رہی تھی کہ اس نے پھر ہذیانی کیفیت میں بڑبڑانا شروع کر دیا۔ پھاتو نے اس کی طرف دیکھا اور وہ کسی غیر مرئی آدمی سے باتیں کر رہا تھا۔ بستر پر اس نے بڑی مشکل سے کروٹ بدلی، پھاتو کو اپنی سرخ سرخ آنکھوں سے دیکھا اور پوچھا، ''کیا کہہ رہی ہو تم؟''

اس نے کچھ بھی نہیں کہا تھا، اس لیے وہ خاموش رہی۔

پھاتو کی خاموشی سے اسے خیال آیا کہ ہذیانی کیفیت میں وہ بے شمار باتیں کر چکا ہے۔ جب اس کو اس بات کا احساس ہوا کہ وہ اپنی محبت کا اظہار بھی اس سے کر چکا ہے تو اسے اپنے آپ پر بے حد غصہ آیا۔ اسی غصے میں وہ پھاتو سے مخاطب ہوا۔

''میں نے تم سے جو کچھ کہا تھا وہ بالکل غلط ہے۔۔۔ مجھے تم سے نفرت ہے۔۔۔''

پھاتو نے صرف اتنا کہا ''جی ٹھیک ہو گا۔''

وہ اکڑ کا، ''صرف ٹھیک ہی نہیں۔۔۔ سو فیصد حقیقت ہے۔۔۔ مجھے تم سے سخت نفرت ہے۔ جاؤ، چلی جاؤ میرے کمرے سے۔ خبردار جو کبھی ادھر کا رخ کیا۔''

پھاتو نے حسبِ معمول نرم لہجے میں جواب دیا، ''جی اچھا۔''

یہ کہہ کر وہ جانے لگی کہ اس نے اسے روک لیا، ''ٹھہرو۔۔۔ایک بات سنتی جاؤ۔''

''فرمایئے۔''

''نہیں مجھے کچھ نہیں کہنا ہے۔۔۔تم جا سکتی ہو۔''

پھاتو نے کہا، ''میں جا تو رہی تھی، آپ نے خود مجھے روکا۔'' یہ کہہ اس نے برتن اُٹھائے اور کمرے سے نکلنے لگی۔ مگر اس نے پھر اسے آواز دے کر روکا۔

''ٹھہرو۔۔۔میں ایک بات تم سے کہنا بھول گیا ہوں۔''

پھاتو نے برتن تپائی پر رکھے اور اس سے کہا، ''کیا بات ہے ۔۔۔ بتا دیجیے ۔۔۔ مجھے اور کام کرنے ہیں۔''

وہ سوچنے لگا کہ اس نے پھاتو کو روکا کیوں تھا۔۔۔اسے اس سے ایسی کون سی ہم بات کرنا تھی۔ وہ یہ سوچ ہی رہا تھا کہ پھاتو نے اس سے کہا، ''میاں صاحب میں کھڑی انتظار کر رہی ہوں۔۔۔آپ کو مجھ سے کیا کہنا ہے۔'' وہ بوکھلا گیا، ''مجھے کیا کہنا تھا۔۔۔ کچھ بھی تو نہیں تھا۔۔۔میرا مطلب ہے، کہنا تو کچھ تھا مگر بھول گیا ہوں۔''

پھاتو نے برتن تپائی پر رکھے، ''آپ یاد کر لیجیے۔۔۔میں یہاں کھڑی ہوں۔''

اس نے آنکھیں بند کر لیں اور یاد کرنے لگا۔ اسے پھاتو سے یہ کہنا تھا۔۔۔اس کے دماغ میں بے شمار خیالات تھے۔ دراصل یہ کہنا چاہتا تھا کہ پھاتو اس کے گھر سے چلی جائے۔ اس لیے کہ وہ اس سے اس قدر نفرت کرتا ہے کہ وہ نفرت بے پناہ محبت میں تبدیل ہو گئی ہے۔

اس نے تھوڑے عرصہ کے بعد آنکھیں کھولیں۔ پھاتو تپائی کے ساتھ کھڑی تھی۔ اس نے سمجھا کہ شاید یہ سب خواب ہے، پر جب اس نے ادھر ادھر کا جائزہ لیا تو اسے معلوم ہوا کہ خواب نہیں حقیقت ہے، لیکن اس کی سمجھ میں نہیں آتا تھا کہ پھاتو کیوں بت کی ماند اس کی چارپائی کے ساتھ کھڑی ہے۔

اس نے کہا، ''تو یہاں کھڑی کیا کر رہی ہے؟''

پھاتو نے جواب دیا، ''آپ ہی نے تو کہا تھا کہ آپ کو مجھ سے کوئی ضروری بات کہنی ہے۔''

وہ چڑ گیا، جھنجھلا کر بولا، ''تم سے مجھے کون سی ضروری بات کہنا تھی۔۔۔جاؤ۔۔۔دور ہٹ جاؤ میری نظروں سے۔''

پھاتو نے تشویش ناک نظروں سے اس کی طرف دیکھا۔

’’ایسالگتا ہے آپ کا بخار تیز ہوگیا ہے ۔۔۔ میں بی بی جی سے کہتی ہوں کہ ڈاکٹر کو بلالیں۔‘‘

وہ اور زیادہ چڑ گیا، ’’ڈاکٹر آیا تو میں اسے گولی ماد وں گا ۔۔۔ اور تمہارا تو میں ان دو ہاتھوں سے گلا گھونٹ دوں گا۔‘‘ پھاتو نے اپنے لہجے کو اور زیادہ نرم بناکر کہا، ’’آپ ابھی گھونٹ ڈالیے ۔۔۔ میں اپنی زندگی سے اُکتا چکی ہوں۔‘‘

اس نے پوچھا ’’کیوں؟‘‘

’’بس اب جی نہیں چاہتا زندہ رہنے کو ۔۔۔ میاں صاحب آپ کو معلوم نہیں، میں یہ دن کیسے گزار رہی ہوں ۔۔۔ اللہ کی قسم ۔۔۔ ایک ایک پل زہر کا گھونٹ ہے ۔۔۔ خدا کے لیے آپ میرا گلا گھونٹ کر مجھے مار دیجیے!‘‘

وہ لحاف کے اندر کانپنے لگا ۔۔۔ ’’پھاتو ۔۔۔ جاؤ مجھے تم سے نفرت ہے۔‘‘

پھاتو نے بڑی معصومیت سے کہا، ’’میں جانے لگتی ہوں ۔۔۔ پر آپ مجھے روک لیتے ہیں۔‘‘

اس نے بھنّا کر کہا، ’’کون حرامزادہ تجھے روکتا ہے ۔۔۔ جا ۔۔۔ دور ہو جا۔‘‘

پھاتو جانے لگی تو اس نے اسے پھر روک لیا ۔۔۔ ’’ٹھہرو!‘‘

’’وہ ٹھہر گئی ۔۔۔ ’’فرماییے۔‘‘

’’تم نہایت واہیات عورت ہو ۔۔۔ خدا تمہیں غارت کرے ۔۔۔ جاؤ اب میری نظروں سے غائب ہو جاؤ،‘‘ پھاتو برتن اُٹھاکر چلی گئی۔

ایک مہینے بعد محلے میں شور مچا کہ پھاتو کسی کے ساتھ بھاگ گئی ہے۔ سب اس کو برا بھلا کہہ رہے تھے۔ عورتیں خاص طور پر اس کے کردار میں کیڑے ڈال رہی تھیں اور پھاتو اپنے میاں صاحب کے ساتھ کلکتے میں ازدواجی زندگی بسر کر رہی تھی۔

اس کا شوہر ہر روز اس سے کہتا تھا، ’’فاطمہ! مجھے تم سے نفرت ہے۔‘‘

اور وہ مسکرا کر جواب دیتی، ’’یہ نفرت اگر نہ ہوتی تو میری زندگی کیسے سنورتی ۔۔۔ آپ مجھ سے ساری عمر نفرت ہی کرتے رہیے۔‘‘

چھاہا

گوپال کی ران پر جب یہ بڑا پھوڑا نکلا تو اس کے اوسان خطا ہو گئے۔

گرمیوں کا موسم تھا۔ آم خوب ہوئے تھے۔ بازاروں میں، گلیوں میں، دکانداروں کے پاس، پھیری والوں کے پاس، جدھر دیکھو، آم ہی آم نظر آتے۔ لال، پیلے، سبز، رنگا رنگ کے۔۔۔ سبزی منڈی میں کھول کے حساب سے ہر قسم کے آم آتے تھے۔ اور نہایت سستے داموں فروخت ہو رہے تھے۔ یوں سمجھیے کہ پچھلے برس کی کسر پوری ہو رہی تھی۔

اسکول کے باہر چھوٹو رام پھل فروش سے گوپال نے ایک روز خوب جی بھر کے آم کھائے۔ اور جیب میں سے ایک مہینے کے بچائے ہوئے جتنے پیسے جمع تھے سب کے سب ان آموں پر خرچ کر دیئے جن کے گودے اور رس میں شہد گھلا ہوا تھا۔

اس روز چھٹی کے وقت آم کھانے کے بعد انگلیاں چاٹتے ہوئے گوپال کو اسکول کے حلوائی سے دودھ کی لسّی پینے کا خیال آیا تھا۔ اور اس خیال کو عملی جامہ پہنانے کی خاطر اس نے گنڈا رام حلوائی سے پاؤ بھر دودھ کی لسّی بنانے کو بھی کہا تھا۔ مگر حلوائی نے یہ کہہ کر انکار کر دیا تھا، ''بابو گوپال، پہلا حساب چکا دو تو اور ادھار دوں گا، ورنہ نہیں۔''

گوپال نے اگر آم نہ کھائے ہوتے، یا اگر اس کی جیب میں تھوڑے بہت پیسے ہوتے۔ تو وہ وہیں کھڑے کھڑے گنڈا رام کا حساب چکا دیتا۔ اور کچھ نہیں تو نقد دام دے کر لسّی کا وہ گلاس لے لیتا جس میں برف کا ٹکڑا ڈبکیاں لگا رہا تھا۔ اور جسے حلوائی نے بُرا سا منہ بنا کر اپنے پیچھے لوہے کے تھال پر رکھ دیا تھا۔ مگر گوپال کچھ بھی نہ کر سکا۔ اور اس کا نتیجہ یہ ہوا کہ چوتھے روز اس کی ران پر یہ بڑا پھوڑا نکل آیا۔ اور

تین چار روز تک ابھرتا رہا۔

گوپال کے اوسان خطا ہوگئے۔ اس کی سمجھ میں نہ آتا تھا کہ کیا کرے۔ وہ پھوڑے سے اتنا پریشان نہیں تھا۔ جتنا اس کے درد سے۔ ۔ ۔ اور سب سے بڑی مصیبت یہ تھی کہ پھوڑا دن بدن لال ہوتا چلا جا رہا تھا۔ اور اس کے منہ پر بدن کی جھلی پھٹنا شروع ہوگئی تھی۔ بعض اوقات گوپال کو یہ معلوم ہوتا کہ پھوڑے کے اندر کوئی ہنڈیا اُبل رہی ہے۔ اور اس کے اندر سب کچھ ایک ہی اُبال میں نکلنا چاہتا ہے۔ یہ چیز اسے بہت پریشان کر رہی تھی۔ اور پھوڑے کی جسامت دیکھ کر ایک مرتبہ تو اسے ایسا معلوم ہوا تھا کہ اس کی جیب میں سے کانچ کی گولی نکل کر اس کی ران میں گھس گئی ہے۔

گوپال نے گھر میں پھوڑے کی بابت کسی سے ذکر نہ کیا۔ وہ جانتا تھا کہ اگر پتا جی کو اس کا پتہ چل گیا۔ تو وہ اپنے تھانے کی مکھیوں کا سارا غصہ اسی پر نکالیں گے۔ اور بہت ممکن ہے کہ وہ اسے اس چھڑی سے پیٹنا شروع کر دیں جو تھوڑے روز ہوئے گردھاری وکیل کے منشی نے وزیر آباد سے انہیں تحفے کے طور پر لا کر دی تھی۔ ماں کا مزاج بھی کم گرم نہ تھا۔ وہ اگر اسے آم کھانے کے جرم کی سزا نہ دیتی تو اس غلطی پر اس کے کان کھینچ کھینچ کر ضرور لال کر دیتی کہ اس نے گھر کے باہر اکیلے اکیلے آم کیوں اڑائے۔ اس کی ماں کا اصول تھا کہ ''گوپال اگر تجھے زہر بھی کھانا ہو تو گھر میں کھانا۔'' گوپال اچھی طرح جانتا تھا کہ اس اصول کے پیچھے اس کی ماں کی صرف یہ خواہش تھی کہ گوپال کے منہ کے ساتھ اس کا منہ بھی چلتا رہے۔

کچھ بھی ہو گوپال کی ران پر پھوڑا نکلنا تھا، نکل آیا۔ اس کا باعث جہاں تک گوپال سمجھ سکتا، وہی آم تھے۔ اس نے پھوڑے کی بابت گھر میں کسی سے ذکر نہ کیا تھا۔ اس کو اپنے پتا جی کی وہ ڈانٹ اچھی طرح یاد تھی جو غسل خانے کے اندر بتائی گئی تھی۔ اس کے پتا جی لالہ پرشوتم داس تھانے دار لنگوٹ باندھے نل کی دھار کے نیچے اپنی ننگی چندیا رکھے اور بڑی تو ند بڑھائے مونچھوں میں سے آم کا رس چوس رہے تھے۔ سامنے بالٹی میں ایک درجن کے قریب آم پڑے تھے جو انہوں نے صبح سویرے ایک ٹھیلے والے سے اس کا چالان کاٹ کر حاصل کیے تھے۔ گوپال باپ کی پیٹھ مل رہا تھا اور میل کی مروڑیاں بنا رہا تھا۔ جب اس نے ہاتھ صاف کرنے کے لیے بالٹی میں ڈالے تھے اور چپکے سے ایک آم اڑانا چاہتا تھا تو لالہ جی نے بڑے زور سے اس کا ہاتھ جھٹک کر چھوٹے سے آم کو مونچھوں سمیت منہ میں ڈالتے ہوئے کہا تھا، ''بے شرم ۔ ۔ ۔ تجھے بڑوں کا لحاظ کرنا جانے کب آئے گا؟''

اور جب گوپال نے رونی صورت بنا کر کہا تھا، ''پتاجی ۔ ۔ ۔ آم کھانے کو میرا بھی تو جی چاہتا ہے۔'' تو

تھانیدار صاحب نے آم کی گٹھلی چوس کرموری میں پھینکتے ہوئے کہا تھا، ''گوپو، تیرے لیے یہ آم بہت گرم تھا۔ پھوڑے پھنسیاں چاہتا ہے تو بے شک کھالے ۔۔۔ دوتین بارشیں اور ہو لینے دے، پھر خوب ٹھاٹ سے کھائیو تیری ماں سے کہوں گا وہ لسّی بنا دے گی۔۔۔ چل اب پیٹھ مل۔'' اور گوپال نے یہ رکاوٹ کی بات سن کر خاموشی سے اپنے پتا کی پیٹھ ملنا شروع کر دی تھی اور آم کی مٹھاس نے جو پانی اس کے منہ میں بھر دیا تھا، اسے دیر تک نگلتا رہا تھا۔

اس کے دوسرے روز اس نے آم کھائے اور چوتھے روز اس کی ران پر پھوڑا نکل آیا۔ اس کے پتا کی بات سچی ثابت ہوئی۔

اب اگر گوپال گھر میں کسی سے اس پھوڑے کی بات کرتا تو ظاہر ہے کہ خوب پٹتا، یہی وجہ ہے کہ خاموش رہا۔ اور پھوڑے کا بڑھاؤ بند کرنے کی تدبیریں سوچتا رہا۔

ایک روز اس کے پتا جی تھانے سے واپسی پر جب گھر آئے۔ تو ان کے ہاتھ میں ایک لمبی سی بتّی تھی۔ گوپال کی ماں کو آواز دے کر انہوں نے یہ بتّی اس کے ہاتھ میں دے کر کہا، ''لے، آج بڑے کام کی چیز لایا ہوں۔ بمبئی کا مرہم ہے سو دوائیوں کی ایک دوا ہے۔۔۔ پھوڑے پھنسی کی بہار ہے۔ ذرا سا پھاہا پھوڑے پر لگا دو گی۔ یوں آرام آ جائے گا۔۔۔ یوں، بمبئی کا نخالص مرہم ہے۔ سنبھال کے رکھ۔''

گوپال اپنی بہن نرملا کے ساتھ صحن میں گیند بلا کھیل رہا تھا۔ اتفاق کی بات ہے کہ جب تھانیدار جی مرہم دے کر اپنی پتنی کو کچھ سمجھا رہے تھے تو نرملا نے زور سے گیند پھینکی۔ گوپال کا دھیان باپ کی طرف تھا۔ گیند پھوڑے پر زور سے لگی۔ گوپال بلبلا اٹھا۔ لیکن درد کو اندر ہی اندر پی گیا۔ وہ اسکول میں ماسٹر ہری رام کے مشہور بید کی مار کھا کر درد سہنے کا عادی ہو چکا تھا۔

اِدھر گوپال کے پھوڑے پر گیند لگی۔ اُدھر اس کے باپ کی آواز بلند ہوئی، ''ذرا سا پھاہا پر لیپ کر کے لگا دو گی۔۔۔ یوں آرام آ جائے گا۔۔۔ یوں'' اور یوں کے ساتھ اس کے باپ کی چٹکی نے گویا گوپال کے سوئے ہوئے دماغ کی چٹکی بھر لی۔ اس کو اپنے درد کا علاج معلوم ہو گیا۔

اس کی ماں نے مرہم کی بتّی سامنے دالان میں سلائی کی پٹاری میں رکھ دی۔ گوپال کو اچھی طرح معلوم تھا، کہ اس کی ماں عام طور پر سلائی کی پٹاری ہی میں سب سنبھالنے والی چیزیں رکھا کرتی ہے۔ سب سے زیادہ سنبھالنے والی چیز وہ موچنا تھا جس سے اس کی ماں ہر دسویں پندرھویں روز اپنے تنگ ماتھے کے بال صاف کیا کرتی تھی۔ یہ بلا شک و شبہ سلائی کی پٹاری میں اس پڑیا سمیت موجود تھا جس کو ئلوں کی سفید را کھ

جمع رہتی تھی۔ جو اس کی ماں بال نوچ کر ماتھے پر لگایا کرتی تھی۔

تاہم گوپال نے اپنا اطمینان کرنے کے لیے گیند دالان میں پھینک دی اور اس کو پلنگ کے نیچے سے نکالتے ہوئے اپنی ماں کو سلائی کی پٹاری میں مرہم رکھتے دیکھ لیا۔

دوپہر کو اس نے اپنی بہن نرملا کو ساتھ ملا کر چھوٹی قینچی جس سے اس کا باپ انگلیوں کے ناخن کاٹتا تھا، مرہم کی بتی اور اپنے باپ کے پاجامے کے بچا ہوا لٹھے کا وہ ٹکڑا حاصل کر لیا جس سے اس کی ماں ایک اور ٹکڑے کو ساتھ ملا کر شلوار کی میانی بنانا چاہتی تھی۔ دونوں یہ چیزیں لے کر اوپر کوٹھے پر چلے گئے۔ اور برساتی کے نیچے کوئلوں کی بوریوں کے پاس بیٹھ گئے۔ نرملا نے اپنی جیب سے لٹھے کا ٹکڑا نکال کر اپنی ران پر شلوار کے پھسلتے ہوئے ریشمی کپڑے پر پھیلا کر جب گوپال کی طرف اپنی ناچتی ہوئی آنکھوں سے دیکھا تو اس وقت ایسا معلوم ہوا کہ گیارہ برس کی یہ کمسن لڑکی جو دریائی سر کنڈے کی طرح نازک اور لچکیلی تھی، ایک بہت بڑے کام کے لیے اپنے آپ کو تیار کر رہی ہے۔ اس کا ننھا سا دل جو اس وقت تک صرف ماں باپ کی جھڑکیوں اور اپنی گڑیوں کے میلے ہوتے ہوئے چہروں کی فکر سے دھڑکا کرتا تھا، اب اپنے بھائی کی ران پر پھوڑا دیکھنے کے خیال سے دھڑک رہا تھا۔ اس کے کان کی لویں لال اور گرم ہو گئی تھیں۔

گوپال نے گھر میں اپنے پھوڑے کی بابت کسی سے ذکر نہ کیا تھا۔ لیکن اب اُسے نرملا کو ساری بات سنانا پڑی کہ کس طرح اس نے چوری چوری آم کھائے اور لسّی پینا بھول گیا۔ اور اس کی ران پر پیسے کے برابر پھوڑا نکل آیا۔ جب اس نے اپنی رام کہانی سنا کر نرملا سے راز دارانہ لہجے میں کہا تھا۔ ''دیکھ نرملا! گھر میں یہ بات کسی سے نہ کہیو۔'' تو نرملا نے بڑی متین صورت بنا کر جواب دیا تھا کہ ''میں پاگل تھوڑی ہوں۔''

گوپال کو یقین تھا کہ نرملا یہ بات اپنے تک ہی رکھے گی۔ چنانچہ اس نے پاجامے کو اوپر اڑس لیا، نرملا کا دل دھک دھک کرنے لگا، جب گوپال نے بیٹھ کر اپنا پھوڑا دکھایا۔ اور نرملا نے دور ہی سے اپنی انگلی سے اسے چھوا تو اس کے بدن پر ایک جھر جھری سی طاری ہو گئی۔ سی سی کرتے ہوئے اس نے ابھرے لال پھوڑے کی طرف دیکھا اور کہا، ''کتنا لال ہے۔''

''ابھی تو اور ہو گا'' گوپال نے اپنے مردانہ حوصلے کا اظہار کرتے ہوئے جواب دیا۔ نرملا نے حیرت سے کہا، ''سچ؟''

''ابھی تو کچھ لال نہیں ہے، جو پھوڑا میں نے چرنجی کے منہ پر دیکھا ہے وہ اس سے کہیں زیادہ بڑا اور لال تھا،'' گوپال نے پھوڑے پر دو انگلیاں پھیریں۔

''تو ابھی اور بڑھے گا؟'' نرملا آگے سرک آئی۔

''کیا پتا ہے۔۔۔ابھی تو اور بڑھتا چلا جا رہا ہے۔'' گوپال نے جیب میں سے مرہم کی بتّی نکال کر کہا۔ نرملا سہم سی گئی، ''اس مرہم سے تو آرام آ جائے گا نا؟''

گوپال نے بتّی کے ایک سرے پر سے کاغذ کی تہ جدا کی اور اثبات میں سر ہلا دیا، ''اس کا پھاہا لگانے ہی سے پھٹ جائے گا۔''

''پھٹ جائے گا۔'' نرملا کو ایسا معلوم ہوا کہ اس کے کان کے پاس ربڑ کا غبارہ پھٹ گیا ہے۔ اس کا دل دھک سے رہ گیا۔

''اور اس کے اندر جو کچھ ہے پھوٹ بہے گا!'' گوپال نے مرہم کو انگلی پر اٹھاتے ہوئے کہا۔ نرملا کا گلابی رنگ اب بمبئی کے مرہم کی طرح پیلا پڑ گیا تھا، اس نے دھڑکتے ہوئے دل سے پوچھا، ''مگر یہ پھوڑے کیوں نکلتے ہیں بھیّا؟''

''گرم چیزیں کھانے سے!'' گوپال نے ایک ماہر طبیب کے سے انداز میں جواب دیا۔ نرملا کو وہ دو انڈے یاد آ گئے جو اس نے دو ماہ پہلے کھائے تھے۔ وہ کچھ سوچنے لگی۔

گوپال اور نرملا کے درمیان چند باتیں اور ہوئیں۔ اس کے بعد وہ اصلی کام کی طرف متوجہ ہوئے، نرملا نے لٹھے کا ایک گول پھاہا کاٹا، بڑی نفاست سے، یہ روپے کے برابر تھا۔ اور اس کی گولائی میں مجال ہے ذرا سا نقص بھی ہو، اسی طرح گول تھا جس طرح نرملا کی ماں کے ہاتھ کی بنی ہوئی روٹی گول ہوتی تھی۔ گوپال نے اس پھاہے پر تھوڑا سا مرہم لگا دیا۔ اور اسے اچھی طرح پھیلانے کے بعد پھوڑے کی طرف غور سے دیکھا۔ نرملا، گوپال کے اوپر جھکی ہوئی تھی۔ اور گوپال کی ہر حرکت کو بڑی دلچسپی سے دیکھ رہی تھی۔ گوپال نے جب پھاہا اپنے پھوڑے کے اوپر جما دیا تو وہ کانپ گئی جیسے اس کے بدن پر کسی نے برف کا ٹکڑا رکھ دیا ہے۔

''اب آرام آ جائے گا نا؟'' نرملا نے نیم سوالیہ انداز میں کہا۔

گوپال جواب دینے ہی بھی نہ پایا تھا کہ برساتی کے برابر والی سیڑھیوں پر کسی کے چڑھنے کی آواز سنائی دی۔ یہ ان کی ماں تھی جو غالباً کوئلے لینے کے لیے آ رہی تھی۔

گوپال اور نرملا نے ایک بیک وقت ایک دوسرے کے چہرے کی طرف دیکھا اور کچھ کہے سنے بغیر سب چیزیں اکٹھی کر کے اس پرانے صندوق کے پیچھے چھپا دیں جہاں ان کی بلی سندری بچے دیا کرتی تھی اور چپکے سے

بھاگ گئے۔

یہاں سے بھاگ کر گوپال نیچے گیا۔ تو اس کے باپ نے اسے باہر فالودہ لانے کے لیے بھیج دیا۔ جب واپس آیا تو اسے گلی میں نرملا ملی، فالودے کا گلاس اس کے حوالے کر کے وہ چرنجی کے گھر چلا گیا۔ اور اس طرح ان چیزوں کو اپنی جگہ پر رکھنا بھول گیا جو ماں کے اچانک آ جانے سے اس نے اور نرملا نے صندوق کے پیچھے چھپا دی تھیں۔

چرنجی کے یہاں وہ دیر تک تاش کھیلتا رہا۔ کھیل سے فارغ ہو کر جب وہ چرنجی کی بغل میں ہاتھ ڈالے کمرے سے باہر نکل رہا تھا۔ تو کسی بات پر اس کا دوست ہنسا اور اس کے داہنے گال پر چھوڑے کا نشان لمبی سی لکیر بن گیا۔ اس کو دیکھ کر فوراً ہی اپنے چھوڑے کا گوپال کو خیال آیا اور اس خیال کے ساتھ ہی اسے وہ چیزیں یاد آ گئیں جو صندوق کے پیچھے پڑی تھیں۔ چرنجی کی بغل سے ہاتھ نکال کر وہ بھاگا۔ گھر پہنچ کر اس نے وہاں کی فضا دیکھی، اس کی ماں صحن میں بیٹھی اس کے باپ سے ''ملاپ''، اخبار کی خبریں سن رہی تھی۔ دونوں کسی بات پر ہنس رہے تھے۔ گوپال ان کے پاس سے گزرا۔ دونوں نے اس کی طرف دیکھا، مگر اس سے کوئی بات نہ کی، گوپال کو اطمینان ہو گیا کہ ابھی تک اس کی ماں نے اپنی سلائی کی پٹاری نہیں دیکھی۔ چنانچہ وہ چپکے سے کوٹھے پر چلا گیا۔ بڑے کوٹھے کو طے کر کے دروازے کے اندر داخل ہونے والا ہی تھا کہ اس کے قدم رک گئے۔ صندوق کے پاس بیٹھی نرملا کچھ کر رہی تھی۔ گوپال پیچھے ہٹ گیا۔ اور چھپ کر دیکھنے لگا۔ نرملا بڑے انہماک سے پھاہا تراش رہی تھی۔ اس کی پتلی پتلی انگلیاں قینچی سے بڑا نفیس کام لے رہی تھیں۔ پھاہا کاٹنے کے بعد اس نے تھوڑا سا مرہم نکال کر اس پر پھیلایا اور گردن جھکا کر اپنے کرتے کے بٹن کھولے، سینے کے داہنی طرف چھوٹا سا ابھار تھا۔ ایسا معلوم ہوتا تھا کہ نکلی پر صابن کا چھوٹا سا نامکمل بلبلہ اُکا ہوا ہے۔ نرملا نے پھاہے پر پھونک ماری اور اسے اس ننھے سے ابھار پر جما دیا۔

پہچان

ایک نہایت ہی تھرڈ کلاس ہوٹل میں دیسی وہسکی کی بوتل ختم کرنے کے بعد طے ہوا کہ باہر گھوما جائے اور ایک ایسی عورت تلاش کی جائے جو ہوٹل اور وہسکی کے پیدا کردہ تکدّر کو دور کر سکے۔ کوئی ایسی عورت ڈھونڈی جائے جو ہوٹل کی کثافت کے مقابلے میں نفاست پسند اور بد ذائقہ وہسکی کے مقابلہ میں لذیذ ہو۔ فخر نے ہوٹل کی غلیظ فضا سے باہر نکلتے ہی مجھ سے اور مسعود سے کہا، ''کوئی دانے دار عورت ہو۔۔۔اچھے گویّے کے گلے کی طرح اس میں بڑے بڑے دانے ہوں۔۔۔ خدا کی قسم طبیعت صاف ہو جائے۔''

وہسکی دانوں سے بالکل خالی تھی سوڈا بھی بالکل بے جان تھا۔ غالباً اسی وجہ سے فخر دانے دار عورت کا قائل ہو رہا تھا۔ ہم تینوں عورت چاہتے تھے۔ فخر دانے دار عورت چاہتا تھا۔ مجھے ایسی عورت مطلوب تھی جو بڑے سلیقے سے واہیات باتیں کرے۔۔۔اور مسعود کو ایسی عورت کی ضرورت تھی جس میں بنیا پن نہ ہو۔ اپنی فیس کے روپے لے کر ٹرنک میں جہاں اس کا جی چاہے رکھے اور کچھ عرصے کے لیے بھول جائے کہ سودا کر رہی ہے۔

اُس بازار کا راستہ ہم جانتے تھے جہاں عورتیں مل سکتی ہیں۔ کالی، نیلی، پیلی، لال اور جامنی رنگ کی عورتیں۔ پیڑوں کی طرح ان کے مکان ایک قطار میں دور تک دوڑتے چلے گئے ہیں۔ یہ رنگ برنگی عورتیں ان میں پکے ہوئے پھلوں کے مانند لٹکی رہتی ہیں، آپ نیچے سے ڈھیلا مار کر اسے گرا سکتے ہیں۔ ہمیں یہ عورتیں مطلوب نہیں تھیں۔ دراصل ہم اپنے آپ کو دھوکا دینا چاہتے تھے۔ ہم ایسی عورت یا عورتیں چاہتے تھے جو عرفِ عام میں پرائیویٹ ہوں یعنی جو منڈی کے ہجوم سے نکل کر علیحدہ شریف محلوں میں اپنا کاروبار چلا رہی ہوں۔ ہم تینوں میں فخر سب سے زیادہ تجربہ کار تھا۔ قوتِ ارادی بھی اس میں ہم سب سے زیادہ تھی۔ ایک تانگے

والا جب ہمارے پاس سے گزرا تو اس نے ہاتھ کے اشارے سے اسے روکا اور بغیر کسی جھجک کے معنی خیز لہجے میں اس سے کہا، ''ہم سیر کرنا چاہتے ہیں۔۔۔ چلو گے؟''، تانگے والے نے جو سنجیدہ اور متین آدمی معلوم ہوتا تھا، ہم تینوں کی طرف باری باری دیکھا۔ میں جھینپ سا گیا۔ خاموشی ہی خاموشی میں وہ ہم سے کہہ گیا تھا، ''تم جوانوں کو شراب پی کر یہ کیا ہو جاتا ہے؟''

فخر نے دوبارہ اس سے کہا، ''ہم سیر کرنا چاہتے ہیں۔۔۔ چلو گے؟''، پھر تو واقعی اسے کچھ خیال آیا اور اپنا مطلب اور زیادہ واضح کر دیا۔ ''کوئی مال وال ہے تمہاری نگاہ میں؟'' مسعود اور میں دونوں ایک طرف کھسک گئے۔ مسعود نے گھبرا کر مجھ سے کہا، ''یہ فخر کیسا آدمی ہے اسے کچھ سمجھاؤ۔'' مسعود سے میں کچھ کہنے ہی والا تھا کہ فخر نے آواز دی، ''آؤ بھئی آؤ۔۔۔ بیٹھو تانگے میں۔'' ہم تینوں تانگے میں بیٹھ گئے۔ مجھے اگلی نشست پر جگہ ملی۔

دسمبر کے آخری دن تھے۔ رات کے آٹھ بج چکے تھے۔ وہسکی پینے کے باوجود ہمیں سردی محسوس ہو رہی تھی۔ میں چونکہ اگلی نشست پر تھا اور تینوں میں سے سب سے کمزور تھا، اس لیے میرے کان سُن ہو رہے تھے۔ جب تانگہ ڈفرن برج کے نیچے اترا تو میں نے مفلر نکال کر کانوں اور سر پر لپیٹ لیا اور اوور کوٹ کا کالر بھی اونچا کر لیا۔ سانس گھوڑے کے نتھنوں سے بھاپ بن کر باہر نکل رہا تھا۔ ہم تینوں خاموش تھے۔ تانگے والا موٹے اور گھر درے کمبل میں لپٹا خاموشی سے اپنا تانگہ چلا رہا تھا۔ میں نے اس کی طرف غور سے دیکھا۔ سنجیدگی اس کے چہرے پر کھٹھر سی رہی تھی۔ جو مجھے بہت بری معلوم ہوئی۔ چنانچہ میں نے فخر سے کہا، ''فخر یہ آدمی کیسا ہے۔ کوئی بات ہی نہیں کرتا۔ ایسا معلوم ہوتا ہے کاسٹر آئل پی کر بیٹھا ہے۔'' تانگے والا میرے اس ریمارک پر بھی خاموش رہا۔ فخر نے کہا، ''زیادہ باتیں کرنے والے آدمی ٹھیک نہیں ہوتے۔ ہمارا مطلب سمجھ گیا ہے۔ لے چلے گا، جہاں اچھی چیز ہوئی۔'' مسعود سگریٹ سلگا رہا تھا۔ ایک دم بولا، ''واللہ عورت کتنی اچھی چیز ہے۔۔۔ عورت عورت کم ہے چیز زیادہ ہے۔'' میں نے اس کو ذرا اور خوبصورت بنا کر کہا۔ ''مسعود چیز نہیں۔۔۔ چیزسی۔'' ''چیزسی،'' شاعر آدمی تھا بھڑک اٹھا۔ ''واللہ کیا بات پیدا کی ہے۔ چیز نہیں چیزسی۔۔۔ سومیاں تانگے والے چیز اور چیزسی میں جو فرق ہے۔ اس کا دھیان رکھنا۔'' تانگے والا خاموش رہا۔

اب میں نے اس کی طرف زیادہ غور سے دیکھا۔ مضبوط جسم کا آدمی تھا۔ عمر پینتیس سال کے لگ بھگ ہو گی۔ پتلی پتلی مونچھیں تھیں جن کے بال نیچے کو جھکے ہوئے تھے۔ سردی کے باعث چونکہ اس نے کمبل کا ڈھاٹا

سا بنا رکھا تھا اس لیے اس کا پورا چہرہ نظر نہ آتا تھا۔ میں نے اس کی طرف دیکھ کر فخر سے پوچھا، ''کہاں لے جار ہے ہمیں؟''، فخر نے جو زیادہ سوچ بچار کا عادی نہیں تھا، جواب دیا، ''اتنے بیتاب کیوں ہوتے ہو؟ ابھی تھوڑی دیر کے بعد چیز تمہارے سامنے آ جائے گی۔''

مسعود نے اس پر فخر سے کہا، ''تم سے کیا بات ہوئی ہے اس کی؟''، فخر نے جواب دیا، ''روشن آرا روڈ پر۔۔۔۔ کچھ میمیں رہتی ہیں۔ کہتا ہے ہمارے کام کی ہیں۔'' میموں کا نام سن کر مسعود کو اپنے ایک دوست کی نظم یاد آ گئی۔ اس کا حوالہ دے کر اس نے کہا، ''تو چلو آج لگے ہاتھوں ارباب وطن کی بے بسی کا انتقام بھی لے لیا جائے گا۔''

''واللہ! ایسا معلوم ہوتا ہے کہ یہ تانگے والا صاحبِ ذوق ہے۔ وہ نظم ضرور پڑھی ہو گئی اس نے۔''
اس کے بعد دیر تک میموں کے متعلق گفتگو ہوتی رہی۔ میں اور مسعود میموں کے بالکل قائل نہیں تھے۔ لیکن فخر کو عورتوں کی یہ قسم پسند تھی۔ ''ان کا علم سائنٹیفک ہوتا ہے یعنی یہ عورتیں بڑے سائنٹیفک طریقے پر اپنا کاروبار چلاتی ہیں۔ ان کے مقابلے میں مشرقی عورتوں کو رکھیے تو وہی نظر آئے گا جو ہمارے یہاں کی ریوڑی اور وہاں کی ٹافی میں ہے۔ بھی دراصل بات یہ ہے کہ ان میموں کا پیکنگ بڑا اچھا ہوتا ہے۔''
میں نے کہا، ''فخر! ممکن ہے تمہارا نظریہ درست ہو مگر بھائی میں ایسے موقعوں پر زبان کی مشکلات برداشت نہیں کر سکتا۔ میں اپنے دفتر میں بڑے صاحب کے ساتھ انگریزی بول سکتا ہوں۔ میں یہاں دہلی میں رہ کر اس تانگے والے سے اردو میں بات چیت کرنا گوارہ کر سکتا ہوں۔ مگر اس موقع پر انگریزی میں گفتگو نہیں کر سکتا۔ میری پتلون انگریزی، میری ٹائی انگریزی، میرا شوا انگریزی۔۔۔۔ یہ سب چیزیں انگریزی میں ہو سکتی ہیں۔ مگر خدا کے لیے وہ چیز مجھ سے انگریزی میں کیسے ہو سکتی ہے۔''
فخر اپنا نظریہ بھول کر ہنسنے لگا۔ مسعود شاید ابھی تک اپنے دوست کی لکھی ہوئی نظم پر غور کر رہا تھا جس میں شاعر نے ایک فرنگی عورت کے ہونٹ چوس کر ارباب وطن کی بے بسی کا انتقام لیا تھا۔۔۔۔ دفعتاً چونک کر اس نے کہا، ''کیوں بھئی یہ تانگہ کب تک چلتا رہے گا؟'' تانگے والے نے ایک دم باگیں کھینچ کر تانگہ ٹھہرا دیا۔ اور فخر سے کہا، ''وہ جگہ آ گئی صاحب۔ آپ اکیلے چلیے گا۔۔۔۔'' ہم تینوں تانگے والے کے پیچھے پیچھے چل دیے۔

ایک نیم روشن گلی میں وہ ہمیں لے گیا۔ دلی کی دوسری گلیوں سے یہ گلی کچھ مختلف تھی۔ اس لیے کہ بہت چوڑی تھی۔ دائیں ہاتھ کو ایک منزلہ مکان تھا جس کی کھڑکیوں، دروازوں پر چقیں لٹکی ہوئی تھیں۔ ایک

دروازے کی چِق اٹھا کر تانگے والا اندر داخل ہو گیا۔ چند لمحات کے بعد باہر آیا اور ہمیں اندر لے گیا۔ کمرے میں گھپ اندھیرا تھا۔ میں نے جب کہا، ''بھائی ہم کہیں اوندھے منہ نہ گر پڑیں،'' تو دوسرے کمرے سے کسی عورت کی بھدی سی آواز سنائی دی، ''لالٹین تو لے گیا ہوتا تُو،'' اور تھوڑی ہی دیر کے بعد تانگے والا ایک اندھی سی لالٹین لے کر نمودار ہوا۔ ''چلیے اندر تشریف لے چلیے۔'' ہم تینوں اندر تشریف لے گئے۔ دو کالی بھجنگی انتہائی بدصورت عورتیں نظر آئیں۔ جنہوں نے ڈھیلے ڈھیلے فراک پہن رکھے تھے۔۔۔ یہ میمیں تھیں۔ میں نے اپنی ہنسی روک کر فخر سے کہا، ''کیا لذیذ ٹافیاں ہیں۔''

میری یہ بات سن کر ان میموں میں سے ایک جس کا سیاہ چہرہ سرخی لگانے کے باعث زیادہ پکی ہوئی اینٹ کی سی رنگت اختیار کر گیا تھا ہنسی۔۔۔ میں بھی ہنس دیا اور بڑے پیار سے پوچھا، ''کیا نام ہے آپ کا؟'' بولی، ''لوسی،'' شاعر مسعود نے آگے بڑھ کر دوسری سے پوچھا، ''آپ کا؟'' اس نے جواب دیا، ''میری،'' فخر بھی آگے بڑھ آیا ''کیوں صاحب آپ کام کیا کرتی ہیں؟'' دونوں لجا گئیں۔ ایک نے اس سے کہا، ''کیسا بات کرتا ہے تم؟'' دوسری نے کہا، ''چلو جلدی کرو۔ رہنا مانگتا ہے یا نہیں ہمیں روٹی پکانا ہے۔''

میں نے اس کے ہاتھوں کی طرف دیکھا تو گیلے آٹے سے بھرے ہوئے تھے۔ اور وہ اس کی موڑیاں بنا رہی تھی۔ تانگے والا قطعی طور ہمیں غلط جگہ لے آیا تھا، موڑیاں اس کے ہاتھوں سے کچّے فرش پر گر رہی تھیں اور مجھے ایسا معلوم ہوتا تھا کہ اناج رو رہا ہے اور یہ موڑیاں اس کے آنسو ہیں۔

ہم تینوں کے تینوں اس مکان میں آ کر سخت پریشان ہو گئے۔ مگر ہم اپنی پریشانی ان دو عورتوں پر ظاہر کرنا نہیں چاہتے تھے۔ ہمیں سخت نا امیدی ہوئی تھی۔ اگر ہم ان سے صاف لفظوں میں کہہ دیتے کہ تم ہمارے مطلب کی نہیں ہو تو ضرور ان کے جذبات کو ٹھیس پہنچتی۔ عورت جس کے ہاتھ آٹے سے لتھڑے ہوں ایسے جذبات سے عاری نہیں ہو سکتی۔ میں نے ان دونوں کی تعریف کی۔ فخر نے بھی میرا ساتھ دیا۔ پھر ہم تینوں جلد واپس آنے کا وعدہ کر کے وہاں سے نکل آئے۔ تانگے والا ہمارا مطلب سمجھ گیا تھا۔ چنانچہ اسے چند لمحات کے لیے وہاں ٹھہرنا پڑا۔ جب وہ باہر نکلا تو فخر نے اس سے کہا، ''تم انہیں میمیں کہتے ہو؟'' تانگے والے نے بڑی متانت کے ساتھ جواب دیا، ''لوگ یہی کہتے ہیں صاحب۔'' لوگ جھک مارتے ہیں۔۔۔ میں نے خیال کیا تھا کہ تم میرا مطلب سمجھ گئے ہو گے۔۔۔ اب خدا کے لیے کسی ایسی جگہ لے چلو، جہاں ہم چند گھڑیاں اپنا دل بہلا سکیں۔''

مسعود نے تینوں کا اجتماعی مقصد اور زیادہ واضح کرنے کی کوشش کی۔ دیکھو ہم ایسی جگہ جانا چاہتے ہیں۔

جہاں کچھ عرصے کے لیے بیٹھ سکیں۔۔۔ہمیں ایسی عورت کے پاس لے چلو جو باتیں کرنے کا سلیقہ رکھتی ہو۔۔۔ بھائی ہم گورے نہیں ہیں، کسی فوج کے سپاہی نہیں ہیں۔ تین شریف آدمی ہیں، جنہیں عورت سے بات چیت کیے برسوں گزر چکے ہیں۔۔۔ سمجھے؟'' تانگے والے نے اثبات میں سر ہلا دیا، ''تو چلیے بیٹھیے آپ کو صدر بازار لے چلتا ہوں۔۔۔'' فخر نے پوچھا، ''کون ہے وہاں؟'' تانگے والے نے گھوڑے کی باگیں تھام کر جواب دیا۔ ایک پنجابن ہے، بہت لوگ آتے ہیں اُس کے پاس۔'' تانگے نے پنجابن کے گھر کا رخ کیا۔

راستے میں ان دو میموں کا ذکر چھڑ گیا۔ ہم میں سے ہر ایک کو وہاں نہ جانے کا افسوس تھا۔ اس لیے کہ ہم سب سے زیادہ وہ نا امید ہوئی تھیں۔ میں نے ان کو کچھ روپے دے دیئے ہوتے۔ مگر یہ بھیک ہو جاتی۔۔۔ فخر نے ہماری اس گفتگو میں زیادہ حصّہ نہ لیا۔ وہ چاہتا تھا کہ ان کا ذکر نہ کیا جائے لیکن جب تک تانگہ پنجابن کے گھر تک نہ پہنچا، ان کا ذکر ہوتا رہا۔

تانگہ ایک فراخ بازار میں فٹ پاتھ کے پاس رکا۔ طویلے کے ساتھ والا مکان تھا، جدھر کا ہم چاروں نے رخ کیا۔ زینہ طے کر کے ہم اوپر پہنچے۔ سامنے پیخانہ تھا۔ دروازے سے بے نیاز۔۔۔ اس کے ساتھ ہی پرانی وضع کا مغلئی کمرہ تھا جس میں ہم چاروں داخل ہوئے۔ اس کمرے کے آخری سرے پر چار آدمی بیٹھے فلاش کھیلنے میں مصروف تھے جو ہماری آمد سے غافل رہے۔ البتہ وہ عورت جوان کے پاس کھڑی تھی اور ایک آدمی کے پتّوں میں دلچسپی لے رہی تھی، آہٹ پا کر ہماری طرف آئی۔

یہاں بھی لالٹین کی مدھم روشنی تھی، جس کو فلاش کھیلنے والے چاروں طرف سے گھیرے ہوئے تھے۔ جب وہ فخر کے پاس آئی اور کولھے پر ہاتھ رکھ کر کھڑی ہو گئی تو میں نے غور سے اسے دیکھا۔۔۔ اس کی عمر کم از کم پینتیس برس کے قریب تھی۔ چھاتیاں بڑی بڑی تھیں جو اس نے بے ہودہ اور فحش انداز سے اوپر کو اٹھا رکھی تھیں۔ تنگ ماتھے پر نیلے رنگ کا چاند کھدا ہوا تھا۔ جب وہ مسعود کی طرف دیکھ کر مسکرائی تو مجھے اس کے سامنے کے دو دانتوں میں سونے کی کیلیں نظر آئیں۔۔۔ بڑی خوف ناک عورت تھی۔ اس کا منہ کچھ اس انداز سے کھلتا تھا جیسے لیموں نچوڑنے والی مشین کا کھلتا ہے۔ اس نے فخر کو آنکھ ماری اور پوچھا، ''کہو کیا بات ہے؟''

فخر نے بچے کی طرح کہا، ''آپ کا نام؟''

اس نے کولھے پر ہاتھ رکھے ہم تینوں کو باری باری دیکھا۔ ''گلزار۔''

فخر نے فوراً ہی معذرت کی، ''ہم گلاب کے یہاں آئے تھے۔غلطی سے ادھر چلے آئے۔معاف کر دیجیے گا۔'' یہ سن کر وہ فخر کے ہاتھ سے سگریٹ چھین کر کش لگاتی فلاش کھیلنے والوں کے پاس چلی گئی جو ابھی تک ہماری آمد سے غافل تھے۔نیچے اتر کر ہم تینوں نے تانگے والے کو پھر اپنا مطلب سمجھایا اور اس کو بتایا کہ ہم کس قسم کی عورت چاہتے ہیں۔اس نے ہم تینوں کا لیکچر سنا اور کہا

'' آپ تھوڑے لفظوں میں مجھے بتائیے کہ آپ کہاں جانا چاہتے ہیں؟''

میں نے تنگ آ کر فخر سے کہا، '' بھئی تم ہی اسے ان تھوڑے لفظوں میں سمجھاؤ جو تمہارے پاس باقی رہ گئے ہیں۔''

فخر نے اسے سمجھایا، '' دیکھو ہمیں کسی لڑکی کے پاس لے چلو۔۔ایسی عورت کے پاس جو سولہ سترہ برس کی ہو۔اس سے زیادہ ہرگز نہ ہو۔۔۔سمجھے؟''

تانگے والے نے کمبل کی بکل مار کے باگیں تھامیں اور کہا، '' آپ نے پہلے ہی کہہ دیا ہوتا۔ چلیے۔۔۔ اب آپ کو ٹھیک جگہ پر لے چلوں گا۔''

آدھے گھنٹے کے بعد وہ ٹھیک جگہ بھی آ گئی۔۔۔ خدا معلوم کونسا بازار تھا۔ دوسری منزل پر ایک بیٹھک سی تھی جس کے دروازے پر موٹا اور میلا ٹاٹ لٹک رہا تھا۔ جب ہم اندر داخل ہوئے تو سامنے آنگن میں ایک دیہاتی بڑھیا چولھا جھونک رہی تھی۔۔۔ مٹی کے گوندے میں گندھا ہوا آٹا پاس ہی پڑا تھا۔ دھواں اس قدر تھا کہ اندر داخل ہوتے ہی ہماری آنکھوں میں آنسو آ گئے۔ بڑھیا نے چولھے میں لکڑیاں جھاڑ کر ہماری طرف دیکھا۔اور تانگے والے سے دیہاتی لہجے میں کہا، '' انہیں اندر لے جاؤ۔''

تانگے والے نے اندھیرے کمرے میں دیا سلائی جلا کر ہمیں داخل کیا اور کیل سے لٹکی ہوئی لالٹین کو روشن کر کے باہر چلا گیا۔ میں نے کمرے کا جائزہ لیا۔ کونے میں ایک بہت بڑا پلنگ تھا جس کے پائے رنگین تھے۔اس پر میلی سی چادر بچھی ہوئی تھی۔ تکیہ بھی پڑا تھا جس پر سرخ رنگ کے پھول کڑھے ہوئے تھے۔ پلنگ کے ساتھ والی دیوار کی کانس پر ایک میلی بوتل اور لکڑی کی کنگھی پڑی تھی۔ اس کے دانتوں پر سر کا میل اور کئی بال پھنسے ہوئے تھے۔ پلنگ کے نیچے ایک ٹوٹا ہوا ٹرنک تھا جس پر ایک کالی گرگابی رکھی تھی۔

مسعود اور فخر دونوں پلنگ پر بیٹھ گئے۔ میں کھڑا رہا۔ تھوڑی دیر کے بعد ایک پست قد کی اپنے سے دگنا دوپٹہ اوڑھنے کی کوشش کرتی اندر داخل ہوئی۔ فخر اور مسعود اٹھ کھڑے ہوئے۔ جب وہ لالٹین کی روشنی میں آئی تو میں نے اسے دیکھا۔اس کی عمر بمشکل چودہ برس کے قریب ہوگی۔ چھاتیاں آڑو کے برابر تھیں

مگر اس کے چہرے سے معلوم ہوتا تھا کہ وہ اپنے جسم کو پیچھے چھوڑ کر بہت آگے آ گئے نکل چکی ہے، بہت آگے۔ جہاں شاید اس کی ماں بھی نہیں پہنچ سکی جو باہر آنگن میں چولھا جھونک رہی تھی۔ اس کے نتھنے پھڑک رہے تھے۔ اور اس انداز سے اپنا ایک ہاتھ ہلا رہی تھی جیسے مکار دکاندار کی طرح ڈنڈی مارے گی۔ اور کبھی پورا تول نہیں تولے گی۔

ہم تینوں اس کو حیرت بھری نظروں سے دیکھتے رہے۔ فخر شرم بھی محسوس کر رہا تھا۔ مسعود کی ساری شاعری سمٹ کر شاید اُس کے ناخنوں میں چلی آئی۔ میں نے ایک بار پھر اس کی طرف دیکھا۔ جیسے مجھے اپنی آنکھوں پر یقین نہیں آیا۔ ٹھنگنی سی لڑکی تھی جو ایک بہت بڑا میلا دوپٹہ اوڑھنے کی کوشش کر رہی تھی۔ رنگ گہرا اسانولا۔ بدن کی ساخت سے معلوم ہوتا تھا کہ وہ بڑی تیزی سے چلی ہوئی گاڑی ہے جو اب ایک دم رک گئی ہے۔ اس کے پہیوں میں بریک لگ گئے ہیں اور وہیں کھڑے کھڑے اس کا رنگ و روغن دھوپ اور بارش میں اُڑ گیا ہے۔ اس عمر میں بھدی سے بھدی لڑکی کے جسم پر جو ایک قسم کی شوخ جاذبیت ہوتی ہے اس میں بالکل نہیں تھی۔ کپڑوں کے باوجود وہ ننگی دکھائی دیتی تھی۔ بہت ہی بے ہودہ اور ناواجب طریقے پر ننگی۔ ۔ ۔ اس کے جسم کا نچلا حصہ قطعی طور پر غیر نسوانی تھا۔

میں اس سے کچھ کہنے ہی والا تھا کہ اس کے عقب سے ایک بڈھا نمودار ہوا۔ بالکل سفید داڑھی۔ ضعف کے باعث ہل رہا تھا۔ لڑکی نے دیہاتی زبان میں اس سے کچھ کہا جس کا مطلب میں صرف اس قدر سمجھا کہ وہ بڈھا اس کا نانا ہے۔ ہم تینوں صحیح معنوں میں اُٹھ بھاگے۔ نیچے بازار میں پہنچے تو ہمارا تکدرّ کچھ دور ہوا۔ بڈھے اور لڑکی کو دیکھ کر ہمارے جمالیاتی ذوق کو بہت ہی شدید صدمہ پہنچا تھا۔ دیر تک ہم چپ چاپ رہے۔ فخر ٹہلتا رہا۔ مسعود ایک کونے میں پیشاب کرنے کے لیے بیٹھ گیا۔ میں اوور کوٹ کی جیبوں میں ہاتھ ڈالے اوپر آسمان کی طرف دیکھتا رہا۔ جہاں نامکمل چاند بالکل اس زرد بیسوالو نڈیا کی طرح جس کے جسم کا نچلا حصہ قطعی طور پر غیر نسوانی تھا، بادل کے ایک بہت بڑے ٹکڑے کا دوپٹہ اوڑھنے کی کوشش کر رہا تھا۔ ۔ ۔ اس سے کچھ دور چھوٹا سفید ٹکڑا اس کے نانا کے ضعیف سر کی طرح لرز رہا تھا۔ ۔ ۔ !

میرے بدن پر جھر جھری طاری ہو گئی۔ ہم غالباً دس بارہ منٹ تک بازار میں کھڑے رہے۔ اس کے بعد تانگے والا نیچے اُترا۔ فخر کے پاس جا کر اس نے کہا،

’’ آپ نے آٹھ بجے تانگہ لیا تھا۔ ۔ ۔ اب گیارہ بج چکے ہیں۔ تین گھنٹوں کے پیسے دے دیجیے۔ ‘‘

فخر نے کچھ کہے بغیر دو روپے اس کو دے دیئے۔ روپے لے کر وہ مسکرایا، ’’ بابو جی آپ کو کچھ پہچان

نہیں۔۔۔ایسی کراری لونڈیا تو شہر بھر میں نہیں ملے گی آپ کو۔۔۔خیر آپ کو اختیار۔۔۔تانگے میں بیٹھیے میں ابھی آیا۔‘‘

اس کو اوپر جانے کی زحمت نہ اٹھانا پڑی کیونکہ سفید ریش بڈھا اس کے پیچھے پیچھے چلا آیا تھا۔اور موری کے پاس کھڑا اپنا ضعیف سر ہلا رہا تھا۔اس کو دو روپے دے کر جب تانگے والے نے باگیں تھامیں تو اس کی سنجیدگی غائب تھی۔ ’’چل بیٹا،‘‘ کہہ کر اس نے اپنی بھدی مگر مسّرت بھری آواز میں گانا شروع کر دیا۔ ’’ساون کے نظارے ہیں۔۔۔لالا۔۔۔‘‘

چھپیسی کہانی

سخت سردی تھی۔

رات کے دس بجے تھے۔ شالامار باغ سے وہ سڑک جو ادھر لاہور کو آتی ہے، سنسان اور تاریک تھی۔ بادل گھرے ہوئے تھے اور ہوا تیز چل رہی تھی۔

گرد و پیش کی ہر چیز ٹھٹھری ہوئی تھی۔ سڑک کے دو رویہ پست قد مکان اور درخت دھندلی دھندلی روشنی میں سکڑے سکڑے دکھائی دے رہے تھے۔ بجلی کے کھمبے ایک دوسرے سے دور دور ہٹے، روٹھے اور اکتائے ہوئے سے معلوم ہوتے تھے۔ ساری فضا میں بدمزگی کی کیفیت تھی۔ ایک صرف تیز ہوا تھی جو اپنی موجودگی منوانے کی بے کار کوشش میں مصروف تھی۔

جب دو سائیکل سوار نمودار ہوئے اور ہوا کے تیز و تند جھونکے ان کے کانوں سے ٹکرائے تو انہوں نے اپنے اپنے اوور کوٹ کا کالر اونچا کر لیا۔ دونوں خاموش تھے۔ مخالف ہوا کے باعث انہیں پیڈل چلانے میں کافی زور صرف کرنا پڑ رہا تھا۔ مگر وہ اس کے احساس سے غافل ایک دوسرے کا سایہ بنے شالامار باغ کی طرف بڑھ رہے تھے۔ اگر کوئی انہیں دور سے دیکھتا تو اسے ایسا معلوم ہوتا کہ سڑک جو لوہے کی زنگ آلود چادر کی طرح پھیلی ہوئی تھی، ان کی سائیکلوں کے ساکت پہیوں کے نیچے ہولے ہولے ہوئے کھسک رہی ہے۔

بہت دیر تک وہ دونوں سنسان فاصلہ خاموشی میں طے کرتے رہے۔ آخر ان میں سے سائیکل سے اتر کر اپنے سرد ہاتھ منہ کی بھاپ سے گرم کرنے لگا۔ ''سخت سردی ہے۔''

اس کے ساتھی نے بریک لگائی اور ہنسنے لگا۔ ''بھائی جان! وہ۔۔۔۔۔ وہ وہسکی کہاں گئی؟''

''جہنم میں۔۔۔۔۔ جہاں ساری شام غارت ہوئی، وہاں وہ بھی نہ ہوئی۔''

دونوں بھائی تھے، مگر ایسے بھائی جو چاروں عیب شرعی اکٹھے مل جل کے کرتے تھے۔ دونوں نے صبح یہ پروگرام بنایا تھا کہ دفتر سے فارغ ہو کر رشوت کے اس روپے کا جو انہیں دو بجے کے قریب ملنا تھا، جائز استعمال سوچیں گے۔

روپیہ انہیں دو بجے سے پہلے ہی مل گیا تھا، اس لیے کہ رشوت دینے والا بہت بے قرار تھا۔ بڑے بھائی نے روپیہ جیب میں رکھنے سے پہلے تمام نوٹ اچھی طرح دیکھ کر اطمینان کر لیا کہ وہ نشان زدہ نہیں تھے۔ رقم زیادہ نہیں تھی۔ دو سو ایک روپے تھے۔ انہوں نے دو سو طلب کیے تھے مگر ایک کا اضافہ رشوت دینے والے نے شگن کے لیے تھا جو بڑے بھائی نے اپنے چھوٹے بھائی سے مشورہ کر کے ایک اندھے بھکاری کو دے دیا تھا۔ اب وہ دونوں ہیرا منڈی کی طرف جا رہے تھے۔

چھوٹے بھائی کی جیب میں سکاچ کی بوتل تھی۔ بڑے کی جیب میں تھری فائیو کے دو ڈبے عام طور پر دونوں گولڈ فلیک پیتے تھے، مگر جب رشوت ملتی تو ایسا برانڈ پیتے تھے جس کے دام زیادہ ہوں۔

ہیرا منڈی میں داخل ہوا ہی چاہتے تھے کہ بادشاہی مسجد سے اذان کی آواز آئی۔ بڑے نے چھوٹے سے کہا۔

’’چلو یار، نماز پڑھ لیں!‘‘

چھوٹے نے اپنی پھولی ہوئی جیب کی طرف دیکھا۔ ’’اس کا کیا کریں بھائی جان؟‘‘

بڑے نے تھوڑی دیر سوچا اور کہا۔ ’’اس کا انتظام کر لیتے ہیں۔۔۔ اپنا یار بٹ جو ہے!‘‘

بٹ پان فروش کی دکان قریب ہی تھی۔ چھوٹے نے مہین کاغذ میں لپٹی ہوئی بوتل اس کے حوالے کی۔ بڑے نے اپنی اور اپنے بھائی کی سائیکل دکان کے تھڑے کے ساتھ ٹکائی اور بٹ سے کہا۔

’’ہم ابھی آئے نماز پڑھ کے!‘‘

بٹ نے قہقہہ لگایا۔

’’دو نفل شکرانے کے بھی!‘‘

دونوں بھائیوں نے بادشاہی مسجد میں نماز ادا کی اور دو نفل شکرانے کے بھی پڑھے۔ واپس آئے تو کیا دیکھتے ہیں کہ بٹ کی دکان بند ہے۔ ساتھ والے دکاندار سے پوچھا تو اس نے کہا۔

’’نماز پڑھنے گیا ہے۔‘‘

دونوں بھائیوں کو سخت تعجب ہوا۔

’’نماز!‘‘

دکاندار نے مسکراتے ہوئے کہا۔

‘‘سال چھ ماہ ہی میں کبھی کبھی پڑھ لیا کرتا ہے۔’’

دونوں بہت دیر تک بٹ کی واپسی کا انتظار کرتے رہے۔ جب وہ نہ آیا تو بڑے نے چھوٹے سے کہا۔ ‘‘جاؤ یار۔۔۔ ایک بوتل اور لے آؤ۔۔۔ میں نے خواہ مخواہ اس حرامزادے بٹ پر اعتبار کیا۔’’

چھوٹے نے روپے لیے اور بڑے سے کہا۔ ‘‘جیب ہی میں پڑی رہتی تو کیا حرج تھی؟’’

‘‘چھوڑو یار۔۔۔ ہٹاؤ اس قصے کو۔۔۔ مجھے بوتل جانے کا اتنا افسوس نہیں۔۔۔ کہیں گر کر بھی ٹوٹ سکتی تھی۔۔۔ افسوس تو اس بات کا ہے کہ بڑی بے دردی سے پی رہا ہو گا کم بخت۔’’

چھوٹے نے پیڈل پر پاؤں رکھا اور پوچھا۔

‘‘آپ یہیں ہوں گے؟’’

بڑے نے بڑے اکتائے ہوئے لہجے میں جواب دیا۔ ‘‘ہاں بھئی، یہیں کھڑا ہوں گا۔۔۔ شاید بہک کر ادھر آ نکلے۔۔۔ لیکن تم جلدی آ جانا!’’

چھوٹا جلدی واپس آ گیا مگر اس کا چہرہ لٹکا ہوا تھا۔ اس کے ساتھ ایک اور آدمی تھا جو کیرئیر پر بیٹھا ہوا تھا۔ بڑا تاڑ گیا کہ ضرور کوئی گڑ بڑ ہے۔ لیکن اسے زیادہ دیر تک ذہنی کشمکش میں مبتلا نہ رہنا پڑا کیونکہ چھوٹے نے سائیکل سے اترتے ہی اس کو سارا قصہ سنا دیا۔

شراب کی دکان سے دوسری بوتل لے کر جونہی وہ باہر نکلا تو بارش ہو چکی تھی۔ اسے جلد واپس پہنچنا تھا۔ افراتفری میں اس نے سائیکل پر سوار ہونے کی کوشش کی مگر وہ ایسی پھسلی کہ سنبھالے نہ سنبھلی۔ سڑک پر اوندھے منہ گرا اور دوسری بوتل بھی جہنم میں چلی گئی۔

چھوٹے نے ساری داستان تفصیل کے ساتھ سنا کر اللہ کا شکر ادا کیا۔ ‘‘میں بچ گیا بھائی جان۔۔۔ بوتل کا کوئی ٹکڑا اگر کپڑے چیر کر گوشت تک پہنچ جاتا تو اس وقت کسی ہسپتال میں پڑا ہوتا۔’’

بڑے نے اللہ کا شکر ادا کرنا مناسب نہ سمجھا۔ شراب کی دکان سے جو آدمی اس کے بھائی کے ساتھ آیا تھا، اس کو تیسری بوتل کے پیسے دے کر اس نے بٹ پان فروش کی بند دکان کی طرف دیکھا اور دل ہی دل میں ایک بہت ہولناک قسم کی گالی دے کر اس کی دکان کو بھسم کر ڈالا۔

دونوں کو معلوم تھا کہ انہیں کہاں جانا ہے۔ چوک کے اس طرف نان کباب والے کے اوپر جو بالا خانہ تھا، اسی میں ان دونوں بھائیوں کی بالائی آمدنی کا جائز نکاس تھا، لونڈیا کم گوٹھی۔ کھانے پینے والی بتھی۔ عادات و اطوار کے لحاظ سے طوائف کم اور کلرک زیادہ تھی۔ اسی لیے ان کو پسند تھی کہ وہ خود بھی کلرک تھے۔ جب دونوں خوب پی جاتے تو دفتری گفتگو شروع کر دیتے۔ ہیڈ کلرک کیسا ہے، صاحب کیسا ہے، اس کی گھر والی کی طبیعت کیسی ہے۔ گھنٹوں اپنے اپنے ماتحتوں اور اپنے افسروں کے ماضی اور حال پر تبصرہ کرتے رہتے۔ اور وہ بڑے انہماک سے سنتی رہتی۔

بہت کن سری تھی، مگر دونوں بھائی اس کا گانا سن کر یوں جھومتے تھے جیسے وہ ان کے کانوں میں شہد ٹپکا رہی ہے۔۔۔ لیکن آج جب وہ گانے لگی تو ان کو پہلی مرتبہ محسوس ہوا کہ وہ سر میں ہے نہ تال میں۔ چنانچہ اس کا گانا بند کرا کے انہوں نے باقی بچی ہوئی شراب پینا شروع کر دی۔

طوائف کا نام شیداں تھا، بہت کم پینے والی، مگر جانے اسے کیا ہوا کہ جب دونوں بھائیوں نے اس کا گانا بند کرا کے پینا شروع کیا تو وہ بہک گئی اور ایسی بہکی کہ بوتل اٹھا کر ساری کی ساری سوکھی پی گئی۔

بڑے کو بہت غصہ آیا، مگر وہ اسے پی گیا کیونکہ چھوٹا مزے میں تھا۔ لیکن زیادہ دیر تک اس پر یہ کیف طاری نہ رہا کیونکہ جب اس نے اور پینے کے لیے بوتل اٹھائی تو وہ خالی تھی۔ اب دونوں یکساں طور پر بے مزا تھے۔

بڑے نے چھوٹے سے مشورہ کرنا ضروری نہ سمجھا۔ شیداں کے استاد مانڈو کو روپے دے کر اس نے کہا۔ ''جاؤ، بھاگ کر جاؤ اور ایک بوتل جمخانہ وہسکی لے آؤ!''

استاد نے روپے گن کر جیب میں رکھے اور کہا۔ ''سرکار! بلیک میں ملے گی۔''

بڑا جو پہلے ہی بھنایا ہوا تھا، چلا کر بولا۔ ''ہاں، ہاں۔۔۔ جانتا ہوں۔ اسی لیے تو میں نے پانچ زیادہ دیئے ہیں۔''

جمخانہ آئی۔ دو دور چلے تو بڑے نے محسوس کیا کہ پانی ملی ہے۔ امتحان لینے کی خاطر اس نے تھوڑی سی رکابی میں ڈالی اور اس کو دیا سلائی دکھائی۔ ایک لحظہ کے لیے نیم جان نیلگوں سا دھواں اٹھا اور دیا سلائی شوں کر کے رکابی میں بجھ گئی۔

دونوں بھائیوں کو اس قدر کوفت ہوئی کہ غصے میں بھرے ہوئے اٹھے۔ بڑے نے پانی ملی بوتل ہاتھ میں لی۔ اس کا ارادہ تھا کہ یہ وہ اس شراب فروش کے سر پر دے مارے گا جس نے بے ایمانی کی تھی۔ مگر فوراً

اسے خیال آیا کہ ان کے پاس پرمٹ نہیں تھا، اس لیے مجبوراً گالیاں دے کر خاموش ہو گئے۔

چھوٹے کی کوششوں سے بدمزگی کسی حد تک دور ہو گئی تھی کہ شیداں نے جو اس کی مدد کر رہی تھی، سب کھایا پیا اگلنا شروع کر دیا۔ اب دونوں بھائیوں نے مناسب خیال کیا کہ چلا جائے۔ چنانچہ استاد کی تحویل سے سائیکلیں لے کر وہ ہیرامنڈی کی گلیوں میں دیر تک بے مقصد گھومتے رہے

مگر اس آوارہ گردی کے باعث ان کی کوفت دور نہ ہوئی۔ واپس گھر جانے کا ارادہ ہی کر رہے تھے کہ انہیں بٹ دکھائی دیا۔ نشے میں دھت تھا اور کوٹھوں کی طرف گردن اٹھا اٹھا کر واہی تباہی بک رہا تھا۔ دونوں بھائیوں کے دل میں خواہش پیدا ہوئی کہ آگے بڑھ کر اس کا ٹینٹوا دبا دیں۔ مگر ان سے پہلے ایک سپاہی نے اس کو پکڑ لیا اور تھانے لے لیا۔

چھوٹے نے بڑے سے کہا۔ ''چلیے بھائی جان۔۔۔ ذرا تماشہ دیکھیں۔''

بڑے نے پوچھا۔ ''کس کا؟''

''بٹ اور کس کا!''

بڑے کے ہونٹوں پر معنی خیز مسکراہٹ نمودار ہوئی۔ ''پاگل ہوئے ہو۔۔۔ تھانے میں اگر اس نے ہمیں پہچان لیا یا کسی نے ہمارے منہ کی بو سونگھ لی تو ہمیں اپنا تماشہ بھی ساتھ ساتھ دیکھنا پڑے گا۔''

چھوٹے نے دل ہی دل میں بڑے کی دور اندیشی کی داد دی اور کہا۔ ''تو چلیے۔۔۔ گھر چلیں۔''

دونوں اپنی اپنی سائیکل پر سوار ہوئے۔ بارش تھم چکی تھی۔ لیکن سرد ہوا بہت تیز چل رہی تھی۔ ابھی وہ ہیرا منڈی سے باہر نکلے تھے کہ انہیں اس تانگے میں جو ان کے آگے آگے چل رہا تھا، اپنے دفتر کا بڑا افسر نظر آیا۔ دونوں نے ایک دم اس کی نگاہوں سے بچنے کی کوشش کی، مگر ناکام رہے۔ کیونکہ وہ انہیں دیکھ چکا تھا۔

''ہلو!''

انہوں نے اس ہلو کا جواب نہ دیا۔

''ہلو!''

اس ہلو کے جواب میں انہوں نے اپنی اپنی سائیکل روک لی۔۔۔ افسر نے تانگہ ٹھہرا لیا اور ان سے بڑے مربیّانہ انداز میں کہا۔

''کہو مسٹر! عیش ہو رہے ہیں؟''

چھوٹے نے ''جی ہاں!'' اور بڑے نے ''جی نہیں!'' میں جواب دیا۔
اس پر افسر نے قہقہہ لگایا۔ ''میرا عیش تو اد ھو رارہا۔''
پھر اس نے افسرانہ انداز میں پوچھا۔ ''تمہارے پاس کچھ روپے ہیں؟''
اس مرتبہ بڑے نے ''جی ہاں!'' اور چھوٹے نے ''جی نہیں!''
میں جواب دیا جس پر افسر نے دوسرا قہقہہ بلند کیا جو ٹھیٹ افسرانہ تھا۔ ''ایک سو روپے کافی ہوں گے
اس وقت!''

بڑے نے بڑے میکانکی انداز میں اپنی جیب سے سو روپے کا نوٹ نکالا اور اپنے چھوٹے بھائی کی طرف
بڑھا دیا۔ چھوٹے نے پکڑ کر افسر کے حوالے کر دیا جس نے ''تھینک یو!'' کہا اور تانگے سے اتر کر
لڑکھڑاتا ہوا ایک طرف چلا گیا۔

دونوں بھائی تھوڑی دیر تک خاموش رہے۔ بڑے نے تمام حالات پیش نظر رکھ کر اپنے سر کو زور سے
جنبش دی۔ ''معلوم نہیں آج صبح صبح کس کا منہ دیکھا تھا۔''

چھوٹے کے منہ سے یہ بڑی گالی نکلی۔ ''اسی۔۔۔کا، جس نے دو سو ایک روپے دیے۔''
بڑے نے بھی اس کو مناسب و موزوں گالی سے یاد کیا۔ ''ٹھیک کہتے ہو۔۔۔ لیکن میں سمجھتا ہوں سارا
قصور اس فالتو روپے کا ہے جو اس نے اپنی ماں کی روال سے شگن کے طور پر دیا تھا۔''
''اس نماز کا بھی جو ہم نے پڑھی!''
''اور اس حرامی بٹ کا بھی!''
''میں تو شکر کرتا ہوں کہ پولیس نے اس کو پکڑ لیا، ورنہ میں نے آج ضرور اس کا خون کر دیا ہوتا۔''
''اور لینے کے دینے پڑ جاتے۔''
''لینے کے دینے تو پڑ ہی گئے۔۔۔خدا معلوم یہ ہمارا افسر کہاں سے آن ٹپکا۔''
''لیکن میں سمجھتا ہوں اچھا ہی ہوا۔۔۔سو روپے میں سالا کانا تو ہو گیا۔''
''یہ تو ٹھیک ہے۔۔۔لیکن آج کی شام بہت بری طرح غارت ہوئی۔''
''چلو چلیں۔۔۔ایسا نہ ہو کوئی اور آفت آ جائے۔''

دونوں پھر اپنی اپنی سائیکل پر سوار ہوئے اور ہیرامنڈی سے نکل آئے۔
بڑے نے دفتر سے نکلتے ہی یہ منصوبہ بنایا تھا کہ سکاچ کے دو تین دور ہونے کے بعد وہ شیداں سے کہے گا

کہ وہ اپنی چھوٹی بہن کو بلائے۔ اس کی وہ بہت تعریفیں کیا کرتی تھی۔ کم عمر اور اہڑ تھی۔ اپنی زندگی کا بیشتر حصہ اس نے گاؤں کی صحت مند فضا میں گزارا تھا اور دھندا شروع کیے اسے بمشکل چند مہینے ہوئے تھے۔ سکاچ و ہسکی اور رشیداں کی چھوٹی اور طبیعت اس سے بڑھ کر اور کیا عیاشی ہو سکتی تھی۔۔۔ مگر اس کا یہ سارا منصوبہ خاک میں مل گیا اور صرف کوفت باقی رہ گئی۔

چھوٹے نے بھی گُل کھیلنے کی سوچی تھی موسم خوش گوار تھا۔ و ہسکی اور رشیداں یقینی طور پر اسے اور بھی خوش گوار بنا دیتے اور وہ اس قدر محظوظ ہوتا کہ پندرہ بیس روز تک اسے اور کسی عیش کی ضرورت محسوس نہ ہوتی۔۔۔ مگر سارا معاملہ چوپٹ ہو گیا۔

دونوں کے سر بھاری اور دل کڑوے کسیلے تھے۔ دونوں کی ہر بات الٹی ثابت ہوئی تھی۔ سکاچ کی پہلی بوتل بٹ پان فروش لے اڑا۔ دوسری سڑک کے پتھروں پر ٹوٹ کر بہہ کر گئی۔ تیسری عین اس وقت داغ مفارقت دے گئی جب کہ سرو گٹھ رہے تھے۔ چوتھی کفایت کی خاطر دیسی منگوائی تو اس میں آدھا پانی نکلا اور سو کا آخری نوٹ افسر نے ہتھیا لیا۔

بڑے کی کوفت زیادہ تھی، یہی وجہ تھی کہ اس کے دماغ میں عجیب عجیب سے خیال آر ہے تھے۔ وہ چاہتا تھا کہ اور بھی کچھ ہو۔۔۔ کوئی ایسی بات ہو کہ وہ کتوں کی طرح زور زور سے بھونکنا شروع کر دے۔۔۔ یا ایسا زچ بچ ہو کہ اپنی سائیکل کے پرزے اڑا دے، اپنے تمام کپڑے اتار کر پھینک دے اور ننگ دھڑنگ کسی کنویں میں چھلانگ لگا دے۔ جس طرح حالات نے اس کا مضحکہ اڑایا تھا، اسی طرح وہ ان کا مضحکہ اڑانا چاہتا تھا۔ مگر مصیبت یہ تھی کہ وہ حالات پیدا ہو کر وہیں ہیرا منڈی میں وفات پا گئے تھے۔ اب نئے حالات اور وہ بھی ایسے حالات پیدا ہوں جن کا وہ حسب منشا مضحکہ اڑا سکے۔ اس کے متعلق سوچنے سے وہ خود کو عاری پاتا تھا۔

ایک صرف گھر تھا جہاں لحاف اوڑھ کر سو سکتے تھے۔۔۔ مگر خالی خولی لحاف اوڑھ کر سو جانے میں کیا رکھا تھا۔ اس سے تو بہتر تھا کہ وہ سو سو کے دو نوٹوں میں چرس ملا تمباکو کو بھرتے اور بی کرائٹا غفیل ہو جاتے اور صبح اٹھ کر شگن کے ایک روپے کا کسی پیر فقیر کے مزار پر چڑھاوا چڑھا دیتے۔

سوچتے سوچتے بڑے نے زور کا نعرہ بلند کیا۔

’’ہٹ تیری ایسی کی تیسی!‘‘

چھوٹے نے گھبرا کر پوچھا۔

’’پنکچر ہو گیا؟‘‘

بڑے نے جھنجھلا کر جواب دیا۔

’’نہیں یار۔۔۔میں نے اپنا دماغ پنکچر کرنے کی کوشش کی تھی۔‘‘

چھوٹا سمجھ گیا۔

’’اب جلدی گھر پہنچ جائیں۔‘‘

بڑے کی جھنجھلاہٹ میں اضافہ ہو گیا۔

’’وہاں کیا کریں گے۔۔۔بٹخوں کے بال مونڈیں گے؟‘‘

چھوٹا بے اختیار ہنسنے لگا۔ بڑے کو یہ ہنسی بہت ناگوار گزری۔ ’’خاموش رہو جی!‘‘

دیر تک دونوں خاموشی سے گھر کا فاصلے طے کرتے رہے۔ اب وہ اس سڑک پر تھے جو لوہے کی زنگ آلود چادر کی طرح پھیلی ہوئی تھی، اور ایسا لگتا تھا کہ ان کی سائیکلوں کے پہیوں کے نیچے ہو لے ہو لے کھسک رہی ہے۔

بڑے نے جب اپنے سرد ہاتھ منہ کی بھاپ سے گرم کیے اور کہا۔ ’’سخت سردی ہے۔‘‘

تو چھوٹے نے ازارہ مذاق پوچھا۔ ’’بھائی جان! وہ۔۔۔۔وہ وہسکی کہاں گئی؟‘‘

بڑے کے جی میں آئی کہ چھوٹے کو سائیکل سمیت اٹھا کر سڑک پر پٹک دے، مگر اس قدر کہہ سکا۔ ’’جہنم میں۔۔۔جہاں ساری شام غارت ہوئی، وہاں وہ بھی ہوئی۔‘‘

یہ کہہ وہ بجلی کے کھمبے کے ساتھ کھڑا ہو کر پیشاب کرنے لگا۔

اتنے میں چھوٹے نے آواز دی ’’بھائی جان! وہ دیکھیے کون آ رہا ہے۔‘‘

بڑے نے مڑ کر دیکھا۔ ایک لڑکی تھی جو سردی میں ٹھٹھرتی، کانپتی، قدموں سے راستہ ٹٹولتے ان کی جانب آ رہی تھی۔ جب پاس پہنچی تو اس نے دیکھا کہ اندھی ہے، آنکھیں کھلی تھیں مگر اس کو سجھائی نہیں دیتا تھا کیونکہ کھمبے کے ساتھ وہ ٹکراتے ٹکراتے بچی تھی۔

بڑے نے غور سے اس کی طرف دیکھا۔۔۔جوان تھی۔ عمر یہی سولہ سترہ بس اسے قریب ہو گی۔ پھٹے پرانے کپڑوں میں بھی اس کا سڈول بدن جاذبِ توجہ تھا۔

چھوٹے نے اس سے پوچھا۔ ''کہاں جا رہی ہے تو؟''

اندھی نے ٹھہرے ہوئے لہجے میں جواب دیا۔

''راستہ بھول گئی ہوں۔۔۔گھر سے آگ لینے کے لیے نکلی تھی۔''

بڑے نے پوچھا۔ ''تیرا گھر کہاں ہے؟''

اندھی بولی۔ ''پتہ نہیں۔۔۔کہیں پیچھے رہ گیا ہے۔''

بڑے نے اس کا ہاتھ پکڑا۔ ''چل میرے ساتھ!''

اور وہ اسے سڑک کے اس پار لے گیا جہاں اینٹوں کا پرانا بھٹہ تھا جو ویرانے کی شکل میں بکھرا ہوا تھا۔ اندھی سمجھ گئی کہ اس کو راستہ بتانے والا اسے کس راستے پر لے جا رہا ہے، مگر اس نے کوئی مزاحمت نہ کی۔۔۔ شاید وہ ایسے راستوں پر کئی مرتبہ چل چکی تھی۔

بڑا خوش تھا کہ چلو کوفت دور کرنے کا سامان مل گیا۔ کسی مداخلت کا کھٹکا بھی نہیں تھا۔ اور کوٹ اتار کر اس نے زمین پر بچھایا وہ اور اندھی دونوں بیٹھ کر باتیں کرنے لگے۔

اندھی جنم کی اندھی نہیں تھی۔ فسادات سے پہلے وہ اچھی بھلی تھی۔ لیکن جب سکھوں نے اس کے گاؤں پر حملہ کیا تو بھگدڑ میں اس کے سر پر گہری چوٹ لگی جس کے باعث اس کی بصارت چلی گئی۔ بڑے نے اوپرے دل سے اس سے ہمدردی کا اظہار کیا۔ اس کو اس کے ماضی سے کوئی دلچسپی نہیں تھی۔ دو روپے جیب سے نکال کر اس نے اس کی ہتھیلی پر رکھے اور کہا۔

''کبھی کبھی ملتی رہا کرنا۔۔۔میں تمہیں کپڑے بھی بنوا دوں گا۔''

اندھی بہت خوش ہوئی۔ بڑے نے جب اس کو روشن آنکھوں اور پھر تیلے ہاتھوں سے اچھی طرح ٹٹولا تو وہ بھی بہت خوش ہوا۔ اس کی کوفت کافی حد تک دور ہو گئی، لیکن ایک دم اسے اپنے چھوٹے بھائی کی بھنچی ہوئی آواز سنائی دی۔

''بھائی جان۔۔۔بھائی جان!''

بڑے نے پوچھا۔

''کیا ہے؟''

چھوٹا سامنے آیا۔ بڑے خوف زدہ لہجے میں اس نے کہا۔

''دو سپاہی آرہے ہیں!''

بڑے نے ہوش و حواس قائم رکھتے ہوئے اپنا اوور کوٹ کھینچا جس پر اندھی بیٹھی ہوئی تھی۔ جھٹکے سے وہ اس خندق میں گر پڑی جس میں سے پکی ہوئی اینٹیں نکال لی گئی تھیں۔ گرتے وقت اس کے منہ سے بلند چیخ نکلی۔ مگر دونوں بھائی وہاں سے غائب ہو چکے تھے۔

چیخ سن کر سپاہی آئے تو انہوں نے بے ہوش اندھی کو خندق سے باہر نکالا۔ اس کے سر سے خون بہہ رہا تھا۔۔۔ تھوڑی دیر کے بعد اسے ہوش آیا تو اس نے سپاہیوں کو یوں دیکھنا شروع کیا جیسے وہ بھوت ہیں۔۔۔ پھر ایک دم دیوانہ وار چلانے لگی۔ ''میں دیکھ سکتی ہوں۔۔۔ میں دیکھ سکتی ہوں۔۔۔ میری نظر واپس آ گئی ہے۔''

یہ کہہ کر وہ بھاگ گئی۔ اس کے ہاتھ سے جو دو روپے گرے، وہ سپاہیوں نے اٹھا لیے۔

More by Ghazal Sara Dot Org

Title	Description
Aankh Bhar Asman — (Hardcover , Paperback, eBook)	Adult poetry of Yawar Maajed
Aafat Ki Ziyafat – Hindi – (Hardcover, Paperback, eBook)	Children's bedtime poetry book by Yawar Maajed in Hindi
Aafat Ki Ziyafat – Urdu – (Hardcover, Paperback, eBook)	Children's bedtime poetry book by Yawar Maajed in Urdu
Kulliyat e Allama Iqbal – (Hardcover, Paperback)	Classical poetry by Sir Allama Iqbal, one of the greatest Urdu poets of the 20th century
Taar o Paud – (Paperback, eBook)	Short stories by Balwant Singh, a legendary fiction Urdu writer
Pehla Patthar – (Paperback, eBook)	Short stories by Balwant Singh, a legendary fiction Urdu writer
Manto Ke Hashiye – (Hardcover , Paperback, eBook)	Most controversial short stories by Saadat Hasan Manto, for which he was dragged in the court of law
Kulliyat e Manto – (Hardcover , Paperback, eBook)	This series comprises nine books that feature all of the short stories written by Saadat Hasan Manto throughout his career.
Kulliyat e Ghazal - Mirza Ghalib – (eBook)	Complete collection of all Ghazals of Mirza Ghalib
Kulliyat e Mir Taqi Mir – (eBook)	Complete collection of all Ghazals of Mir Taqi Mir

Purchase our books at

https://ghazalsara.org/shop

Scan the QR code below to visit the site. Our paperback and hardcover books are available on Amazon in every country that Amazon sells in. Additionally, all eBooks are available on Amazon Kindle, Apple Books for iPhone/iPad and Google Playbooks for Android platforms.